I0615784

ARTEMIS

Volume 3

Narrativa

Fabrizio Monticelli - Elena Coppi

GAEL

Editing: Deborah Muscaritolo

Impaginazione: R. D. Hastur

Copertina: Davide Romanini

ISBN: 978-88-6817-031-8

Pubblicato da **Eclypsed Word**

Marchio di **Kreattiva Edizioni**
Via Primo Maggio, 416, 41019, Soliera (MO)
Tel. +39 3316113991 +39 3392494874
Cod. Fisc. 90038540366
Partita IVA 03653290365

©2016 Eclypsed Word per Associazione Culturale KREATTIVA

Collana "Artemis", 2017

Tutti i diritti riservati

Il Profeta

– Per la miseria, Brandax, ti vuoi muovere?

La voce austera e perentoria di Natan si sprigionò attraverso le fitte fronde del sottobosco, immobilizzato nel suo silenzio naturale.

– Non posso muovermi più velocemente di così.

Il carico delle pelli gli gravava su tutto il corpo, ripercuotendosi soprattutto sulle gambe, oramai sfibrate e dolenti.

– Vedi di darti una mossa, non voglio trascorrere un'altra notte in questi boschi!

Brandax sbuffò innervosito:

– Nemmeno io se è per quello, ma ti devi rilassare, altrimenti ti sobbarchi tu del mio fardello!

Natan non sopportava più il suo compagno, neppure l'incarico che gli avevano affidato.

Percorrere centoventi miglia da Istard alla Rocca del Dente per scortare un pellaio non era certo un incarico così ambito, ma quella volta era capitato a lui.

I Mutant avrebbero potuto attaccarli e sopraffarli in qualunque momento e Natan temeva fortemente che questo potesse accadere.

– Se continui di questo passo, divenuto lento e intorpidito, non arriveremo mai alla nostra meta!

Brandax interruppe del tutto il suo cammino, non avrebbe azzardato un ulteriore passo con quella compagnia, rivelatasi decisamente sgradevole. Aveva già diverse volte compiuto quel viaggio e sempre nel periodo invernale, Brandax sapeva che durante l'inverno i Mutant non usavano muoversi e pertanto non vi era alcuna fretta, al contrario di quello che poteva pensare quel rammollito della sua guardia.

– Ascoltami bene, ne ho abbastanza delle tue prediche!

Quel commento fece ribollire il sangue nelle sue vene, Natan era sempre stato estremamente irruento nei suoi modi. Si voltò di scatto prendendo per il collo il suo protetto:
– Apri nuovamente quella boccaccia e saranno le tue ultime parole!
L'odore penetrante di carne acida stuzzicò l'olfatto di Brandax, il fetore emanato da Natan era così pungente che Brandax dovette trattenere il respiro, mentre i suoi occhi fissavano intensamente quell'uomo che lo sovrastava sia in peso che in statura.
– Voglio raggiungere la Rocca del Dente e questo è tutto, hai capito?
Appena terminate tali parole, Natan si avvide di un luccichio metallico che comparve nel suo addome, provocandogli una reazione di paura che gli fece abbassare leggermente lo sguardo per osservare cosa lo avesse toccato. La lama antica e ben affilata era posata appena sotto il suo costato:
– Lasciami andare immediatamente pezzente!
Natan allentò la presa, mentre lo stiletto premeva fermamente contro il suo addome.
Il suo tono di voce era scemato in intensità e potenza, ma Brandax non si fidava.
– Certo... sono tutti buoni a ricredersi, quando gli viene puntata una lama contro, non credi?
– Ok amico, ora mi allontano.
Natan alzò le mani in segno di resa, arretrando al di fuori della portata di Brandax.
– Ora... senti cosa faremo, caro il mio amico: io mi siedo e preparo un fuoco, tu da buon compagno di viaggio provvedi a mettere qualcosa sotto i denti.
Natan sembrò sul punto di ribattere, poi osservando la lama lucente, desistì.
– Come vuoi!
Natan posò il suo fardello, estrasse una fune dal sacco e si diresse nel bosco per piazzare la sua trappola. Nel frattempo Brandax si sedette su di un tronco marcescente cercando la

posizione più comoda possibile e si tolse gli stivali maleodoranti per controllare i suoi poveri piedi martoriati. Erano trascorse diverse lune da quando avevano abbandonato Istard per recarsi alla Rocca, sapeva di non essere molto lontano dalla meta, ma era davvero esausto. La marcia forzata che avevano dovuto sostenere, oltre al peso che doveva sopportare lo avevano sfinito soprattutto per un uomo della sua età, oramai aveva deciso, quel viaggio sarebbe stato l'ultimo.

Peregrinare da un villaggio all'altro era molto pericoloso, i Mutant erano cacciatori spietati ed imprevedibili, senza contare i possibili pericoli derivanti da incontri ravvicinati con bestie feroci che animavano quelle lande boschive.

Il tempo dei grandi uomini era finito da diverse generazioni, ma Brandax sosteneva che quel tempo non vi era mai stato, egli conosceva solo il suo villaggio e la Rocca ed era sufficiente per capire che il mondo non aveva nulla a che vedere con le profezie degli antichi, né con i visionari di un nuovo avvento. Molti pastori sostenevano che sarebbe giunto il momento in cui i Mutant sarebbero stati sconfitti e gli uomini avrebbero nuovamente governato il mondo come negli anni antichi. Ma a Brandax tutto ciò non importava, egli era un cacciatore, sosteneva la sua famiglia con la carne e rivendeva il pellame ogni inverno alla Rocca del Dente, per barattare i suoi prodotti con ferro o acciaio di cui la Rocca abbondava. Si sarebbe risparmiato quel viaggio molto volentieri, purtroppo suo figlio Nicolas, inizialmente incaricato, si era procurato una brutta ferita nell'ultima battuta di caccia, così ora quel compito gravava sulle sue spalle. Ad aggravare i suoi pensieri già di per sé nefasti, era la scelta non indovinata di avere Natan come suo compagno di viaggio. Sapeva perfettamente che Natan era uno dei migliori guardiani del villaggio, ma non aveva mai effettuato un viaggio con lui, ed ora la sua compagnia si era rivelata incredibilmente sgradevole. Molti dicevano che era un vero e proprio burbero, ma nessuno gli aveva detto che, oltre a questa caratteristica, egli aveva un bruttissimo carattere.

Ad ogni modo non poteva farsi sopraffare dalla consapevolezza di avere al suo fianco un personaggio sgradevole, oramai non poteva liberarsi di lui, doveva semplicemente armarsi di pazienza e proseguire il cammino per giungere il prima possibile alla meta prestabilita.

Di lì a poco il suo compagno ricomparve dal nulla, aveva avvertito in lontananza l'eco dei suoi passi. In effetti l'udito di Natan era particolarmente sviluppato: grazie all'insegnamento dei propri antenati cacciatori, egli sapeva perfettamente come muoversi silenziosamente attraverso il fitto fogliame della foresta, altrimenti senza queste doti non si poteva assolutamente divenire un ottimo cacciatore.

– Se continui a muoverti in quel modo, sarai ben presto cibo per felini.

– Non credo sia tu a dovermi insegnare qualcosa, cacciatore, – disse Natan infastidito.

– Forse dovresti essere meno pieno di te stesso, amico mio.

– Io, invece, penso che tu parli senza riflettere e dovresti tenere per te le tue recriminazioni.

Brandax aveva capito che con quel tipo di persona non si poteva assolutamente ottenere nulla, nemmeno una piacevole conversazione, così tagliò corto:

– Fa come ti pare.

Un sorriso malizioso apparve sul volto barbuto di Natan, probabilmente non vedeva l'ora di finire quella stupida conversazione. In ogni caso non poteva accettare il fatto di essersi sottomesso a Brandax:

– Non credo sia molto prudente accendere un fuoco! – inveì Natan, irrigidendosi nelle sue vesti.

– Non capisco sinceramente quale sia il tuo problema, tra non molto sarà buio e io non ho assolutamente voglia di passare un'altra notte completamente al freddo.

Le paure di Natan cominciarono a serrargli gli anfratti della mente:

– Non sono tranquillo, quest'anno la primavera sembra sopraggiungere sin troppo velocemente.

Brandax sputò per terra mentre frizionava la pietra focaia:
– Secondo me hai bisogno di rilassarti; prima di poter vedere qualche Mutant, passerà perlomeno un altro ciclo e noi due saremo già arrivati a Istard.

Natan non ne era del tutto convinto, aveva attraversato quel tratto molte volte e mai così vicino alla primavera, ma non era semplicemente l'arrivo imminente della bella stagione a renderlo particolarmente nervoso: in lui vi era qualcos'altro. Qualcosa di non ben definito, rimasto latente nel dedalo più profondo del suo animo burbero che, contrariamente alla sua volontà, lasciava trasparire la sua paura. Era un richiamo fortissimo, intimo, che travolgeva le sue viscere lasciandolo in uno stato atavico. In quel preciso istante il suo unico desiderio era di abbandonare quel posto il più celermente possibile.

Mentre le ombre cominciarono ad addensarsi in figure dai contorni insoliti e perturbanti ed il giorno volgeva al suo termine, i due uomini cercavano di godersi il lauto pasto composto da carne secca. Purtroppo la trappola posta da Natan non aveva dato i frutti desiderati, così erano ricorsi alle proprie scorte personali.

Non correva buon sangue tra di loro, le parole ed i gesti scambiati erano stati un palese messaggio, così consumarono il loro pasto in completo silenzio. Brandax si strinse nella sua giacca di pelle avvicinandosi col corpo al fuoco, mentre Natan si era alzato per poter urinare in beata solitudine. Al suo ritorno, la sorpresa si dipinse sul suo volto esterrefatto. Affianco al suo compagno intento a riattizzare il fuoco era comparsa una figura, senza che il suo compagno si accorgesse di nulla. Brandax sguainò la sua arma, avvertendo il cacciatore del pericolo. Quest'ultimo si alzò di scatto nell'udire l'avvertimento e con velocità fulminea si armò.

La figura imperterrita si avvicinò sino ad essere parzialmente illuminata dalle lingue di fuoco provenienti dal tizzone ardente.

La voce di Natan tremolò leggermente, le sue paure si erano infine materializzate:

– Se ci tieni alla vita, palesati!

La voce del viandante misterioso, al contrario di quella di Natan, era del tutto neutra:

– Posate le vostre armi, non vi servirebbero a nulla.

Brandax rimase impietrito, completamente fermo nella sua postura, un tremito invadente gli attraversò la spina dorsale nel riconoscere la figura che si stagliava innanzi a loro. Non vi erano dubbi sulla sua identità:

– Sei un Profeta!

La tensione che sino a quel momento si era manifestata, svanì all'istante nell'udire tale parola.

– Forse lo ero un tempo...

Tutto si sarebbero aspettati tranne quelle parole.

I secondi che seguirono furono i più lunghi vissuti da entrambi.

Natan arretrò bruscamente nella speranza di evitare ogni possibile attacco da parte di quella figura dalle sembianze maschili, mentre Brandax cominciò a correre attraversando il sottobosco nel tentativo di fuggire. Natan non si avvide minimamente delle intenzioni aggressive del Profeta, il quale, furtivamente, era già scivolato dietro di lui come un'ombra.

Una breve ma intensa sensazione di benessere interiore penetrò l'animo di Natan, mentre la sua testa compiva sulle sue spalle un arco completamente innaturale. Il suo corpo non ebbe nemmeno il tempo di toccare terra, che il suo cuore aveva già smesso di battere.

Il Deserto di Dath

Iwin amava i racconti del nonno, sarebbe rimasta ore ad ascoltare i Canti. Egli era l'ultimo degli uomini in grado di tramandarli. Aveva cercato anche lei di imparare gli antichi insegnamenti, ma non vi era portata, così all'ora di cena tutta la famiglia si riuniva intorno al grande fuoco per ascoltare il vecchio Dan.

La famiglia di Iwin contava in tutto una sessantina di appartenenti tra fratelli, cugini, nipoti, zii, padri, nonni. Essi vivevano al confine meridionale dell'antico impero, almeno era così che i Canti pronunciavano. La loro famiglia aveva sempre vissuto lì sin dai tempi dei tempi. Le loro dimore erano costruite all'interno dell'arenaria, un promontorio che delimitava l'inizio dell'impero di Argentea e il vasto mare di Dath.

La voce del nonno riprese il suo Canto:

– Un tempo il mare di Dath si estendeva come l'immensità, attraversato da correnti ed enormi cacciatori dei mari.

Per Iwin era difficile immaginare che al posto di quel desolato mondo vi fosse un tempo dell'acqua a perdita d'occhio, ma le leggende, come lei ben sapeva, non mentivano mai.

– Un tempo grandi uomini solcavano quei mari in groppa ad immense creature ferrose...

La voce del vecchio Dan si fece più fievole mentre sfogliava il libro inciso, soffermandosi sulle intonazioni per non sbagliare gli accordi. Iwin notò che suo fratello maggiore aveva decisamente perso interesse per quel racconto così gli sferrò una gomitata nel tentativo di non farlo addormentare:

– Ehi! Cosa fai, Iwin?

Era quasi un sussurro quello di Edward ma venne udito da tutti i presenti, i quali risero sommessamente.

La combriccola contava più di dieci bambini di età compresa tra i tre e i cinque cicli completi di Dath, anche perché al compimento del settimo ciclo cominciavano a lavorare per il sostentamento della famiglia. In effetti il Deserto di Dath altro non era che un immenso mare oramai prosciugato, il quale aveva lasciato in superficie solo la sua parte salina, considerato l'unica fonte di sopravvivenza del clan. Essi avevano preso il nome del loro deserto, ma le leggende in questo punto già si perdono, in effetti non è ben chiaro se siano stati i Dath a dare il nome al deserto o se sia stato l'inverso. In ogni caso il clan dei Dath quotidianamente estraeva sale da questo mare e lo barattava con la città di Darokis, posta a duecento miglia più a nord nella valle verde. Nel frattempo la voce del nonno Dan tuonò nel suo continuo Canto accentuando i passi focali delle antiche leggende:

– In cuor loro sapevano cosa avrebbero causato, ma non diedero peso alle loro azioni...

Nell'udire tali parole, i bambini furono completamente rapiti, catturati in un mondo quasi fantastico che però apparteneva alle loro origini. Oramai quelle leggende le avevano sentite innumerevoli volte, ma anche quel giorno il vecchio Dan era riuscito a rapire completamente la loro attenzione incantata. Iwin come sempre era basita da quei racconti, nella sua testolina immaginava giganti del mare cavalcati dai suoi antenati, i quali possedevano una ricchezza ed una conoscenza tale da poter governare qualsiasi essere vivente che attraversava quella terra, al contrario di quello che accadeva ai suoi tempi. In effetti quella conoscenza era andata completamente perduta, gli esseri che popolavano la terra assieme a loro erano decisamente infidi e pericolosi. Iwin pensò subito ai Mutant, anche se qui nelle regioni meridionali non si facevano mai vedere, alcuni addirittura pensavano che fossero esseri immaginati dalla gente del nord, ma lei sapeva anche che nel Deserto di Dath a parte la sua famiglia non poteva sopravvivere nessuno, perché nessuno sapeva come procurarsi l'acqua, un bene custodito solo dai capi del clan che, a differenza delle usanze del nord, qui erano le donne. Sua madre una volta le disse che tutta la conoscenza della sua famiglia un giorno sarebbe gravata sulle sue spalle, ma era un concetto troppo lontano e antico da comprendere. Iwin sapeva anche che il mare non era sparito, o almeno era sparito solo in superficie, ma che in realtà ora si trovava molto al di sotto della superficie, ma i suoi occhi non lo avevano mai visto. Le donne del Clan, si muovevano di sera, lontano da occhi indiscreti, si incamminavano attraverso le vie dei Canti trasportando le otri vuote e alle prime luci dell'alba facevano il loro ritorno recando con loro le otri stracolme d'acqua. Tra meno di un ciclo completo di Dath anche lei avrebbe cominciato a percorrere le vie dei Canti assieme a sua madre e alle sue sorelle, per riempire l'otre delle preziose lacrime del mondo, in modo da poter sostentare tutto il Clan. Le sue mani ed il suo cuore non vedevano l'ora di accogliere otri piene di speranza e di vita. Non vedeva l'ora di potere crescere e sentirsi utile alla sua grande famiglia. Ma non era ancora giunto quel momento: ora avrebbe dovuto imparare a memoria le melodie di suo nonno, in modo da poter un giorno tramandare gli antichi insegnamenti, anche se non era ancora in grado di leggerli, avrebbe comunque potuto impararle a memoria e così facendo, avrebbe portato il suo messaggio alle generazioni future. Nel deserto di Dath bisognava crescere in fretta se si voleva sopravvivere, il tempo dei giochi stava per giungere al termine e Iwin ne era pienamente consapevole. Il Canto del nonno Dan si affievolì citando il passo, il quale narrava i tristi fatti: mentre gli antichi avevano dovuto combattere contro la loro stessa madre.

– Così ci rifugiammo nei luoghi più oscuri, mentre la nostra madre ci abbandonava. Una madre alla quale non avevamo fatto nulla di male; non curante di ciò, ella ora ci ripudiava con tutta la sua forza...

Quello era un passo poco comprensibile per Iwin, la quale

non poteva minimamente capacitarsi del motivo per cui una madre avrebbe potuto ripudiare i propri figli, divenendo talmente feroce con loro da ucciderli, perfino. Era un pensiero particolarmente difficile da interiorizzare, dal momento che aveva sempre visto tutte le donne della sua famiglia prodigarsi e spezzarsi la schiena per potere preservare la vita di tutti loro. In più faticava a comprendere di quale torto lei o chiunque altro suo fratello o cugino potessero macchiarsi per essere aggrediti così ferocemente.

La sua curiosità, come ogni volta accadeva, si soffermò proprio su quel pensiero interrompendo il racconto del nonno:

— Ma come può essere possibile una cosa del genere?

Non era la prima volta che Iwin si lasciava trasportare da quella ripetuta domanda, intorno a lei le voci dei suoi coetanei riecheggiarono:

— Iwin piantala, tutte le volte interrompi il racconto, anche ieri e l'altro ieri e quello prima ancora, sempre la stessa domanda!

Iwin fulminò Alan, suo cugino da parte di padre:

— Se una cosa non la capisco, la chiedo no?

La voce del nonno risuonò nell'alcova:

— Fanciulli, calmatevi. Sono qui proprio per togliervi ogni dubbio in merito, anche se ciò significasse ripetervi all'infinito le stesse cose.

Al sentire quelle parole gli animi si calmarono e l'attenzione fu nuovamente tutta per nonno Dan.

— Vedi, piccola Iwin, essi avevano perso il senso delle loro azioni, esattamente come fanno i Mutant.

Iwin si incupì, anche i Mutant erano forme a lei sconosciute, ma i racconti erano ben chiari: essi erano creature maligne giunte su questo piano esclusivamente per uccidere. Distruggere faceva parte della loro natura malvagia, eppure lei non poteva assolutamente comprenderle.

Avvedendosi delle perplessità della piccola, il nonno tentò di rincuorarla:

– Piccola mia, il tuo cuore è puro e comprendo che tu adesso fatichi a capire, ma quando avrai la mia età avrai abbastanza saggezza e soprattutto avrai visto cose del tutto illogiche, comprendendone al contempo i segreti.

Tutti i bambini tentarono di capire il concetto del vecchio Dan e in tutti loro vi era lo stesso identico sguardo incredulo. In ogni caso nonno Dan ritenne che per quel giorno potesse bastare:

– Non pensateci più, ora andate e divertitevi.

Al sentire queste parole, un grido di gioia scaturì dalle labbra dei fanciulli, che di corsa abbandonarono l'alcova per dirigersi all'aperto sotto il sole cocente del Deserto. Tutti tranne Iwin, la quale rimase immobile ad osservare il nonno.

– Tu non vai a giocare?

Il nonno le si avvicinò con estrema cautela, accarezzandole la folta chioma riccia. Il volto di Iwin era ancora pensieroso, la quale alzò poi delicatamente il suo viso incrociando gli occhi del vecchio saggio:

– Esistono davvero i Mutant?

Il vecchio Dan sorrise amaramente, emise un lieve borbottio poi, raccogliendo da terra il suo libro, si rivolse a Iwin:

– Purtroppo si, piccola mia, esistono davvero!

– Come mai io non li ho mai visti?

La domanda prese forma prima ancora che il pensiero si rivelasse alla sua piccola mente: era tipico dei bambini. Il nonno non si scompose, al contrario assecondò la curiosità della sua nipotina:

– Nel deserto di Dath non potrebbero sopravvivere, a parte noi nessuno sa dove si trovano le lacrime, per questo i nostri antenati si sono rifugiati in questo luogo!

La piccola Iwin strinse leggermente i pugni:

– Io non avrò mai modo di vedere tutto ciò che tu hai visto, vero?

Dan sorrise, con estrema calma fece alzare la piccola Iwin prendendola per mano, alcuni argomenti non potevano essere perpetrati e fecondati nelle viscere della terra, avevano bisogno della luce del sole, così accompagnò la nipotina fuori.

La camminata fu decisamente lunga e silenziosa, la piccola Iwin seguiva trepidante il nonno lungo la scalinata di arenaria che costeggiava il promontorio a strapiombo sul deserto del Dath. Quei gradini erano stati costruiti dai primi uomini ed il lungo percorso di andirivieni li aveva levigati e resi particolarmente scivolosi. Fu una camminata interminabile e faticosa per le gambe oramai instabili del vecchio Dan. Giunti sopra l'altura, il vecchio si sporse ad osservare il panorama, da quell'altezza si poteva dominare sul deserto, il quale era sempre ovattato da una nebbia confusa ed opaca derivante dall'intenso calore. A quelle latitudini il sole non calava mai, era sempre estate, gli unici periodi leggermente più freschi andavano dal sesto ciclo completo all'ottavo ed era in quel lasso di tempo che solitamente il clan di Dath affrontava le duecento miglia sino a Darokis per commerciare il loro sale, con altrettanti beni di consumo primari tra cui la carne, che veniva poi stivata e salata per essere conservata e mangiata nei mesi estivi. Da quell'altezza si potevano vedere gli uomini intenti ad estrarre il sale e a trasportarlo nelle gallerie sottostanti alle abitazioni, in modo da fargli perdere l'intensa umidità. Infine tale sale veniva prima pressato in grossi blocchi tramite delle rudimentali presse, arcaiche ed affaticate dalla storia, poi stivato per il trasporto a spalla sino a Darokis.

In ogni caso il vecchio Dan non era giunto per osservare il panorama, bensì per poter insegnare alla sua prediletta nipotina un'importante verità:

– Vedi tutto questo, piccola mia? – Il nonno accompagnò tali parole al movimento del suo corpo, facendo un ampio gesto con la mano per far meglio arrivare il loro profondo significato alla piccola Iwin, continuando con un enunciato grave, profondo. – Un giorno io morirò, mentre i tuoi occhi potranno ancora osservare.

Iwin alzò lo sguardo verso il nonno, ancora una volta la sua espressione, in sospeso tra l'essere spaventata e incantata, celava la sua difficoltà nel comprendere. Un sorriso apparve sul volto grinzoso del vecchio Dan:

– Questo vuol dire che non devi essere gelosa del mio sapere, come io non lo sarò del tuo, unicamente perché non ci sarò più, come per te è stato prima.

Iwin osservò l'immenso deserto che si dipanava davanti a sé, purtroppo le parole del nonno non avevano sortito gli effetti sperati, ma la sua attenzione fu colpita da un movimento insolito, palesatosi tra le nubi di Dath. Strinse gli occhi portando la sua mano a coprire l'intenso riverbero del sole, non era insolito vedere nel deserto apparizioni che in realtà non vi erano, però questa volta sembrava che la sua vista non la ingannasse.

Puntò un dito in quella direzione allungando tutto il suo piccolo braccio per attrarre l'attenzione del nonno:

– Sta arrivando qualcuno!

La voce della nipotina portò al presente l'attenzione del vecchio Dan. Strinse gli occhi ed emulò lo stesso movimento della piccola per meglio osservare quel mare di sale; era impossibile che qualcuno potesse attraversare il Deserto di Dath, anche perché quel mare portava solo alla fine del mondo. Il suo stupore si dipinse sul volto quando capì che, in lontananza, una figura solitaria si stava avvicinando...

Demoni alle Porte

Negli immensi corridoi del palazzo il passo ferrato di un messaggero presagiva prossime novelle. Egli entrò trafelato sino a giungere al cospetto del suo reggente. Una maestosa scalinata in marmo, sulla quale era posato il grande scranno, dominava imponente sulla sala. Colui che sedeva su di esso, immobile nella sua figura, era il Sovrano delle terre meridionali e da quando si era auto-incoronato, aveva preso il nome di Baal. Affianco al Sovrano vi erano i suoi quattro consiglieri seduti anch'essi sui rispettivi troni, in posizione leggermente sottostante. La stanza era adibita ai postulanti, i quali venivano a sottoporre le proprio lamentele al Sovrano, nella maggior parte dei casi quasi nessuno otteneva la benevolenza di quest'ultimo.

La sala era riccamente arredata con pelli di Galven sui quali alcuni artisti avevano raffigurato le battaglie vinte che avevano portato alla coronazione del suo Regno. Grandi candelabri in ferro battuto che accoglievano candele fabbricate con cera d'api illuminavano l'intera sala. La dimora era costruita scavando direttamente nell'arenaria appena sotto al promontorio. L'unica fonte di illuminazione, in quel luogo, era emanata da dei candelabri disseminati in ogni androne, dal momento che la luce del sole non poteva giungervi.

Il messaggero si inchinò prontamente in segno di assoluta riverenza, mentre la sua voce remissiva si rivolse al proprio Sovrano:

– Mio signore, un messaggero dei Demoni è qui per chiedervi udienza!

Dall'espressione del proprio Sovrano non trasparì nulla, nessun movimento, non si poteva certo dire lo stesso dei suoi consiglieri, i quali sottovoce cominciarono a mormorare tra loro, sdegnati:

– Demoni nel nostro Regno e per quale motivo?

La domanda fu posta da Lord Arrow il quale, senza alcun indugio, si alzò in piedi. Egli non amava particolarmente il Sovrano che governava il Regno occidentale, il quale aveva eretto la sua sovranità sul territorio servendosi dei mezzi più abbietti che egli avesse mai potuto vedere coi propri occhi. Purtroppo la domanda fu ignorata, mentre la riflessione di Lord Astax veniva enunciata:

– I presagi di sventura giungono sempre nel periodo peggiore.

Il Sovrano ordinò ai propri sottoposti di calmarsi e di non preoccuparsi ulteriormente, era molto più saggio far entrare il messaggero come si conveniva alle regole scritte tra i due Regni per verificare il motivo della propria visita:

– Signori, non avete nulla da temere fino a quando io sarò in vita e non credo che un messaggero dei Demoni possa in alcun modo nuocermi.

La protesta di Arrow fu interrotta prontamente, ancor prima che lui potesse esporla.

Baal alzò la mano destra la cui pelle irradiava il simbolo inciso a fuoco di Horux:

– Fai entrare il nostro ospite, lo riceverò come si conviene.

I suoi consiglieri rimasero in muto silenzio, nessuno poteva mettere in discussione i voleri del Sovrano, egli possedeva le conoscenze degli antichi, la sua forza non era pari a nessuno di loro. Il messaggero posò la fronte a terra in segno di riverenza e si congedò.

Mentre egli abbandonava il salone, Lord Ferris si rivolse al proprio signore:

– Mio Sovrano, i Mutant non si sveglieranno sino al giungere della primavera e mancano ancora quattro cicli!

Il Sovrano volse leggermente il capo alla sua destra per osservare in viso Lord Ferris, il suo braccio destro; ancora si ricordava il giorno del loro primo incontro: Ferris aveva combattuto con onore contro di lui e Baal gli aveva risparmiato la vita, solo ed esclusivamente perché quell'uomo in cuor suo non temeva la morte, combattendo per ciò in cui credeva. Da quel giorno cominciò a lavorare su di lui sino a quando, con non poca fatica, gli istillò i suoi insegnamenti sin tanto che quello stupido barbaro non ebbe capito il vero scopo di Baal: la creazione di un Regno per poter ricreare una civiltà degna di quel nome, esattamente come gli antichi avevano fatto.

Lesse le leggende degli antichi tramite i Canti, si circondò di validi uomini e creò i Mutant, i quali divennero il grosso del suo esercito, conquistò terre e cominciò a far lavorare la popolazione per un unico intento, prima del suo arrivo non erano altro che Clan completamente alla mercé degli eventi. Grazie agli insegnamenti ricevuti dal suo maestro, egli aveva imposto il suo volere e aveva costruito il suo Regno. Un tempo, quando giunse in queste terre, era chiamato il Profeta, colui che in seno ha le conoscenze, ma a Baal non bastava, gli era stato fatto un dono e quel dono era di poter governare un popolo e così fece.

La sua mente tornò al presente e le sue parole risuonarono dall'alto del suo trono:

– Se mio fratello manda un messaggero, vuole dire che qualcosa sta cambiando.

– Mio Signore, io...

Lord Ferris non fece in tempo a finire la frase che Baal aveva nuovamente eretto la sua mano per interrompere il flusso delle sue parole, così a Lord Ferris non rimase altro che abbassare il capo proferendo le parole di rito:

– Come lei comanda, mio Signore.

Appena proferite tali parole, il Demone fece ingresso nella sala. Come ogni uomo occidentale, egli era basso di statura, deforme ed ingobbito, le sue gambe corte e tozze erano completamente sproporzionate rispetto ai suoi arti superiori, i quali rasentavano il lastricato marmoreo del pavimento. Il suo corpo era coperto da una cotta in cuoio lavorata finemente del color nero lucente, in testa portava un elmo di teschio delle tigri di Gavan, ma il Sovrano sapeva che al di sotto di quell'elmo il Demone era completamente rasato e sul capo vi era tatuato il simbolo di appartenenza alla setta di suo fratello. Il demone si sdraiò a terra in segno di totale sottomissione a Baal, al quale non sfuggì un sorriso. Suo fratello aveva insegnato molto bene le maniere con le quali i suoi sottoposti dovevano presentarsi al suo cospetto.

Baal attese diversi minuti prima di proferire parola, il suo intento era quello di fare ben capire a tutti la sua posizione. La sua voce risuonò perentoria come mai prima di allora, i suoi consiglieri la udirono e in tutti gli astanti un brivido fugace percorse le loro membra:

– Porgi il tuo messaggio, Demone!

L'uomo si alzò parzialmente rimanendo inginocchiato a capo chino, non incrociò mai lo sguardo di Baal, il suo Signore era stato perentorio nell'informarlo dei modi che avrebbe dovuto tenere in presenza del Sovrano, poi con voce fievole pronunciò:

– Il mio Signore, Re delle terre occidentali, Signore dei Demoni, è in viaggio per giungere al vostro cospetto.

Nei Lord consiglieri questa notizia fece gelare il sangue nelle vene più di un'imminente battaglia in cui cimentarsi, ma nel volto del loro Sovrano tutto ciò non era assolutamente visibile, il quale impiegò alcuni secondi prima di rivolgersi al messaggero:

– Quanti uomini dovrò accogliere oltre alla figura di mio fratello?

Il messaggero si schiarì la voce, era difficile parlare l'idioma del sud, quindi dovette sforzarsi per trovare le parole giuste:

– Il mio Signore è accompagnato dalla sua guardia reale, più il vettovagliamento per intraprendere questo viaggio.

Baal fece un breve calcolo, probabilmente suo fratello era scortato da un centinaio dei suoi più feroci Demoni, i quali avrebbero di certo costituito la sua guardia personale, in più doveva contare altrettanti armigeri al servizio di tale scorta e non meno del doppio degli uomini per trasportare il vettovagliamento, senza conteggiare almeno una ventina di bravi cacciatori in grado di procurarsi il cibo nelle vaste praterie del suo Regno: Baal conosceva la mente sopraffina del fratello, datagli dall'insegnamento che avevano ricevuto dallo stesso maestro, questa dei cacciatori era un'eventualità da non scartare nel caso i calcoli di carico delle vettovaglie fossero stati erronei; almeno, ciò era quello che avrebbe fatto lo stesso Baal se avesse dovuto affrontare un viaggio simile. In più avrebbe dovuto prevedere almeno una quarantina di esploratori, per un totale di non meno di quattrocento uomini.

– Quanto distano dal mio castello?

Il suo tono di voce non era minimamente cambiato. Alla domanda il messaggero chinò ulteriormente il capo:

– Sono al valico.

Baal si massaggiò il mento, il valico distava più di trecento miglia, ponderò nuovamente i numeri: i cavalieri sarebbero potuti arrivare al secondo ciclo, ma si doveva considerare il trasporto su carro, probabilmente tutto l'entourage di suo fratello non avrebbe varcato la sua soglia prima di allora, esattamente nel giorno del risveglio dei Mutant. Quella notizia non gli piacque affatto, avrebbe dovuto al contempo sfamare tutta la guarnigione di suo fratello e tutta la sua, senza considerare che i Mutant al loro risveglio avevano bisogno di un'ingente quantità di cibo, dopo i lunghi cicli trascorsi in letargo. La situazione non gli giovava per nulla.

– Puoi alzarti, Demone. Riprendi il cammino e avvisa mio fratello che quando giungerà al castello verranno offerti vitto e alloggio per lui e tutti i suoi sottoposti.

Il Demone non se lo fece ripetere due volte, porse un inchino al Sovrano e uscì il più speditamente possibile, per quanto potessero permetterglielo le sue corte gambe.

Lord Arrow, che non era di certo bravo a conteggiare, in tono sommesso chiese spiegazioni:

– Mio Signore, non ho ben capito quanto tempo abbiamo per prepararci all'arrivo del Re occidentale.

Aveva di proposito utilizzato quel termine, nessuno poteva oltre al suo Sovrano alzarsi a tale titolo.

Baal si girò lentamente:

– Abbiamo tutto il tempo necessario, voglio che vi mettiate all'opera per poter ricevere al meglio mio fratello.

All'unisono i quattro Lord risposero affermativamente congedandosi dal loro signore.

– Per oggi le udienze sono finite!

I sorveglianti, fino a quel momento presenti nelle loro posture statuarie, chinarono il capo, uscirono dalla grande sala e richiusero il portone alle loro spalle.

I Canti

Il vecchio Dan aveva riunito tutto il Clan per decidere il da
farsi, il ritrovamento della giovane ragazza aveva messo in
agitazione l'intera comunità. La voce di Darban sovrastò il
brusio di fondo:
– Non vi è alcun dubbio che lei sia marchiata come i Profeti,
non possiamo tenerla con noi!
Voci di assenso si fecero udire tra gli astanti.
– E' vero, sappiamo benissimo quanto essi siano pericolosi!
Mormot era d'accordo col fratello, non avrebbero dovuto
portarla all'interno della comunità, secondo il suo giudizio
avrebbero dovuto aspettare la sua morte.
Il vecchio Dan era tacito, chiuso nei propri pensieri,
effettivamente doveva ammettere a se stesso che i Profeti
avevano radicalmente cambiato per i propri fini tutto il
continente del Serpente. Nel deserto di Dath la loro
influenza fu comunque lieve, ma Dan sapeva benissimo che
nell'entroterra il loro arrivo aveva creato solo guerre, lui
come tutta la comunità ne erano al corrente solo per sentito
dire, ma non si doveva mai sottovalutare la saggezza
popolare. In più, tra loro vi era anche il Gigante proveniente
dalle terre del Nord, il quale aveva potuto vedere coi propri
occhi la distruzione del suo popolo proprio all'arrivo di un
Profeta.
Mentre il pensiero gli affiorava alla mente, la vecchia Saza
prese la parola:
– Perché non chiediamo al Gigante buono quali soprusi
questi Profeti hanno arrecato alla testa del Serpente?
Un altro mormorio di assensi si levò.
– Ma cosa dici? Perché dovremmo chiedere al Gigante? È
stato proprio lui a soccorrerla e a portarla qui, – Ducan era
incollerito e il suo tono di voce lasciava trasparire tutti i suoi

sentimenti. – Probabilmente quel Gigante sapeva già del suo arrivo e noi creduloni lo abbiamo accolto all'interno del nostro Clan, io non mi fido!

Darban si alzò, la sua ira era visibile attraverso i suoi pugni chiusi, talmente stretti da non permettergli una perfetta circolazione sanguigna. La tensione all'interno della comunità stava raggiungendo il suo apice, se nessuno vi avesse posto rimedio probabilmente quella fanciulla sarebbe stata da lì a poco lapidata. La voce di Antoniel fu quasi un sussurro, ma il Clan era solito ascoltare con attenzione quando ella prendeva la parola, era la Matrona, la loro guida, colei che accompagnava e sosteneva il Clan tra le vie delle Lacrime:

– Ella è solo una ragazzina, quanti Cicli potrà mai avere? Quindici?

Mormot non si fece intenerire:

– Questo non centra nulla, non possiamo risparmiarla solo per i suoi Cicli, è nostro dovere impedire i crimini che potrebbe commettere!

Antoniel fulminò con lo guardo suo cugino:

– E tu vorresti togliere la vita a una creatura la quale non ha ancora commesso alcun atto ignobile?

Al sentire queste parole Mormot si ammutolì di colpo, il vociare a poco a poco si spense, lasciando ognuno rivolto verso i propri pensieri, tutti tranne uno:

– Non per ciò che potrebbe commettere, ma per ciò che è, – Darban non si dava pace, secondo il suo giudizio quella ragazza era una minaccia, non si capacitava come molti di loro non la vedessero allo stesso modo. Prese un lungo respiro, poi continuò. – La sua venuta condizionerà la nostra vita, voi non vi rendete conto di ciò che i Profeti possono fare: io ho parlato a lungo col Gigante, sono stato io a insegnargli la nostra lingua e lui, poco alla volta, mi ha messo al corrente degli avvenimenti accaduti nel suo Regno.

L'ira di Darban non accennava a diminuire, anzi: più parlava, più Darban dava segni di instabilità. Non era la prima volta che si scaldava nel concilio, ma questa volta la sua paura era sin troppo evidente ed era una sensazione che avrebbe piano piano contagiato tutti. Il vecchio Dan l'aveva intuita e la sentiva, però continuava a tacere imperterrito.

– Allora la tua soluzione sarebbe quella di ucciderla?

Antoniel provò a stuzzicare i sentimenti controversi degli astanti, nel tentativo di verificare chi fosse a suo favore e chi non lo fosse. Sapeva perfettamente che le donne presenti avrebbero votato a sfavore, visto e considerato che ogni donna sapeva quanto costasse mettere al mondo e crescere dei figli; però purtroppo erano in minoranza, avrebbe dovuto convincere almeno cinque uomini e voleva sapere chi avrebbe potuto votare dalla sua parte. Il suo sguardo cadde sul piccolo Owel e sul fratello di questi, Jaime: avevano più o meno l'età della ragazzina e non erano troppo vecchi per avere paura del futuro o delle cose che non conoscevano. Anche Aral e il vecchio Jos avrebbero potuto fare al caso suo, però ne mancava ancora uno, e il suo sguardo cadde inevitabilmente sul vecchio Dan.

– Donna, io provo molto rispetto nei tuoi confronti, ma purtroppo questa volta sei in errore se pensi che sia nostro dovere salvarle la vita! Io sostengo che dovremmo comportarci istintivamente e votare subito!

Mormot non era certo uno stupido, se la discussione si fosse protratta ancora a lungo, probabilmente non avrebbe ottenuto l'assenso per l'eliminazione della ragazza.

Al sentire tali parole il vecchio Dan si alzò, facendo finalmente sentire la sua voce:

– Permettetemi un attimo di attenzione, vorrei sottoporvi un antico Canto.

Gli astanti osservarono il vecchio alzarsi e dirigersi verso il baule nel quale vi erano custoditi i volumi. Con estrema lentezza Dan lo aprì, rovistandovi nel tentativo di trovare il manuale a cui si riferiva.

I suoi movimenti parvero lentissimi e i minuti che occorsero per la ricerca sembrarono interminabili. Chiaramente non vi era alcuna fretta: tutto in lui rispecchiava il modo di vivere nel Dath; ogni loro movimento era misurato per poter risparmiare le forze, vista l'eccessiva calura a cui erano sempre sottoposti. Anche quella volta gli stessi movimenti erano nella norma, purtroppo l'arrivo e la permanenza della giovane Profeta aveva messo in seria difficoltà tutto il Clan, che ora mormorava sull'eccessiva calma del loro narratore.

– Potremmo non avere tutto questo tempo, vecchio Dan!

Mormot si pentì all'istante delle sue parole, ma oramai le aveva pronunciate e non poteva certo rimangiarsele:

– Vi è tempo per ogni cosa, Mormot.

L'intonazione del vecchio Dan passò esattamente per ciò che voleva essere: un rimprovero al quale Mormot non poteva esimersi. Con altrettanta calma che lo distingueva in ogni sua opera, il vecchio Dan si risedette al proprio posto, sfogliando l'antico testo. Giunto alla pagina che cercava, si schiarì la voce tentando di far confluire l'attenzione sul suo canto:

– Solo il grande peccatore è in grado di percorrere le vie del Dath, egli verrà purificato nel suo nome, perché solo il Dath è in grado di stabilire coloro che possono essere degni della sua magnanimità.

Il vecchio Dan alzò lo sguardo dal manoscritto per osservare tutti i suoi figli:

– Dunque chi siamo noi per togliere la vita a colei che è stata al cospetto del Dath?

Vari mormorii si ripercossero nella caverna, piano piano tutti iniziarono a comprendere il senso del Canto, ritrovando in loro gli antichi insegnamenti.

Anche Mormot e Darban dovettero arrendersi alle antiche tradizioni, scritte in tempi lontanissimi dai loro avi, così Darban, riluttante, riprese la parola:

– E sia dunque! Ella vivrà...

La riunione fu sospesa all'istante. Mentre piano piano tutti cominciarono a uscire per riprendere il lavoro quotidiano, Mormot si avvicinò al vecchio Dan intento a riporre l'antico testo:

– Io non ho mai messo in dubbio il tuo dire, però questa volta vorrei avere la tua parola che, all'interno di quel testo, vi fosse davvero il Canto degli antichi che hai recitato.

Il vecchio si voltò con la sua solita calma, un sorriso apparve sulle sue labbra strette e screpolate:

– Mai in vita mia ho cantato, se non la verità.

I due uomini si osservarono per un lunghissimo istante, infine Mormot sembrò rincuorato:

– Se puoi, vorrei che tu mi scusassi per la mia diffidenza, nobile Dan.

La mano del vecchio saggio si posò sulla spalla di Mormot, la sua stretta fu decisa e al contempo rassicurante:

– Figlio mio, mai andrei contro le volontà degli antichi e mai andrei contro il bene comune del Clan.

Mormot emise un mugugno arricciando le labbra in una smorfia dispiaciuta, ma i suoi occhi erano ancora persi al ricordo dei versi pronunciati poc'anzi:

– Io spero che tu abbia ragione, Padre.

I due uomini si separarono ognuno immerso nelle proprie perplessità. Mormot uscì con il presagio di un futuro incerto e pericoloso, mentre il vecchio Dan aveva il cuore leggero, poiché riponeva estrema fiducia nei testi antichi.

***

Nel frattempo il Gigante era intento ad osservare dall'ingresso della caverna la piccola Iwin e sua madre Adrian, mentre si prendevano cura di quella figura stesa nel suo giaciglio, ancora immobile. L'aveva riconosciuta immediatamente, lo stesso colore dei capelli rosso fuoco, gli stessi lineamenti sottili, anche se di sesso diverso, ma a fugare ogni suo dubbio fu soprattutto il marchio che ella portava all'interno del palmo della mano destra. Non era lo stesso marchio sul Profeta giunto alla testa del Serpente, ve ne era inciso un altro, ma la fattura era simile. Al nord veniva utilizzata una tecnica simile per marchiare gli Invit, ma di tutt'altra fattura e utilizzo. Il suo animo era spezzato al ricordo degli avvenimenti nefasti che avevano coinvolto il suo Regno all'arrivo del Profeta, ed ora proprio lui aveva trovato e salvato un altro Profeta giunto dal grande mare salato, un sorriso beffardo apparve sul suo volto, un sorriso malinconico come la sua anima. Adrian era intenta a bagnare una pezza sulle labbra estremamente gonfie e screpolate della piccola fanciulla.

– Mamma, – la vocina flebile della piccola Iwin colse l'attenzione della madre. – Riuscirà a salvarsi?

– Solo il grande Dath lo sa. Noi cerchiamo di fare il possibile, ma è già un miracolo che abbia attraversato il suo occhio e sia ritornata.

Iwin si incupì:

– Cosa posso fare?

Adrian la guardò, riconobbe la sofferenza della figlia, anche lei un tempo si sentì estremamente impotente nell'osservare gli avvenimenti che si susseguivano all'interno del suo Clan ed ora che era cresciuta aveva capito che non vi era alcun motivo per sentirsi così male. Con tutto l'amore possibile, tentò di rincuorare la sua piccola:

– Stai già facendo qualcosa per lei.

Iwin osservò la sua mamma ed incredula disse:

– Ma mamma, io non sto assolutamente facendo nulla!

Adrian sorrise:

– Le stai tenendo compagnia, la stai rincuorando con la tua voce, le servirà come guida per tornare.

Iwin non capì molto bene le parole della madre, ma visto e considerato che la sua mamma credeva profondamente a quanto appena proferito, allora ci avrebbe creduto anche lei. Adrian posò la pezzuola sulla fronte della giovane ragazza, si girò verso sua figlia adagiandole delicatamente una mano sul capo, scompigliandole i capelli. Sul suo volto si rispecchiò il ricordo del suo precedente marito, poi con calma prese in braccio la piccola Iwin, scambiò un segno di pace con il Gigante, messo appositamente di guardia per non permettere a quella ragazza di allontanarsi, poi uscì dalla grotta.

Risvegli

Appena le spire di Morfeo allentarono la presa, il dolore si fece sentire immediatamente. Ogni battito cardiaco era amplificato nella propria testa come una cassa di risonanza. Un conato risuonò nel suo stomaco salendo fino alla gola, senza raggiungere alcuna uscita poiché la sua lingua aveva acquisito dimensioni tali da non riuscire nemmeno a deglutire. La sua salivazione era praticamente azzerata, sentiva in bocca il gusto amaro della propria bile. Si sentiva completamente sfinita. Mentre il suo corpo bruciava, tentò di aprire gli occhi, ma la sensazione dolorosa di calore la fece immediatamente desistere, quel semplice movimento le parve un atto incredibilmente impossibile. Si era ridestata dal suo torpore avvertendo una presenza al suo fianco, una presenza attualmente inesistente, non riusciva a percepire nulla del luogo che la ospitava, a parte il suo terribile dolore. Il ricordo delle disavventure incontrate nel suo cammino attraverso il Mare Salato risalirono dalle sponde fino alla sua mente, devastanti, come era devastante la sua situazione attuale. Frammenti di memoria tra lucidità e allucinazioni, attimi interminabili.

Una voce dal più profondo suo essere fu da lei percepita, anche se non riusciva assolutamente a capirne il senso:

– Iuq onos. Aloccip alliuqnart.

Sentiva ogni sua parte del corpo bruciarle al contatto di una superficie estremamente sottile, quasi impalpabile, che probabilmente altro non era che la sua pelle. Le labbra si mossero a fatica nel tentativo di chiamare il proprio Maestro, nel dischiuderle sentì il sapore del proprio sangue pervaderle il palato. I ricordi apparvero sbiaditi, proprio come il tempo, tutto le si manifestava senza alcun senso di continuità. Tentò di muovere la sua mano, rimasta inerme, ma lo sforzo fu incredibilmente difficoltoso e travagliato dal dolore.

Un pensiero rarefatto le attraversò la mente: "Sto morendo".

Non era riuscita a salvare il suo popolo, non era riuscita a salvare coloro che la stavano proteggendo, non era riuscita a salvare il suo Maestro ed ora, al termine della sua vita, continuava ad incolparsi per la morte di coloro che si erano sacrificati per lei. Tutto era stato vano, inutile, senza senso. Qualcosa dalle intenzioni ospitali le aveva toccato la fronte portandole un po' di sollievo, per la prima volta sentiva un lieve refrigerio da quel contatto.

Poco prima che Morfeo la rapisse, poté nuovamente udire quelle parole appena sussurrate ai confini della sua coscienza:

– Odnednecs ats erbbef al.

Gli incubi non mollarono la presa su di lei ed in breve il Drago tornò, poteva sentire i suoi artigli raspare il terreno sotto i suoi arti, ne sentiva il fetido odore prodotto dalle sue fauci protese nel tentativo di ghermirla: si sentiva nuovamente braccata da quell'essere creato appositamente per ucciderla. Un lieve tocco la ridestò. Era umido al contatto delle sue labbra, una sensazione di benessere toccò la sua gola, mentre il suo corpo reagiva al suo richiamo di movimento, aprì le palpebre ritrovandosi immersa nella penombra. I suoi occhi la tradirono immediatamente, velati da una nebbia artificiosa, si sentiva stordita e appesantita. Quando voltò il capo, una figura femminile dai tratti marcati entrò nel suo campo visivo, impiegò alcuni secondi prima che la sua mente potesse finalmente dare l'interpretazione giusta a ciò che i suoi occhi avevano appena registrato. Innanzi a lei seduta al suo capezzale, vi era una donna adulta, scura di carnagione, le sue labbra si muovevano delicatamente mentre la sua voce continuava a pronunciare parole a lei sconosciute, ma il tono era gentile, affettuoso come quello di una madre. Una madre che lei non aveva mai conosciuto, una terribile sensazione di sofferenza non appartenente al suo corpo fisico le afferrò la gola, avrebbe voluto piangere, ma probabilmente il suo corpo non aveva la possibilità di farlo, perché pur sentendosi profondamente triste, non avvertiva la minima lacrimazione rigarle il viso.

Poi, senza che se ne rendesse minimamente conto, sentì la sua voce espandersi in quell'ambiente semi oscuro:

– Mamma!

La donna le rispose:

– Aim aloccip itasopir.

Riuscì a malapena ad udirla, mentre nei suoi occhi lucidi e nella sua mente febbricitante Morfeo, chinandosi su di lei, la invitava amorevolmente nel suo regno.

Quando riaprì gli occhi, era sola. Osservò per alcuni secondi il soffitto sopra di lei, cercando di seguirne i contorni nella semi oscurità, adattando la sua vista e cercando di capire cosa stesse osservando. Volse il capo ed incontrò la luce del giorno, probabilmente doveva trovarsi in un anfratto all'interno della roccia. Sforzandosi, cercò di concentrarsi sulla visuale, si ricordava di aver visto in lontananza un promontorio, segno indelebile che il Mare di Sale aveva avuto un termine, come lei sperava già da giorni. Aveva visto delle persone muoversi tra gli afflussi di nebbia, ma altre volte era stata posseduta da quel tipo di allucinazioni nel suo viaggio. Poi, cercando di distinguere tra sogno e realtà, capì che molto probabilmente quella donna che a lei pareva la sua mamma altri non era che colei che l'aveva salvata. Si ricordò della stanchezza provata quando aveva intravisto il promontorio e capì che doveva essere svenuta senza così poterlo raggiungere e che quella donna l'avesse trovata e soccorsa. Non poté far a meno di accennare un sorriso a fior di labbra. Tentò di mettersi a sedere poggiando la schiena contro la parete, si puntellò sulle braccia trascinando il busto, con estrema fatica si adagiò alla roccia. Era stato un gesto apparentemente facile, ma immediatamente dopo sentì tutta la spossatezza piombarle addosso. Ansimò per alcuni secondi, controllando il suo stato, il suo corpo era debole. Le sue mani erano incredibilmente screpolate, le sue braccia magre e prive della solita tonicità. Il suo giaciglio era composto da una pelle umida che la separava dal contatto con la dura roccia, mentre sopra di lei era stesa una stoffa, che al contatto le sembrò lana filata, anch'essa era intrisa di acqua. Al contatto con quella superficie un brivido di sollievo le pervase tutto il corpo.

Era visibilmente provata, stremata dall'impresa, che le aveva parzialmente privato il corpo del suo peso originario. I suoi seni si erano visibilmente ridotti e le costole erano oltremodo visibili e asciutte: "Chissà da quanto tempo sono qui!". Appena terminato quel pensiero due figure fecero il loro ingresso attraverso l'apertura, poté solo distinguere le loro sagome, poiché il riverbero del sole abbagliava completamente, oscurando le loro fisionomie. Istintivamente si portò la stoffa al petto nel tentativo di coprirsi.

– Atailgevs è is, ammam.

Le due figure si avvicinarono con cauto passo, si adagiarono al suo fianco mentre le sue pupille cominciarono lentamente a distinguerne i tratti. La più alta era la stessa donna che aveva incontrato nei suoi sogni, ma cominciò a distinguere che erano ricordi sporadici e velati dei suoi precedenti risvegli. La stessa portava in grembo una ciotola di legno, o almeno sembrava di tale fattura, con fare calmo e con la sua solita intonazione le allungò il recipiente:

– Iveb, idnerp.

Nessuna parola di quell'idioma fu a lei comprensibile, ma la gestualità andava oltre ogni linguaggio. La donna si portò la ciotola alle labbra bevendone il contenuto. A tale visione, tutta la titubanza iniziale della ragazza cedette il posto ad un gesto avido che le fece allungare le mani afferrando la ciotola. Stupendosi del peso e della fatica provata, si portò la ciotola alle labbra e cominciò a berne il contenuto. L'impatto con quel sapore la stordì immediatamente, era incredibilmente acido, lattiginoso, aspro come il veleno, con estrema fatica finì tutta quella strana sostanza liquida, erano secoli che non ingeriva qualcosa o almeno così le parve. Discostò la ciotola dalla sua bocca, le cui pieghe portavano ancora i segni della disidratazione, mentre la sua attenzione fu catturata da quella piccola figura che aveva accompagnato la donna. Le era apparsa come una bimba tutta riccioli, con due occhi incredibilmente profondi, neri come la notte.

Non riuscì a distogliere lo sguardo dalla sua piccola figura sino a quando la sua vocina non si fece udire:

– Imaihc it emoc ut? Iwin onos oi.

Nuovamente tali suoni non assunsero nessun significato per le sue orecchie e ciò la indusse a credere che era giunta molto lontano dal suo luogo di nascita, probabilmente oltre il Mare Salato vi era un mondo a lei completamente sconosciuto. Sapeva che era nelle sue possibilità poter comunicare con molte forme di vita, erano stati i primi insegnamenti ricevuti dal suo Maestro. Così provò a concentrarsi nel tentare di farsi capire: "Devo trovare la chiave di volta".

Si schiarì lentamente la voce, era da diverso tempo che non rivolgeva la parola a qualcuno e ciò le sembrò un piccolo miracolo, però non doveva dimostrare debolezza alcuna e non voleva che fosse tradita dalla sua stessa voce. Pertanto pensò che, pronunciando il suo nome, avrebbe almeno rispettato l'etichetta della quale il suo Maestro l'aveva così tanto redarguita in passato:

– Io sono Asha Had Hall.

Sorridendo, la donna scambiò uno sguardo complice e benevolo con la piccola Iwin, prese dalle mani di Asha la ciotola che poco prima le aveva dato, si alzò, fece un lieve inchino ed uscì senza proferire parola. Asha osservò la piccola che, imperterrita, era rimasta al suo capezzale, continuando ad osservarla come fosse l'ultima cosa che avesse mai visto in tutta la sua vita.

"Devo avere un aspetto pessimo".

Il pensiero probabilmente non era molto lontano dalla realtà, in ogni caso rimasero entrambe in silenzio sino al sopraggiungere della donna, accompagnata da un uomo molto anziano. Agli occhi di Asha egli apparve incredibilmente emaciato e rachitico, ma ciò che la colpì maggiormente furono i suoi occhi, i quali nascondevano un'intelligenza acuta. Le si avvicinò con estrema lentezza, ogni suo gesto fu ponderato nel tentativo di non spaventarla e lei lo avvertì subito, ma Asha aveva già superato quella fase, era pienamente consapevole che doveva la sua vita proprio a quelle figure. L'anziano si sedette vicino al suo giaciglio, si portò la mano sotto le vesti estraendone un piccolo libro, – agnetrappa it otseuq ehc osnep. Asha lo riconobbe immediatamente, all'interno di quel libricino vi erano gli insegnamenti del suo Maestro. Con uno scatto fulmineo strappò al vecchio quell'immenso tesoro stringendoselo al petto. Il vecchio sorrise, mentre le sue mani si mossero nuovamente verso l'interno delle sue vesti, estraendone un altro, ripetendo quel gesto sempre con la stessa calma, particolarmente atipica agli occhi di Asha. Egli lo sfogliò sino a giungere ad una pagina prefissa ed iniziò il suo Canto, che ad Asha sembrò il più dolce suono che le sue orecchie avessero mai accolto in tutta la sua vita. La voce, ritmica e ferma, risuonò all'interno della grotta, fluendo armoniosa e possente come lo scorrere delle grandi cascate del Regno di Antart. Asha rimase in silenzio assorta nei propri pensieri, quel Canto non le aveva solamente riportato alla mente il suo Regno: Asha aveva finalmente trovato la chiave di volta.

I Due Draghi

L'incessante trascorrere del tempo permise ad Asha di ambientarsi nella sua nuova dimora, cominciò a conoscere gran parte delle genti del Clan che le aveva salvato la vita. Piano piano il suo corpo riprese la tonicità originaria, grazie ai Canti e agli insegnamenti del vecchio Dan, aveva affinato e capito l'idioma di quelle genti. Infatti tutti i giorni si univa agli altri ragazzini per seguire gli antichi insegnamenti tramite le scritture degli antichi. Rimaneva sempre colpita da quegli incontri, da un lato non capiva molto bene coloro che avevano scritto quei testi, dall'altra molte informazioni le erano utili per capire la storia di quella gente e soprattutto per comprendere appieno il loro pensiero. Le giornate scorrevano veloci ed in breve tempo era riuscita a farsi capire e ad interagire con il Clan. Ogni tanto il vecchio Dan la incitava a cantare qualche verso ed ella si divertiva particolarmente in quell'opera, poiché tutti i bambini erano voraci della sua presenza, specialmente la piccola Iwin. Alcuni esponenti del Clan ad ogni modo rimanevano estremamente diffidenti nei suoi confronti, Asha sapeva che non poteva essere accettata da tutti e a volte questo pensiero la faceva soffrire, dopotutto lei non aveva fatto assolutamente nulla per essere considerata a quel modo. Si sarebbe comunque impegnata per poter far cambiare idea a tutti loro. Alla fine delle sedute assieme al vecchio Dan, Asha si esercitava nell'arte della meditazione e nell'esercizio fisico, purtroppo la sua solitudine in tali azioni veniva sempre trascurata, sin dal primo giorno del suo risveglio le avevano affiancato come compagnia, o scorta, il Gigante. Adrian, la mamma di Iwin, le aveva detto che era per la sua sicurezza, di certo a lei non dispiaceva avere un po' di compagnia, ma in tutto quel tempo il Gigante non le aveva mai rivolto la parola, si era astenuto volontariamente dal parlarle, un atteggiamento del tutto pragmatico ai suoi occhi. Asha aveva provato innumerevoli volte a comunicare con lui, ma non era mai riuscita a trovare la sua chiave di volta: il Gigante rimaneva nei suoi confronti estremamente introverso, un guardiano silenzioso. Non era l'unica compagnia che avesse: ogni tanto Asha poteva notare che a seguirla, oltre al grande Gigante, vi era Iwin, la quale rimaneva in disparte, a volte appena fuori dalla sua portata visiva, ma Asha sentiva la sua presenza, soprattutto quando saliva sul promontorio per eseguire i suoi esercizi.

– So che sei lì, vieni fuori!

Nel tentativo di coprirsi dal sole cocente, il Gigante seduto nelle vicinanze di un cactus alzò lo sguardo cercando di osservare a chi Asha si fosse rivolta, in mezzo a quel paesaggio desertico, oltre a loro due non aveva scorto nessuno, sapeva perfettamente che quelle parole non erano rivolte a lui. Così si alzò incuriosito, poco lontano dalla sua posizione una testolina tutta riccia sbucò appena oltre il termitaio. Queste strutture erano così grandi e disseminate ovunque da permettere un ottimo nascondiglio per chiunque, quindi la piccola Iwin li aveva sfruttati nel migliore dei modi per avvicinarsi ed osservare del tutto indisturbata le movenze del Gigante e di Asha.

La vocina di Iwin si fece sentire, fievole come un alito di vento:

– Perdonami, non volevo spiarti.

Asha sorrise:

– Non devi nasconderti ai miei occhi.

Imbarazzata, Iwin chinò il capo in direzione delle punte dei piedi, i quali sbucavano dai suoi sandali logori, sapeva di aver commesso un errore e adesso aspettava la sua punizione. Asha le si avvicinò, il suo volto era madido di sudore provocato dallo sforzo per l'esercizio appena concluso. Allungò la sua mano, prese il mento della piccola e la osservò attentamente:

– Di cosa ti stai incolpando?

Iwin non riuscì a reggere lo sguardo, così tentò di riabbassare il suo, concentrandosi su di un punto a caso in prossimità del petto di Asha.

– Non dovevo spiarti.

– Allora non farlo, – replicò immediatamente Asha. Iwin non capì, non era abituata a non subire le conseguenze dei suoi gesti ed Asha se ne accorse. – Cosa c'è che non va?

Iwin si sfregò le manine, si sentiva incredibilmente in colpa e non sapeva bene come comportarsi, con tutto il suo coraggio pose la domanda che in tutto quel tempo, dal giorno della sua venuta all'interno del Clan, l'aveva così tanto tormentata:

– Dicono che tu sia un Profeta; è vero?

Asha rimase impietrita per alcuni secondi, si portò una mano alla fronte nel gesto di asciugarsi il sudore, poi con estrema calma si rivolse nuovamente alla sua interlocutrice:

– Vieni, sediamoci; parliamo un po'.

Gli eventi si erano veramente capovolti, un tempo non troppo lontano era il suo Maestro a doverle spiegare gli avvenimenti, ora era diventata lei il Maestro, anche se a dire il vero non si sentiva assolutamente in grado di poter ricoprire tale sommo ruolo, però gli insegnamenti erano ben impressi in lei, l'unica differenza che vi era nel modo di comportarsi era semplice, proprio come il suo Maestro ripeteva sempre: Fare o non Fare.

Così Asha ci provò, come era destinata a fare:

– Cosa ti fa pensare che io sia un Profeta?

Iwin si sedette accanto ad Asha, all'ombra di un termitaio abbastanza grande da poter dare un po' di refrigerio a quelle due figure, bisognose di ombra. La sua voce tremula risuonò in quella calura:

– Il simbolo che porti impresso nel palmo della tua mano.

Asha aprì il palmo, mostrandolo alla piccola:

– Questo marchio non significa che io sia un Profeta, in realtà esso è un insegnamento.

La loro attenzione fu catturata dalla visione di due lunghi

serpenti attorcigliati tra loro e in mezzo si stagliava il tronco a forma di croce, sul quale si arrampicava l'Edera.

Iwin era venuta a conoscenza che uno dei fratelli di Asha aveva eretto il suo Regno portando morte e distruzione sulle genti di Argentea, le notizie erano vaghe in quella remota regione, ma più si andava a nord più questa repressione era visibile, quindi era ovvio temere coloro che si facevano chiamare Profeti. Con calma tentò di esprimersi:

– Non tutti gli uomini sono uguali.

La risposta sembrò non essere compresa dalla piccola Iwin:

– Lo so che tu sei una ragazza.

Asha sorrise, ora cominciava a capire il suo Maestro e la sua estrema difficoltà nel farsi capire da lei. Così riprovò, in fondo Iwin era molto più grande di quando lei aveva cominciato ad apprendere l'arte del noviziato, quindi probabilmente avrebbe potuto capire.

– Questi sono due serpenti: uno è di colore blu l'altro è rosso, sai a cosa si riferiscono?

Iwin la osservò attentamente, non riuscì a trattenere il suo paragone infantile:

– Blu come i tuoi occhi?

Asha sorrise affermando:

– Sì! blu come i miei occhi!

Un segno di intesa calò tra di loro. Iwin sapeva solo che i serpenti strisciavano a terra e ogni tanto venivano cacciati dal Clan per poter recuperare carne fresca, in più era a conoscenza tramite gli antichi testi che lei viveva sulla coda del Regno del Serpente. Con calma spiegò ad Asha queste cose, delle quali era già a conoscenza grazie ai Canti del vecchio Dan; la giovane donna riprese il suo monologo, indicando con l'indice la linea tracciata sul suo palmo:

– Questo è il Serpente blu, esso rappresenta il simbolo femminile, perché la donna vibra alla stessa frequenza del colore blu e dell'acqua ed il suo centro è qui.

Asha si portò la mano destra sul suo ventre e posò delicatamente il palmo sinistro sul ventre di Iwin. Gli occhi della piccola si posarono istintivamente sul suo bacino e delicatamente vi pose anche la sua mano:

– Ogni volta che noi donne proviamo un'emozione la proviamo proprio in questo centro: poco fa ti sei sentita in colpa e ti si è chiuso lo stomaco, vero?

Iwin pensò ai suoi sentimenti e non appena il suo pensiero capì il collegamento, alzò immediatamente gli occhi verso Asha, sorridendole.

– Bene, vedo che mi hai compreso!

Euforica e vorace di una conoscenza immediata, Iwin non perse tempo:

– E quello rosso?

– Questo è il Serpente simbolo dell'uomo, perché egli vibra alla stessa frequenza del fuoco e del colore rosso e il suo centro è qui, – continuò Asha, portandosi le mani ai lombi. – Perché l'uomo è calore e forza.

Iwin era cresciuta senza padre e Asha lo sapeva benissimo, proprio come lei, però lei aveva avuto il suo Maestro come centro di forza, quindi questo passaggio sarebbe stato meno compreso dalla sua improvvisata allieva; avrebbe dovuto trovare un monito di riferimento, altrimenti non sarebbe riuscita a farle capire il concetto.

– Lo vedi il Gigante? – Iwin asserì, muovendo ritmicamente il capo. – Cosa senti nel guardarlo?

Iwin rispose con tutta la semplicità del suo essere:

– È grande!

Asha sorrise. Avrebbe dovuto guidarla: Iwin era abituata a guardare con gli occhi, proprio come lei un tempo, per comunicare a quel livello avrebbe dovuto aprirle la mente e farle utilizzare i suoi sensi ora del tutto assopiti.

– Quando sei al suo fianco cosa provi?

Iwin divenne immediatamente seria, lo sguardo si era perso nell'osservare il grande Gigante seduto all'ombra del cactus, mentre era intento a masticare una striscia di pelle nel tentativo di ammorbidirla. Era una pratica utilizzata dalle donne del Clan, ma lui, essendo uno straniero, si faceva tutto da solo, proprio perché non aveva alcuna donna che si occupasse di lui, almeno questa era la spiegazione che la mamma di Iwin le aveva dato.

Iwin lo aveva sempre considerato un Gigante buono, a volte le incuteva timore, altre volte la sua mole la rassicurava; era molto indecisa sui suoi sentimenti e non voleva assolutamente sbagliare risposta, ma non sapeva proprio cosa dire.

Asha si accorse della reticenza della piccola, così riprovò cambiando esempio:

– Ti ricordi del tuo papà?

Il volto di Iwin si incupì immediatamente, Asha si accorse di aver sbagliato, si mordicchiò un labbro in segno di dissenso per essere stata così insensibile e avventata: forse non era così facile come sembrava riuscire a trovare gli esempi giusti.

Appena gli occhi di Iwin si inumidirono, tentò di rincuorarla, maledicendosi per la sua poca dimestichezza.

– Scusami, ho sbagliato esempio.

Iwin si sfregò gli occhi, scuotendo la testa, poi la sua attenzione ritornò al presente e alle parole di Asha.

– Il fuoco, come è risaputo, può riscaldare l'acqua, la quale piano piano si trasforma in vapore, così l'unione di un uomo e di una donna genera una terza entità, che qui è rappresentata dal bastone in cui su di esso cresce l'Edera: precisamente nel loro centro.

Iwin non aveva capito, come era logico presupporre, ciò non sfuggì allo sguardo attento di Asha:

– Il tuo papà e la tua mamma ti hanno donato la vita e sono state queste forze a permetterlo.

Lo sguardo della piccina si illuminò di colpo, sorridendo a quella incredibile realtà alla sua portata, rimaneva il dubbio della forma:

– E i due Serpenti?

Iwin non capiva perché mai la donna e l'uomo fossero stati associati proprio a quegli esseri, senza contare come mai lei dovesse essere associata a un bastone.

La curiosità della piccola intenerì il cuore di Asha, aveva vissuto anche lei quei drammi interiori, in ogni caso tentò di essere più esplicita possibile:

– Il Serpente è la forma più vicina alla terra e noi siamo esseri che camminano in questo piano, ma questa è una simbologia che solo gli iniziati possono comprendere.

La voce di Iwin risuonò incredula:

– Questo vuol dire che non me lo dirai?

Un lieve accennò di sorriso apparve sul volto di Asha:

– Non ho detto che non te lo dirò, ho solo detto che per comprenderlo ci vuole molto tempo.

Iwin si sfregò le ginocchia e col suo fare allegro, degno dei pochi cicli che aveva, si rivolse alla sua maestra:

– Abbiamo tutto il tempo del mondo!

Una risata fragorosa ed estremamente contagiosa scaturì dalle labbra di Asha, ripercuotendosi in quella landa desolata. Era stata una risata limpida nata dal profondo benessere, dal cuore. Anche il Gigante fermò la sua opera di masticamento, posando la sua attenzione su quelle due piccole figure sedute all'ombra del grande termitaio.

In quel preciso istante, il tempo in quel luogo si fermò.

Il Volere di Shevra

Aveva gli occhi pieni di lacrime mentre il suo Maestro tentava invano di rincuorarla. Tutta la città era stata data alle fiamme, poteva sentire le grida della sua gente, mentre veniva massacrata per strada dall'ira spregiudicata e malvagia dei loro nemici. La sua voce piena di angoscia risuonò tra le mura del Monastero:
— Maestro, io voglio rimanere qui al vostro fianco!
Il Maestro le parve d'un tratto invecchiato, lo scorrere degli accadimenti aveva aggravato la sua senilità prima del tempo, i suoi occhi fieri e intelligenti avevano perso la loro lucentezza originaria, un velo opaco li aveva offuscati, causando una malinconia per gli ultimi avvenimenti e una profonda tristezza dovuta al massacro che stavano vivendo. Con fare calmo e delicato tentò di rincuorarla:
— Figlia mia, tu devi sopravvivere, perché tutto ora dipenderà da te, come la profezia vuole.
— Io non voglio!
Le sue urla sovrastarono il frastuono generale, un sorriso appena accennato attraversò il volto austero del Maestro:
— Portatela via e abbiatene cura.
Forti mani la sostennero trascinandola con loro, contro la sua volontà, mentre lei lottava nel vano tentativo di divincolarsi, non voleva allontanarsi dal suo Maestro perché era l'unico suo punto di riferimento rimasto in un mondo di miseria e atrocità. Ovunque era buio senza la sua guida e lei lo sapeva benissimo. La sua voce continuava imperterrita ad urlare:
— Maestro! Maestro!
In un ultimo disperato tentativo di convincerlo a non abbandonarla, mentre la guardia personale adempiva al suo compito. Asha lo invocò, con tutta la sua disperazione:

– Padre!!!

Mentre urlava in preda al panico per un futuro a lei completamente oscuro, una mano si posò sul suo volto, sentì l'umido della pezzuola coprirle le labbra ed il naso, mentre il suo pensiero corse spontaneo: *"No, questo è…"*.

***

Mentre il buio la inghiottì nelle sue spire, un urlo scaturì prepotente. Si alzò di scatto riscoprendosi al sicuro avvolta nella sua pelle, la penombra della grotta continuava a cullarla, si raggomitolò stringendosi le ginocchia al petto, mentre le lacrime continuavano a solcarle il volto. Una voce alquanto gutturale esordì tra sogno e realtà:

– Shevra ti ha fatto nuovamente visita?

Asha voltò il capo verso l'apertura della grotta, impiegò alcuni attimi per abituarsi all'intensa luce del giorno, piano piano la sagoma del Gigante buono si stagliò limpida innanzi ai suoi occhi. Egli era comodamente seduto poco distante da lei, intento a stendere un lembo di cuoio sul suo avambraccio, Asha poté notare meglio quell'uomo, i suoi occhi puntati proprio su di lei erano di un azzurro vividissimo, portava lunghi capelli avvolti in fitte trecce fermate alle estremità da strisce di cuoio, le quali gli scendevano striandogli la pelle in più punti. Si era sempre domandata che voce avesse, ed ora dal nulla finalmente gli rivolgeva la parola, era la prima volta in assoluto; intirizzita e sgomenta si irrigidì:

– No, nessun sogno.

Il Gigante sbuffò in segno di diniego:

– Ti ho osservata bene, ti svegli sempre piangendo!

Asha nascose il viso tra le sue ginocchia, il volto del suo Maestro era ancora troppo vivido nei suoi ricordi, poi si sforzò lasciando uscire i suoi pensieri al di fuori del proprio essere, anche se non ne aveva assolutamente voglia:

– Chi è Shevra?

Il Gigante strinse maggiormente le cinghie di cuoio:

– Ella è la dea distruttrice nella mia cultura!

– Distruttrice? – ripetè Asha, colpita da quella parola.

– Un tempo gli antichi vivevano nelle terre del Nord, essi erano uomini dai fini malvagi e si macchiarono di ogni crimine possibile, – il Gigante continuò digrignando i denti.

– Un giorno Shevra volle punire l'abominio da lei stessa creato, decidendo di distruggere le proprie creature per poter ricreare la vita a sua somiglianza; si tolse il velo che le copriva il bellissimo volto e lo calò sul nostro Regno, facendo scomparire il suo compagno Solaris dai cieli. Per sempre.

Asha rimase attenta, completamente assorta dal racconto del Gigante:

– La terra lentamente cominciò a ghiacciare mentre tutte le genti iniziarono a morire, sin tanto che in quell'antico Regno non rimase più nessuno, solo la dea Shevra visibile e splendente nella coltre notturna, – il Gigante si prese alcuni attimi per sistemarsi una treccia, poi, con calma, riprese il suo monologo. – Solo dopo molte ere, i nostri antichi ricominciarono a popolare quelle terre, erano diretti discendenti di Shevra, i quali si adattarono perfettamente a quelle temperature divenendo ottimi cacciatori e altrettanto bravi costruttori, tutto il mio Regno è costituito dal ghiaccio, fonte di vita inestimabile in una terra che oramai non conosce più le vie dell'acqua.

Asha liberò le proprie gambe dalla sua stretta, incrociandole nella consueta posizione meditativa e incitando il suo interlocutore a proseguire il suo racconto.

– La società cominciò a rifiorire, molti Clan si costituirono e vissero tranquillamente in armonia abbracciando il volere della Dea, sino al sopraggiungere del Profeta.

– Qual è il suo nome?

La voce di Asha interruppe i pensieri del Gigante, il quale si prodigò nella risposta:

– Non ho mai saputo il suo nome, egli venne nel nostro Regno recando con se il simbolo di Shevra, la mezzaluna incisa nel suo palmo, era un segno indelebile del volere della Dea.

Asha ricordò alcune parole del suo Maestro: *Cinque sono i tuoi fratelli, tutti recano con loro le conoscenze da me impartite, per migliorare un mondo che è completamente ignaro del suo potere.*

– Nessuno dubitò mai della veridicità di quelle parole, egli era il figlio di Shevra sceso in terra per portare nuova luce nel Regno del Nord, egli sapeva scrivere i Canti ed era il portatore di un nuovo messaggio, molti Nobili furono attratti da lui, essi cominciarono a seguirlo attraverso questo percorso, in breve tempo quel Profeta divenne il nostro Sovrano, ma recò solo guerra e distruzione, schiavizzando il mio popolo. Tutti coloro che si schierarono contro questo volere incontrarono la morte per mano sua o per altri suoi uomini.

La curiosità di Asha fu risvegliata:

– Come mai tu sei così lontano da casa?

Un sorriso amaro comparve sul volto del Gigante:

– Io ho attraversato gran parte del Serpente per vedere il mondo al di fuori del mio Regno, accorgendomi che in ogni dove era giunto un Profeta a reclamare il proprio Regno, sovvertendo l'ordine costituito, così sono giunto sino a qui dove la loro influenza è meno presente, la mia fu una fuga e qui mi prodigo per espiare le mie colpe, in esilio.

Asha abbassò lo sguardo, molto probabilmente i loro destini erano simili, in fondo anche lei era un esule, ma visto che il Gigante era in vena di parlare continuò a porre le sue domande:

– Come mai mi segui ovunque?

Il Gigante impiegò un po' prima di rispondere, sembrava quasi riluttante a voler rivelare i suoi pensieri:

– Sono stato io a trovarti nel Mare Salato ed è mia la responsabilità per la tua vita.

L'incredulità di Asha non venne trattenuta dalle sue labbra:

– Responsabilità?

Un sospiro esplose vigoroso dalle labbra del Gigante:

– Sì, responsabilità, nei Canti antichi vi è un insegnamento imprescindibile: colui che salva la vita ad un essere umano ne deve poi portare il fardello.

Asha sorrise:

– Questo cosa vuole dire?

– Significa che la tua vita è sotto la mia custodia e io devo avere cura di te, come se fossi mia figlia.

Asha aveva capito:

– Allora ti dispenso da questo obbligo!

– Non posso, così vuole Shevra e così farò.

Le parole pronunciate dal Gigante non sembravano assolutamente proferite con enfasi, al contrario, Asha se ne accorse subito:

– Ho capito che sia il volere della tua Dea, ma non è un Canto che deve condizionare la tua vita: i Canti sono insegnamenti, non Dogmi.

Il Gigante scosse la testa in segno di diniego:

– Ora capisco che il mio destino era legato a te, noi del nord pensiamo che nulla avviene per caso e io, detestando incredibilmente l'operato dei Profeti, ora mi trovo ad avere salvato la vita ad uno di loro.

Ecco cosa lacerava l'animo di quella creatura, Asha non aveva la minima idea di come quel mondo fosse stato distrutto dall'avvento dei suoi fratelli, i quali forse avevano mal interpretato le parole insegnate dal loro Maestro. Il Gigante odiava i Profeti ed era costretto a servirne uno, non sapeva proprio come poter farlo uscire da quella situazione, visto che non la voleva abbandonare:

– Quindi sacrificheresti la tua vita per me?

– Se così sarà il volere di Shevra, così io farò!

Si fissarono per alcuni attimi, era una lotta e Asha lo sapeva benissimo; aveva anche capito che quella popolazione assorbiva i Canti come leggi, non come insegnamenti... e questo era un male:

– Dimmi Gigante, qual è il tuo nome?

Egli si alzò in piedi maestoso:

– Io sono Horud, – si prese una piccola pausa e con impeto svelò il suo significato. – Nella mia lingua significa: Il Cacciatore.

Così dicendo fece un breve inchino, Asha non poteva essere da meno, visto che nemmeno Horud sapeva il suo nome. Così si alzò, incrociò le braccia al petto, giunse le mani ad intreccio alzando i due indici verso il mento, chinando lievemente il capo pronunziò il suo nome:

– Io sono Asha Had Hall, – appena si rialzò dall'inchino fece un passo verso il Gigante. – Nella lingua del mio Regno significa: Colei che è!

Horud osservò oltre lo sguardo di lei, riuscendo a percepire la sua forza racchiusa in quella piccola figura che si trovava innanzi a lui:

– È un piacere fare la tua conoscenza, Colei che è.

Asha sorrise:

– Per tua informazione, io non sono un Profeta!

Quelle parole lasciarono Il Cacciatore basito, la sua voce tremolò leggermente nell'aria umida della caverna:

– E cosa saresti, dunque?

Asha ricordò gli insegnamenti protratti all'infinito del suo Maestro, tutto cominciava ad avere una logica, la sua istruzione, le lunghe sedute per poter migliorare ed affinare le sue tattiche di combattimento, tutto era scritto, come era scritto l'avvento e la caduta di Antart, il suo cammino per raggiungere la terra del Serpente... il suo Maestro aveva previsto tutto. L'unica a non conoscere la sua vera identità era lei stessa, almeno, sino a quel momento:

– Coloro che si sono spacciati per Profeti, oramai non lo sono più. Il mio compito è quello di fermarli.

Una risata uscì dalle labbra carnose di Horud:

– Tu vorresti fermarli? E come?

– Dato che il tuo obbligo sarà quello di seguirmi, potrai vederlo con i tuoi stessi occhi!

Horud osservò quell'esile figura uscire alla luce cocente del sole, rimanendo basito dall'autorevolezza delle parole poc'anzi udite, probabilmente anche il suo destino era segnato: che il volere di Shevra lo avesse davvero guidato sino ad oltrepassare tutti i Regni del Serpente, per giungere a salvare colei che avrebbe a sua volta salvato lui e tutto il suo mondo?

Paura

Asha aveva deciso di intraprendere il suo viaggio verso nord, ma prima aveva bisogno di conoscere alcuni trucchi per poter sopravvivere in quelle lande desolate. Il fatto che Horud sarebbe stato al suo fianco ed egli fosse un esperto cacciatore non la rassicurava affatto, così decise di dedicare il suo tempo a qualche piccolo chiarimento di cui il Clan di Dath era a conoscenza. In principio si recò dal vecchio Dan facendosi spiegare nel dettaglio come calcolassero il tempo in quel luogo. Dan la condusse sul promontorio oltre i grandi termitai, qui in una piccola radura vi era deposto un palo di legno, a prima vista non aveva nulla di particolare, ma la sua ombra leggera danzava sul terreno, sulla quale erano poste dodici mezze lune, come tali gli occhi di Asha le avevano percepite.

– Noi li chiamiamo i dodici cicli, – la voce del vecchio Dan come sempre era misurata e fievole. – L'occhio di Dath non smette mai di osservare il suo Regno, ma compie nel cielo degli archi, i quali seguono linee precise.

Asha osservò con profonda attenzione, aveva notato gli archi di andata e ritorno del sole, più o meno avveniva la stessa cosa nel Regno di Antart, però a differenza del Regno Serpente ad Antart le notti giungevano, anche se brevi.

– Ogni ciclo dura più o meno trenta archi.

Il vecchio Dan puntò il suo bastone per far notare maggiormente i solchi longitudinali rispetto all'arco, Asha si chinò sulle ginocchia per poter osservare più da vicino quello strano metodo di segnare il tempo. Non aveva mai capito come mai tutti gli esseri umani fossero così ostili nei confronti del tempo, era quasi un obbligo per loro definirlo e misurarlo. Un tempo aveva potuto accedere ad alcuni Canti degli antichi, dove vi era addirittura un orologio, così venivano chiamati i segnatempo antichi, i quali riuscivano a calcolare precisamente il trascorrere del tempo in tutto il cosmo, all'epoca il suo pensiero fu rivolto a quella assurdità.

Ora anche in quel Regno avevano adottato un metodo simile, considerato che non potevano contare il fluire del tempo, dovuto all'assenza dell'alternarsi del giorno e della notte abbastanza visibile, quel popolo si era comunque ingegnato. In ogni caso avrebbe dovuto apprendere al meglio quel metodo di misurazione temporale, così da potersi permettere il lusso di misurare le distanze effettuate a seconda del tempo impiegato per percorrerle. La domanda successiva avvenne spontanea:

– Come determinate le distanze degli archi rispetto alle loro parallele?

Il vecchio Dan rimase in silenzio, poi mestamente ammise la sua totale ignoranza in merito:

– Questo sito è mantenuto in essere da tempi immemori, quando la civiltà dei nostri avi era evoluta e rivolta maggiormente al cielo.

Quella non era certo la risposta che Asha si aspettava, seduta sui talloni appoggiò i gomiti sulle proprie ginocchia, il suo sguardo si perse immerso tra quei solchi, aveva sicuramente capito che il tempo veniva calcolato in base all'ombra del palo, il quale colpiva i solchi nel terreno detti archi. In effetti aveva capito che l'occhio di Horus così veniva chiamato nel suo Regno, compiva prima un arco a crescere nella volta celeste, poi in corrispondenza del suo declino compiva un altro arco a decrescere, così facendo ritornava al punto di partenza, così si spiegava anche perché gli antichi lo avessero chiamato l'occhio di Horus. Infatti alla fine del suo ciclo si poteva delineare nel cielo una figura assomigliante ad un occhio, il nome cambiava solo in corrispondenza della terminologia utilizzata dalle genti, un'altra cosa senza senso riscontrata da lei nei Canti degli antichi, in effetti Horus era chiamato così nell'Antart, mentre qui veniva chiamato Dath ed al nord, da dove proveniva Horud, esso era conosciuto col nome di Solaris. In fondo avrebbero dovuto tutti appartenere ad un'unica ed universale legge, ma evidentemente la simbologia era stata tramandata differentemente in quelle regioni, senza contare che molti testi secondo il suo spassionato parere erano stati volutamente cambiati. Per il momento però le sfuggiva il motivo di tale cambiamento. In ogni caso Asha tentò di raccapezzarsi in quel marasma di conoscenze, nel periodo più freddo l'occhio di Horus compiva un arco più vicino all'orizzonte, mentre nei cicli più caldi corrispondenti all'estate l'arco raggiungeva quasi lo Zenit. Ma tutte quelle riflessioni non portarono ad una soluzione precisa sulle distanze degli archi, Asha pensò che probabilmente sarebbe servito molto più tempo del necessario:

– Ti ringrazio Dan, vaglierò una soluzione.

Il tono di voce del vecchio fu più sommesso del solito:

– Mi dispiace non esserti stato di aiuto.

Asha si alzò, si ripulì le vesti dalla polvere rivolgendosi al suo interlocutore col suo solito fare dolce:

– Non ti preoccupare, ti sono comunque grata del tuo tempo.

Horud la stava aspettando, aveva già preparato tutto l'armamentario per poter andare a caccia con Asha, fu proprio lei quel giorno a decidere di accompagnarlo.

Appena Asha si avvicinò, una figura esile sbucò da dietro un termitaio:

– Posso venire anche io con voi?

La piccola Iwin era tutta in fermento, aveva capito che quel giorno poteva delinearsi come una giornata particolare, in fondo i bambini riescono a cogliere sfumature che agli adulti sfuggono, non certo alla giovane Profeta:

– Io ti porterei volentieri con me, ma credo che la tua mamma non sia altrettanto d'accordo!

Il broncio sul volto della piccola Iwin non tardò a manifestarsi:

– Ti prego!

Asha la osservò attentamente, in fondo che male poteva farle, così cedette:

– Va bene, seguimi!

Iwin non credette alla proprie orecchie, così con passo sicuro si accodò al Gigante e ad Asha, oramai divenuta la sua eroina.

– Ci sarà solo di intralcio!

La voce baritona del Gigante la redarguì. Asha alzò il capo osservando il cacciatore, sapeva che si era già preso il suo fardello nel proteggerla ed oggi avrebbe dovuto anche insegnarle l'arte a lui consona, era altresì chiaro che avere al suo seguito anche una marmocchia non fosse per lui una piacevole soluzione. Asha attraversò i suoi pensieri nel tentativo di ricordare qualche buon insegnamento dettato dal suo Maestro, il sorriso apparve sulle sue labbra quando lo trovò:

– Chi sono io per poter decidere cosa un essere possa fare e cosa non possa?

Il Gigante sbuffò, segno indelebile della sua insofferenza, con riluttanza dovette arrendersi.

La caccia fu prolifica. Riuscirono a ritornare con qualche ratto e un paio di serpenti, avrebbero diviso il bottino assieme a tutta la comunità, la carne fresca era un lusso nel deserto di Dath.

A cena tutto il Clan si riunì, Iwin non rivelò mai a sua madre dove fosse stata tutto il giorno ed Asha assecondò il suo piccolo segreto. Il vociare era soave mentre i bambini giocavano e scorrazzavano ovunque rincorrendosi nelle gallerie. Asha non si era mai sentita così partecipe ed accettata all'interno della sua nuova famiglia, era comunque vero che alcuni nutrivano ancora delle riserve nei suoi confronti, gli occhi di Mormot e di suo fratello Darban non mentivano a tal proposito, ma il suo modo di fare aveva fatto capire alla maggior parte di loro che la sua permanenza all'interno della comunità non fosse poi così sgradita, come del resto non era sgradita già da diversi cicli la permanenza del grande Gigante.

I Canti del vecchio Dan risuonarono nell'aria umida, ma il

pensiero di Asha era altrove. Ella sapeva che la comunità poteva accedere all'acqua, dato che ve ne era in abbondanza e lei voleva sapere dove questa acqua venisse raccolta, così si avvicinò alla vecchia Antoniel, la Matrona del Clan, colei che camminava nella via delle Lacrime, almeno così aveva sentito:

– Posso sedermi accanto al tuo capezzale?

Il volto segnato dal tempo della vecchia Antoniel si posò sullo sguardo attento e profondo di Asha, le labbra sottili e screpolate si mossero leggermente:

– Certamente. Siediti pure, Profeta.

Asha si mise comoda incrociando le gambe, poi con fare remissivo si rivolse alla Matrona:

– So che sto per chiederti molto, – si interruppe per un attimo nel tentativo di trovare le parole giuste, non voleva assolutamente essere invasiva, considerato che l'argomento era particolarmente delicato. – So che tu sei colei che accompagna le donne sulla soglia delle Lacrime.

Lo sguardo della Matrona divenne immediatamente severo, Asha se ne accorse subito, avrebbe dovuto essere molto più prudente, ma continuò ugualmente:

– Tra qualche giorno sarà mia intenzione inoltrarmi nel Nord e mi piacerebbe ascoltare i tuoi insegnamenti!

Antoniel estrasse dal fuoco un pezzo di carne secca, oramai completamente carbonizzato, con la calma tipica di quelle genti cominciò a masticarlo avidamente, biascicando il suo commento:

– Tutte queste belle parole per venire a conoscenza del nostro più ambizioso segreto, – Asha chinò leggermente il capo in segno di rispetto, ma quel gesto fu inspiegabilmente mal compreso. – Non ti devi certo scusare di questo, è tipico degli estranei carpire i segreti di un Clan.

– Io non intendevo offendervi, al contrario, queste informazioni mi serviranno esclusivamente per sopravvivere in un luogo austero a me del tutto sconosciuto!

– No! Non è per quello che me lo stai chiedendo!

Asha rimase assolutamente basita nell'udire quell'affermazione, probabilmente il suo sentirsi integrata all'interno della comunità era solo una fievole apparenza, la realtà era ben altra:

– Capisco la tua reticenza, ma ti assicuro che non vi è alcun altro fine.

La risposta della Matrona le gelò il sangue nelle vene:

– No! Anche questo non è vero: tu sei alla ricerca della conoscenza!

I pensieri di Asha fluttuarono liberi, aveva esagerato nel chiedere quella informazione e forse la Matrona aveva ragione, in fondo lei era sempre cresciuta nel tentativo di ricercare quello che non conosceva e questa sua propensione era data dall'insegnamento che il suo Maestro le aveva indicato come il primo sigillo: *Conosci, poi attiva.*

Sapeva che quella conoscenza le sarebbe stata di particolare giovamento, però a sua volta capiva la reticenza nel condividere quel segreto, in fondo nemmeno gli uomini del Clan erano a conoscenza della via delle Lacrime, era una prerogativa riservata solo alle donne di Dath, sarebbe stato difficile scardinare quel Dogma. Asha mal volentieri dovette arrendersi, avrebbe dovuto fare affidamento su altre conoscenze alla sua portata, ringraziò gentilmente la vecchia Matrona per la sua disponibilità, allontanandosi dal banchetto in atto. La Matrona osservò il Profeta uscire dalla caverna, il suo pensiero fu contrariato nei suoi confronti, un pensiero volto alla diffidenza, ma gli antichi non mentivano, i segreti andavano conservati gelosamente e lei non si sarebbe mai discosta da quei Canti.

Quella giornata non era ancora giunta al termine e prima di percorrere il viaggio verso nord, Asha aveva deciso di ricominciare ad allenarsi con un compagno nell'arte del combattimento, probabilmente l'esercizio fisico avrebbe distolto i suoi pensieri e mitigato la sua mente.

L'inaspettata reticenza subita, l'aveva scossa nell'animo, pur capendo appieno le motivazioni, era comunque fortemente contrariata. Horud era già in attesa del suo arrivo da diversi minuti, il suo pensiero fu interrotto dalla voce limpida del Profeta:

– Sei pronto?

Il Gigante si volse ad osservare colei con la quale si sarebbe dovuto misurare e sorrise alla vista di quell'esile figura:

– Sono sempre pronto!

Asha osservò il suo nemico improvvisato, tentando di scorgere i suoi pregi e i suoi difetti, seguendo esattamente il filo logico degli insegnamenti ricevuti. Era alto più del doppio di lei, questo da un lato poteva essere un vantaggio per lui, però una mole del genere si sarebbe mossa con estrema lentezza rispetto a lei, quindi la stessa sua altezza poteva giovare a favore di Asha, perché dall'altro lato un essere così alto difficilmente poteva coprire i suoi lunghi arti inferiori. Terminate quelle prime valutazioni sull'impatto fisico, Asha si concentrò tentando di espandere il suo essere oltre al suo corpo fisico, assunse la sua posizione intrecciando le mani, portandole al petto e sollevando gli indici al mento, nella consueta posizione del mantra e della concentrazione. Il Gigante piantò gli occhi addosso alla sua rivale, non capiva come un essere così piccolo avrebbe potuto metterlo in difficoltà, ma in ogni caso ci sarebbe andato piano, in fondo era la prima lezione ed Asha aveva deciso di cominciare senza armi bianche, tanto per sgranchirsi un po'.

– Sei pronta?

Asha alzò i suoi occhi di un blu intenso trasferendo un lieve cenno di assenso. In quel preciso momento il Gigante si mosse nel tentativo di afferrare la sua preda. Asha ebbe un attimo di esitazione, interminabile, di fronte a lei non si stagliava più la figura del Gigante, ma il ricordo vivido fu fagocitato dalle fauci protese del Drago che affrontò nel deserto di Dath. Un forte tremito di paura pervase il suo corpo, bloccandole la forza nel reagire all'attacco. Perse ogni movimento, rimanendo completamente immobile.

La visione svanì al brusco contatto percepito sulla sua spalla, l'enorme mano del Gigante l'aveva prepotentemente afferrata e ancorata sul posto. Asha si divincolò con concitazione dalla presa del cacciatore, incredula di lei stessa e della sua poca reattività: aveva esitato, aveva pensato e tra quei pensieri era sorta la Paura.

L'ultima Lezione

Il giorno seguente Asha si ridestò col sapore amaro della paura sul palato. Come al solito il suo sonno era stato inquieto, i ricordi delle traversie che l'avevano accompagnata sino a quel luogo non la abbandonavano mai, ed il suo subconscio continuava a farglielo rivivere giorno dopo giorno quell'incubo. Si ripulì al meglio il viso strofinandoselo con la manica sudicia dei suoi indumenti. Come di consueto il suo fido compagno era seduto poco lontano da lei, intento a cucire due lembi di cuoio. La sua curiosità prese il sopravvento anche se il suo umore quel giorno non era dei migliori:
— Cosa stai facendo?
Il Gigante sollevò leggermente il capo, un piccolo movimento delle sue labbra fece affiorare un accenno di sorriso:
— Tempo fa ho barattato alcune pelli al mercato di Darokis per ottenere ago e filo.
Nel Regno di Antart era facile reperire certi materiali, ma Asha non aveva ancora visto all'interno del Clan dei Dath qualcuno che si occupasse di tale mansione con altrettanti strumenti, in ogni caso il Gigante illuminò il suo sguardo perplesso:
— Il Clan dei Dath scambia il proprio sale ottenendo vari generi tra questi anche gli indumenti, qui nessuno sa cucire, al contrario del sottoscritto che è abituato a fare un po' di tutto.
Asha si posò sui talloni portandosi più vicino al cacciatore, osservando incuriosita il suo operato:
— Il filo di cosa è fatto?
Horud rispose spontaneo:
— In queste zone si preleva una larva dai grossi termitai, la quale per maturare si imbozzola, così facendo alcune genti la

filano ottenendo un ottimo prodotto. Asha adagiò il mento tra le mani:

– L'ago, sembra acciaio!

Il Gigante infilò l'ago nel cuoio con estrema facilità, con minuziosa precisione e apparentemente senza sforzo:

– Vi è un Clan vicino al promontorio occidentale di Argentea, essi si fanno chiamare i Forgianti, hanno perpetrato le conoscenze dei propri avi, barattano il loro lavoro con le città vicine.

Asha piantò i suoi occhi profondamente blu sul Gigante:

– Immagino che tu l'abbia visto coi tuoi occhi!

La risposta fu secca:

– Sì! Ho anche visto la foresta morta, la quale viene utilizzata per produrre carbone.

Quel Gigante era davvero un immenso pozzo di sapienza, aveva viaggiato molto, in lungo e in largo, attraverso il Regno di Argentea e oltre.

Al termine del suo pensiero, in quel preciso istante Asha si sentì particolarmente ignorante:

– Spero che tu un giorno possa insegnarmi anche quest'arte!

Horud posò a terra il suo lavoro, lo avrebbe ripreso in un secondo momento, portando delicatamente una mano sul capo di Asha, disse:

– Cercherò di insegnarti quello che so, anche questo fa parte del mio dovere.

Asha non avrebbe voluto che lui le insegnasse quel suo sapere solo ed esclusivamente perché ne fosse costretto, avrebbe preferito che il Gigante lo facesse perché aveva piacere di farlo. Ella ambiva intensamente ad avere un altro Maestro ed era un pensiero che avrebbe dovuto abbandonare al più presto, poiché ora il Maestro avrebbe dovuto essere lei stessa, ma non si sentiva ancora pronta. Mentre i pensieri confusero le direzioni ingarbugliandosi tra loro nei meandri della sua mente, il viso dolce di Iwin fece capolino attraverso l'apertura della grotta, in grembo portava una Celana, composta dall'ultima parte di intestino di un ovino o bovino, questo Asha non l'aveva ancora capito. Questa Celana era ricoperta da uno strato di cuoio, la sua forma a U era dovuta ad una legatura posta agli estremi, costituita da un tendine tratto dallo stesso animale: una estremità era cucita per impedire la fuoriuscita del contenuto, dall'altra era chiusa da un tappo in cera d'api. Quello strano strumento serviva come borraccia, mantenendo fresco qualsiasi liquido in esso contenuto.

Iwin si fece udire con la sua vocina tenue:

— Ho pensato che ci avrebbe fatto comodo, al posto dell'acqua, un po' di nettare di Dath.

Asha aveva finalmente appreso cosa fosse quel liquido lattiginoso che aveva dovuto bere nei suoi primi giorni dopo il suo risveglio: quel nettare altro non era che la linfa prodotta dai cactus che crescevano nella zona, non era molto buono, ma era decisamente proteico.

Il Gigante si rivolse alla sua protetta:

— Non dirmi che dobbiamo portarla con noi anche oggi?

Asha si alzò mostrando tutta la sua altezza, anche se di fianco al Gigante quella posizione non era certamente visibile, in ogni caso il suo Maestro le aveva sempre detto che la postura era il simbolo stesso dell'autorevolezza, per quello gli avi avevano costruito per i loro signori troni elevati rispetto a coloro che chiedevano loro udienza, una pratica molto in disuso nel Regno di Antart, ma di valevole importanza personale.

— Se lei lo vorrà, io non glielo impedirò.

Horud sprofondò i propri palmi sui fianchi in segno di protesta, ma come suo solito desistette immediatamente dal commentare.

Nel frattempo il concilio si era radunato per ordine della loro Matrona, era un evento più unico che raro a memoria d'uomo, in ogni caso tutto il Clan vi partecipò, come erano soliti fare e una volta che tutti si sedettero ai propri posti, Antoniel prese la parola:

— Vi ho convocati qui per una questione veramente molto importante, — tutti gli astanti seguirono le parole misurate della loro guida. – Vorrei mettervi al corrente di alcuni avvenimenti accaduti in queste ultime giornate, riguardanti il Profeta.

Alcuni mormorii si levarono nell'udire tali parole, Antoniel riprese il discorso appena il brusio cessò:

– Ho potuto appurare con le mie orecchie il tentativo di quest'ultima nel carpire il segreto della via delle Lacrime!

Il suo tono di voce non lasciava alcuno spazio ai dubbi e nessuno avrebbe messo in discussione la parola della Matrona. L'incredulità segnò visibilmente i volti degli ascoltatori.

Darban non perse tempo, era stato uno dei maggiori esponenti contrari al Profeta ed anche quella volta non nascose il suo pensiero:

– Io lo sapevo! Sapevo che quel Profeta avrebbe portato solo sventura e questa ne è la prova!

Darban ricevette in risposta molti assensi, maggiormente ora alla luce di quei fatti.

Sia il vecchio Dan che Adrian, invece, mostrarono immediatamente il loro dissenso, soprattutto quest'ultima che prese la parola:

– Calmatevi fratelli, arriviamo prima a conoscenza dei fatti; non per mettere in discussione le parole della Matrona, ma forse le intenzioni di Asha non erano malvagie.

Una voce all'interno del gruppo di uomini si fece udire:

– Nessun profeta ha mai fatto il bene del popolo, lo sappiamo tutti! Essi corrompono gli animi delle genti, è inevitabile!

Gli occhi di Adrian seguirono il suono emesso da quella voce, posandosi su Mormot; non ne fu affatto sorpresa, in suo aiuto comunque sopraggiunse il vecchio Dan:

– Sino a questo momento la sua presenza all'interno del Clan non ha recato alcun danno, anzi al contrario.

– Non fare il moralista Dan! Ti ho visto qualche giorno fa salire con lei verso il promontorio, forse anche tu sei stato soggiogato dalle sue parole.

Il vecchio Dan si voltò per fronteggiare quell'accusa:

– Aral, su quali prove mi accusi?

– Non ho affatto bisogno di accusarti, ho solo detto ciò che ho visto!

Lo schiocco delle sue mani mise fine al diverbio.

– Vorrei che vi calmaste tutti, questo non è certo il modo migliore per discutere, – Adrian si levò in piedi per meglio essere udita.

– Possiamo discorrere con serenità, senza accusarci reciprocamente di atti compiuti in questo ultimo periodo, perché altrimenti dovremmo tutti essere messi sotto accusa, poiché tutti abbiamo condiviso i doni da lei recati tramite la caccia!

– Questo è un trucco per imbonirci nei suoi confronti, – Mormot non aveva assolutamente intenzione di demordere, in Asha vedeva veramente una minaccia per la sua gente. – Voi non capite; più ella rimarrà con noi, più minerà la nostra conoscenza. Anche voi avete visto come sia in grado, non solo di tradurre i Canti, ma di comporne a sua volta!

Aveva giocato la sua carta e vedendo i suoi fratelli assorti, Mormot sapeva di aver colto nel segno:

– Chi può dire quando comincerà a comporre falsi Canti in nome degli antichi, facendoli passare per veritieri?

Il brusio di assensi cominciò a mutare, divenendo ben presto una baraonda di proclami in favore e a sfavore di Asha.

Il vecchio Dan rimase impietrito: la decisione sulla futura permanenza in quel luogo di Asha stava giungendo al termine, dovette ammettere a se stesso che la paura nei cuori dei suoi figli era più grande e forte della verità.

Asha e Iwin erano comodamente sdraiate all'ombra di una sporgenza di sale in prossimità del deserto di Dath, avevano steso una stuoia di cuoio per proteggersi dal sale sottostante, sopra di esse avevano issato una pelle, per meglio proteggersi dalla calura. La pelle di cuoio era fermata a terra tramite bastoni di altezze differenti, in modo da creare un angolo di quarantacinque gradi rispetto al terreno, questo permetteva alla struttura di non essere trascinata via dal vento. Entrambe erano assorte nei propri pensieri mentre osservavano attente la trappola posta a poca distanza da loro. Essa era una tagliola, di proprietà del Gigante, anche quell'oggetto era stato barattato in una delle città del nord, il suo funzionamento era praticissimo: si posizionava un'esca al centro posta sopra ad una asticella, la quale era collegata ad una specie di molla a scatto, almeno era questo che Horud le aveva spiegato, in ogni caso il suo funzionamento era di più facile comprensione vedendola in funzione. Iwin ed Asha avevano preso un pezzetto di carne secca, l'avevano bagnata e deposta sopra alla linguetta, come avvenuto nei giorni precedenti il suo odore avrebbe attirato l'attenzione di un ratto, il quale tentando di portare via la carne avrebbe fatto scattare il meccanismo, così facendo le due lame seghettate sarebbero piombate sul corpo impossibilitato alla fuga del ratto. Ad Asha quella pratica non piaceva affatto, infatti era sempre stata vegetariana, almeno sino a quando aveva vissuto nel Regno di Antart.

Il suo Maestro sosteneva che l'Essere Umano fosse stato creato con tutto ciò che gli serviva per poter vivere: *Se fossimo nati con dei canini sporgenti e artigli retrattili ci saremmo cibati delle antilopi, se avessimo avuto le ali e un becco affilato avremmo potuto cacciare come i rapaci, ma non abbiamo né l'uno, né l'altro, quindi piccola mia, tu con ciò che la natura ti ha donato di cosa ti potresti cibare?*

Asha ci aveva pensato per diverso tempo, poi aveva trovato la sua risposta, però in quel luogo non poteva certo mantenere il suo voto, doveva far buon viso a cattiva sorte, in più in vista della loro partenza verso Darokis avevano bisogno di mercanzia per potere ottenere i baratti.

Iwin si mosse in uno scatto frettoloso, la sua pazienza non aveva mai fine, però quel giorno pareva particolarmente agitata.

– Cosa ti turba?

Iwin volse il capo corrucciando le sopracciglia nel tentativo di attenuare il riverbero del sole nelle sue iridi:

– Io vorrei un giorno essere sicura e saggia come te!

Quelle parole suscitarono nel cuore di Asha una tenerezza infinita, anche lei aveva sentito dentro il suo cuore quei sentimenti nei confronti del suo Maestro, ma non era mai riuscita a pronunciarle come Iwin aveva appena fatto con lei.

– Un giorno tu diventerai molto più saggia di me.

Iwin non credette assolutamente a quell'affermazione: a parer suo nessuna avrebbe mai potuto diventare, né più bella, né più saggia della sua Maestra.

La sua voce parve un sussurro nel mezzo del silenzio circostante:

– Non sarò mai come te, io avrò sempre paura!

Asha rimase interdetta, la piccola Iwin l'aveva innalzata in un luogo irraggiungibile per lei, ma oltre a quello aveva risvegliato in lei quel senso di inquietudine dovuta proprio alla paura, una sensazione mai provata sin tanto che la bestia si era materializzata sul suo percorso. Un tempo molto lontano il suo Maestro l'aveva avvertita sul concetto di paura, ma Asha non aveva mai provato quel sentimento, era troppo vago, troppo impalpabile e completamente incomprensibile. Ogni volta che il suo Maestro parlava, cercava sempre di farle vivere le emozioni, in tal modo i suoi insegnamenti potevano essere capiti dalla sua mente giovane, poi passo dopo passo seguendo la procedura impartitale riusciva a capire la simbologia senza ricorrere all'esperienza diretta e a ciò che egli le stava piano piano insegnando. La paura era una di quelle emozioni difficilmente replicabili.

Così Asha cominciò a ripercorrere gli ultimi avvenimenti vissuti al monastero di Antart e gli ultimi insegnamenti del suo Maestro.

Un giorno ti troverai al cospetto del tuo peggiore demone e quel giorno, piccola mia, dovrai agire e non pensare! Ricordati sempre che la mente, mente, e l'unica tua arma per sconfiggere il tuo demone sarà il coraggio.

Quando il ricordo svanì, Asha aveva trovato la soluzione al

suo quesito, il suo Maestro non avrebbe mai potuto spiegarle cosa si provasse ad avere paura, era una prova che doveva superare da sola. Ora avrebbe dovuto cercare quella forza chiamata coraggio per sconfiggere il suo demone. La sua voce risuonò come una lieve carezza:

– Piccola mia, tutti proviamo paura; perfino io l'ho avvertita.

Iwin fu impassibile:

– Impossibile! Tu non puoi avere paura, altrimenti non avresti superato l'occhio di Dath!

Asha si avvide della veridicità di quelle parole e volle aggiungere un altro concetto:

– È vero, ma ciò non significa che io non abbia avuto paura: significa solo che ho avuto il coraggio di combatterla...

Quella frase, pronunciata senza il pensiero conscio, non solo illuminò lo sguardo della piccola Iwin, ma anche quello di Asha.

Intenti Sfumati

Baal uscì dalle sue stanze, recandosi all'aperto, posò i palmi delle sue mani sul cornicione in marmo, la superficie liscia e fredda gli diede un attimo di refrigerio nella calura estremamente spossante di quel giorno. I suoi occhi color cielo si posarono ad osservare il panorama da quell'altezza, gli era sempre piaciuto dominare gli eventi e non solo, da quella balconata poteva osservare l'inizio della sterminata Tundra che percorreva da nord a sud tutto il suo Regno, sino a giungere al mare di Sale. Ad est e a ovest sorgevano due catene montuose tra le più alte da lui mai osservate, ma non era quello lo spettacolo che attrasse la sua attenzione. Oltre ai bastioni di arenaria, simbolo della sua supremazia in quelle terre, vi era a perdita d'occhio il suo esercito e tutto l'entourage di suo fratello. Ogni centimetro di quella terra ora era calpestata da un uomo o da un animale. Le tende in cuoio erano innumerevoli, all'interno e all'esterno uomini in arme si preparavano, si ristoravano, compivano esercizi d'arma, ma non solo. Alcuni erano intenti a macellare, sbudellare e scuoiare gli animali che lui aveva fatto portare appositamente, per quell'occasione, requisendoli da svariati luoghi del Regno di Argentea, per poter accontentare l'ingordigia di tutte quelle genti. Suo fratello aveva scelto il momento sbagliato per giungere a fargli visita, era giunto altre volte, ma mai con un seguito così numeroso e mai nel periodo del risveglio del suo esercito, in quella piana vi erano oltre tremila uomini. Doveva ammettere che i suoi Lord erano riusciti a svolgere un compito degno del suo nome. In ogni caso il lezzo di quell'ammasso di uomini e animali giungeva sino a quell'altezza. Non avrebbe sicuramente dormito sogni tranquilli, anche perché tenere a freno Demoni e Mutant non sarebbe certamente stato un compito facile, così per ovviare a liti e spargimenti di sangue eccessivi si era accordato per organizzare vari tornei all'arma bianca dove i contendenti potevano sfogare le proprie ire e morire degnamente.

La sua attenzione fu disturbata dal sopraggiungere di un suo servo:

— Signore, il Lord Profeta chiede udienza.

Con estrema lentezza Baal voltò il capo rivolgendosi al suo sottoposto, il tono della sua voce si mescolò al tumulto di voci che provenivano dalla Tundra sottostante:

— Fallo accomodare.

Pochi secondi dopo l'uscita del suo servo, una figura ammantata completamente di nero si stagliò innanzi agli occhi di Baal. Allargando le braccia in segno di accoglienza, la figura in nero proferì:

— Da quanto tempo, fratello mio!

Baal rimase completamente immobile, ritto in tutta la sua altezza, la sua postura non lasciò alcun dubbio sul fatto che quella visita non era gradita, avvolto nelle sue vesti più sgargianti che possedesse aveva voluto rimarcare tutta la sua ricchezza e tutto il suo potere su quel Regno.

— Evita le smancerie, lo sai che con me non funzionano.

Il Profeta abbassò lentamente le mani, le quali sparirono all'interno delle lunghe maniche, il capo era leggermente chino in modo da tenere completamente in ombra il viso, celando così ogni suo pensiero, ogni suo piccolo movimento facciale, aveva capito da molto tempo che il corpo si muoveva liberamente oltre il suo volere e a volte rivelava involontariamente gli stati d'animo. Si era messo in una posizione di vantaggio rispetto al fratello, il quale ancora non aveva ben compreso gli insegnamenti del loro vecchio Maestro, pur rimanendo estremamente pericoloso nell'arte del combattimento, era altresì troppo esposto nella comunicazione e nell'espressione.

— Questo è per me segno di forte rammarico, fratello mio.

— Puoi lasciare perdere anche la paternale, se sei qui non è certo per una visita di piacere.

L'arguzia di Baal era sempre stata un suo punto di forza, ma le sottigliezze del verbo ancora gli mancavano, ed era proprio per questa sua debolezza che avrebbe potuto manipolarlo, esattamente come un tempo accadeva al Monastero di Antart. La voce gutturale uscì da quell'ombra espandendosi nella stanza:

– Vedo che ti sei sistemato molto bene.

Il cappuccio si mosse da destra verso sinistra, per meglio osservare quel luogo: la stanza era ricavata scavando all'interno dell'arenaria come del resto lo era tutta la rocca, qui però suo fratello aveva posto un bellissimo letto ricoperto da un tessuto di ottima qualità, una rarità, in più vi erano tavoli e sedie in legno ben lavorate opera di un grande maestro intagliatore; sulla parete a est vi era un'enorme libreria, ricavata direttamente dalla parete, dall'altro lato un armadio anch'esso in legno conteneva sicuramente le armi e gli abiti di suo fratello. Il sorriso di Baal fece capolino tra le sue labbra, era sempre stato sin troppo egocentrico ogni volta che gli si faceva un minimo complimento e il Profeta sapeva esattamente dove colpirlo, era una prova e aveva subito colto nel segno.

– Ti ringrazio, tutto questo è frutto del mio lavoro.

– Chiaramente non è opera delle tue mani, però.

Il sorriso scomparve immediatamente dal volto di Baal:

– Ovviamente no! Ho sudditi a sufficienza per occuparsi dei miei lussi e dei miei voleri.

Il Profeta incrociò le mani al petto:

– Sì! Ho potuto notare.

Baal si recò al tavolo, mettendosi comodo sulla sedia preposta:

– Siediti, fratello e dimmi a cosa devo la tua visita.

Il Profeta si avvicinò con calma, scostò la sedia e si sedette appoggiandosi allo schienale:

– Purtroppo la mia visita potrebbe cambiare radicalmente il tuo stile di vita, ma ti giuro che sono qui solo per avvisarti.

Il volto di Baal cambiò radicalmente espressione, divenendo incredibilmente accigliato:

– Come dovrebbe divenire?

I gomiti del Profeta si appoggiarono al tavolo, mentre le sue mani estremamente pallide apparvero dalle maniche della tunica:

– Il mio viaggio è stato lungo e tormentato e i miei sospetti altrettanto nefasti, ma ho potuto appurare la verità delle mie parole e spero sinceramente che tu voglia accogliere con favore il mio avvertimento.

– Vai avanti!

Il tono di voce utilizzato da Baal non dava adito a ulteriori sue repliche.

Il profeta si schiarì la voce:

– Se non vado errato tu sei stato l'ultimo ad abbandonare il Monastero di Antart, – che tu sappia, il nostro Maestro aveva preso qualcun altro al suo seguito, prima della tua partenza?

Baal impiegò un decimo di secondo a rispondere, in modo perentorio:

– Io ero l'ultimo!

– Per quanto ne sappiamo noi...

Baal rimase interdetto perché non capiva dove suo fratello volesse andare a parare, la sua ira si fece sentire attraverso la sua voce:

– Io non ho tutto questo tempo, fratello. Vorrei che venissi al dunque!

Il Profeta incrociò le dita delle mani sporgendosi col corpo su tavolo:

– Sono convinto che il Maestro abbia addestrato un altro Profeta, ma che in realtà esso non sia come noi!

Baal rimase completamente basito, le sue labbra si dischiusero lievemente come segno inconfondibile della sua incredulità, acuita dalle sue parole:

– Impossibile. Io sono l'ultimo!

La schiena del Profeta si appoggiò nuovamente allo schienale:

– Sì! Lo penso anche io: tu sei l'ultimo dei Profeti esattamente come noi, ma io credo, come lo credeva Zoor, che il Maestro abbia forgiato colui che prenderà il nostro posto. Colui che gli antichi Canti chiamano il Masciach!

Le parole appena pronunciate cominciarono a farsi largo tra i pensieri di Baal, prendendo fondamento:

– Cosa ti ha fatto presagire tutto questo?

Il Profeta portò le mani in grembo tentando di rilassarsi, non sarebbe stato facile corrompere la mente di suo fratello e doveva giocare bene le proprie carte:

– Non l'ho scoperto io, in realtà è stato Zoor ad accorgersi dell'inganno del Maestro, rileggendo un antico testo sottratto alla libreria del Monastero; quando lasciò Antart lo portò con sé e impiegò diversi anni per comprenderne il vero significato.

Baal si alzò di scatto facendo cadere la sedia ai suoi piedi, la sua rabbia fu a stento controllata:

– Questo è impossibile!

– La verità è sempre dura da accettare, ma che tu lo voglia o no questa è la verità!

– E tu saresti giunto sino a qui solo per pronunciare tali eresie?

– A dire il vero, te lo ripeto, sono qui per metterti in avviso.

Baal non poteva credere alle proprie orecchie, respingendo fortemente quell'eventualità:

– Sei venuto qui con la tua armata, hai chiesto ospitalità... perché non sei giunto qui da solo? Questo non mi pare il modo degno di presentarti, in realtà io penso che tu sia qui per rimanere, utilizzando questa ridicola scusa!

Un sospiro varcò la soglia del buio oltre il copricapo, prima di trasformarsi in verbo:

– Questa tua accusa non ha alcun senso, fratello mio.

L'urlo di Baal attraversò le mura:

– Sei una minaccia per il mio Regno, io ti ordino di abbandonare immediatamente le mie terre e di portarti dietro tutta la feccia che ti circonda!

Il Profeta si alzò accompagnato dalla sua solita calma:

— Se le mie parole sono vere, potresti ritrovarti a combattere un essere che racchiude tutto il Sapere, a differenza di noi che siamo stati coloro che avrebbero dovuto anticiparlo e permettergli di costruire il suo Regno... è altresì vero che io partirò molto presto, per far ritorno nelle mie terre ad aspettare questo Masciach. In ogni caso voglio che tu stia molto attento, fratello mio, perché il tempo è questo, che tu lo voglia oppure no!

L'ira crescente nel cuore di Baal si fece udire:

— Se pensi che io sia così stupido da credere a simili fandonie, cadi in errore! Se pensi che le tue false parole possano trovare terreno fertile per fecondare il mio animo, facendo in esso germogliare il seme della paura ti sbagli di grosso! In me non vi è e non vi sarà mai l'ombra della paura, — il Profeta osservò per alcuni attimi suo fratello, poi, senza aggiungere altro si avviò verso l'uscita, fermato dalle parole di Baal poco prima di varcarne la soglia. — Se quello che dici è vero, dimmi Profeta, tu come farai a fermare questo Masciach?

Il cappuccio si mosse appena, la risposta giunse grave come un macigno, come una roccia indurita dal tempo:

— Questo non è affare tuo, visto che hai appena sostenuto che le mie parole siano state solo fandonie.

La figura ammantata si perse nei corridoi oscuri della fortezza, mentre Baal rimase non solo basito dalle parole appena pronunciate da suo fratello, ma rimase immobile, pietrificato nei movimenti, completamente assorto nei propri pensieri, per un tempo a lui infinito.

Pur non volendolo e considerandosi completamente privo, il seme della paura aveva già cominciato a germogliargli in grembo.

Il Segreto Della Saggezza

Mentre la comitiva dei cacciatori si avvicinò al promontorio del villaggio, si accorsero subito di essere attesi. Il piccolo volto di Iwin si incupì immediatamente, era stata scoperta e questo poteva solo significare una dura punizione. Al contrario dei pensieri che cominciarono ad albergare nella mente di Asha, la quale si stava domandando come mai li stessero aspettando, volse il capo ad osservare il Gigante, purtroppo il suo volto non le rivelò nulla. Ad attenderli vi era una nutrita compagnia, anche a quella distanza Asha poté individuarli e riconoscerli: il vecchio Dan, Adrian, la madre di Iwin, Mormot, suo fratello Darban, Saza la vecchia, Antoniel la Matrona del Clan, in più riconobbe anche Arial e il vecchio Jos. Appena furono a distanza d'orecchio, la voce di Adrian colpì per prima:

– Cosa diavolo ci facevi nel deserto di Dath? Lo sai che è proibito andarvi!

La piccola Iwin incrociò le mani al petto, abbassando lo sguardo, non aveva nulla a sua difesa, l'unica sua arma sarebbe stata quella del silenzio, se avesse parlato la sua punizione sarebbe sicuramente stata più aspra.

In sua difesa arrivò Asha:

– Non devi prendertela con lei, sono stata io a volere che lei mi accompagnasse!

Il Gigante volse leggermente il capo per osservare con cipiglio la sua protetta, mentre Adrian alzando leggermente la voce disse:

– Di questo ne parleremo dopo, Profeta. Iwin, ora vai subito a casa!

Iwin non se lo fece ripetere due volte, si diresse a passo svelto verso la gradinata in arenaria, la quale fungeva come sentiero per raggiungere le grotte sovrastanti, si fermò per un breve istante, il suo sguardo stava disperatamente cercando lei. Inutile negare che si era particolarmente affezionata a quella piccola creatura, ed ora Asha era costretta a vederla punita per un crimine che non aveva commesso.

Mentre osservava quella figura curva salire i gradini non resistette:

— Non dovreste punire i vostri figli, perché essi appartengono al vostro futuro!

Nessuno sembrò capire quelle parole.

— Tu hai figli?

La domanda della Matrona fu perentoria, la risposta altrettanto veloce:

— No!

— Allora ne riparleremo quando anche tu ne avrai!

Asha era stata redarguita con troppa superiorità e questo lei non poteva accettarlo:

— I bambini sono figli della comunità, saggia Antoniel.

— Che diceria è mai questa? I figli appartengono a coloro che li hanno messi al mondo: sangue del loro stesso sangue.

Antoniel era avanzata di un passo rispetto al gruppo per recitare i vecchi Canti in faccia ad Asha, ella aveva cominciato a mostrare un odio viscerale per quella ragazza ed ora, tramite le sue parole, voleva sfogare tutto il suo impeto.

Asha rimase tranquilla, aveva capito che vi era molto di più in gioco, la vicenda di Iwin era solo una scusa, in ogni caso il loro modo di pensare era del tutto inaccettabile:

— Se non darete il giusto esempio...

La sua frase venne interrotta bruscamente:

— Basta così, Profeta, — la voce del vecchio Dan la interruppe, ad Asha non sfuggì l'etichetta con la quale il vecchio Dan l'aveva apostrofata. — Abbiamo ben altri argomenti da affrontare che perdere altro tempo a disquisire su come dobbiamo, o non dobbiamo, educare i nostri figli!

Era stato decisamente troppo irruento e mellifluo,

probabilmente tutto era cambiato all'interno del Clan e lei non godeva più del loro favore, visto che sino a quel giorno sia Dan che Adrian le avevano sempre mostrato benevolenza, ma in realtà i loro sguardi mostravano ben altro.

Il tocco della grossa mano del Gigante al contatto con la sua schiena la fece ridestare dai suoi pensieri, tentò di calmarsi:

– Scusatemi, non era mio volere offendere nessuno.

A quel punto il vecchio Dan abbassò i toni della discussione:

– Dobbiamo conferire e per questo cercherei un luogo un po' più fresco!

Tutti ne convennero.

Mentre la comitiva saliva i gradini di arenaria scavati nella roccia per giungere alle caverne, Asha cominciò a pensare ai probabili motivi di quello strano diverbio, in cuor suo sapeva di non aver fatto nulla di male portandosi dietro la piccola Iwin, ma era altresì vero che cominciava a capire che le regole degli antichi Canti erano seguite con troppa severità dai Dath. Parte di essi, ascoltandoli ripetutamente, non collimavano per nulla con gli insegnamenti ricevuti dal suo Maestro, anzi erano addirittura in conflitto, avrebbe dovuto trovare una degna soluzione in merito ai vecchi Canti, anche perché cominciava a sospettare che molti di quei Canti, fossero stati scritti appositamente per confondere le menti semplici delle genti e il Clan dei Dath non faceva eccezione.

Giunti al riparo dall'occhio di Dath, la comitiva prese posto nella caverna adibita al concilio, tutti si misero comodi in attesa che il vecchio Dan prendesse la parola, cosa che avvenne poc'anzi:

– Come tutti ben sapete, è giunto il momento del commercio. Abbiamo bisogno che il Clan si muova per raggiungere Darokis e scambiare, come di consueto, il nostro sale. A tal proposito, però, siamo anche consapevoli che il tragitto per giungere a destinazione non è privo di insidie e che quindi avremo nuovamente bisogno di Horud per accompagnare la spedizione.

Al termine di quel discorso, tutti gli astanti si dilettarono in commenti favorevoli, effettivamente prima dell'avvento di Asha il compito principale di Horud all'interno del Clan era proprio quello di scortare la comitiva per proteggerli da eventuali pericoli, vista la sua imponente mole e la sua abilità nel combattimento.

Purtroppo quella volta la risposta del Gigante non fu quella attesa dal Clan:

– Il mio compito è cambiato!

Al sentire quelle parole, Darban sbottò immediatamente:

– Cosa vorresti dire, che non ci aiuterai?

I mormorii si levarono un po' da tutti, le voci di dissenso stavano lievitando visibilmente, ad Asha tutto questo cominciava a non piacere e cercò di sedare gli animi:

– Calmatevi gente...

Anche in questo caso, però, Asha non riuscì a terminare la sua frase; la voce di Mormot raggiunse toni indegni:

– Non abbiamo chiesto il tuo intervento, Profeta!

***

Asha venne immediatamente catapultata alla sua infanzia, al ricordo del suo Maestro e alle sue parole:

Piccola mia, sai dirmi come mai due persone che si amano sussurrano per comunicare, mentre altre alzano inevitabilmente la voce?

Al suo Maestro piaceva particolarmente giocare con lei e a volte tale gioco piaceva ad entrambi, ma quella volta Asha era davvero in difficoltà nel rispondere a quell'enigma. Per prima cosa non sapeva ben definire cosa volesse dire amore, era vero che lei aveva provato quel sentimento per il suo Maestro e per altre persone facenti parte del Monastero, ma ciò che intendeva il suo Maestro si discostava dall'amore definito da lei, in più non capiva assolutamente dove il Maestro volesse arrivare, così diede diverse soluzioni. Passò un lungo periodo prima che Asha potesse minimamente giungere ad una conclusione plausibile, ma purtroppo quell'enigma continuava per lei a rimanere segreto, non vi era soluzione ed anche se vi fosse stata, in cuor suo sapeva di non poterlo trovare da sola. Il suo Maestro ad ogni modo continuava a non rivelarle la soluzione di quell'enigma a lei precluso. Sin tanto che presa dall'ira per non riuscirne a capirne il senso Asha inveì ferocemente nei confronti del Maestro, sino a quel momento non era mai stata così irriverente, ma aveva l'impressione che il suo Maestro la stesse solo prendendo in giro, così la sua ira prese il sopravvento. A quel punto il Maestro le sorprese: *Quando due persone si amano, i loro cuori sono così vicini che non vi è alcun motivo per alzare la voce, visto che si sentono benissimo, mentre al contrario se permetti a due cuori di allontanarsi troppo, essi devono per forza urlare per potersi udire e se non farai nulla per riavvicinarli ad un certo punto quei due cuori non si udiranno più.*

***

Era ciò che stava accadendo a loro in quel preciso momento, la paura aveva cominciato ad aggrapparsi ai cuori dei suoi salvatori e questa paura sicuramente era nata per colpa sua.
Così per porre fine a quel diverbio si pronunciò:
– Andrò io con loro.
Asha sussurrò quelle parolE, ma fu comunque udita da tutti, proprio come il suo Maestro le aveva detto, aveva in un attimo riavvicinato tutti i cuori, perché fondamentalmente aveva capito quale fosse la loro vera paura. Essi avevano deciso di cacciarla e l'unica scusa plausibile per allontanarla era quella che lei si offrisse volontaria a lasciare il Clan, sapeva che era una decisione vile da parte dei suoi salvatori, ma era altresì vero che aveva già da tempo deciso di andarsene.

Il Gigante si voltò ad osservare la sua protetta, rimase immobile e silenzioso come suo solito, al contrario di Mormot:

– Bene, è deciso. Partiremo al più presto.

Piano piano tutti uscirono dalla grotta, nessuno incrociò lo sguardo di Asha, tutti rimasero rigorosamente in silenzio, segno indelebile della loro umiliazione e questo non sfuggì al suo occhio attento.

Quando rimasero solo lei e il Gigante, quest'ultimo si permise di parlare:

– Lo sapevi già, vero?

La risposta fu secca, senza aggiungere altre spiegazioni dove non fossero necessarie:

– Sì!

Le sorprese non finirono nemmeno al risveglio seguente, Asha si avvide immediatamente della mancanza del Gigante, ma al suo posto vide il visino triste della piccola Iwin, appoggiata alla roccia poco distante da lei.

Asha si preparò a uscire rivolgendosi amorevolmente a quella figura spaurita:

– Vieni, troviamo un luogo adatto dove parlare.

La piccola Iwin la seguì con passo svelto, afferrandole la mano. Camminarono al di sopra del promontorio tra vari termitai sino a giungere sul punto più alto, dove il panorama del deserto di Dath si estendeva a perdita d'occhio. Il caldo non aveva raggiunto il suo apice ed una leggera brezza calda scompigliava i capelli delle fanciulle. Oramai anche Asha aveva assunto il colore scuro degli abitanti di Dath, la sua carnagione metteva maggiormente in evidenza il colore blu dei suoi occhi.

Iwin rimase a osservare il suo profilo perfetto, per lei Asha era una dea, non vi erano altri termini paragonabili all'interno degli antichi Canti per definirla.

– Siediti e dimmi, cosa ti turba?

La voce soave di Asha era come miele per le orecchie di Iwin, ne aveva assaggiato il sapore alcuni cicli prima, quando suo padre ancora in vita le aveva portato quel dono dopo essere tornato da Darokis e lei dopo tutto quel tempo se lo ricordava ancora molto bene.

Con voce tenue e gli occhi bassi Iwin prese un po' di coraggio:

– Non voglio che tu vada via!

Il sorriso di Asha apparve illuminandole lo sguardo:

– Ora ti dirò qual è il segreto della saggezza...

Iwin alzò immediatamente lo sguardo cercando di dirigerlo nel profondo degli iridi blu della sua prediletta, ogni volta che Asha le spiegava una cosa lei provava quel senso di beatitudine tipico del nettare stesso della conoscenza. Era inebriante ascoltare e capire, aveva appreso molte più cose stando con lei che ascoltando i vecchi Canti del vecchio Dan:

– Anche se tu ti impegnassi, con tutta te stessa, non potrai mai fermare il ciclo di Dath!

Asha alzò una mano puntando l'indice verso il cielo, Iwin rimase ad osservare la sfera in cielo tentando di coprirsi gli occhi:

– Allora cosa posso fare?

Asha posò gentilmente la sua mano sul capo di Iwin:

– L'unica cosa saggia da fare è capire ciò che è in tuo potere fare e ciò che non lo è!

Iwin rifletté per alcuni secondi, non aveva ben capito cosa le volesse dire la sua Maestra, ma non si stupì, il primo impatto era sempre difficile, ma sapeva che piano piano Asha le avrebbe sciolto il nodo.

– Non dipende da te la decisione sulla mia partenza.

Iwin si incupì:

– E cosa è in mio potere fare?

Asha rivolse la sua anima verso il deserto:

– Puoi portare nel tuo cuore i momenti trascorsi insieme e rallegrarti ogni volta che ci ripenserai.

Iwin non era del tutto convinta, altre volte aveva capito la sua Maestra più nel profondo, ma non quella volta:

– Io non voglio!

Asha apparve leggermente più ferrea:

– Se non vi fosse mai una fine alle cose, tu non le apprezzeresti, è questo il bello della vita stessa: come tutto ha un inizio, tutto deve avere una fine; a noi spetta solo goderci il momento. Un giorno capirai che sei figlia del momento!

Rimasero assorte entrambe, osservando il deserto di Dath mentre il vento caldo accarezzava gentilmente le loro esili figure, in entrambi i cuori vi erano sentimenti contrastanti, ma entrambe sapevano che il ricordo di quel momento avrebbe sancito la loro amicizia per sempre.

Oscuri Germogli

Nelle viscere della fortezza un lume si muoveva lentamente recando con sé il bagliore della conoscenza. Lì, nel più recondito interrato, vi era il Sancta Sanctorum di tutta Argentea. Nel corso del suo Regno, Baal aveva setacciato tutte le sue terre ed arricchito la sua conoscenza tramite gli antichi testi, innanzi a lui ora si dipanava la libreria più fornita che un essere umano fosse mai riuscito a leggere in un'intera esistenza. Alcuni volumi furono presi direttamente dal Monastero di Antart dopo la sua partenza, poi gradualmente il suo immenso desiderio di conoscenza lo aveva portato a recuperare qualunque testo. Ed ora, chiuso in quegli anfratti interrati, vi era davvero tutta la conoscenza di Argentea, o quasi. Seduto sul suo scranno, Baal controllava inesorabilmente quegli antichi Canti alla disperata ricerca di risposte, le quali ancora non giungevano. Il discorso avvenuto con suo fratello gli aveva lasciato un senso di tremenda inquietudine nel suo cuore, alla fine aveva ceduto ai dubbi. Purtroppo le risposte tardavano a giungergli, eppure egli sapeva che queste, se mai ci fossero state, erano racchiuse proprio in quei testi. Mentre le pagine continuavano a scorrergli sotto gli occhi, il suo pensiero cominciò a vagare nel tentativo di ricordarsi gli insegnamenti del suo Maestro. Per quale motivo Zoor avrebbe dovuto accorgersi di qualcosa che a lui continuava a sfuggire? Più ricercava quella risposta e più si perdeva nei meandri della sua mente. Era probabile che suo fratello mentisse, ma se non fosse stato così si sarebbe ben presto dovuto ricredere su molte cose oramai acquisite e date per scontato. Aveva sempre pensato di essere un eletto, considerato che egli era il portatore del simbolo di Horus, il quale era a conoscenza della via della Luce, l'evoluzione finale per lo stato dell'anima, quindi chi poteva se non meglio di lui capire e portare prosperità alle genti? Ed era ciò che aveva fatto, quando giunse ad Argentea gli uomini vivevano come bestie, egli aveva portato ordine in un mare di caos, esattamente come predetto dal suo Maestro, non vi poteva essere nessun Masciach, non vi poteva essere nessuno al di sopra del suo potere. Col trascorrere del tempo era giunto a perfezionare ogni suo pensiero, ogni sua disciplina, ampliando gli insegnamenti ricevuti, esso era divenuto una divinità invincibile sotto ogni punto di vista. Baal era ancora intento nella lettura quando si avvide di non essere più solo nella stanza. Una figura si stagliava al limitare della luce delle candele, che mai avrebbe voluto avere al suo fianco:

– Vedo che hai racimolato molte conoscenze, fratello mio.

La voce suadente lo colpì come un pugno:

– Come hai fatto a giungere sino a qui?

– Non preoccuparti. Non devi temere per i tuoi uomini.

Il pensiero di Baal corse subito là dove suo fratello voleva che andasse:

– Non ti hanno neppure visto, vero?

– Se così non fosse, io non sarei potente!

La figura ammantata nella sua tunica completamente nera si avvicinò alla scrivania, il cappuccio si mosse impercettibilmente a destra e a sinistra mentre egli osservava tutto ciò che si manifestava intorno a lui. I suoi movimenti erano posati come sempre:

– Noto con piacere che non hai smesso di circondarti di antichi testi, ma temo che la risposta alla tua domanda non sarà tra questi Canti!

Baal chiuse il volume con uno scatto smisuratamente repentino e questo gesto non sfuggì al fratello maggiore:

– Trovo conferma del mio dire proprio dai tuoi modi sin troppo espliciti.

– Non dovresti giocare con me, fratello, stai abusando della mia ospitalità e della mia pazienza!

La figura ammantata cominciò a percorrere la parete intenta ad osservare gli antichi volumi, la mano incredibilmente pallida sfiorò le rilegature di alcuni volumi sporgenti:

– Non sto assolutamente abusando del tuo buon cuore, sto solo cercando di aiutarti e nemmeno te ne accorgi.

Baal sbuffò un po' per irritazione, un po' per disappunto:

– Non credere che sia qui per paura!

La risposta del fratello fu glaciale:

– Ma tu non hai mai paura; sono parole tue!

Baal aspettò in silenzio mentre osservava rapito quella figura, ricordandosi dei tempi trascorsi insieme al Monastero. A quel tempo egli era solo un ragazzino ma i ricordi erano sin troppo vividi, quasi fossero scolpiti nella sua mente. Terminati i consueti allenamenti assieme al loro Maestro, erano soliti continuarli all'interno della foresta oscura. Suo fratello era davvero bravo nell'arte del combattimento, sapeva leggere in anticipo le sue mosse, per cui non vi era verso di prenderlo alla sprovvista, egli aveva una dote incredibile, riusciva a leggergli nella mente ed anche ora, osservandolo intento sui volumi, capiva che in realtà egli sapeva perfettamente quali erano i suoi pensieri. Un brivido gli attraversò la spina dorsale.

– A che punto sono i tuoi preparativi per lasciare il mio Regno?

Il tono di voce di Baal apparve sin troppo smanioso e tremulo, persino alle sue stesse orecchie, avrebbe dovuto controllarsi altrimenti sarebbe stato alla mercé di suo fratello, ma oramai il danno era fatto:

– Sei troppo premuroso nei miei confronti, fratello mio, in ogni caso manca poco alla mia partenza e quando accadrà tu sarai completamente solo.

Quella risposta non gli piacque affatto, se dovevano combattere quella partita allora era meglio mettere in campo tutte le carte:

– E sia dannato, mettiamo il caso che tu abbia ragione, spiegami almeno cosa vuoi che faccia!

La figura in nero si voltò immediatamente verso Baal, anche se lui non poteva vedergli il volto sapeva che i suoi occhi erano fissi sul suo, non si mosse, quasi non respirò, i suoi muscoli si tesero come corde di violino, accorgendosi che quel semplice movimento lo aveva quasi pietrificato:

– Ammetti di essere preoccupato, porgimi le tue scuse e a quel punto io comincerò a rivelarti alcuni segreti che ti sono stati celati.

Baal divagò con la mente, ammettere di essere inferiore a suo fratello era inammissibile, aveva lottato tanto per impadronirsi di un Regno, esattamente come aveva fatto lui, aveva dovuto dimostrare a tutti il suo valore, dato che era il fratello più piccolo, ed ora avrebbe dovuto piegarsi a quel volere. Suo fratello era giunto sino alle sue terre per umiliarlo, per farlo sentire nuovamente ignaro dei fatti che accadevano intorno a lui, come se fosse ancora un bambino. La sua ira non tardò ad esplodere:

– Questo non succederà mai, non sono più il bambino che conoscevi, ora sono un Sovrano, tuo pari e come tale mi devi il tuo rispetto!

Una risata sommessa scaturì dal profondo oscuro di quel copricapo, la quale provocò un suono che non aveva nulla di umano:

– Portarti rispetto, dici?

Non lo vide, non si accorse di nulla, eppure al termine di quelle parole suo fratello non era più innanzi a lui ma dietro a pochi centimetri dal suo orecchio. Baal rimase immobile nel tentativo di non svelare la sua sorpresa.

– Vedi, fratello mio, – la mano, gentile, si posò sulla spalla di Baal. – Il fatto che tu ti sia dichiarato Sovrano di questo Regno non ti dà il diritto di elevarti al mio livello.

Sulla fronte di Baal comparvero alcune gocce di sudore, la sua paura cominciò a prendere il sopravvento. Deglutì faticosamente, tentò di calmare il suo cuore che aveva preso a battere con un ritmo irregolare ed accelerato. Lui era la luce, lui era la forza superiore:

– Se pensi di intimorirmi, ti sbagli di grosso!

La mano scivolò oltre la sua spalla perdendo il contatto ed esattamente come era successo prima la sagoma nera si ridipinse innanzi a lui proprio dove si trovava poco prima, intenta a toccare altri volumi posti sulle mensole granitiche della stanza:

– Ma io non sto cercando di intimorirti fratello, sto cercando di aprire la tua mente così superba, nel tentativo di insegnarti qualcosa!

Baal si allontanò dalla scrivania, era meglio avere un margine di azione un po' più ampio, oramai aveva capito che non doveva abbassare la guardia, in gioco vi era la sua vita:

– E che tipo di insegnamento sarebbe questo?

La figura vestita di scuro allargò le braccia in segno di resa:

– Io non voglio farti del male, al contrario...

Baal lo interruppe bruscamente:

– A dire la verità, non credo che tu ne sia in grado...

Le parole gli rimasero strozzate in bocca quando la figura di suo fratello scomparve tra le ombre della libreria, mentre la sua voce continuò a martellargli la mente:

– Secondo me ti sbagli, Baal. Se avessi voluto mi sarei già preso la tua vita!

Baal arretrò immediatamente posando la schiena contro i volumi posti alle sue spalle, la sua mano cercò la katana posta al suo fianco, mentre la sua mente cominciava piano piano ad espandersi, nel tentativo di vedere dove si fosse nascosto suo fratello:

– Non mi spaventano i tuoi giochetti, abbiamo avuto lo stesso Maestro... e ora sei tu colui che pecca di presunzione!

Una risata lugubre risuonò in ogni direzione, Baal voltò il capo da un angolo all'altro della sala. Non riuscendo ad individuare il suo nemico, solo ora prese coscienza dell'errore che aveva commesso, avrebbe dovuto liberarsi molto prima di suo fratello:

– Posso sentire la tua paura, Baal e ora voglio la tua confessione!

Baal controllò la stanza, la quale era circolare con un diametro di dieci metri, al centro era posizionata la scrivania, due candelabri erano posti sopra di essa illuminandola completamente, altrettanti candelabri con i bracci più lunghi erano disposti ai lati dell'ingresso, anch'esso era illuminato completamente. In più si potevano scorgere i primi cinque metri del corridoio, prima che esso compisse una brusca svolta a sinistra, sul perimetro della sala erano posti vari candelabri, posizionati ogni tre metri gli uni dagli altri, i quali illuminavano l'intera stanza. L'unica parte in ombra rimaneva la volta della sala ed era l'unico posto nel quale suo fratello avrebbe potuto sferrare il suo attacco. Mentre questi pensieri lambirono la sua mente, la voce lugubre tornò a colpirlo ghermendo il suo essere:

– Dove guardi, fratello? Non sono appiccicato alla volta!

Baal fu preso dal panico, tentò in tutti i modi di sopraffare la sua paura, ma sembrava tutto invano, si sentiva come un topo in trappola. Le pareti sembravano cadergli addosso facendolo soccombere, le ombre tremolavano davanti ai suoi occhi assumendo forme orride e soprannaturali, lo spazio e il tempo sembravano aver perso le loro misurazioni, la luce di Horus non sarebbe mai potuta giungere a sorprenderlo in quell'anfratto oscuro, il quale sarebbe divenuto presto la sua tomba.

"La mia tomba!"

I suoi pensieri, anche se flebili, si fecero largo nella sua mente.

"Horus!"

Baal allungò istintivamente la sua mano per toccare la fiamma delle candele, scoprendo con stupore e allo stesso tempo soddisfazione che essa era fredda. Si ridestò immediatamente, scoprendosi ancora seduto alla scrivania, mentre suo fratello era in piedi innanzi a lui, la sua voce si ammorbidì assumendo un tono molto pacato:

– Il tuo giochetto non ha funzionato, fratello!

– Non era un giochetto, era una prova!

Il sorriso di Baal si fece visibile illuminandogli il volto:

– Allora dovrai ammettere con te stesso che sono migliore di quanto tu stesso pensassi.

– Con rammarico devo dirti, invece, che hai impiegato troppo tempo per accorgerti del mio inganno: i tuoi poteri sono davvero limitati in questo campo!

Baal si alzò, prese il lume posato sulla scrivania e con passo deciso si diresse all'uscita:

– Ora non ho più tempo per i tuoi giochetti e il tuo tempo nella mia casa è decisamente terminato!

Il Dono

Come di consueto il risveglio recava con sé due sensazioni ben distinte: la gioia per essere viva e che tutto andava bene e l'inquietudine che i sogni lasciavano nel suo animo. Ancora una volta Asha si era ridestata in un bagno di sudore, il cuore le martellava le tempie, mentre a poco a poco il ricordo svaniva lasciando libera la mente. Si prese il volto tra le mani tentando di rincuorarsi. Avrebbe dovuto trovare una soluzione, sapeva perfettamente che il suo inconscio continuava a lavorare riportandole alla memoria determinati accadimenti, durante la sua fuga da Antart, ma doveva assolutamente superare quel trauma, altrimenti i suoi sogni si sarebbero ripercossi anche da sveglia e ciò non le avrebbe giovato.

Mentre questi pensieri affollavano la sua mente, la figura del Gigante apparve in controluce all'entrata della caverna, la sua voce quasi lieve le sfiorò i timpani:

– Ben svegliata!

Asha si voltò lentamente osservando la figura enorme innanzi a lei, la sua risposta fu molto meno calorosa:

– Ma tu non dormi mai?

Doveva effettivamente ammettere a se stessa che non aveva mai visto quell'uomo dormire, ogni volta che lei si addormentava lui era ancora sveglio ed ogni volta che si risvegliava quel Gigante era ancora lì, Asha aveva cominciato a dubitare che Horud non dormisse affatto.

– Ho dormito abbastanza, – la risposta era quasi ovvia e Asha non se ne preoccupò, forse era lei a dormire troppo troppo. – Vieni, seguimi; oggi è il giorno della partenza.

Asha non aveva la minima voglia di alzarsi, anche se uscire da quei panni sudici non sarebbe stata una cattiva idea:

– Dammi il tempo di prepararmi, ti raggiungerò fuori.

Il Gigante asserì aspettandola all'imboccatura della grotta. Asha si preparò con calma, infilandosi in quelle vesti ormai logore, le sue brache erano ridotte a pezzi, con vari squarci sulle ginocchia e sulle cosce, la cintura era talmente logora da ridursi ad un esile ricordo di se stessa. Inoltre la sua casacca risultava più un buco con una stoffa intorno che il contrario, a parte lo sgradevole odore che quelle vesti avevano raggiunto, visto che in quel luogo non vi era l'usanza di lavare gli indumenti. Infine il suo sguardo cadde alla sua tunica da adepta, forse oggi era davvero giunto il momento di non indossarla, eppure in lei quella tunica completamente logora era tutto ciò che la legava al suo Maestro, naturalmente oltre al piccolo manoscritto. Si chinò ad afferrare quel tessuto, ne controllò con i polpastrelli la ruvidezza, avrebbe potuto eliminare le maniche per poterne utilizzare la stoffa ed usarla per rattoppare il resto, chiedendo in prestito ago e filo a Horud. Era un buon proposito per il futuro, così decise di uscire all'aperto portandoselo dietro, in un secondo momento durante il viaggio avrebbe provveduto a risistemare la sua tunica. Asha seguì Horud verso la grotta adibita alla sua dimora, non aveva mai avuto l'occasione di visitarla fino a quel momento, ma di certo non avrebbe dovuto essere molto diversa dalla sua. In realtà Asha non si aspettò un luogo così accogliente, durante la sua permanenza nel deserto di Dath. Horud aveva allestito la sua grotta nel modo consueto al suo stile di vita, al contrario di lei che aveva usufruito di quell'ambiente unicamente per dormirci.

Il Gigante aveva già preparato l'occorrente per il loro viaggio verso Darokis e Asha aveva anche capito che in quel lasso di tempo si era davvero dato da fare:

– Abbiamo bisogno di merce per il baratto.

Horud le indicò uno zaino completamente pieno di pelli e oggetti di vario tipo: i teschi dei ratti erano stati lavorati con perizia a formare collane di vario genere, le pelli dei serpenti conciate finemente, una piccola riserva di sale pressata, più altre pelli di animali a lei sconosciute.

– Siediti, dobbiamo parlare. Ho preparato il tuo equipaggiamento per il viaggio!

Asha si stupì:

– Equipaggiamento?

Per la prima volta vide un sorriso comparire sul viso burbero del Gigante:

– Esatto! Il tuo equipaggiamento.

Horud srotolò innanzi a lei una pergamena con delineato il percorso che avrebbero dovuto seguire per raggiungere Darokis, il suo indice si posò sulla cartapecora:

– Noi siamo qui! Dovremo intraprendere il nostro viaggio per raggiungere Darokis, che è qui, – il suo indice percorse rapidamente il tragitto, ma Asha sapeva che erano più di duecento miglia. – Non sarà una passeggiata, te lo assicuro! Porteremo con noi il necessario per poter sopravvivere, ma il problema sarà l'acqua.

Asha assentì, sapeva perfettamente cosa volesse dire morire per mancanza di acqua e lei nell'attraversare il mare di sale vi era andata dannatamente vicina, era quasi morta in quel tragitto. Horud osservò attentamente la sua protetta, quasi volesse farle capire tramite il solo pensiero dei pericoli che avrebbero corso nell'intraprendere quel viaggio:

– Vi sono due punti di ristoro nel tragitto, ma ovviamente dovremo essere fortunati, perché in questi posti vi sono i pozzi in cui si riforniscono i predoni della Tundra.

Asha alzò lo sguardo dalla pergamena:

– Chi sono questi predoni?

Horud sospirò, incrociando le braccia al petto:

– Sono una popolazione nomade che vive nella Tundra, si spostano da pozzo a pozzo seguendo le loro regole e le loro leggi.

Asha pensò a quest'ultima nozione, replicando:

– Mi stai dicendo che queste genti non siano proprio amichevoli?

Il Gigante mosse impercettibilmente la testa, soffermando il suo sguardo negli occhi blu di Asha:

– Devi sapere che, al di fuori di questo Clan, il Regno è pieno di malignità. Dovrai aspettarti il peggio; per questo hai bisogno della mia protezione.

Asha si perse nei propri pensieri al sentire pronunciare quelle parole, Horud non era assolutamente a conoscenza di quello che lei era capace di fare, nemmeno lui con quella stazza avrebbe mai potuto sopraffarla e probabilmente nemmeno i cosiddetti predoni avrebbe mai potuto sfiorarla. Asha comunque non voleva sminuire l'ego del suo compagno, anche perché se non si fosse sentito importante si sarebbe certamente sentito ferito e non vi era ferita peggiore quando ad essere colpito era l'orgoglio. Ad ogni modo un giorno avrebbe visto la verità, ma per ora era meglio tacere per non provocare reazioni indesiderate, aveva bisogno di Horud per le sue conoscenze, non per la sua protezione, ma questo era un ulteriore passo che avrebbe dovuto accettare il suo grosso compagno. Era una lezione dura da apprendere senza suscitare conseguenze, se lo avesse umiliato la sua trasformazione avrebbe ricevuto un'interruzione drammatica. Asha sapeva molto bene che le relazioni dovevano cominciare in base alle credenze personali, Horud credeva fermamente nella sua forza, ma era del tutto inconsapevole delle altre sue doti, che non sfuggivano al suo occhio attento.

– Ok, quindi cosa intendi fare?

Horud riprese immediatamente la sua spiegazione:

– Arriveremo ai pozzi sperando siano deserti e li utilizzeremo per rifornirci di acqua.

Asha interruppe quella breve spiegazione delle loro mosse:

– Nel caso non fossero deserti?

Il cipiglio del Gigante si fece visibile:

– A quel punto dovremo pagare!

Fu come essere colpita da un pugno in pieno stomaco:

– Pagare per poter accedere all'acqua?

La sorpresa di Asha era visibile non solo attraverso le sue parole, ma anche riflessa nel suo volto.

– Sì! Dovremmo pagare un pedaggio, per quello mi sono dato da fare, – il Gigante volse il capo, con un cenno, verso il suo zaino. – Nel Regno di Argentea tutto è un baratto e l'acqua non fa eccezione, almeno per quanto concerne il popolo della Tundra. Giunti a Darokis l'accesso all'acqua è pubblico, naturalmente quest'ultima è razionata dai supervisori, incaricati personalmente dal Sovrano!

Asha stentava a credere alle proprie orecchie, in ogni caso doveva conoscere i costumi per poi poter trovare una soluzione alternativa a quel modo di vivere di quelle genti:

– Ho capito!

Horud le si avvicinò, piegando il busto verso la sua protetta:

– Non è tutto: se non abbiamo qualcosa di valore o di particolarmente interessante, saremo scacciati e, nel peggiore dei casi, se non dovessimo essere persone gradite potrebbero perfino ucciderci!

Questa era una remotissima eventualità nei pensieri di Asha e le sue parole divennero ferme alle orecchie del Gigante:

– Ci sarai tu a proteggermi!

Il sorriso che comparve sul suo volto fu il regalo più bello di quella giornata appena cominciata.

– Ho capito, – Asha si prese alcuni attimi per formulare la sua umile richiesta, poi continuò. – Mi potresti prestare l'ago e il filo? Dovrei tentare di riparare questa.

Asha porse la sua tunica all'attenzione di Horud, il quale la osservò per un po', la prese delicatamente dalle mani protese di Asha, osservandola attentamente:

– Posso pensarci io, se non ti dispiace.

Probabilmente, anche se lei avesse rifiutato, il Gigante avrebbe provato comunque a convincerla, tanto valeva accettare:

– Va bene.

– Come mai vuoi aggiustare questo pezzo di stoffa?

Asha rispose senza nemmeno pensarci:

– E' un ricordo del mio Maestro...

Horud alzò il suo sguardo da quel tessuto ammiccando leggermente:

– Come il libricino che ti porti sempre in tasca?

Asha capì in quell'istante che a quel Gigante non sfuggiva nulla, era un attento osservatore ed ecco spiegato come era diventato bravo nella caccia:

– Sì! Hanno lo stesso valore affettivo per me.

– Capisco. In ogni caso volevo mostrarti questo...

Il Gigante si alzò andando a raccogliere alcuni indumenti deposti vicino al suo giaciglio, si rimise seduto offrendoli ad Asha. La sorpresa nel vederli le colpì il cuore, in quell'istante capì a cosa stesse lavorando il Gigante ogni giorno dalle sua permanenza, lo aveva visto cucire il cuoio, morderlo per ammorbidirlo ed ora innanzi a lei l'opera era compiuta.

Le aveva fabbricato i suoi indumenti! Le parole le si strozzarono in gola: lei non aveva assolutamente fatto nulla per quell'uomo, sentendosi allo stesso tempo imbarazzata ed estremamente colpevole per la sua mancanza.

Lacrime

I preparativi per la loro partenza stavano per essere ultimati, nell'aiutare i componenti di quella spedizione vi partecipava tutto il Clan dei Dath. Anche i più piccoli avevano dato il loro contributo e tra questi vi era la piccola Iwin che accompagnava la sua mamma. Gli uomini in forza erano una quindicina, i quali avrebbero dovuto trasportare il prezioso sale. Quest'ultimo era pressato in blocchi da quindici chili l'uno, avvolti e legati in una tela con pezzi di stoffa resistenti per essere trasportati a spalla. Ogni elemento del gruppo era equipaggiato con un'arma bianca, alcuni avevano delle spade, altri dei bastoni, alcuni solo dei coltellacci, due Celane a testa a tracolla, una contenente l'acqua, l'altra il nettare del Dath, il quale avrebbe costituito il loro sostentamento nutrizionale. Oltre a ciò, ognuno aveva uno zaino sempre in telo o in cuoio il quale conteneva carne secca a sufficienza per raggiungere Darokis, legato a questo zaino vi era il telo di cuoio il quale sarebbe stato utilizzato per potersi coprire dall'occhio di Dath, oppure per essere steso a terra ed utilizzato come giaciglio. Era una traversata estremamente difficile, visti gli innumerevoli pericoli, ma gli uomini lo avevano intrapreso da tempi immemori ed anche quella volta sarebbe andato tutto per il meglio; il difficile sarebbe giunto alla meta quando il Clan avrebbe dovuto affrontare il delicato compito col Profeta. Erano giunti ad un accordo univoco, avrebbero dovuto chiedere al Profeta di abbandonare il Clan e di non tornare assieme a loro nel deserto di Dath. Mormot avrebbe dovuto svolgere quel compito, il quale si era offerto volontario per affrontare quella prova ed in cuor suo non vedeva l'ora di togliersi quel peso dallo stomaco.
Il vecchio Dan si avvicinò proprio a quest'ultimo:

– Mi raccomando, figlio mio, sii prudente.

Posato sui talloni, Mormot si alzò con calma ergendosi oltre la statura del vecchio:

– Sarò prudente, non ti preoccupare!

Il volto di Dan apparve invecchiare sotto i suoi occhi:

– Lo sai che il Gigante non tornerà!

Una smorfia di disgusto apparve ad incrinare il volto di Mormot:

– Vi è qualcosa che posso fare per costringerlo?

Il vecchio Dan abbassò lo sguardo osservando i suoi piedi avvolti nei sandali oramai logori, era in cerca di una risposta a quella domanda, ma sapeva perfettamente che non vi era alcuna possibilità, arrendendosi a quel pensiero:

– No! Non vi è alcun consiglio che io ti possa dare.

I due uomini si osservarono per alcuni istanti, mentre intorno a loro il vociare allegro delle genti del Clan animava quel giorno trepidante.

Infine Mormot strinse il braccio al suo vecchio compagno:

– Non ti preoccupare, in qualche modo riuscirò a riportare serenità al Clan.

Dan indirizzò i suoi occhi verso lo sguardo di Mormot:

– Spero sia la decisione giusta.

Il tono in risposta a questo quesito arrivò perentoria:

– E' sicuramente la decisione giusta, non devi temere.

In realtà il cuore del vecchio Dan non trovava pace, non avrebbe mai voluto che gli eventi si fossero sviluppati sino a giungere ad una conclusione a lui non gradita, era altresì vero che il Profeta giunto attraverso l'occhio di Dath suscitasse anche in lui una certa inquietudine, dato che l'avvento dell'attuale Sovrano aveva portato il suo mondo in un cambiamento repentino e radicale, almeno per quanto riguardava i Clan all'interno di Argentea.

Asha aveva qualcosa di completamente diverso nei suoi occhi, una luce incredibilmente intelligente e temeva le conseguenze di questo allontanamento. Un giorno avrebbero recato molto più danno alla loro piccola comunità. Se Asha fosse divenuta potente come lo era il Sovrano, chi le avrebbe impedito di vendicarsi per quello che loro stavano facendo adesso? Dan non era certo uno stolto, aveva provato a convincere il suo Clan a cambiare idea nel corso di quegli ultimi cicli, a riconsiderare la loro decisione, ma tutti erano troppo spaventati dal pericolo che essa avrebbe potuto scoprire le loro usanze e addirittura di cambiarle, in modo che andasse persa la loro conoscenza antica, l'unica vera cosa che contasse in quei luoghi. Infatti tutti avevano paura di perdere la loro appartenenza e le loro tradizioni, perché avevano visto nel corso dei cicli il cambiamento prodotto dall'attuale Sovrano nei territori da lui maggiormente controllati, a partire dalla città più meridionale del Regno, ossia Darokis, quindi chissà come vivevano ora le genti del nord dove la sua influenza era più pressante. I suoi pensieri cominciarono a svanire a poco a poco esattamente come il vociare intorno a lui, lentamente l'attenzione di tutto il Clan fu catturata dalla vista delle due figure che si stavano a poco a poco avvicinando verso di loro. Il Gigante era imponente, torreggiando sulla sua protetta. Egli era vestito da combattimento, come già altre volte lo avevano veduto, la sua sagoma si stagliava in quella landa desolata come un colosso, il suo petto era ricoperto dalla placca metallica della sua armatura la quale risplendeva alla luce di Dath, le sue braccia erano avvolte dalle strisce di cuoio, le quali terminavano a ricoprire i palmi delle sue mani, i simboli del suo Clan erano incisi sulle estremità frastagliate, i sandali erano assicurati assieme a legacci i quali sorreggevano i parastinchi anch'essi in metallo, appena sopra il ginocchio partivano le brache a doppia cucitura in cuoio, trattenute in vita da un'enorme cintura anch'essa in cuoio, uno spallaccio copriva la spalla destra, mentre sull'altra spuntava l'elsa della spada lunga, la sua arma preferita, la quale molte volte aveva salvato la vita ai componenti del Clan negli scorsi tragitti verso Darokis. Tutti sapevano quanto mortale fosse quell'uomo, le celane si incrociavano sul petto a tracolla, i suoi movimenti erano fluidi e allo stesso tempo poderosi, pur recando con sé uno zaino di tela colmo dei beni di commercio, ma ciò che colpì maggiormente tutti fu la vista di Asha. Ella apparve in tutta la sua bellezza oltre alla sua pericolosità, il bacio di Dath aveva donato alla sua pelle un colore bronzeo, i suoi occhi di un colore blu scuro incorniciavano il suo volto dagli zigomi alti, regalandole uno sguardo felino, i capelli oramai cresciuti erano trattenuti da una sottile striscia di cuoio la quale formava una treccia, la sua linea era flessuosa, racchiusa in una pettorina a doppio strato di cuoio smanicata, gli avambracci erano stretti in strisce anch'esse di cuoio esattamente della stessa forma del Gigante, il quale aveva molto probabilmente reclamato Asha nel suo Clan, visto che anche su di essa vi erano raffigurate gli stessi simboli. Inoltre uno spallaccio di metallo ricopriva la sua spalla destra, allacciato ad occhiello alla pettorina, mentre al contrario del Gigante che recava con sé la spada, Asha come arma bianca utilizzava un bastone alto quanto lei, il suo bacino era stretto in una gonnella sfrangiata sino a metà coscia, trattenuta da una cinghia che ne ricopriva i fianchi, al termine delle sue gambe lunghe recava le stesse placche metalliche del Gigante, che sulla sua figura risultavano meno poderose, donandole un aspetto virtuoso e al contempo sinuoso, i sandali aperti sul fronte erano esattamente assicurati ai parastinchi in metallo da lacci ad occhiello ed intrecciati appena sopra il ginocchio, anche lei portava le apposite celane a tracolla e al posto dello zaino recava solo una stuoia di cuoio.

Il silenzio fu interrotto dalla voce tonante del Gigante:

– Tutto è pronto?

Jaime impaziente per la sua prima traversata rispose immediatamente:

– Sì! Siamo pronti.

Un piccolo sorriso comparve sul volto burbero del Gigante:

– Molto bene, direi di non indugiare troppo, allora!

Al sentire quelle parole la piccola Iwin si precipitò verso

Asha, in barba a tutti quei sentimenti contrastanti che sua madre le aveva impartito in quegli ultimi cicli e andò di filata ad avvolgersi nel suo abbraccio. Non voleva assolutamente separarsi dalla sua Maestra, nel suo cuore vi era l'assoluta certezza che non si sarebbero mai più riviste e quella mancanza nella sua vita era decisamente insopportabile, esattamente come era insostenibile la mancanza continua di suo padre. Sapeva perfettamente cosa volesse dire la solitudine, sapeva cosa voleva dire la perdita, conosceva quel sentimento profondo di abbandono che ogni volta minava la sua mente. Le lacrime non tardarono ad uscire al contatto del suo corpo trattenuto da quell'abbraccio, non avrebbe più ricevuto quegli amorevoli insegnamenti, non avrebbe più visto il deserto di Dath con gli stessi occhi, quel luogo sarebbe tornato sterile, senza Asha tutto il suo mondo sarebbe nuovamente cambiato e lei non poteva farci nulla perché era troppo piccola, segregata in quel corpo, avrebbe voluto andare con lei, avrebbe voluto seguirla, in ogni dove, avrebbe sentito la sua mancanza per tutti i giorni a seguire. Era un dolore troppo forte, smisuratamente intenso, immenso.

La voce fioca iniziò il suo anelito come una leggera brezza all'interno del suo timpano, nessun altro avrebbe mai potuto udire quell'alito di vento, nessuno tranne loro due:

– Sii forte, accetta i cambiamenti, accetta sempre ciò che non è in tuo potere cambiare.

Quelle parole non la rassicurarono affatto, anzi al contrario le lacrime cominciarono a sgorgarle senza che lei ne avesse il ben che minimo controllo, si lasciò pervadere da quel sentimento, il suo cuore le sembrò fermarsi, avrebbe anche accettato volentieri la fine della sua esistenza, ma non voleva provare ciò che in quel momento stava vivendo.

Asha riprese la parola nel vedere l'espressione della piccola:

– Anche io ho provato i tuoi stessi sentimenti quando dovetti abbandonare il mio Maestro, ma subito dopo la vita mi ha regalato la tua presenza.

Iwin non aveva assolutamente capito dove la sua prediletta voleva condurla, tentò di reprimere le lacrime, le mani di Asha la allontanarono da lei leggermente, con premura, sino a quando quegli occhi blu si posarono sul suo sguardo:

– Non devi temere, oggi il tuo cuore è spezzato, ma vedrai che domani giungerà un nuovo sentimento d'amore!

Iwin si sfregò il viso nel tentativo di rimuovere le lacrime, poi le mani forti di sua madre la accolsero verso di lei allontanandola da Asha:

– Lasciala andare, piccola mia.

Le due donne si osservarono silenziose per alcuni attimi, mentre Asha si rialzò protendendosi in tutta la sua altezza. Non ci furono parole tra loro, solo sguardi intensi.

Adrian stava rimarcando la padronanza sulla sua discendenza sanguigna ed ad Asha questo non sfuggì, era una battaglia che lei non voleva combattere.

Le parole del Maestro riemersero preponderanti: *i figli non sono di coloro che li generano, ma sono di coloro che li crescono.*

Adrian però non era a conoscenza di questo, quindi non poteva e non doveva giudicarla, però volle comunque farle dono di una parte della sua conoscenza:

– Ricordati sempre che non è lei tua figlia, ma sei tu sua madre.

Adrian rimase ad osservarla con cipiglio, chiaramente non aveva assolutamente capito ciò che Asha avrebbe voluto trasmetterle, la sua risposta fu sin troppo secca:

– E' giunto il momento di salutarci, Profeta.

Non vi furono altri commiati, la mano del Gigante si posò sulla spalla di Asha, il suo tono fu gentile come mai sino a quel momento:

– Andiamo, piccola!

Asha osservò per un istante la giovanissima Iwin, si portò la mano destra ad indicare i suoi occhi sussurrando un saluto:

– Io ti vedo!

Tutto il Clan rimase in silenzio ad osservare gli uomini della spedizione sparire a poco a poco dalla loro vista, il viaggio era cominciato e loro da quel momento potevano solo sperare di poterli riabbracciare.

Terre Desolate

Avevano percorso svariate miglia quando finalmente il Clan dei Dath decise di effettuare una prima sosta. Asha era già esausta, camminare a marcia forzata sotto quel sole cocente la stava mettendo a dura prova, nulla in confronto a ciò che aveva dovuto subire nel Mare Salato, ma probabilmente non aveva ancora recuperato appieno tutte le sue energie. Si adagiò a terra con tutto il peso del suo corpo provato, all'ombra di un grosso termitaio, stappò la Celana e bevve avidamente il suo contenuto.

– Vacci piano o non ti basterà!

La voce del Gigante la sorprese sin troppo vicina per non accorgersi della sua presenza. Asha distaccò la Celana dalle labbra corrugando le sue giovani ciglia, molto probabilmente quel rimprovero era dato dalla sua esperienza.

– Va bene, – furono le uniche parole adatte in quel momento.

Il Gigante appoggiò a terra il suo zaino, estrasse l'arma lunga dalla fondina dorsale e la conficcò con forza al suolo innanzi a lui, poi si sedette accanto a lei.

– Ci vorrà ancora molto tempo prima di arrivare alla fine del promontorio e altrettanto per raggiungere il primo pozzo, l'acqua rappresenta la tua unica fonte di sopravvivenza, se la esaurisci senza dosarla non ci arriverai!

Asha osservò il volto burbero di Horud, la stava sottovalutando e questo non era un bene:

– Vorrei ricordarti che ho attraversato da sola il mare salato!

Horud estrasse dallo zaino una pietra e con molta calma cominciò ad affilare la sua lama:

– Sei stata aiutata dagli dei e su questo punto non ho dubbi, ma ora la tua sopravvivenza è a mio carico e io non ho gli stessi poteri delle divinità.

Un senso di rilassamento si fece strada sul suo volto e di rimando apparve anche su di lei.

Rimasero in silenzio per alcuni frangenti, poi la curiosità di Asha prese a rilento il sopravvento:

– Quante volte hai già fatto questa strada?

Il rumore della pietra sull'acciaio provocò in lei un brivido lungo la spina dorsale:

– Oramai molte volte.

Fu troppo secco e distaccato ed Asha non era affatto contenta di quella risposta:

– Cosa mi dici allora del Clan?

Horud alzò lo sguardo osservando gli altri appartenenti al loro gruppo:

– Mormot e suo fratello Darban sono abili anche con le armi; Owel e suo fratello Jaime sono troppo giovani ed è la prima volta che mi accompagnano.

Asha osservò attentamente quei due ragazzi, Horud li aveva considerati giovani, con molta probabilità avevano visto più primavere di lei. A quel punto un pensiero cominciò a farsi strada nella sua mente: il Gigante vedeva anche lei a quel modo, troppo piccola e inesperta, avrebbe dovuto dargli quindi prova del contrario altrimenti il loro rapporto non sarebbe mai mutato.

Mentre questi pensieri affollavano la sua mente, il Gigante continuò:

– Ducan e Aral sono molto forti, riescono tranquillamente a sostenere il viaggio e a trasportare molto peso rispetto alla loro corporatura, li definirei degli Yhath, ma non sono altrettanto bravi con le armi bianche.

– Yhath? E cosa sarebbero?

La curiosità di Asha era senza freni ed il Gigante la accontentò:

– Sono ovini delle mie terre, servono il nostro popolo grazie alle loro folte pellicce e sono abili nel trasportare materiale.

Nell'immaginare Ducan e Aral con i loro corpi completamente rivestiti di pelli e sovraccaricati dal peso del sale, la risata di Asha echeggiò nella landa spoglia:

– Cosa c'è di così divertente?

– Nulla, scusami.

L'aggrottarsi delle sopracciglia di Horud diede l'idea della sua totale mancanza di ilarità. Il discorso fu ripreso da Asha:

– Gli altri?

La domanda le uscì spontanea, poiché nella sua permanenza non era riuscita a conoscere bene tutti gli appartenenti al Clan, alcuni di loro continuavano a tenersi sempre a dovuta distanza da lei, probabilmente nessuno si fidava, o almeno erano in pochi. Considerato però che i pericoli che avrebbero dovuto affrontare sarebbero stati innumerevoli, almeno voleva conoscere meglio tramite il giudizio del Gigante coloro che si apprestavano assieme a loro ad affrontare quel tragitto:

– Axar, Ludor, Zagor, Fellar e Domee sono ragazzi molto svegli, ma nei loro occhi noto sempre un velo di paura, soprattutto per ciò che non conoscono, sono sempre vigili e attenti, ma più di una volta mi è capitato di non poter contare molto sul loro appoggio, ad esempio quando abbiamo incontrato i predoni della Tundra.

Asha osservò gli uomini collegando i loro nomi ai volti, non era certo un compito facile ma era molto brava nelle associazioni, anche se la loro stirpe li accomunava nei tratti somatici e si assomigliavano un po' tutti: erano mori, con occhi di un nero profondo, tipico della continua discendenza perpetrata tra fratelli e cugini.

In effetti era a conoscenza che il Clan dei Dath perpetrava da sempre matrimoni tra consanguinei, erano troppo legati alle loro tradizioni, non accogliendo nessuno all'interno del Clan: così facendo avevano per sempre minato il loro futuro. Asha era riuscita a cogliere un tratto molto spiccato di quell'uomo, seduto al suo fianco, la sua abitudine ad osservare qualunque cosa si era rivelata davvero la sua dote migliore, ed ora grazie a quell'interesse continuava imperterrito ad elencare i particolari che lui aveva visto:

– Gillar, Vaz, Miral e Fadrer, al contrario, sono sin troppo vulcanici, – una smorfia di disappunto apparve per un istante sul volto del Gigante, mentre la pietra smise per un secondo il suo lento fluire sulla lama; fu solo un attimo, ma ad Asha quel gesto non sfuggì. – Molte volte ho dovuto frenare il loro impulso combattivo e molte volte mi sono trovato in seria difficoltà, sembra siano nati per attaccare briga e io, se fossi in te, non starei per lungo tempo in loro compagnia.

Asha si perse nelle sue elucubrazioni. Non avevano solo preso i tratti simili geneticamente, bensì anche i loro caratteri si assomigliavano e Horud ne era consapevole quanto lei. Ecco perché li aveva associati assieme, senza elencarglieli uno ad uno, quindi lo stesso ceppo genetico poteva anche provocare comportamenti similari, in ogni caso lei li avrebbe trattati per ciò che erano, cioè individui unici, perché riteneva che nessuno potesse essere simile o uguale, tutti dovevano avere un'anima unica.

– Grazie, farò tesoro delle tue intuizioni.

Horud fermò la sua mano:

– Non sono intuizioni!

Asha si voltò fissando i suoi occhi blu verso il volto austero del Gigante, il quale si era offeso, ma non era sua intenzione farlo:

– Non volevo offenderti.

Horud sbuffò astenendosi dal replicare. Il Gigante cambiò argomento frettolosamente:

– Quando saremo giunti a Darokis, dovremmo barattare qualcosa per poterti procurare un'arma a filo!

Asha abbassò il capo osservando il suo bastone deposto a terra innanzi a lei:

– Per quale motivo?

La risposta fu appena sussurrata, ma il Gigante non colse il tono troppo remissivo con il quale era stata pronunciata:

– Perché ho intenzione di insegnarti a usarla.

Nei pensieri di Asha giunse una moltitudine di immagini, tra cui tutti gli allenamenti vissuti in compagnia del Maestro e le discipline che le erano state impartite:

– Le armi come la tua tolgono la vita!

Horud si sarebbe aspettato di tutto, ma sicuramente non quell'affermazione:

– Ovvio! A cosa potrebbero servire, altrimenti?

Asha incrociò le mani in grembo, mentre l'attenzione del suo protettore era fissa su di lei, ne colse lo sguardo indagatore, ma si domandò come avrebbe potuto spiegargli i suoi sentimenti.

Con calma ripose il suo sguardo sulla sua coscienza interiore e rispose:

– Io non posso arbitrariamente togliere la vita. Uccidere è triste!

Non si era spiegata bene, lo sapeva e ora avrebbe dovuto ricominciare, ma il Gigante non le diede tempo a sufficienza:

– Fa quello che ti pare, a ogni modo io ti insegnerò!

Questo era un altro punto al quale Asha sarebbe dovuta giungere, lei sapeva benissimo come utilizzare le armi e quando Horud avrebbe visto la sua protetta spargere sangue ovunque si sarebbe ricreduto su di lei e questo non doveva assolutamente accadere, anche perché, se egli avesse smesso di credere in lei, non osava pensare a chi altro lo avrebbe fatto. Asha tentò di distrarre l'attenzione del Gigante su quel discorso, nonostante fosse consapevole che procrastinare non sarebbe stata l'azione risolutiva, anzi, sapeva perfettamente che quel giorno sarebbe arrivato, però sino a quel momento non voleva pensarci.

Asha non riuscì a formulare la domanda seguente quando Jaime entrò nel suo campo visivo:

– Scusami se ti disturbo.

Horud fu meno cordiale del solito:

– Cosa vuoi?

Jaime si impietrì, i suoi occhi non mentirono sui sentimenti che provò in quell'istante, appariva profondamente impaurito, con un filo di voce recò il suo messaggio:

– Mormot mi manda a dirti che è necessario, prima di accamparci, effettuare una perlustrazione preventiva, per assicurarci che nei dintorni tutto sia tranquillo.

Horud fu estremamente duro:

– In questa landa deserta non è possibile avvicinarsi senza essere visti!

Il suo tono non lasciò scampo a repliche di alcun genere da parte di Jaime, il quale si allontanò precipitosamente. Asha tentò di mediare nel diverbio appena avvenuto:

– Forse non ha tutti i torti.

Horud guardò dritto negli occhi la sua protetta:

– Non è necessario stancarci più del dovuto, inoltre sul promontorio nessuno ci disturberà.

Asha lo osservò reggendo il suo sguardo, non era un atto di sfida, almeno non per lei, però sapeva benissimo che a volte poteva essere interpretato esattamente così:

– Non voglio sfidare il tuo giudizio!

Horud parve rilassarsi:

– Devi scusarmi, ma Mormot riesce sempre a mettermi di cattivo umore, – poi sempre con la sua mansueta calma riprese a dare il filo alla sua arma, replicando. – Abbiamo poco tempo per recuperare le forze, in più dobbiamo scavare i termitai.

– I termitai?

La sorpresa nel tono di voce di Asha era ben udibile.

– Sì! All'interno dei termitai vi sono le loro larve, un cibo altamente proteico, in più quelle creaturine coltivano una specie particolare di funghi, i quali essiccati possono essere un'ottima merce di scambio, quando saremo giunti a Darokis potrebbero esserci molto utili.

Il Gigante allungò un coltellaccio ad Asha:

– Se non ci credi comincia a scavare nella parte bassa del termitaio.

Asha osservò la lama divenuta tagliente; lei era passata dall'essere fruttivora e vegetariana al doversi cibare di carne, infine ora avrebbe dovuto mangiare delle larve. Nella sua mente cadde il pensiero che non vi era mai fine alle sorprese della vita. Mentre cominciò a scavare grazie al coltellaccio, dall'impugnatura un po' troppo grande per le sue mani, il pensiero corse ai funghi.

Impiegò molto più tempo di quanto immaginasse, ma alla fine le sue fatiche furono ricompensate: Horud aveva ragione, all'interno del termitaio Asha trovò esattamente quello che le aveva detto, una quantità di larve sufficiente per un pasto frugale ed una specie particolare di funghi dal colore bianchissimo, con lo stelo particolarmente grosso e corto, mentre il cappello era tondo e gonfio. Horud si apprestò a tagliarlo in listelli sottili facendolo seccare al calore dell'occhio di Dath, mentre Asha affamata cominciò ad addentarli.

Destini Simili

Baal attraversò la grande porta della fortezza, il suo passo era calmo e misurato, la partenza imminente di suo fratello lo aveva messo in agitazione ed ora si prodigava a raggiungerlo, non aveva ancora digerito le sue azioni né quantomeno la sua dimostrazione di forza. Inoltre non aveva avuto ancora le risposte che cercava, in cuor suo presupponeva che suo fratello fosse giunto sino a lì solo per istillare la paura nel suo cuore, in ogni caso aveva bisogno di informazioni riguardanti il probabile Masciach. Non avrebbe lasciato nulla al caso, doveva imporsi come si era imposto nel suo Regno, in fondo era sempre il Sovrano di Argentea e se una minaccia, anche se infondata, poteva minare questo suo status. Doveva comunque ammettere a se stesso che l'avvento di suo fratello avrebbe potuto sia giovargli che indebolire la sua figura, ma sapeva perfettamente che non vi era un bene o un male, ma solo azioni da intraprendere. Così aveva deciso di fare un'ultima visita per schiarirsi le idee, solo a seguire avrebbe preso la sua decisione in merito.
Gli sovvenne il ricordo dell'insegnamento del suo Maestro inerente la prima regola dell'Alchimista: conosci, poi attiva. Quindi aveva assolutamente bisogno di entrare nella mente di suo fratello per capirne le intenzioni. Passò sotto l'arco delle due torri in arenaria, osservando i suoi uomini posti di guardia, i quali nel vederlo passare fecero un lungo segno di riverenza. Il suo sguardo si posò sulla possente grata in ferro battuto sollevata oltre la sua visuale, trattenuta dai forti argani e contrappesi.
Fuori dalle cinte murarie, lo spettacolo era a dir poco caotico: i Mutant, in armatura, controllavano diligenti lo svolgersi delle mansioni di approvvigionamento dei Demoni, molte tende erano state smontate e i carri caricati e pronti

per la partenza, l'odore acre della macellazione dei bovini e ovini era ancora persistente, senza contare il lezzo degli escrementi umani.

In lontananza Baal osservò i suoi uomini intenti a ricoprire le cloache. Si fece largo tra quella moltitudine di corpi incontrando uno dei suoi Lord:

– Arrow, vorresti illuminarmi sulla situazione corrente?

Lord Arrow era intento a disporre i suoi ordini per affrettare i lavori di foraggio, quando la voce del suo Sovrano colpì i suoi timpani si fermò di soppiatto, prodigandosi in un inchino ossequioso:

– Tutto procede come lei ha comandato, Sire.

Lo sguardo di Baal compì un arco di duecentottanta gradi, non era molto soddisfatto di ciò che si presentava ai suoi occhi:

– Mi sembra tutto un po' troppo caotico!

– Sire, non è un compito facile, ma al termine del ciclo di Horus questa pianura riacquisterà il suo splendore. Un sogghigno apparve sul volto di Baal:

– Lo spero!

Lord Arrow si rialzò:

– Come posso compiacerla, mio Signore?

– Vorrei sapere dove posso trovare la tenda del Profeta.

Baal aveva appositamente evitato di apostrofare suo fratello con il suo titolo per rimarcare il fatto che per lui egli non era nulla. Lord Arrow rispose immediatamente al volere del suo Sovrano:

– La accompagno, Sire!

I due uomini si inoltrarono all'interno del marasma, Baal non era abituato a camminare in mezzo a quegli uomini, i quali avevano completamente perso le normali sembianze, la loro vista gli dava il volta stomaco, la stessa identica sensazione provata nell'osservare cosa era diventato suo fratello. Giunsero innanzi ad una tenda di cuoio, quasi del tutto anonima, all'ingresso furono fermati da due Demoni rivestiti di armatura.

– Chi desidera parlare col Supremo?

Prima che Lord Arrow potesse emettere un suono, Baal lo scostò delicatamente facendosi avanti:

– Non ho assolutamente bisogno di presentazioni, lasciatemi entrare immediatamente e inchinatevi al mio cospetto.

I due Demoni osservarono il loro interlocutore, poi attraverso le visiere dei loro copricapi si osservarono l'un l'altro, erano visibilmente costernati da quella dichiarazione. Poco prima che potessero mettere pugno alle loro armi per osservare il rigido regolamento che gli era stato posto, una voce all'interno della tenda proruppe:

– Lasciateli entrare!

I due Demoni, riconoscendo immediatamente l'autorità, si scostarono dall'entrata.

– Solo mio Fratello. Il suo servo può attenderlo fuori.

Il volto di Lord Arrow lasciò trasparire il suo disappunto:

– Se avrà bisogno di me, io sarò qui ad attenderla, Sire!

Baal osservò per alcuni attimi gli occhi fiammeggianti di ira del suo servo, poi poco prima di varcare la soglia della provvisoria dimora di suo fratello si rivolse al suo sottoposto:

– Non avrò bisogno del tuo aiuto, torna pure alle tue mansioni.

– Come desidera!

Arrow attese che il suo Sovrano varcasse la soglia della tenda, si rialzò dal suo ossequioso inchino, osservando con la fronte corrugata i due Demoni di guardia e di malavoglia abbandonò quel luogo. Baal impiegò alcuni frangenti prima che i suoi occhi potessero adattarsi a quella oscurità. L'interno della tenda era arredata col minimo indispensabile, Baal poté intravedere lo scranno sul quale era seduto suo fratello distinguendo a fatica la sua sagoma, una stuoia era deposta da un lato, mentre dall'altro vi era una cassapanca in legno, o almeno aveva l'impressione che fosse tale, innanzi allo scranno vi era una pelliccia, anche se non riconobbe a quale animale potesse appartenere.

Mentre tentava di raccapezzarsi, la voce del Profeta iniziò:

– Accomodati pure nella mia umile dimora, fratello mio.

La voce di Baal in risposta sembrò sin troppo roca:

– Ti nascondi sempre nelle ombre?

Un piccolo movimento tradì il sentimento di irritazione provato da suo fratello:

– Non sono venuto io a cercarti questa volta!

Baal rimase rigido nella sua postura, mentre la mano cercò l'elsa della sua katana.

– Non ho alcuna intenzione di farti del male, accomodati.

La voce del Profeta parve sin troppo gentile e remissiva, tutto questo a Baal non piacque affatto:

– Essia, sono venuto per conoscere!

I suoi occhi cominciarono ad abituarsi a quella oscurità e la sagoma indistinta di suo fratello cominciò ad essere percepita nella forma, lo vide incrociare le sue braccia al petto completamente avvolto nella sua tunica nera:

– Prima mi accusi, poi ti cimenti con me, su chi di noi due abbia appreso meglio l'arte del Maestro, infine vieni a chiedermi ciò che io ti volevo dare sin dall'inizio. Perché?

Baal sapeva perfettamente dove volesse arrivare suo fratello, ma non voleva dargliela vinta, anche se in cuor suo sapeva di essersi comportato come uno stupido. Nonostante ciò il tempo dell'addestramento gli aveva lasciato nell'animo quell'incompetenza che aveva voluto allontanare dal suo cuore ed ora pensava di esserci riuscito, ma evidentemente non era così, non poteva certo far marcia indietro e dimostrare la sua inferiorità, era tra l'incudine e il martello e lui lo sapeva benissimo, così tentò di sviare le apparenze:

– Non vi è traccia nei testi antichi di ciò che sei venuto a professarmi!

Il Profeta non si scompose:

– Allora se sei tanto sicuro, perché sei giunto a me?

Inutile, non poteva sfuggire a quella prova, doveva affrontarla:

– Sto seguendo gli insegnamenti del Maestro, in caso tu avessi ragione!

Il Profeta rimase inizialmente in silenzio, poi riprese il dialogo:

– Quindi sei venuto a me per conoscere?

Baal fece un lieve cenno col capo accompagnando la risposta:

– Sì, per la conoscenza!

– Molto bene fratello, tanto mi basta, ma ricordati: visto il tuo comportamento nei miei confronti ho deciso che nel caso il Masciach si rivelasse nelle tue terre io non accorrerò in tuo aiuto e, ovviamente, vorrei che tu non varcassi le soglie dei miei confini in caso contrario.

Baal non capì bene dove suo fratello volesse andare a parare, in ogni caso se mai si fosse presentata l'occasione di affrontare questo fatidico Masciach, lui sarebbe certamente stato in grado da solo di sconfiggerlo, ma per quanto concerneva l'aiutare suo fratello in caso contrario non aveva alcun interesse a farlo:

– Hai la mia parola!

Al sentire queste parole il Profeta si alzò, con calma si diresse alla cassapanca, che in realtà altro non era che un baule, dal quale estrasse un libro, poi sempre con assoluta calma si risedette al suo posto:

– In questo volume che ho, come dire, preso in prestito da nostro fratello Zoor, vi è un passaggio molto particolare, sul quale lo stesso Zoor pose la sua attenzione.

Baal si ricordava molto bene di Zoor: egli era il secondogenito del Maestro, aveva dieci primavere in più di lui ed era considerato da tutti il miglior allievo, sia per l'abilità di combattimento, sia nelle arti magiche.

– Mi ricordo di Zoor.

La voce di Baal apparve tremula alle orecchie del Profeta:

– So benissimo cosa ti ricordi di lui: egli porta la corona ed era già illuminato all'epoca della nostra permanenza al monastero di Antart, ma col tempo quella illuminazione cominciò a spegnersi e cadde, secondo il mio avviso, nella stessa profezia che qui vi è cantata.

Baal rimase impietrito:

– Profezia? Di quale Profezia parli?!

Il Profeta aprì il volume sfogliando le pagine, poi si fermò una volta trovato l'oggetto della sua ricerca:

– Quando tutti i Profeti avranno portato il loro verbo, poseranno la pietra per l'avvento del Masciach.

Baal incrociò le braccia al petto mentre il suo sguardo si inchiodò sulla sagoma di suo fratello:

– Questo non vuole dire assolutamente nulla e tu lo sai!

Il Profeta chiuse di scatto il volume, asserendo:

– Sì, lo so, ma Zoor credeva fermamente a questa profezia, così ha radunato tutte le sue forze ed è partito per la volta di Antart, nel tentativo di invadere il Regno e distruggere il nostro Maestro, in modo da non permettergli di addestrare questo fantomatico Masciach.

– Come fai a sapere questa cosa?

Il tono di voce del Profeta fu calmo, o almeno sembrò tale:

– È da diverso tempo che sono in contatto con Zoor e ho potuto osservare il suo continuo interessamento a questa profezia. Mi erano già chiare le sue intenzioni, visto che ne ero al corrente tramite le sue parole, egli voleva fermare a tutti i costi il Maestro.

Le braccia di Baal persero immediatamente la loro postura, la sua voce parve flebile:

– Così Zoor involontariamente ha scatenato questo improbabile destino?

– Sei molto più perspicace di quanto non sembri, fratello mio!

L'ironia delle parole del Profeta non colpirono la coscienza di Baal:

– Perché non ti sei unito a lui, allora?

Il Profeta si alzò posando nuovamente il libro nell'apposito baule:

– Perché secondo me il Masciach non può essere fermato, come intende Zoor.

Quelle parole aleggiarono sospese in quel luogo, varcando le soglie dello spazio e del tempo, intersecandosi nei loro destini.

L'abbandono

Il caldo era opprimente, il braccio di Asha si alzò automaticamente verso la sua fronte per detergere il sudore. I muscoli delle sue gambe dolevano a tal punto da non permetterle una camminata fluida, l'acido lattico aveva cominciato a diffondersi in tutto il suo corpo, mentre piano piano la disidratazione affaticava la sua camminata. Non era riuscita a recuperare tutte le sue facoltà dopo la lunga traversata nel deserto di Dath ed ora tale consapevolezza le gravava addosso come una zavorra colma di pietre acuminate. Le sue mani cercarono disperatamente la Celana, si fermò, tolse la borraccia da tracolla, stappò il coperchio in cera con mani vacillanti e si portò l'imboccatura alle labbra oramai screpolate, ma le poche gocce che ne uscirono non lenirono le sue pene. Poco più avanti a lei il Gigante sedeva a terra appoggiato con tutto il peso al suo zaino, con lo sguardo rivolto verso l'orizzonte. Erano giunti alla fine del promontorio ed innanzi a loro si estendeva l'immensa Tundra di Argentea. Faticosamente Asha raggiunse Horud, sedendosi al suo fianco, mentre ad uno ad uno tutti i membri della spedizione si accostarono a loro. Aral e Jaime lasciarono cadere a terra le imbragature liberandosi dal loro peso, poi con molta tranquillità vi si sedettero sopra tentando di dissetarsi con le ultime risorse di acqua.

La voce atona di Mormot li colpì come una frusta:

– Dobbiamo muoverci, non abbiamo assolutamente tempo per riposarci!

Non mancarono sguardi di rimprovero per quell'affermazione, avevano sostenuto la traversata del promontorio con una marcia forzata ed adesso tutti erano particolarmente stanchi.

Asha posò lo sguardo sul Gigante assorto nei propri pensieri, non riuscì a rivolgergli la parola, mentre la sua si fece udire:

– Io non avrei così tanta fretta, Mormot.

– Non avresti fretta? Abbiamo esaurito l'acqua e dobbiamo raggiungere al più presto il pozzo!

Il Gigante osservò per un attimo il suo interlocutore, poi alzò il suo braccio puntando con l'indice in direzione della Tundra:

– Non siamo soli...

Le parole appena pronunciate impiegarono più tempo del dovuto a far breccia nelle menti di tutti, poi l'attenzione del gruppo si spostò a quell'immensa pianura ed il loro sguardo cadde esattamente dove il Gigante voleva che cadesse. In lontananza, in direzione Nord-Est, si poteva intravedere del fumo levarsi dalla prateria, proprio in corrispondenza di un villaggio, o almeno era ciò che Asha vide, un ammasso di pietre e tende con intorno degli animali e qualche uomo intabarrato dalla testa ai piedi.

– Predoni della Tundra!

Zagor si avvicinò allo strapiombo piegandosi sui talloni:

– Quei maledetti...

Asha si girò ad osservarlo, non riusciva a pensare lucidamente e non le venne in mente nulla da dire, era allibita ed esterrefatta, si ricordò le parole del Gigante quando le spiegò che uno dei pericoli maggiori che avrebbero corso in quel tragitto era proprio la possibilità di incontrare le tribù della Tundra.

– Non siamo stati fortunati nemmeno questa volta, – intervenne Ludor.

– Fortuna o meno, Ludor, dobbiamo raggiungere quei pozzi e barattare il nostro sale. Non vi è altra soluzione.

Horud estrasse un pezzo di carne secca addentandolo con ferocia ed ingordigia, mentre le parole di Darcan seguivano il suo pensiero:

– Trattare con loro non è mai semplice e ogni volta il loro prezzo aumenta!

– Anche questo è vero, potremmo essere costretti a barattare più del dovuto!

Fellar fu molto conciso, ma tutti sapevano che aveva ragione.
– Possiamo sempre aggirarli!
Nemmeno Jaime credette alle sue parole.
– L'unico punto per scendere dal promontorio è questo...
Mormot indicò l'inizio del declivio, un tempo molto lontano, probabilmente esso altro non era che la base di un grande ghiacciaio, ora vi rimaneva solo una profonda ferita aperta nella roccia, la quale scendeva ininterrotta sino a valle:
– Ci vedranno appena cominceremo la discesa!
Effettivamente Asha poté constatare la veridicità di tali parole, l'accampamento era a meno di un miglio di distanza, chiunque avesse intrapreso il cammino in discesa sarebbe stato avvistato senza alcuna difficoltà. Ma Asha, per nulla sconfortata, tentò una proposta:
– Potremmo scendere uno alla volta, cercando di nasconderci tra le rocce, per mimetizzarci con l'erba alta alla base del promontorio!
L'idea albergò nei cuori dei presenti, effettivamente poteva essere allettante e plausibile, tutta la Tundra era disseminata da sterpi secchi e particolarmente alti, bastava mantenersi lontani dalle piste battute dai Predoni ed inoltrarvisi.
La voce del Gigante bloccò tutti i loro pensieri:
– Innanzi tutto sanno già che siamo qui, quindi è inutile farneticare un piano alternativo.
L'ira di Mormot non fu trattenuta:
– Come fai a dirlo?
Horud continuò senza ulteriori spiegazioni, non vi era maggior sordo di chi non volesse sentire e lui non aveva assolutamente tempo da perdere in inutili discussioni:
– In secondo luogo, non arriveremo mai al secondo pozzo, senza acqua, o almeno... non ci arriveremo tutti.
Mormot non tralasciò l'insulto ricevuto:
– Aspetto una tua risposta!
Horud sbuffò, a malincuore dovette cedere:
– Oramai conoscono il periodo giusto per attenderci.
Alcuni mormorii si levarono dagli astanti, non ci avevano

pensato, specialmente i più anziani come Mormot e Darban, ma in loro il velo del dubbio era già calato. Asha si rivolse al Gigante:

– Sei sicuro?

Horud accompagnò le sue parole con un cenno del capo, decisivo ed energico:

– Non vi sono più dubbi, la prima volta ci trovarono per caso, ben presto però compresero che potevano avere un bene prezioso come il sale, a un prezzo esageratamente più basso che reperirlo a Darokis.

Asha impiegò pochissimo a capire il meccanismo:

– Così ora vi attendono per barattare il vostro sale per l'acqua?

Il sorriso amaro di Horud si palesò sul suo volto:

– Sì, proprio così!

Owel e suo fratello Jaime parvero esterrefatti da quella eventualità, per loro era la prima volta e la situazione non era delle migliori, quasi all'unisono risposero:

– Ed ora, cosa facciamo?

Mormot arrivò in loro aiuto:

– Sono solo supposizioni!

– Supposizioni o no, devo ammettere che il discorso del Gigante non fa una piega, – Axar si poggiò a terra, appoggiando il suo volto tra le mani, strofinando il mento in segno di indecisione. – Dobbiamo pensare bene al da farsi.

A denti stretti, Horud si pronunciò:

– Non abbiamo alternative, dobbiamo sottostare nuovamente al loro criterio!

Asha non capiva quale fosse la loro preoccupazione, ma ne avvertiva tutto il peso:

– Allora diamo loro quello che vogliono e prendiamoci l'acqua!

Horud la osservò:

– Non sarà così facile.

– Perché non dovrebbe essere facile?

– I Predoni godono dei diritti del Sovrano!

Asha cominciò ad essere esasperata: doveva trarre le informazioni con la forza, non capiva il loro comportamento a tal riguardo e non capiva nemmeno come mai il Gigante le continuasse a nascondere le sue informazioni.

– Se tu ti decidessi a parlare, io forse potrei aiutarvi!

Horud si mise comodo, lasciando penzolare i piedi oltre il promontorio, il suo sguardo si perse ad osservare la Tundra, mentre le sue parole a poco a poco uscirono dalle sue labbra:

– Questi Predoni controllano la Tundra per nome del Sovrano: essi non solo sono i custodi dei pozzi, ma sono gli occhi e le orecchie stesse del Sovrano, – una breve pausa interruppe l'afflusso delle informazioni, le quali ben presto ripresero. – Potrebbero negarci anche l'accesso ai pozzi, se la nostra offerta fosse rifiutata, in più abbiamo te con noi!

Asha si soffermò su quell'ultima affermazione:

– E io cosa centro?

Passarono alcuni attimi prima che la sua domanda ricevette risposta, mentre tutti gli sguardi si posarono sulla sua persona.

– I Predoni utilizzano le donne come schiave!

Non vi era altro da aggiungere, Horud sapeva perfettamente che non vi era altro modo per farle capire il pericolo che stavano correndo, soprattutto lei.

Era chiaro che avrebbe fatto tutto il possibile per proteggerla, ma quella situazione avrebbe causato uno scontro e lui non era certo di poterlo vincere. Asha rivolse il proprio sguardo alla ricerca di un diniego, ma i suoi occhi non incontrarono quelli di nessuno:

– Vuoi dirmi che potrebbero richiedere il mio servilismo per permettervi di accedere all'acqua?

La risposta di Horud fu ferma e glaciale:

– Come minimo!

Nessuno parlò, ma Asha sapeva perfettamente quale sarebbe stata la risposta completa, se mai l'avesse formulata: in cuor suo sapeva che il Clan voleva liberarsi di lei e ora questa eventualità si stava materializzando; doveva prendere una decisione e in fretta.

Rimase assorta per poco tempo, poi con fermezza cominciò la sua arringa:

– Molto bene, data questa eventualità, vorrei che mi udiste bene, – onde evitare malintesi, si schiarì la voce per essere maggiormente udita, non avrebbe dovuto mostrare incertezze nell'esporre il suo piano. – Voi andrete avanti, senza di me, in tal modo potranno chiedervi in cambio dell'acqua con solo ciò che porterete con voi. Io non voglio gravare su nessuno, né tanto meno essere usata come merce di scambio.

– Io Invece...

Le parole del Gigante furono immediatamente interrotte dalla mano protesa di Asha:

– Io scenderò da sola, con me porterò alcuni beni e baratterò con loro il mio avere!

Il Gigante si alzò, sovrastando su tutti con la sua mole, non meno possente delle sue parole:

– Io verrò con te!

Mormot si avvicinò, tentando di frapporsi a quella decisione, nei suoi occhi si intravide un lampo di ira repressa:

– Questo non è possibile!

Horud si voltò di scatto, il volto apparve tirato:

– Non sarai certo tu a dirmi cosa posso o cosa non posso fare!

La mano di Gillar si posò pacatamente sulla spalla di Mormot:

– Calmatevi. Horud, ascoltami; le parole di Mormot non volevano essere un'imposizione, ma sai meglio di noi che la tua presenza ci permetterà di ottenere una maggior forza nella contrattazione.

Horud non poteva credere alle proprie orecchie, la sua ira crebbe ancora di più:

– Voi volete lasciare sola Asha, ma io questo non lo permetterò! Voi non siete uomini!

Queste parole suscitarono l'ira di molti, ma ovviamente nessuno voleva cimentarsi in un alterco contro il Gigante.

La voce di Darban si fece largo tra il brusio di voci:
– Quindi vorresti abbandonarci?
Horud si guardò attorno osservando ognuno di loro:
– Mi sembrate quindici validi uomini, in grado di poter affrontare una contrattazione anche senza il mio aiuto.
Mormot sapeva di non potere vincere e in ogni caso avrebbero comunque raggiunto il loro scopo, anche se ciò avrebbe significato la perdita del Gigante:
– E sia, muoviamoci!
Asha e Horud osservarono la discesa non semplice dei loro ex compagni di viaggio:
– Era già tutto deciso, la voce della sua protetta raggiunse non solo i suoi timpani, ma anche il suo cuore, sapeva perfettamente cosa significasse non essere accettati, per lui era stato lo stesso, ed ora, non solo si scopriva preoccupato per ciò che il loro destino gli riserbava, bensì era preoccupato per quella fanciulla, la quale avrebbe patito tutto quel dolore senza che lui potesse farci nulla.

I Predoni della Tundra

– Spostiamoci!

Asha seguì a malincuore il Gigante, il quale continuò il suo discorso:

– Attenderemo con calma il nostro turno, permettendo al resto del gruppo di approvvigionarsi al pozzo, poi a nostra volta scenderemo.

Era perplesso e notevolmente preoccupato per ciò che sarebbe avvenuto, il suo volto era una maschera quasi tetra e Asha ne colse immediatamente i tratti:

– Possiamo sempre fingere di essere due semplici viandanti, non credeva nemmeno lei a quella scusa, però voleva quantomeno convincere il Gigante.

– Non sarà possibile e tu lo sai!

– Cosa dovrei sapere?

Asha era inquieta e il suo tono di voce ne dimostrò tutta la fragilità, anche se in cuor suo covava ben altri sentimenti. Le era però altrettanto difficile dimostrarsi ferma e controllata, questi sentimenti erano rinchiusi in un corpo estremamente esile, almeno se paragonato al suo interlocutore.

– Sembri far finta di nulla, però sai benissimo che appena Mormot parlerà coi Predoni, essi verranno a sapere della tua venuta.

Asha rifletté per alcuni secondi, le parole di Horud avevano cominciato a smuovere il suo inconscio a tal punto da farle riaffiorare il motivo della sua partenza dal deserto di Dath. Effettivamente doveva ammettere a se stessa che Mormot non vedeva l'ora di sbarazzarsi della sua presenza, in più avrebbe potuto commerciare anche quella informazione, ma fino a che punto si sarebbero spinti per poter ottenere già quello che avevano?

Alla fine dei conti ella aveva abbandonato il loro Clan, quindi secondo il suo giudizio avevano già ottenuto quello che volevano, senza dovere rincarare la dose:

– Cosa pensi che possano fare?

Horud si sedette all'ombra di un termitaio abbastanza grande da contenere la sua mole tra le sue ombre, con fare calmo si tolse l'armamentario e lo zaino, rispondendo alla sua domanda:

– Se fossi in te non mi fiderei troppo: conosco da lungo tempo Mormot e so per certo che egli è più bieco di quanto tu possa pensare.

Asha non era assolutamente preoccupata per quella simile eventualità, anche perché era sempre stata istruita nel concentrarsi sui problemi oggettivi piuttosto che correre dietro ai pensieri congetturali, i quali non permettono di agire, bensì ottengono l'esito di mortificarti alimentando la paura di un probabile ed inesistente domani.

– Dovremmo solo aspettare e scendere per verificare le tue parole.

Horud sollevò leggermente il volto, nei suoi pensieri cominciarono a riversarsi immagini, tra cui la possibilità di doversi scontrare coi Predoni:

– Tu non conosci questo Regno e non sai assolutamente nulla delle sue genti, dovresti ascoltare di più e parlare molto meno!

Asha rimase completamente impietrita, non si aspettava minimamente una reazione di quel tipo, né tanto meno una così dura replica del suo comportamento proprio da parte del suo compagno. Era altresì vero che Horud aveva tutte le ragioni a redarguirla poiché lei non conosceva quel mondo, quelle genti, né tantomeno gli usi o i costumi, effettivamente aveva perso o non aveva mai avuto la conoscenza necessaria per poter comprendere ciò che la circondava. Purtroppo aveva avuto davvero poco tempo per potersi dedicare a quell'attività, ma era anche vero che la conoscenza si basava su due concetti molto diversi tra loro: il primo si raggiungeva tramite le esperienze dirette, le quali potevano essere provate e scoperte solo se oggettivamente vissute, l'altra era per conoscenza indiretta, cioè tramite racconti di terzi, ma questa conoscenza andava filtrata tramite le parole o le allegorie o gli insegnamenti altrui, tenendo conto dell'osservante e del narratore i quali si prodigavano nell'esporla.

In quel caso avrebbe dovuto dare retta alle conoscenze del Gigante, forse era questo il suo errore, dare per scontato che il suo giudizio o la sua esperienza non erano alla sua altezza.

– Ti chiedo scusa, probabilmente non ho capito lo scopo delle tue parole.

Horud osservò attentamente Asha accorgendosi della sua vera sofferenza, probabilmente era stato troppo duro con lei, ma almeno aveva messo in chiaro le sue parole, dette esclusivamente per suo beneficio e non soltanto per un suo capriccio:

– Siediti, riposiamo un po', poi andremo a verificare chi di noi due abbia ragione.

Attesero che il ciclo di Dath fosse completo, riposando per quanto fosse loro possibile; infine, recuperato il loro equipaggiamento, dirigendosi verso il loro destino. La discesa fu lunga e non priva di pericoli, il declivio era una strada più sconnessa di quanto Asha avrebbe potuto prevedere, ma grazie all'esperienza di Horud non incontrarono particolari impedimenti sul loro cammino. Appena giunti alla base del promontorio, la Tundra li accolse nel suo mare aperto. Asha notò immediatamente l'erba che si ergeva nella sua altezza, la maggior parte della stessa le raggiungeva il petto, ma a volte la sovrastava abbondantemente, il cammino non era certo dei più agevoli, così decise di seguire passo dopo passo il Gigante, il quale con la sua mole le permetteva di avanzare con un'andatura più sostenuta e fiduciosa. Percorsero a quel modo più di un miglio ed infine giunsero ai margini dell'accampamento dei Predoni. Qui l'erba era ben tagliata così da permettere agli stessi uomini dell'accampamento di accorgersi di eventuali pericoli, almeno fu questa la risposta del Gigante al suo quesito. Ora, innanzi a lei, poteva meglio scorgere ciò che aveva solo intravisto dall'altura. Intorno a lei erano evidenti le strutture in pietra o almeno quello che ne rimaneva, probabilmente un tempo qui doveva sorgere un villaggio, ma ora quei ruderi in mattoni erano tutto ciò che rimaneva a testimoniare quella vecchia civiltà. Intorno a quei resti adesso si stagliavano alte tende, da cui uscivano sottili cortine di fumo, che lasciavano pensare ad un focolare interno per permettere la cottura degli alimenti.

Poco distante Asha si avvide di un recinto con all'interno degli animali simili a ovini:

– Che tipo di animale è mai quello?

Il Gigante si volse, il suo movimento parve lento e riluttante, ma la sua risposta non tardò:

– Quelli sono gli animali dei Predoni: sono dei dromedari, almeno questo è il loro nome antico. Sono cavalcature estremamente resistenti, ma non vengono solo utilizzati per il trasporto, bensì anche per la carne, il latte e il pellame.

Mentre Asha era intenta ad osservare quegli animali dal lungo collo e dal muso allungato, Horud si fermò all'udire la voce tonante penetrare le loro orecchie vigili. Innanzi a loro completamente ricoperti dalla testa ai piedi da una coltre di vesti, si stagliarono quattro figure, una di queste avanzò verso di loro puntando lo sguardo sul grande Gigante:

– I miei omaggi, straniero.

– I miei omaggi, nobili della Tundra, – la risposta di Horud fu cordiale e gentile, un segno di riverenza fu percepito attraverso i suoi gesti ammorbiditi.

Il Predone si presentò:

– Io sono Dabah, il portavoce del mio Clan.

– Noi siamo Horud delle terre del nord, assieme ad Asha appartenente al mio stesso Clan.

Gli occhi di Dabah si posarono su di lei, osservandola dalla testa ai piedi: era difficile interpretare quello sguardo, indugiando sin troppo a lungo sulla sua figura, mettendola immediatamente a disagio. Asha non staccò mai lo sguardo dal suo volto.

– Come possiamo esservi utili, Horud delle terre del nord?

– Abbiamo bisogno di rifocillarci per intraprendere il nostro cammino verso Darokis.

– Mi pare che siate sin troppo lontani dalle vostre terre. Come mai un Gigante del nord e la sua serva sono giunti a capo Serpente?

Asha tentò di rispondere:

– Vorremmo solo...

Non riuscì a terminare la sua frase perché fu immediatamente fermata dalle parole arroganti del Predone:

– Non ti è permesso rivolgermi la parola, serva!

Asha rimase interdetta da quell'affermazione, le sue labbra rimasero dischiuse, mentre la sua mente tentava di interpretare quell'accusa, senza trovarne un senso. Horud si prodigò a parole in suo aiuto, anche se non sembrò affatto tale:

– Devi scusare i suoi modi, non è avvezza alle vostre usanze.

Dabah replicò e il suo tono non fu affatto gioviale:

– Allora dovrai metterla al corrente! Che non si permetta mai più di proferire parola in nostra presenza.

Horud si voltò ad osservare la sua protetta cercando un gesto di assenso, che non trovò:

– Ti chiedo umilmente di soprassedere a questa mancanza.

Il Predone scambiò un segno accennato di intesa:

– Veniamo a noi, dunque!

Horud non attese oltre, pose il suo zaino a terra, mentre chinatosi sui talloni ne slegò i lacci per estrarre la sua merce:

– In tal caso vorrei poter commerciare con voi, in favore del permesso di poter attingere al vostro pozzo.

Dabah alzò una mano nel tentativo di fermare quell'afflusso di parole:

– Non vi è assolutamente fretta, vorrei invece invitarvi a fermarvi con noi, in attesa di poter meglio valutare le vostre merci.

Horud non fece in tempo a rispondere, che un suono di un campanello attrasse la sua attenzione. Appena terminato il trillo, una figura esile completamente ammantata si avvicinò porgendo una brocca nelle enormi mani di Horud, facendogli cenno di seguirla, mentre le parole di Dabah risuonarono nella vastità della Tundra:

– Accomodatevi pure, usufruite della nostra ospitalità! Quando il ciclo di Horus avrà fatto il suo corso, ci siederemo e valuteremo la vostra offerta.

Non riuscirono a proferire parola, Asha era interdetta dal colloquio, aveva fatto tutto quello che le era stato chiesto, rimanendo in silenzio per tutto quel tempo, assorta nei propri pensieri, immobilizzata intimamente. Non fu certo un'impresa semplice, visto il suo temperamento, ma vi riuscì. Il Gigante al contrario aveva già capito quale scambio avrebbero richiesto e le sue paure erano cominciate a sorgere nel suo animo.

Il suo pensiero andò a Mormot, il quale aveva sicuramente giocato una parte importante, ma anche se ciò non fosse accaduto, sapeva perfettamente quale fosse l'indole di quei Predoni, i quali avevano già posato i loro occhi su Asha.

La figura ammantata, dai contorni femminili considerata la sua bassa statura e le sue mani esili, li accompagnò in prossimità di una tenda, la quale sarebbe servita per il loro soggiorno. Quella donna, non si rivolse mai apertamente a loro, comunicando solo attraverso la sua gestualità. Horud non ne fu affatto sorpreso, dal momento che le donne della Tundra potevano rivolgere la parola solo ed esclusivamente ad un'altra donna e mai in presenza di un uomo e lui non faceva certo eccezione alla loro regola. Le donne erano considerate schiave e come tali dovevano comportarsi; tutto gli era già noto e tutto si ripeteva, queste erano le regole fondamentali della sopravvivenza dei Predoni della Tundra.

Mercanti di Schiavi

Appena varcarono la soglia della tenda a loro assegnata, la sorpresa si dipinse sul volto di Asha, al contrario di quanto potesse immaginare, l'interno della tenda era incredibilmente fresco. Asha perscrutò quell'ambiente attentamente: al centro di essa, erano poste in circolo alcune pietre a formare un cerchio, dove al suo centro si poteva accendere il fuoco, sopra ad un treppiede di fattura simile al ferro battuto era posta una specie di tegame, alla sua destra una cassa conteneva pezzi di legna e sterpi ed in una alcova scavata nel terreno vi erano poste le pietre focaie. Attorno al focolare erano sistemate a terra varie pelli, sopra le quali erano stesi panni di lino o probabilmente seta, era da tempo immemore che Asha non vedeva quel tessuto ed in cuor suo non pensava assolutamente di poterlo ritrovare in quel luogo così lontano da casa.
Horud si accorse della sua sorpresa:
– Questi Predoni, in realtà, sono degli abili mercanti: vagano in tutta la Tundra e riescono a reperire qualsiasi oggetto.
Asha era ancora sbalordita, in confronto al Clan dei Dath questi mercanti vivevano completamente nel lusso più sfrenato, o almeno per lei quello era davvero lusso.
– Pensavo si morisse di caldo all'interno delle tende, invece è freschissimo, come è possibile?
Il Gigante posò la brocca, la quale conteneva la loro razione di acqua, si liberò del fardello e delle armi, poi una volta trovata una posizione comoda rispose con tranquillità alla sua protetta:
– Da quello che ho potuto vedere, la tenda è formata da più strati di cuoio, probabilmente il calore viene attutito da questi spazi tra una pelle e l'altra, mantenendo fresco l'interno.
– Veramente ingegnoso!
Horud la osservò per pochi attimi, poi riportò la sua attenzione al problema che lui aveva già potuto notare:

– Questa situazione non è un buon segno.

Asha non fece caso alle sue parole, era intenta ad aprire un baule nel quale trovò dei cuscini imbottiti, il suo sorriso apparve estremamente sereno, cosa che fece infuriare il Gigante:

– Hai capito quello che ti ho detto?!

Asha si voltò ed il suo sguardo cambiò espressione immediatamente:

– Ho capito Horud, ma cosa pensi che io debba fare?

Il Gigante rimase basito, era mai possibile che quella ragazza non capisse ciò che le accadeva intorno, o era la sua fiducia nel prossimo ad essere così smisurata. In cuor suo cominciava a pensare che quella ragazzina avesse qualcosa che non andava.

– Non è un caso se ci hanno fermato, ciò può significare solo una cosa!

La voce di Asha fermò il suo monologo:

– E cosa mai potrebbe significare?

Horud sbuffò, decisamente esasperato:

– Hanno già deciso quale sarà la merce di scambio!

Asha si sedette di fianco al suo compagno, chinò leggermente il capo osservandosi le mani, non voleva sembrare altezzosa, ma non riusciva a comunicare bene con Horud, ci provava, ma ogni volta le sembrava di compiere un percorso troppo angusto:

– Immagino sia io la merce di scambio.

Horud allungò la propria mano posandola sulla spalla di Asha, avrebbe dovuto essere un segno di protezione, ma per lei non era affatto così:

– Farò tutto il possibile perché ciò non avvenga.

Asha spostò lo sguardo per osservare il volto tirato del Gigante, voleva fargli capire che non era una creatura indifesa e che al contrario era lui ad essere indifeso, in ogni caso lo avrebbe scoperto molto presto:

– Come posso aiutarti?

La sua domanda rimase senza risposta, dato che in quel preciso momento entrò un uomo, richiamando la loro attenzione:

– L'Elisir vuole vederti, viandante.

Horud si alzò per quanto gli fosse possibile, visto che la tenda non riusciva a contenere tutta la sua altezza, seguito da Asha, la quale fu immediatamente fermata dalle parole dell'uomo:

– Tu rimarrai qui, le donne non partecipano alle contrattazioni!

Asha lo osservò attentamente, anche lui come Dabah era vestito dalla testa ai piedi con delle stoffe, lasciando libero solo un lembo da dove due occhi neri la fissavano, vi era odio dietro quello sguardo e a lei non piacque affatto, avrebbe messo a tacere quell'insolenza nei suoi confronti, ma la voce gentile di Horud intervenne:

– Non ti preoccupare, rimani qui. Ci penserò io.

Asha nutriva forti dubbi su quel commento, momentaneamente avrebbe lasciato che fosse il Gigante a contrattare, ma sapeva che al termine di quell'atto sarebbe toccato a lei liberarsi di quegli uomini che non rispettavano assolutamente gli insegnamenti. La sua voce tradì parte della sua ira repressa:

– Va bene, per il momento rimarrò qui!

Horud le sorrise, poi seguì il predone fuori dalla tenda. Il Gigante venne accompagnato dall'altro lato dell'accampamento, in una tenda molto più grande di quella che era stata messa a loro disposizione. Qui ad attenderlo vi era l'Elisir, esso era chiamato a quel modo per i doni che recava assieme a lui, in effetti era colui che portava il seme e la conoscenza per poter vivere nella Tundra. Questo titolo si tramandava di generazione in generazione attraverso i propri figli o nipoti, i quali apprendevano gli insegnamenti e alla morte del loro predecessore prendevano il suo titolo e accompagnavano il Clan attraverso i pericoli della Tundra, difendendoli tramite la conoscenza. Di questo Horud era già consapevole, visto che nei viaggi precedenti aveva già avuto modo di addentrarsi nei meandri di quella comunità, nonostante non approvasse nulla di tutto ciò. Ad ogni modo sapeva che i padroni in quel luogo erano loro e si doveva fare buon viso a cattiva sorte, dal momento che quel Clan aveva tra le loro file almeno una cinquantina di ottime spade e lui era solo.

Dabah lo accolse nel migliore dei modi, all'interno della tenda erano deposti cuscini sui quali potersi sedere o sdraiare, un vassoio era posato al centro della dimora, sopra di esso era deposta selvaggina appena cacciata e cotta al punto giusto, alcuni calici in terracotta racchiudevano un liquido ambrato. Anche questa tenda era particolarmente fresca, odori ed aromi giunsero alle narici di Horud profumando l'ambiente:

– Accomodati pure e serviti alla mia tavola, Horud delle terre del nord!

Horud si sedette provando a incrociare le sue enormi gambe, non era certo la posizione a lui più gradita, ma non voleva coricarsi come il suo ospite, gli sarebbe apparso troppo rispettoso e condiscendente e lui non voleva apparire a quel modo.

Dabah si allungò per poter prendere una coppa, accennò un gesto con la mano nel tentativo di far capire meglio le sue intenzioni:

– Assaggia, viandante. Questo è il nostro nettare migliore.

Horud si imbronciò, temeva sia il contenuto di quegli alimenti, sia quell'uomo dagli occhi languidi: il suo pensiero era tormentato come il suo animo, non si sentiva affatto sicuro, ma era altresì vero che a questa gente non piaceva affatto essere contraddetta nella loro spiccata ospitalità. A malincuore prese la coppa, brindò assieme al suo ospite e bevve il contenuto d'un fiato, pensando: *"Se si deve morire, che si muoia rapidamente"*.

La bevanda era al contempo fresca e dolce, Horud si sorprese poiché non aveva mai avuto l'occasione di assaggiare una così gradevole bevanda, ma non era forse il veleno migliore quello che ti conduceva dolcemente nel Regno di Shevra assieme a tutta la sua bellezza?

A tal pensiero un sorriso amaro gli apparve sul volto, il quale fu immediatamente riconosciuto dal suo ospite:

– Non è di tuo gradimento?

Horud scosse il capo e si schiarì la voce:

– Al contrario!

– Ne sono lieto.

Il Gigante si spazientì immediatamente per colpa della tensione di quella situazione:

– Veniamo al dunque! Suppongo di essere stato convocato per una trattativa, non è così?

L'Elisir non si scompose e rimase tranquillamente sdraiato con la coppa ancora vicino alle sue labbra.

Horud poté notare la carnagione del suo volto, ora scoperto, di un nero lucente; sugli zigomi erano incisi i suoi segni di guerra, tipici della dottrina di quelle genti: ogni segno rappresentava le vite che aveva tolto. I suoi occhi plumbei lo osservarono e quello che vide non gli piacque affatto:

– Così mi fate un torto, viandante, noi siamo prima di tutto mercanti....

Non riuscì a terminare la sua frase:

– Certo, ma so già dove la vostra trattativa volga il suo sguardo!

L'Elisir sorrise a quella affermazione:

– Ovviamente il mio sguardo può soffermarsi su qualsiasi cosa io desideri, ma se siete certo del mio volere allora suppongo abbiate già deciso quale sia il vostro prezzo!

I pugni del Gigante si strinsero forte mentre le sue nocche assunsero gradualmente un colore biancastro, era inevitabilmente un segno di frustrazione che non sfuggì all'occhio attento dell'Elisir.

– Non vi è alcun prezzo!

La risata di Dabah rimbombò nell'ambiente:

– Tutto ha un prezzo e la vostra serva non è da meno.

Ora le paure del Gigante furono immediatamente confermate: volevano Asha!

– La mia gente non considera le donne come serve e quindi ella non è di mia proprietà.

Dabah appoggiò la coppa su di un vassoio, poi con tranquillità si mise seduto staccando un pezzo di carne dal volatile posto sul vassoio, masticandone un boccone avidamente, con la bocca ancora piena continuò il dialogo biascicando le parole:

– Questo non ha alcuna importanza, viandante, dato che qui non siamo nelle tue terre!

Horud si spazientì ancora di più:

– Non posso cedere ciò che non mi appartiene!

– Se questo fosse vero, io potrei prendere quella donna senza il tuo consenso e cacciarti dalla mia dimora quando voglio, sapendo che non hai assolutamente nulla di mio gradimento per poterti concedere il privilegio della mia acqua!

Horud cominciò a pensare a quella eventualità, avrebbe dovuto giocare meglio quella partita o nessuno dei due avrebbe rivisto un altro ciclo di Solaris:

– Che cosa mi proponi?

Un ghigno derisorio comparve sul volto dell'Elisir:

– Molto bene, vedo che cominciamo a capirci noi due, – si asciugò le mani con un piccolo panno, riprendendo pacatamente il discorso. – Poiché tu, grazie a questa trattativa, mi renderai un ottimo servizio, ho pensato di barattarlo con un dono particolare.

Spazientito, Horud chiese:

– Quale sarebbe, dunque, questo dono?

– La possibilità di poter usufruire di qualsiasi pozzo nella Tundra!

Il pensiero di Horud corse a quella proposta, l'Elisir gli offriva a tempo indeterminato l'utilizzo di tutti i pozzi, senza mai contrattare l'approvvigionamento dell'acqua! Questa offerta andava al di là di ogni sua aspettativa.

Nel frattempo Asha cominciò a rilassarsi in quell'ambiente, si levò le celane di dosso, prese la brocca, assaporando con la mente il gusto di quell'acqua, versando il suo contenuto in una coppa. Aveva una sete inesprimibile, ma appena si portò la coppa alle labbra la sua attenzione fu rapita da una figura ammantata nella sua interezza, la quale entrò precipitosamente nella tenda. A quella vista, sgomento e stupore assalirono Asha inaspettatamente, mentre la figura genuflessa ai suoi piedi proferì parole di profondo tormento:

– Ti prego, liberami!

L'ira di Asha

Horud si allontanò dalla tenda dell'Elisir rimasto contratto nei propri pensieri. La situazione era più complicata di quanto avesse immaginato. Sapeva che non sarebbe stato semplice superare quello scoglio, ma mai si sarebbe aspettato un tale interesse per la sua protetta. Ora avrebbe dovuto pensare ad una soluzione alternativa, anche se in quel momento non ne vedeva alcuna. Ad ogni modo avrebbe messo al corrente della loro situazione Asha, solo in seguito avrebbero deciso insieme il da farsi. Secondo il suo giudizio vi era comunque ben poco che potessero fare, se non attraversare la Tundra senza acqua, tentando di scappare e nascondersi dai Predoni. L'unica ulteriore alternativa era affrontarli, cosa assai poco gradita. Horud si fermò per qualche istante innanzi alla tenda, a loro destinata, valutando tra sé e sé le possibilità di spiegare la loro situazione. Si fece quindi coraggio e col braccio teso scostò la pelle per accedere all'interno. Appena varcò la soglia, tutto il suo corpo si paralizzò all'istante. Posato su di lui vi era lo sguardo diretto di Asha, si avvide immediatamente dell'ira racchiusa in quegli occhi cupi, i quali avevano assunto una tonalità innaturale, come mai li aveva visti prima. Un brivido di paura percorse tutto il suo corpo come una scarica elettrica, facendo vibrare ogni centimetro di pelle del suo corpo, la quale raggiunse il suo apice quando raggiunse la base del collo. Quegli occhi in quell'istante gli trasmisero tutta la sua forza, raccolta ed imprigionata in un corpo a parer suo così esile, il suo volto che sino a quel momento gli era apparso puerile, mentre ora quegli stessi lineamenti delicati avevano perso del tutto la loro natura. Con un semplice gesto, Asha attirò l'attenzione del Gigante sulla figura seduta al suo capezzale.

Horud impiegò alcuni attimi per rendersi conto di ciò che i suoi occhi avevano già percepito: era una donna, il suo copricapo era calato in maniera da permettergli di vederne il volto, la parte destra era completamente tumefatta e gonfia, il suo occhio sinistro era quasi completamente chiuso e livido, il naso aveva assunto una piega innaturale, segni evidenti delle continue percosse, il lato destro era segnato da una profonda cicatrice mal suturata, la quale allargava il suo sorriso sino a giungere al lobo.

Se mai quella donna avesse avuto il dono della bellezza, ora quel dono le era stato letteralmente strappato. Le sue labbra si mossero appena in un cordiale saluto, mentre Horud fu talmente rapito dalla figura violata che non riuscì a proferire alcuna sillaba. In quel momento tutto il discorso riposto e prefissato nella sua mente svanì istantaneamente lasciandolo interdetto.

Con fatica si sedette accanto alla sua protetta, rimanendo in attesa. La voce di Asha, al contrario, non si fece attendere:

– Io voglio che questi miserabili paghino per i loro crimini, voglio immediatamente vedere colui che ha ridotto questa donna in tali condizioni!

Horud deglutì, andando alla ricerca di parole per mitigare l'ira di Asha:

– Abbiamo problemi molto più seri che risolvere questo.

Horud protese la mano in direzione della donna. Asha insistette:

– Voglio che paghino per quello che hanno fatto e voglio che questa donna sia libera!

Il Gigante sospirò amareggiato:

– Non possiamo affrontare tutti quei guerrieri.

– Certo che possiamo! E lo faremo, – Asha si alzò raccogliendo il suo bastone. – Portami da questo Elisir!

Il tono di Asha si era scaldato, rendendo lo spazio circostante compresso e contratto. Horud tentò di calmare il suo furore:

– Ascoltami Asha. Tu sei una donna e le loro regole sono assai esplicite in merito, – Horud si pentì immediatamente, lo sguardo di Asha lo fulminò, in ogni caso tentò di mediare.

– Devi capire che non riuscirò a proteggerti se...

Ma il Gigante non riuscì a terminare la sua frase.

– Non devi proteggermi, Gigante. Devi solo seguirmi.

Horud rimase interdetto da quella affermazione, tipica di persone mature e adulte; eppure era in grado di percepire la sua forza, la quale continuava a pungolargli la pelle attraverso sensazioni cutanee invisibili agli occhi, ma vigorose ed energiche alle pareti dell'anima. Aveva in passato sentito antiche storie sui Profeti e su coloro che gli erano stati vicini ed aveva udito alcuni provare sensazioni incredibili derivanti dalla loro collera e a ciò che si pativa stando loro accanto. A quel tempo pensava fossero solo dicerie per fomentare ed incutere timore nelle genti, ma in realtà ora che quelle sensazioni le stava provando di persona, avrebbe dovuto dar maggiore credito a quelle parole. Remissivo nell'animo non gli rimase altro che seguire la sua protetta.

Appena usciti alla luce di Horus, la grossa mano del Gigante si posò sulla spalla di Asha:

– Ascoltami attentamente...

Asha si voltò a fronteggiare l'enorme mole che la sovrastava, mentre alcuni Predoni in lontananza cominciarono a volgere la loro attenzione su quelle due figure:

– Non farmi perdere altro tempo, Horud!

Una smorfia di disappunto apparve sul volto del gigante, già di per sé preoccupato:

– Prima di agire sarebbe opportuno che tu sapessi su quali basi questa società è stata costruita.

Asha scostò in malo modo la mano del Gigante:

– Non hanno basi! Sono solo dei selvaggi irrispettosi delle loro donne e io porrò fine a tutto questo!

Il Gigante non capiva come arginare tutta quella furia, in cuor suo poteva condividere i sentimenti che portavano Asha a volere agire in quella maniera, ma era molto preoccupato, perché temeva fortemente che non sarebbero sopravvissuti ad uno scontro:

– Asha, tu non capisci!

Era la prima volta che utilizzava il suo nome ed ella avvertì immediatamente tutta la sua preoccupazione:

– Horud, tu hai lasciato che la paura si impadronisse del tuo cuore e ora quella paura ti sta logorando.

Il Gigante rimase completamente basito da quella affermazione: si soffermò sui suoi pensieri guardandosi in profondità, dovendo ammettere a se stesso che le parole di Asha avevano trovato immediatamente un riscontro.

Era vero: aveva paura. Una paura primordiale, profonda, anche se non riusciva a distinguere se tale paura fosse rivolta esclusivamente al suo destino o a quello della vita di Asha.

– Devi avere Fede Horud, devi avere fiducia in te stesso, altrimenti l'alternativa è morire.

Asha non avrebbe potuto essere più esplicita, si accorse che le sue parole erano state crude e dirette pur essendo purtroppo veritiere, ma non aveva idea di come scuotere il suo protettore da quella situazione, anche perché solo combattendo e affrontando il pericolo si poteva trovare la luce. Lei lo sapeva benissimo ed era per quello che non accettava lo sconforto del Gigante, il quale in quel momento aveva perso la voglia di combattere per chinarsi alla volontà altrui, pur sapendo che tale volontà era assolutamente scriteriata. In posizione amareggiata, il capo accasciato di Horud si fermò afflitto osservando per alcuni attimi i suoi piedi ed avvertendo tutto il peso delle sue decisioni. Horud maledisse in silenzio se stesso e i suoi dubbi, tentando di ritrovare ciò che aveva perso, sapendo perfettamente dove aveva lasciato il suo spirito da Guerriero. Alzò lo sguardo incontrando il volto della sua protetta, ferma, eretta, fiera; le sue parole uscirono tranquille, pacate, come spinte da una meditazione concentrata che gli rincuorarono lo spirito:

– Ti seguirò.

Con passo deciso e serrato si incamminarono verso la tenda dell'Elisir, dove le guardie intimarono loro di fermarsi, incrociando le loro lame per bloccare il passaggio.

Asha li osservò attentamente. Erano molto più alti di lei, entrambi abbigliati per il combattimento, con spada ricurva in mano, corpetto di cuoio sul petto, gambali e copricapo anch'essi in cuoio, la loro carnagione scura riluceva dal sudore, ma il dettaglio che colpì maggiormente la sua attenzione furono le cicatrici sugli zigomi:

– Voglio chiedere immediatamente udienza al vostro Elisir.

Le due figure non si scomposero, quasi non avessero udito le sue parole, continuando ad osservare il Gigante innanzi a loro. L'ira di Asha crebbe d'intensità:

– Horud, fammi entrare!

Il Gigante riformulò la richiesta, ottenendo immediatamente risposta:

– Rimanete qui, riferirò la vostra richiesta all'Elisir.

Trascorsero diversi minuti prima che la guardia ritornasse, facendo loro segno di seguirla:

– Il nostro Elisir ha accettato la vostra richiesta, seguitemi.

Con riluttanza Asha si accodò alla guardia e al suo protettore, una volta all'interno della dimora la voce dell'Elisir li incalzò immediatamente:

– Noto con piacere che la tua decisione in merito alla mia proposta giunge notevolmente in anticipo, accomodatevi pure, – l'Elisir fece un cenno alla guardia, la quale si dileguò immediatamente, non prima di aver riverito e omaggiato il suo Elisir. – Ditemi, dunque, quale risposta recate alla mia proposta?

Asha concentrò la sua attenzione sulla reazione del Gigante, il quale rimase completamente in silenzio, ma ella poté notare le perle cariche di sudore che si erano palesate appena sopra il labbro superiore.

La paura aveva nuovamente invaso il cuore ed il corpo del Gigante, così Asa prese l'iniziativa:

– Non sono venuta qui per recarti alcuna risposta!

A tale affermazione, il pugno dell'Elisir si alzò immediatamente, interrompendo le parole di Asha:

– Non hai il diritto di parlare, donna!

Le mani di Asha si strinsero a pugno, afferrando il bastone nel punto in cui quest'ultimo era più ruvido e scomodo, le nocche cominciarono ad acuirsi e a sbiancare mettendo in risalto il blu dei suoi tendini contratti, la sua ira crebbe a tal punto da non permetterle alcun pensiero coerente. Poco prima che le sue labbra si muovessero, Horud prese la parola:

– Io invoco la mia legge, secondo la quale ho diritto a uno scontro per non cedere le mie proprietà.

Asha rimase attonita: cosa stava succedendo?

L'Elisir si mise comodamente seduto, lo spessore dei suoi indumenti arrivava a coprire ed avvolgere anche i suoi pensieri:

– Quindi, Gigante, ammetti di possedere questa donna?

– No, – l'urlo di Asha riecheggiò nell'ambiente. – Tu sei solo un miserabile!

Horud tentò di frapporsi innanzi ad Asha nel tentativo di nasconderla dall'ira dell'Elisir, il quale si alzò di scatto:

– Taci, donna, o farò tagliare la tua perfida lingua, – Dabah si mosse nervosamente, non nascondendo la propria furia. – State abusando sin troppo della mia ospitalità!

Seminascosta dalla mole di Horud, Asha ribadì le sue intenzioni:

– Esci da questa tenda, infame! Dimostrami di essere un uomo!

Il Gigante si bloccò in una postura plastica, rigida, impietrita, Asha gli aveva precluso ogni possibile trattativa. Giunti a quel punto, l'unica soluzione era quella di combattere, anche se era fortemente consapevole di quale sarebbe stato l'esito.

– E sia, donna. Se non potrò averti, allora gioirò nel liberare il mondo dalla tua insolente presenza!

Dabah si diresse all'entrata, discostò con bramosia e ferocia i lembi della tenda, urlando i suoi ordini.

Horud fissò intensamente il volto tirato di Asha: i suoi occhi gli apparvero di un colore blu profondo, quasi liquido, illuminati dalla luce di Horus appena filtrata all'interno della dimora.

Il Potere Dei Profeti

Asha spiccava da sola in mezzo al campo eretto dai predoni, in attesa. L'Elisir aveva dato ordine ai suoi uomini che in quel giorno avrebbero dovuto svolgere un compito estremo, per difendere il loro onore. Tutto il Clan era a raccolta, assieme a loro vi erano alcune figure femminili e naturalmente il Gigante. L'Elisir era comodamente seduto sul suo trono all'ombra del grande telone, il quale veniva utilizzato per i proclami. Aveva scelto personalmente il guerriero migliore dandogli il compito di eliminare quella donna dalla sua vista, la quale non era degna di vivere oltre, ogni suo desiderio per il Clan era un dovere. La voce di Dabah si fece udire tra i sussurri delle genti:
– Questa donna ha violato la legge della parola!
Urla e imprecazioni si scagliarono contro di lei, in un istante tutti gli uomini mutarono il loro comportamento divenendo come bestie. Asha si guardò attorno: molti uomini erano abbigliati per il combattimento avendo abbandonato le vesti che li ricoprivano dalla testa ai piedi. In cuor suo non dubitava minimamente delle sue possibilità, mentre l'odio che covava nel suo cuore per quei miserabili continuava ad aumentare. Aveva faticato a capire i delicati meccanismi che vigevano nel Clan dei Dath, ma anche se lontani dal principio primario essi erano riusciti a suddividere i compiti tra uomini e donne, raggiungendo una delicatissima forma di rispetto divisa in mansioni all'interno della comunità. I primi raccoglievano e commerciavano, le seconde custodivano il segreto della via delle Lacrime e crescevano i propri figli, al contrario questi predoni avevano perso ogni diritto ai suoi occhi, utilizzavano le donne solo ed esclusivamente per il loro appagamento sessuale, maltrattandole e rendendole schiave.

Non poteva sopportarlo, non poteva assolutamente sottrarsi dal combattere quell'abominio e quel giorno avrebbe dato una nuova speranza a coloro le quali sino ad oggi avevano vissuto in catene proprio come Amidal, la ragazza che, supplicandola, le aveva chiesto di poterla liberare e lei lo avrebbe fatto!

La voce di Asha rieccheggiò tra le urla:

– Io reclamo il diritto a utilizzare i vostri pozzi!

L'Elisir si mosse appena sedutosi sul trono, rispondendo all'editto:

– Se sconfiggerai Halazar in combattimento ti sarà dato il permesso di abbeverarti, in caso contrario io mi prenderò la tua vita.

Un sorriso beffardo apparve sul volto di Asha:

– E sia!

Halazar si fece largo tra la folla. Egli non era molto diverso dagli altri predoni: il colore della sua pelle era ambrato, gli occhi nerissimi erano puntati su di lei e all'interno poté notare il suo odio, a differenza di altri le sue cicatrici sul volto erano più estese, ed anche la sua muscolatura era particolarmente accentuata e vigorosa. Asha pensò che fosse marcatamente avvezzo nell'arte del combattimento, ma questo lo avrebbe appurato nell'immediato. Cominciò ad osservare la sua andatura, per scoprire senza indugio un punto debole. Essendo più alto di lei avrebbe avuto serie difficoltà a coprirsi le lunghe gambe, un punto per lei, ma la sua statura gli dava anche un vantaggio sull'allungo, un punto a suo sfavore. Halazar si posizionò innanzi a lei, una piega beffarda apparve sul suo labbro accentuando il volto sudato, si portò la lama sulla lingua carnosa leccandone il filo, la sua voce baritonale raggiunse i timpani attenti di Asha:

– Manifesto il mio immenso disappunto nel doverti uccidere. Vista la tua bellezza, saresti stata una perfetta schiava.

– Non sarò mai la tua schiava!

– Lo sarai quando ti avrò strappato le braccia dal corpo!

Troppo sicuro di se stesso, la stava sottovalutando, un punto a suo favore. Asha rimase immobile, quasi sorridente, con l'impugnatura inversa sul suo bastone. Era pronta:

– Fatti sotto e dimostrami la tua forza.

Un urlo precedette l'attacco, Halazar si scagliò con tutta la sua foga, attacco frontale filo traverso, troppo lento, troppo prevedibile, petto completamente esposto, nessuna difesa, Asha attaccò, fulminea, cambio di posizione, piede sinistro avanzato per migliorare l'equilibrio, rotazione del polso, supporto della mano sinistra sul bastone per aumentare lo slancio, attacco ascendente in tutta la sua lunghezza colpo dal basso verso l'alto, impatto sotto il mento. Il Gigante e tutti gli astanti non si avvidero del movimento di Asha, successe tutto in una frazione di secondo come se Halazar non fosse nemmeno stato colpito. Quando percepirono con gli occhi il movimento, era già troppo tardi e Halazar giaceva a terra con la mandibola fracassata, alcuni denti erano schizzati in ogni direzione per il tremendo impatto ricevuto.

Nessuno si mosse, nessuno emise una parola, nessuno aveva capito come avesse fatto, solo una voce si udì in mezzo a tutto quel silenzio, ed era quella di Asha:

– Meno uno!

L'Elisir si alzò per la prima volta di scatto dal trono e fece un passo avanti: non poteva crederci, ma aveva immediatamente capito con chi avesse a che fare, aveva già visto una cosa del genere, al cospetto del Sovrano. Ella si era camuffata ai suoi occhi, non vi erano dubbi: si trattava di un Profeta!

La disperazione lo colse, ora la sua vita era in pericolo, innanzitutto avrebbe dovuto uscire da quella strana situazione, ora capovolta, oppure tutto il suo Clan, incluso lui stesso, ne avrebbe pesantemente risentito. In ogni caso non vi era altra scelta, oramai avrebbe dovuto sottostare alle sue richieste e questo era già di per sé inaccettabile:

– Togliete di mezzo quel vigliacco!

Alcuni predoni si avvicinarono al corpo inerme di Halazar, lo sollevarono e lo portarono all'interno di una tenda, poi la voce di Dabah pronunciò:

– Hai il permesso di abbeverarti, donna... e di abbandonare immediatamente queste terre!

Molti mormorii si levarono in segno di disgusto, il Gigante si voltò ad osservare la sua protetta rendendosi immediatamente conto di quanto, troppo, ne avesse dubitato, sottovalutandola a quel modo: lei non aveva assolutamente bisogno di essere protetta, al contrario, era lei a proteggere lui. L'Elisir non fece in tempo a terminare la sua frase che la voce di Asha lo bloccò:

– Ora, ascoltami bene! La mia volontà non è solo questa. Voglio che tu liberi anche tutte le donne trattenute come schiave!

Nell'udire tali parole tutto il Clan si innervosì, era una condizione inaccettabile e gli insulti cominciarono ad attaccarla da ogni fronte, anche se oramai non avevano il potere di condizionarla. L'ordine fu ricostituito dallo stesso Elisir:

– Non puoi pretendere più di quello che hai ricevuto!

Asha non si arrese:

– Non è una pretesa, infame... è un ordine!

Nel sentire tali parole il Gigante sgranò gli occhi e sbiancò, molti volti cominciarono a posarsi anche su di lui, impiegò un semplice attimo a impugnare la sua arma, aumentando lo spazio di difesa tra sé e gli astanti.

– Non farmi ridere donna! Hai già ottenuto ciò che volevi.

Asha sorrise nuovamente, ma non vi era nessuna ilarità nei suoi occhi:

– Io sfido chiunque tu voglia, per ottenere ciò che ti ho chiesto!

Dabah posò una mano sul mento, mentre intorno a lui tutto il suo Clan chiedeva a gran voce l'eliminazione di quella donna, nessuno aveva davvero capito chi essa fosse, ma egli avrebbe potuto trovare un tornaconto personale da quella situazione. Si voltò immediatamente sussurrando un ordine a un suo messo, appena terminato il suo volere il messo fece un lieve inchino allontanandosi. L'ordine fu ristabilito al volere dell'Elisir:

– E sia, donna! Affronterai cinque dei nostri migliori guerrieri e se vincerai esaudirò il tuo volere, come la nostra legge impone!

Asha rimase immobile, un impercettibile cenno del capo stabilì le regole, poi attese di vedere coloro che avrebbero avuto il coraggio di sfidarla. Horud non poteva credere ai propri occhi: la sua protetta, o almeno colei che avrebbe dovuto proteggere, avrebbe affrontato contemporaneamente cinque tra gli uomini più addestrati tra i predoni, in cuor suo avrebbe voluto aiutarla, ma lo sguardo di Asha lo bloccò immediatamente prima che lui potesse affiancarla. Asha interiorizzò le possibili mosse dei suoi avversari, difficilmente avrebbero attaccato tutti insieme, quindi un punto a suo favore. Si concentrò nuovamente espandendo il suo spirito esattamente come le aveva insegnato il suo Maestro, concentrando il proprio potere, avrebbe dovuto sentirlo, lasciando fluire tramite il suo corpo, non voleva comunque ucciderli, li avrebbe messi solo fuori combattimento. I predoni cominciarono a ruotarle intorno come un branco famelico di lupi, Asha si mise in posizione con la presa doppia sul bastone e la guardia bassa. Appena il primo predone si mosse, ella agì. Non vi era alcun pensiero nella sua mente ad ostacolare il fluido cammino, solo un assoluto silenzio, nel percepire il mondo intorno a lei, in quell'istante faceva parte del tutto, nessuna paura, nessuna esitazione.

Gli insegnamenti del Maestro erano ben impressi nella sua mente: *ogni tuo colpo deve sempre essere una forma di attacco.*

Il primo predone nemmeno si avvide dell'attacco di Asha, sentì solo il dolore, palesatosi attraverso un colpo traverso all'altezza del gomito, mentre Asha fulminea, completa l'opera di attacco, una rotazione immediata ad evitare una probabile reazione, torsione del busto, ed attacco basso all'altezza del ginocchio. Le urla di dolore del predone, ormai a terra, si mischiarono alla polvere che aveva ricoperto il suo volto. La preoccupazione cominciò a manifestarsi nei guerrieri e nelle genti presenti, nessuno escluso. Asha rimase concentrata, i suoi occhi continuavano ad ombreggiarsi di quel loro colore particolare, la sua voce uscì dalle sue labbra in un ringhio feroce:

– Siete i soli artefici del vostro destino!

Un urlo anticipò la carica successiva, due predoni si fiondarono quasi simultaneamente su di lei ed entrambi incontrarono il loro destino. Le movenze di Asha fluirono liberando il proprio potere: salto con torsione, primo affondo in verticale, colpo di rimando al volto, atterraggio con secondo attacco, affondo diretto al petto sfondamento torace. Entrambi i predoni finirono la loro carica al suolo, privi di sensi. L'Elisir rimase pietrificato assieme alla sua gente, i loro occhi avevano registrato le movenze, ma le loro menti faticavano a seguirne tutti i movimenti, non riuscendo a distinguere le singole mosse di Asha, sembrava che i suoi uomini cadessero al suolo solo nell'avvicinarsi a lei. Era decisamente troppo forte, avrebbe dovuto arrendersi a tale evidenza, i suoi pensieri si bloccarono nel vedere l'ultimo attacco, portato dai due guerrieri rimasti. Stesso approccio, stessa sorte, Asha in cuor suo cominciava a provarci gusto, nessuno di loro avrebbe potuto sconfiggerla, nemmeno se l'avessero attaccata tutti assieme: piegamento sulle ginocchia a schivare il primo affondo trasversale, colpo dal basso verso l'alto, disarmo più frattura del polso, secondo colpo diagonale discendente, dislocazione mascella, predone numero quattro fuori combattimento.

Nessuna esitazione, solo fluido movimento; torsione del busto più spostamento laterale, per evitare affondo diretto al petto, presa doppia sul bastone colpo discendente dal basso verso l'alto, attacco al punto debole maschile, colpo diretto portato a mano singola, fratturazione setto nasale, quinto predone a terra, scontro concluso. Tutti i cinque predoni giacquero ai piedi di Asha, la quale indomita e ritta era posizionata esattamente al centro, da dove nessuno la vide spostarsi. Le sue mani si posizionarono all'altezza del viso in doppia presa sul bastone da combattimento, i suoi occhi si levarono per un attimo in direzione dell'Elisir, mentre le genti erano completamente ammutolite da ciò a cui avevano appena assistito.

Nessuno osava parlare, nessuno osava muoversi, compreso il Gigante, il quale ancora una volta poteva sentire il pizzicore alla base del collo, probabilmente non lo percepiva solo lui :

– Ora che hai avuto un assaggio del mio potere, libera immediatamente le donne!

Dabah chinò leggermente il capo in segno di sconfitta:

– Libererò chiunque voglia andarsene.

Appena proferite tali parole, una figura femminile si fece largo tra la folla, gettandosi ai piedi di Asha, la quale non poté mai vedere le lacrime che rigavano il volto di Amidal, nascosto tra le sue vesti, ma ella poté sentire sul suo capo il calore della mano di Asha.

La Gabbia

Horud si avvicinò alle due figure, Asha incrociò il suo sguardo, sentendosi rammaricata, la voce del Gigante parve un sussurro trasportato dal vento, mentre il suo capo si mosse leggermente in segno di assenso:
– Mia Signora.
Asha rimase impassibile, continuando ad osservare la mole del suo compagno, non avrebbe voluto dimostrargli tutta la sua forza, ma non aveva avuto scelta e ora in quelle poche parole pronunciate dal Gigante sentiva tutta la sua amarezza, mentre chinata ai suoi piedi vi era colei che aveva dato inizio alla sua prova, entrambi sottomessi, non era una cosa giusta e lei lo sapeva benissimo.
Alcuni predoni, tenendosi a debita distanza, cominciarono a soccorrere coloro che avevano avuto l'audacia di sfidarla, ma nessuno incrociò il suo sguardo.
La donna continuava a essere scossa dal pianto, un pianto a lungo trattenuto, che al contrario di altre volte era di autentica felicità.
– Alzati Amidal, non devi rimanere in ginocchio.
Con estrema cura Horud aiutò la donna a rialzarsi, era leggermente più alta di Asha, il suo sguardo si posò sulla sua eroina, trascorsero alcuni momenti in silenzio, poi con fare calmo Asha posò il suo palmo a sfiorare il volto di lei ancora nascosto tra le vesti. Sentì le tumefazioni di quel viso, mentre le sue parole si librarono nell'aria:
– Sei libera ora.
Amidal abbassò il suo sguardo, enunciando il suo volere:
– Tu mi hai liberata e ora io ti servirò.
Asha rimase immobile, aveva appena donato la libertà a quella donna e lei le giurava fedeltà, nuovamente prigioniera, non si spiegava come potesse essere possibile:

– Ti ho liberata, non hai bisogno di servirmi.

Con fierezza mai provata prima, Amidal ribadì la sua volontà:

– La mia vita ti appartiene, mia Signora!

Sarebbe stato inutile controbattere a quelle parole, i pensieri di Asha cominciarono ad ingarbugliarsi, forse sbagliava le sue gesta, non vi era altra spiegazione, oppure quel mondo era sorretto da dogmi e promesse a lei sconosciute, in ogni caso quei pensieri furono immediatamente fugati dalla voce roca dell'Elisir:

– Hai ottenuto ciò che volevi, Profeta. Ora vattene!

Egli sapeva che non era in grado di dettare le sue regole, o almeno non lo era più, ad ogni modo voleva liberarsi al più presto di quella figura indesiderata mantenendo un tono perentorio innanzi al suo Clan, se si fosse fatto vedere debole avrebbe perso la stima della sua gente e di conseguenza anche il suo rango. Asha si avvicinò leggermente al suo interlocutore, rispondendogli a tono:

– Devi prima mantenere la tua parola!

L'Elisir cambiò piede di appoggio, portandosi il palmo appesantito della mano sul capo.

– Ho già mantenuto la mia parola, puoi potarti via con te la donna!

Asha volse il capo alla sua protetta poi nuovamente all'Elisir ed i suoi occhi apparvero nuovamente liquidi:

– Tutte le donne!

Dabah si voltò verso un suo consigliere che lo affiancava, Asha non udì le sue parole ma attese tranquilla gli eventi:

– Horud, mentre aspetto che l'Elisir mantenga la parola, riempi le celane di acqua e prenditi cura di Amidal.

Un segno di assenso giunse dal Gigante poco prima di allontanarsi. Dopo poco, alcuni predoni avevano radunato tutte le donne del Clan e nuovamente la voce dell'Elisir si fece udire:

– Chiunque vorrà seguirti potrà farlo.

Asha le osservò: erano una ventina, tutte genuflesse e

silenziose innanzi al loro capo Clan, tutte erano abbigliate come Amidal ed in quella posizione prona si potevano vedere solo i dorsi delle loro mani. Ad Asha non sfuggirono le barbarie che avevano dovuto subire, nuovamente l'odio così difficilmente represso straripò dal suo cuore, ed era pienamente consapevole che tale sentimento non le apparteneva. Ma osservare tali esseri, ridotti in schiavitù, solo ed esclusivamente per la loro natura femminile, provocava in lei un sentimento al di la della sua comprensione, la sua voce tuonò ancora sullo sfondo della Tundra:

– Voi potete scegliere il vostro futuro! Tutte coloro che vogliono essere libere, possono andarsene immediatamente.
Nessuna si mosse, nessuna proferì parola.
Asha rimase esterrefatta innanzi a loro, mentre i suoi pensieri vagarono in un lontano passato.

***

– Vieni piccola mia.
Asha aprì gli occhi ritrovandosi immersa nell'oscurità più completa a parte il piccolo lume, il quale illuminava il volto gentile del suo Maestro, si stropicciò gli occhi mentre Morfeo allentava piano piano le sue spire su di lei, la sua voce risuonò fievole e precaria, ancora avvolta dal Regno dei sogni:
– Maestro?
– Sì piccola mia sono io, ti devi svegliare, ci attende un lungo viaggio!
Asha non se lo fece ripetere due volte, si alzò dal suo giaciglio e prese la sua tunica infilandosela il più velocemente possibile, seguendo il suo Maestro nei meandri del Monastero:
– Ho già preparato tutto, prendi il tuo bastone da viaggio e lì affianco a lui troverai anche lo zaino.
Non era la prima volta che il Maestro la portava con sé nei

suoi viaggi al di fuori del Monastero, oramai aveva raggiunto un'età degna per poterlo accompagnare nei suoi pellegrinaggi ed ogni volta era una cosa assai gradita. Si voltò, prese le sue cose e seguì il suo Maestro oltre il largo portone.

– Dove stiamo andando Maestro?

Sul volto dell'uomo apparve un sorriso dolce:

– Andremo a Dubà.

Asha fece mente locale, non aveva mai visto quella cittadina, ma sapeva perfettamente dove si trovasse, osservando la grande mappa sulla murata centrale della stanza del tempio all'interno del Monastero, non sapeva quanti giorni occorressero, ma sapeva perfettamente che non era poi così vicina. La sua curiosità non mancò di manifestarsi:

– Perché andiamo a Dubà?

Il Maestro si fermò per qualche secondo appena prima di iniziare la discesa della lunga scalinata, che dal Monastero portava alla cittadina sottostante l'altura:

– Perché là troveremo un insegnamento!

Era profondamente incuriosita:

– Che tipo di insegnamento ci può essere a Dubà?

Il palmo del Maestro si posò con gentilezza sul suo capo, mentre il tono della sua voce rivelò una leggera sfumatura di impazienza:

– Hai troppa fretta, mia allieva. Le risposte arriveranno a tempo debito, ora ti basti sapere il posto e nulla più.

Asha non parve assolutamente contenta di quella risposta, era abituata agli indovinelli del Maestro, ma a volte proprio non lo sopportava:

– Magari le risposte sono anche più veloci e vicine.

Si pentì immediatamente di quella sua affermazione, grazie anche allo sguardo severo del suo Maestro. In ogni caso oramai non si era trattenuta e quindi avrebbe anche dovuto accettare il rimprovero, il quale non mancò di giungere:

– Hai troppa fretta, figlia mia. Questo non è un bene. Le risposte sono sempre dove meno te le aspetti, ma devi essere capace di vederle innanzi tutto!

Asha si ammutolì all'istante, seguendo da vicino il suo Maestro. Il cammino durò nove giorni prima di raggiungere la ridente cittadina di Dubà. Il viaggio fu costellato come al solito dalla benevolenza del suo Maestro e dalla sua armoniosa comunicazione, oramai era divenuto non solo una figura fissa e onorevole, bensì un padre per Asha, un padre al di là di ogni ragionevole sentimento che si possa provare per tale parola, riferita ad una figura terrena. Dubà si presentò in tutta la sua bellezza agli occhi giovani di Asha, la cittadina fioriva in mezzo alla boscaglia, completamente in armonia con essa, esattamente come molte altre cittadine del Regno di Antart, ma a differenza di altre visitate da lei Dubà era costruita completamente coi legni della foresta nella quale era immersa. I vicoli e le stradine erano gremite da genti le quali vendevano le loro mercanzie, a Dubà si poteva trovare ogni genere di articolo alimentare e non solo. Gli occhi di Asha vagarono senza redini, attirata principalmente dai profumi che giungevano alle sue narici.

La mano del Maestro si posò sulla sua spalla mentre era intenta ad osservare i germogli di Zuqua, posti sopra un banchetto:

– Vieni, Asha. Rimani concentrata!

Un brivido percorse la sua colonna vertebrale nel sentire quel contatto, si volse leggermente ad osservare la mano del Maestro, mentre le sue labbra si mossero leggermente:

– Scusa!

Il sorriso benevolo del Maestro accompagnò e accettò quella parola:

– Seguimi!

Asha seguì il suo Maestro inoltrandosi tra le genti, sino a giungere nella piazza centrale, ove era radunata una nutrita schiera di uomini e donne. La sua attenzione fu rapita dagli uomini in gonna i quali trasportavano e spostavano enormi gabbie di legno, nelle quali si potevano ammirare ogni genere di felino conosciuto. Era allo stesso tempo attratta e rattristata da quella vista, in cuor suo sapeva l'ingiustizia di quella prigionia, ma non poteva fare a meno di ammirare quelle fiere creature, molte delle quali a lei del tutto sconosciute. Asha seguì il suo Maestro sino a giungere all'interno di un'enorme tenda, attese paziente mentre egli parlottava gentilmente con uno di quegli strani uomini in gonnella, il quale attirò immediatamente la sua attenzione. Non aveva mai avuto la possibilità di conoscere quelle genti, sapeva però che essi si facevano chiamare i Forensi. Egli era molto più alto del suo Maestro, la sua carnagione era leggermente più scura delle solite genti di Antart da lei sino a quel giorno conosciute ed anche il suo strano abbigliamento non era comune di quei luoghi, solitamente ad Antart le gonne erano una prerogativa femminile, mentre per i Forensi non vi erano differenze evidenti di vesti tra uomini e donne. Quando il suo Maestro finì il suo breve dialogo, venne presentata a questo strano individuo:

– Questa è la mia allieva.

Il Forense si chinò al suo livello presentandosi con voce roca:

– Il piacere è mio, giovane Profeta, il mio nome è Hamah.

Asha prese la grande mano dell'uomo presentandosi a sua volta:

– Io sono Asha.

I suoi occhi parvero liquidi, quasi fossero acqua ed il suo sorriso mise in evidenza i suoi denti bianchissimi, Asha ne rimase completamente colpita. Venne riportata al presente dalla voce del proprio Maestro:

– Vieni, piccola. Seguici.

Si recarono tutti e tre oltre la grande tenda in uno spiazzo dove le gabbie contenenti i felini erano disposte, perfettamente allineate l'una di fianco all'altra. Asha vide quegli animali muoversi in cerchio all'interno di quegli angusti loculi, un misto di disappunto apparve ad illuminare il suo cuore ancora in conflitto per ciò che vedeva. Ad un certo punto il Maestro e il Forense si fermarono innanzi ad una gabbia la quale conteneva una Tigre di Antart, bellissima, dalla livrea bianca, i suoi occhi erano di un blu intenso, fieri e profondi, era sicuramente il felino più grande che lei avesse mai visto.

La Tigre si fermò, osservando i visitatori innanzi alla sua prigione. Il Maestro si chinò sussurrando:
– Questa Tigre è stata catturata nel pieno della sua giovinezza.
Al sentire quelle parole, il cuore di Asha si intristì maggiormente:
– Io penso che il tuo desiderio, piccola mia, sia quello di aprire quella gabbia e donare la libertà a quella creatura!
Asha ci pensò brevemente, poi con calma annuì alle parole del suo Maestro.
– Allora cosa aspetti? Apri la gabbia!
Lo sguardo di Asha cadde prima sul Forense e poi sul suo Maestro; indecisa sul da farsi, avrebbe voluto liberare quella Tigre, ma aveva anche paura di ciò che avrebbe potuto farle.
– Sento la tua paura, figlia mia. Perché mai?
Asha abbassò lo sguardo verso il terreno sotto i suoi piedi, i quali sbucavano dai sandali aperti oltre le sue vesti, impiegò un po' di tempo prima di rispondere:
– Potrebbe attaccarmi!
La risata del Maestro si udì, leggera come l'aria:
– Questa è solo una paura e la paura non può ucciderti.
Asha fece un passo verso la gabbia, con riluttanza, tutto il suo spirito gridava e si dimenava dentro di lei, volendo essere il più lontano possibile da quel luogo, ma al contempo l'immensa fiducia riposta nel suo Maestro la incitava ad aprire la gabbia. Raccolse tutto il suo coraggio, si avvicinò, allungò la sua mano ed aprì di scatto il chiavistello spalancando la porta di quella prigione. Tutto si aspettò, tranne ciò che accadde.
La Tigre era libera, avrebbe tranquillamente potuto uscire, ma non lo fece, rimase immobile ad osservarla, tranquilla, come se non vedesse la sua libertà. Di fronte alla sconcertante visione, Asha rimase allibita.
– Sai dirmi perché non esce?
La voce del Maestro dietro di lei la ridestò, mentre un lieve pizzicore la colpì alla base del collo.

***

Asha continuò ad osservare quelle donne a terra, un tempo non era riuscita a spiegare il comportamento della Tigre di Antart, ma ora se il suo Maestro fosse stato al suo fianco, avrebbe certamente saputo dare la risposta:
– E sia, dunque!
Asha si girò, osservò attentamente gli occhi dell'Elisir, il quale ricambiò lo sguardo, poi entrambi con un cenno del capo si accomiatarono l'uno dall'altra.

Prove Di Fede

Era esausta, nel cielo limpido Horus non le dava tregua. Innanzi a lei tutto riverberava di una luce accecante, il deserto salato le appariva in tutta la sua magnificente espressione di morte. Non ricordava nemmeno da quanto tempo stesse camminando, né di quanta strada avesse fatto, probabilmente intraprendere quel cammino non era stata una delle sue migliori idee. Ma quella creatura non demordeva, continuava imperterrita a seguirla. Il Drago, come lo chiamava lei, aveva mietuto vittime tra tutti i suoi compagni ed ora si avvicinava anche il suo momento, solo che adesso le sue forze erano veramente giunte allo stremo. Cercò riparo all'ombra in quella valle desolata, un cumulo di sale fece al caso suo, facendola sparire all'occhio di Horus, trovando un po' di tregua. La sua borraccia era vuota, non sarebbe stato facile trovare una fonte di acqua in quel mare salato. Asha si sentiva inerme, sola, desolata e terribilmente stanca. I suoi pensieri corsero al Maestro, l'unico forse in grado di arrestare quella distruzione, ma purtroppo quel pensiero fu distrutto dall'avvento del Drago. Non avrebbe potuto continuare, non sarebbe riuscita a sopravvivere a quell'inferno, poteva solo morire o di sete o squartata, proprio come era capitato alla sua scorta. Le aveva provate tutte, ripercorrendo tutti gli insegnamenti del suo Maestro, aveva tentato di fare perdere le proprie tracce nella foresta di Antart, aveva deciso di percorrere a nuoto il fiume Call, sino a quando esso non si gettava oltre il promontorio, per poi sparire nella terra, aveva intrapreso il suo cammino nel mare salato. Ma tutto era stato vano, inutile, quella creatura continuava imperterrita a seguirla, a braccarla come un mastino, era sicuramente mossa da una forza a lei del tutto sconosciuta, una forza di volontà ben oltre la sua

comprensione. Stappò la borraccia portandosi il collo alle labbra nel tentativo di lenire la sua sete, tutto invano, con ira scagliò lontano da lei il recipiente praticamente vuoto, si avvolse le ginocchia tra le braccia stringendosele al petto, chinando il capo e chiudendosi in posizione rannicchiata. Non riusciva nemmeno a piangere, segno della sua situazione di sofferenza: il suo corpo aveva già eliminato tutta l'acqua a sua disposizione, tra non molto avrebbe cominciato ad esaurire le proprie riserve togliendo l'acqua direttamente dal suo cervello. Era tutto inevitabile, poteva solo morire. I suoi pensieri cominciarono ad affrontare quell'eventualità oramai non più remota, Asha cominciò a scavare nelle profondità del suo animo, cercando una seppure minima consolazione a quell'evento, cedendo sempre più allo sconforto e all'afflizione. Non vi era risveglio da quella coltre di tristezza e rammarico, solo l'inevitabile. Tentò nuovamente di riportare alla mente gli insegnamenti ricevuti dal Maestro, quel Maestro che ora come ora le mancava come non mai, la sua figura, la sua saggezza, ora che ne aveva più bisogno egli veniva a mancare abbandonandola a se stessa, costringendola ad allontanarsi dal Monastero, lasciandola preda degli eventi. Non riusciva a rammentare nessuna lezione in merito alla solitudine, sino a quando inevitabilmente le parole riaffiorarono, muovendo impercettibilmente le sue labbra:
– Fede, dovrai sempre avere fede figlia mia!
Sino a quel momento Asha non aveva mai capito veramente cosa intendesse il suo Maestro nel pronunciare la parola Fede, ma ora in quell'immenso mare salato quella parola aveva preso un significato completamente diverso. Asha aveva sempre riposto la propria fede non nella persona sbagliata, questo no!, ma non aveva capito che la fede di cui il suo Maestro parlava era rivolta a nessun altro se non a se stessa, ecco come quell'insegnamento aveva cambiato significato. Nessuno poteva lasciarsi volontariamente morire, solo coloro che perdevano la fiducia in se stessi

avrebbero accettato di buon grado quella eventualità. Ora lei era chiamata a quella prova, una prova per accedere alla fede in sé, a credere fortemente nelle sue possibilità. Asha si rialzò, mossa a nuovo vigore: per prima cosa doveva sincerarsi che quella dannatissima creatura fosse ancora sulle sue tracce, doveva conoscere da vicino il proprio nemico per poterlo affrontare, solo così avrebbe potuto sconfiggerlo. Recuperò tutte le sue forze mossa da una nuova consapevolezza ed in cuor suo ringraziò quella figura paterna che ogni volta non mancava di correre in suo aiuto, anche ora che non era presente. Asha si recò su di un cumulo di sale abbastanza alto da permetterle di osservare il deserto in ogni sua direzione. Un piccolo soffio di vento le scompigliò i capelli facendo ondulare la sua tunica, si portò una mano al volto tentando di ripararsi gli occhi dal riverbero di Horus ed attese paziente il suo nemico. Quest'ultimo non tardò a manifestarsi, a poco più di mezzo miglio la sagoma gigantesca del Drago si fece vedere tra le dune, il suo incedere era lento e nello stesso tempo possente, le sue squame brillavano alla luce di Horus trascinandosi dietro un corpo tozzo e viscido. Una scossa percorse la spina dorsale di Asha, la quale non trattenne il brivido, mentre la paura tornò a graffiarle la mente: il Drago era gigantesco. Tentò di non perdersi nuovamente in quell'ombra oscura che albergava il suo cuore e di non liberare ancora una volta i suoi demoni, i quali non vedevano l'ora di uscire da quel luogo per propagarsi all'interno del suo Regno, nuovamente gli insegnamenti del Maestro vennero in suo aiuto:

– Devi scacciare i mercanti dal tempio.

Asha si chinò sui talloni, continuando ad osservare quella bestia intenta a sondare l'aria, sino a quel momento non aveva assolutamente capito come avesse potuto seguirla, ma ora osservando il suo modo di incedere Asha capì come quel Drago si orientasse, probabilmente egli seguiva il suo odore. Mentre quel pensiero le attraversò la mente, il Drago emise il suo grido, che richiamò immediatamente tutti i demoni racchiusi nel cuore di Asha.

La sua mente si offuscò e il contatto di una mano sul suo ventre la riportò nuovamente in sé, mentre le grida che sino a quel momento erano appartenute al Drago in realtà risuonarono alle sue orecchie come sue:

– Mia Signora!

La voce di Horud fece breccia nella mente di Asha la quale, stordita ancora da quell'incubo, riprendeva gradualmente il controllo della realtà. Aveva il fiato corto ed il suo battito cardiaco era notevolmente accelerato, impiegò alcuni secondi prima di potere riprendere il controllo di sé. Completamente madida di sudore, Asha si volse lentamente, osservando la figura di Horud stagliarsi accanto al suo giaciglio:

– Non devi chiamarmi così, Horud. Io non sono la tua Signora.

Il Gigante ritrasse la mano, discostandosi da lei. Con uno sguardo preoccupato, Asha sbuffò, non sopportava le eccessive attenzioni che il Gigante le riservava, da quando avevano abbandonato l'accampamento dei predoni, ma era anche stanca di dover affrontare il Drago, che continuava a ghermirla nel sonno.

– Tieni, bevi.

Asha si alzò leggermente poggiata sui gomiti, prese di scatto la Celana che il Gigante le porse, tolse il tappo in cera e bevve il contenuto tutto d'un sorso, dosando il quantitativo rimasto. La voce di Horud fece sparire gli ultimi residui del regno di Morfeo:

– Non possiamo andare avanti oltre. Amidal non può continuare.

Asha si alzò a sedere, tappò la celana, riordinando le sue idee.

Avevano deciso di non attraversare la Tundra verso il secondo pozzo, sarebbe stato troppo pericoloso visto e considerato come lei aveva trattato i predoni della Tundra.

Avevano così optato per costeggiare il promontorio sino a giungere a Bastian, una cittadina nella quale vivevano i Clan delle Rocce, in tal modo avrebbero potuto lasciare in quella comunità la piccola Amidal. Il problema erano le sue condizioni e le sue stremate forze, le quali continuavano a peggiorare di ora in ora. Le percosse ricevute avevano accelerato il deperimento generale ed ora la febbre infuocava il suo corpo. Asha non disse nulla, si alzò dirigendosi verso il giaciglio di Amidal. Vi era sicuramente un lato positivo nell'avere intrapreso quella via, in effetti il promontorio aveva offerto loro un riparo dall'occhio di Horus ed il loro viaggio poteva essere condotto alla sua ombra, tra il verdeggiante del muschio, al contrario della Tundra aperta la quale era ricoperta da un letto di sterpaglie.

Asha avvertiva la presenza dei predoni, i quali la osservavano sin dal giorno dell'abbandono al loro campo, ma si tenevano a debita distanza, nascosti nella fitta sterpaglia al limitare della Tundra. In cuor suo sapeva che non li avrebbero mai minacciati direttamente, ma non doveva sottovalutare il loro orgoglio ferito.

Giunta in prossimità del giaciglio di Amidal, Asha si inginocchiò al suo capezzale, posando delicatamente una mano sulla sua fronte. La sentì bruciare, il volto di Amidal aveva assunto una tonalità violacea, dove la tumefazione era ancora evidente, probabilmente l'infezione dovuta alla trascuratezza delle sue condizioni avevano di gran lunga peggiorato il suo stato, la sua voce in preda al delirio si fece udire, trasportata da un alito di vento:

– Mamma! La mia mamma!

Asha rimase per alcuni istanti ad osservare quella fanciulla, Horus aveva tinto la sua carnagione di un nocciola scuro, scavando solchi nella pelle fragile, ma ella sapeva che la loro età non doveva essere molto dissimile. Un'espressione di rammarico si scolpì sul suo volto. Rimase carponi in silenzio ad osservarla sin tanto che il Gigante non si fece udire dietro di lei:

– Il Regno di Shevra la sta reclamando.
Un impercettibile segno di rifiuto seguì i movimenti lenti del capo di Asha:
– Non andrà da nessuna parte!
Horud si impietrì in tutta la sua altezza:
– Cosa intendi fare?
– Porgimi gentilmente la tua celana, Horud!
Il Gigante obbedì anche se in cuor suo sapeva che il velo di Shevra era calato sulla donna, ne poteva distinguere i lembi, ne avvertiva la presenza. Asha prese la celana, scavò a mani nude una piccola buca, poi versò l'acqua all'interno del foro, con movenze lente ed accurate impastò il terriccio con l'acqua ottenendo un quantitativo adeguato di fango, che spalmò delicatamente sulle sue mani. A seguire depositò quest'ultimo sul volto di Amidal, pronunziando frasi incomprensibili alla memoria di Horud, il quale rimase completamente basito sia dalla gestualità che dalla luminescenza, che gradualmente scaturì dalle mani della sua protetta. Asha rimase concentrata per diversi minuti, in estasi, si tuffò nel suo animo cercando quel luogo dove era racchiusa se stessa, non era di certo un compito facile raggiungersi, perché quel viaggio, era tempestato da insidie e da guardiani chiamati Demoni, i quali bramavano il Regno di Asha, ma alla fine come sempre ci riuscì, mantenendo la propria attenzione sul presente, continuò la usa litania, sino a quando piano piano il gonfiore sul volto di Amidal cominciò a dissiparsi ed ella non cadde in un sonno ristoratore. Al termine della litania, Asha si alzò malferma sulle ginocchia. Horud la sorresse immediatamente avendo paura per la sua incolumità e quando Asha sollevò il capo per ringraziarlo dell'aiuto, Horud si avvide nuovamente del cambiamento avvenuto agli occhi della sua protetta, i quali divennero nuovamente liquidi e di color blu intenso.

La leggenda di Horus

Le condizioni di Amidal migliorarono notevolmente, la febbre era lentamente scesa per poi scomparire del tutto assieme al lividore e alla tumefazione del suo volto, intimamente segnato fino a quel momento. Il suo risveglio riportò serenità nel cuore di Asha e del Gigante, il quale rimase particolarmente colpito dai poteri rivelati e racchiusi nella sua signora. Insieme riuscirono a raggiungere le basse colline razionando il più possibile la loro riserva di acqua, erano stremati ma vivi. Nell'abbandonare la prateria, Horud attirò a sé l'attenzione di Asha:

– Mia Signora...

Non riuscì a terminare la frase, che Asha lo interruppe in modo brusco:

– Non devi chiamarmi così!

Horud si ritrasse con la sua mole, con lo sguardo rivolto verso il dorso desolato delle colline, sommessamente rispose:

– Scusami, mia Signora!

Asha sbuffò, accentuando il suo senso di irritazione con un gesto deciso e ritmato della mano, come a scacciare un insetto particolarmente fastidioso:

– Ho capito, lasciamo perdere. Vai avanti!

Horud la osservò attentamente, poi girò la sua enorme schiena ed il capo per cogliere la figura di Amidal, che li seguiva camminando poco distante da loro, a fatica, trascinandosi i piedi nel tentativo di tenere il passo. La febbre aveva completamente abbandonato il suo corpo, le cui condizioni erano decisamente migliorate ma la stanchezza e l'eccessiva privazione di acqua avevano continuato a minare ed indebolire il suo fisico.

– Sarebbe meglio accamparci, il nostro viaggio verso Bastian non è ancora finito ed Amidal rischia di non riuscire ad arrivarci.

Asha si voltò, posando la sua attenzione verso Amidal: il Gigante aveva ragione, non sarebbe riuscita ad affrontare quell'ultimo tratto.

– Di preciso, Horud, dove si trova questa cittadina?

Horud sollevò un braccio puntando l'indice in direzione di un promontorio ad ovest:

– Dobbiamo raggiungere quella cima. Oltre il promontorio si stende una valle, là troveremo la nostra meta.

Agli occhi di Asha quel tragitto non era certo privo di ostacoli, il promontorio da quella distanza pareva scosceso e di difficile accesso:

– Va bene, porgimi il tuo zaino, io mi occuperò delle provviste, mentre tu porterai Amidal sulle tue forti spalle.

Horud accettò di buon grado quell'idea, era consapevole che quella fosse l'unica praticabile.

Il tragitto per raggiungere Bastian fu incredibilmente difficoltoso, molto più di quanto Asha potesse immaginare. Con fatica ma estrema tenacia, giunsero in cima al promontorio, da cui la cittadina di Bastian si fece visibile. Sotto di loro, la valle del Baraan si estendeva a perdita d'occhio. Horud fu preciso in merito alle coordinate di quel luogo, poiché vi aveva dimorato per diverso tempo, imparando i rudimenti della lavorazione del metallo. Era stato proprio lì che aveva costruito la sua lama.

Anche in questo luogo l'influenza del Sovrano era particolarmente fragile e non supportata dalla milizia, al contrario di Darokis, ma ad ogni modo vigeva la regola dei sacerdoti, ciò significava che, prima di potere commerciare o sostare per accamparsi, era necessario portare un dono al tempio di Horus. Sia Asha che Amidal ascoltarono attentamente le parole di Horud, il quale le aveva messe in avviso di ciò che avrebbero dovuto aspettarsi una volta entrati in città. Asha poté notare le alte mura costruite in pietra, riportanti in più punti degli enormi squarci e la loro totale trascuratezza. Tutte le costruzioni erano in pietra ed alcuni edifici mostravano una particolare cura, probabilmente gli abitanti riuscivano a trovare i mattoni da qualche altra parte. Il pensiero di lei fu bloccato dalle parole del Gigante:

– Poco più in là, a nord, potete notare la cava di pietre, – sul volto di Asha comparve un lieve sorriso, poiché sembrava che il Gigante le avesse letto nel pensiero. – Potete anche notare il fumo proveniente dalle fucine!

– Dove prendono la legna?

Horud rivolse il suo sguardo truce ed affaticato su Amidal: non le piaceva quella donna, non tanto perché essere femminile, quanto perché stava diventando un peso per lui. Ad ogni modo si concentrò sul tono della voce, calmandolo, per poi rispondere cordialmente alla sua domanda:

– Vi è un accesso nel versante ovest, in mezzo a una gola, la quale racchiude la foresta morta, è da lì che gli abitanti di Bastian si procurano il legname.

Asha si soffermò scrutando attentamente tutta la valle, la quale per gran parte era coltivata e verdeggiante, situata in prossimità delle mura della cittadina, mentre il resto del panorama era completamente arido.

– Anche loro possono usufruire dell'acqua, vista la coltivazione dei loro terreni.

– Sì, – la voce del Gigante sembrò scandire il tempo. – Anche loro utilizzano dei pozzi, ma al contrario di Darokis, essi ne usufruiscono liberamente senza pagare un tassa!

Asha giunse a una conclusione:

– Quindi l'acqua scorre al di sotto del Regno?

Horud espirò, rilasciando lentamente tutta l'aria compressa nel suo stomaco, incrociando le mani sul suo ventre, disse:

– Questo è opera di Shevra!

Entrambe le donne mostrarono la loro incredulità, pronunciandosi all'unisono:

– Shevra?

Il Gigante cercò di sedersi in una posizione più comoda, appoggiando la schiena su di una roccia dai contorni irregolari, cominciando il suo monologo.

Gli era sempre piaciuto raccontare le vecchie leggende e anche ora il suo diletto risultava scandito dal tono della sua voce:

– Asha già conosce una parte della storia, – Amidal volse la sua attenzione verso colei che l'aveva salvata, la quale alzò le spalle a quella affermazione. – Un tempo Shevra decise di distruggere coloro che secondo il suo giudizio non meritavano di vivere nel Regno del Nord, a tal proposito tentò di sua iniziativa di fare calare il suo potere sulle mie terre, o almeno quelle che diventarono le mie terre. Purtroppo non era abbastanza forte per distruggere il suo creato, così si rivolse a Solaris, la divinità che qui chiamano Horus e che più a sud è conosciuto col nome di Dath.

Ad Amidal sfuggì un lieve accenno di consenso nel capire le diverse declinazioni, mentre Horud si strofinò il mento continuando imperterrito il proprio racconto:

– Così ella si diresse dal suo consorte chiedendo esplicitamente il suo aiuto, Solaris non fu entusiasta di quel suo volere, non solo perché egli è il dio della luce, ma è anche il custode della vita, – Asha si sdraiò, incrociando le braccia sotto al capo, chiudendo i propri occhi, persa tra le parole che fluivano dalle labbra del Gigante, il quale continuò nel suo racconto. – Solaris tentò invano di fare ragionare la propria consorte in merito al suo scriteriato atto di voler distruggere parte del creato, dicendole che se mai avesse davvero desiderato compiere tale atto si sarebbero dovuti separare per sempre!

Horud deglutì a fatica, ogni volta che ricordava le antiche parole non poteva che affliggersi per quell'atto compiuto dalle sue divinità:

– Shevra fu irremovibile, la sua ira crebbe di giorno in giorno sino a minare la loro unione. Così, sopraffatto dalla frustrazione e afflitto dal comportamento irragionevole della sua sposa, Solaris cedette alle sue richieste.

Nel cuore di Amidal cominciarono a sopraggiungere ricordi nefasti, quando dovette cedersi volontariamente ai predoni della Tundra per potere salvare la sua famiglia: anche in quel caso la sua decisione aveva messo in discussione l'amore per la sua famiglia e l'afflizione della decisione oramai irrevocabile, catapultandola in quel tempo lontano. Ripensandoci e alla luce delle parole di quei racconti, non avrebbe mai ripetuto quello sbaglio, anche se in cuor suo sapeva di avere fatto la scelta in quel momento giusta. Le parole del Gigante le avevano ricordato la sua sorte ed una lacrima scese ininterrotta solcandole il viso esausto.

– Solaris si separò dalla sua amata, liberando tutto il suo potere. Così facendo, il destino di quel Regno fu compiuto: senza Solaris a vegliare sulla vita delle creature, il Nord sprofondò in una notte eterna, – Horud si asciugò la fronte imperlata dal proprio sudore, poi continuò. – Ma Solaris non poté immaginare ciò che avvenne in seguito sul restante Regno: in assenza di Shevra anche il Sud cadde in miseria, assediato dalla sua luce; senza mai lasciare spazio alla sua consorte, Solaris si era tramutato da una divinità portatrice di vita a una divinità mortale.

Asha cambiò di posizione e fissò il volto di Horud, il quale continuò imperterrito a osservare un punto non ben definito oltre le vette dei monti procedendo nel racconto:

– Piano piano l'acqua scomparve dalla superficie, le piogge cominciarono a scarseggiare, i ruscelli si prosciugarono lasciando i loro letti aridi, i ghiacciai si sciolsero, mentre le piante lesse e spoglie cominciarono a morire e, di conseguenza, anche la fauna si eclissò assieme all'uomo!

Il Gigante si spostò, togliendosi la Celana da tracolla, la stappò versandosi sul palmo della mano un goccio di acqua, osservandolo scorrere tra le sue dita. Gli era sempre piaciuto osservare quel liquido fluire sul suo corpo ed insinuarsi in ogni piega, notandone la sua strana consistenza, perché era sempre stato affascinato da quella sensazione:

– Ma l'acqua non è sparita, è semplicemente scesa in profondità, così quando l'uomo riuscì nuovamente a farne uso, la vita piano piano riprese il suo percorso naturale, così come fecero piante ed animali, adattandosi ed evolvendo in un mondo nuovo.

Asha ascoltò quel racconto che narrava un mondo dai contorni epici e memorabili, ma lei era a conoscenza della vera causa di quel cataclisma. Per lei le leggende erano fondate su un misto di credenze, tradizioni e realtà, ma non voleva minimamente minare e corrompere queste antiche storie, bensì pensava semplicemente che ognuno fosse libero di credere a ciò che voleva. Per questo motivo rimase rigorosamente in silenzio racchiusa nei propri pensieri, alla ricerca di qualche buon insegnamento del proprio Maestro e ovviamente, come spesso le accadeva, la voce si fece udire nei propri ricordi: *ricordati, piccola mia, per giungere alla saggezza è necessario capire ciò che è in nostro potere cambiare e ciò che non lo è!*

Asha si alzò, recuperò il suo bastone infilandosi a tracolla l'enorme zaino, osservò la valle sottostante, continuando a pensare a ciò che avrebbe potuto fare. I pensieri fluivano senza interruzione: avrebbe potuto liberare quelle terre dall'oppressione di quel Sovrano, il quale aveva reso quel mondo indegno di essere vissuto e la prova era indiscutibilmente seduta a poca distanza da lei. Avrebbe portato un modo nuovo di vivere, l'unico di sua conoscenza meritevole di questo nome. Non sapeva ancora in che maniera ci sarebbe riuscita, ma il pensiero di un cambiamento l'aveva resa ancor più forte nelle sue convinzioni.

Il profilo perfetto di Asha si stagliò sui contorni irregolari delle colline, attirando gli sguardi dei suoi accompagnatori e sprofondando nel chiarore azzurro del cielo. Le sue parole sembrarono librarsi in volo leggere e soavi:

– Andiamo a cambiare il corso degli eventi, per quanto possano essere grandi le nostre gesta!

Spinti da un nuovo vigore e da una sensazione di benessere, Horud e Amidal seguirono la loro Signora oltre quel declivio che li avrebbe condotti verso il loro destino.

L'Avvento

I tre scesero il declivio prestando attenzione alle pareti scivolose ed impervie sino a raggiungere la valle. Qui il terreno era pianeggiante e ricoperto da uno strato polveroso, il quale ad ogni passo si sollevava creando piccole nuvole attorno ai piedi dei viandanti. In lontananza si potevano scorgere alcune abitazioni immerse nei campi coltivati. Tra quest'ultimi scorreva, lungo dei piccoli fossi, l'acqua necessaria per potere irrigare i campi stessi. Asha ne rimase incantata, sembrava che qui la vita assomigliasse alla sua terra di origine, dove i campi coltivati erano sconfinati e la notte e il giorno continuavano ininterrotti a vegliare sulla vita e sulla morte delle creature. Una stradina in terra battuta, ricavata tra i campi, permetteva il passaggio sino a giungere alle prime mura. Dal promontorio la città non sembrava così lontana, ma ora osservando quella lunga strada Asha si accorse che le mura distavano parecchie miglia.

In fila indiana la comitiva continuò indisturbata il suo viaggio, cadenzato da passi lenti sotto l'occhio vigile di Dath. Le coltivazioni erano quasi esclusivamente di grano dorato, poco più alto delle ginocchia di Asha, il cui sguardo cadde su di un agglomerato di costruzioni simili a case, particolarmente fatiscenti e diroccate. Era ancora intenta nell'osservare segni di vita, quando un ringhio feroce spostò improvvisamente la sua attenzione in direzione di un lupo che si era frapposto al suo cammino. La bestia, di misure sproporzionate, sembrava assomigliare ad un lupo, ma ella non ne era sicura. L'unica cosa certa erano le sue dimensioni: il suo garrese le arrivava ben oltre la vita. Horud si immobilizzò rapidamente in una postura statuaria, estraendo preventivamente la sua arma, ma un cenno scaltro e repentino della sua signora gli impedì di gettarsi a capofitto contro quella creatura. Asha stessa rimase immobile, fissando il lupo senza perderlo di vista, assaggiando e constatando la sua paura, manifestatasi attraverso i canini esposti e digrignati con ferocia. Tale visuale non prometteva nulla di buono, ma al contrario di ciò che si aspettassero Amidal e Horud, Asha rivoltò il palmo della mano in segno di benevolenza nei confronti dell'enorme creatura. Il lupo smise immediatamente di ringhiare, accovacciandosi a terra con le orecchie chine in segno di sottomissione ed il ringhio si trasformò in un guaito sommesso. Asha si avvicinò, permettendo al lupo di annusare la sua mano, il quale inaspettatamente la leccò più volte invece di aggredirla e morderla. Al termine delle inattese lusinghe, delle quali Asha gioì, ella pose la sua mano sul capo del lupo accarezzandolo docilmente.

Amidal si era stretta al braccio di Horud, incredula su ciò che i suoi occhi avevano appena visto, oramai non vi era alcun dubbio che Asha fosse la Vera Signora, trovando in lei, le forze per esprimere i suoi sentimenti, si rivolse al Gigante in un sussurro:

– Tra le mie genti vi è sempre stata una leggenda in merito.

Nell'osservare Amidal stretta al suo fianco, Horud scandì la sua domanda:

– Che tipo di leggenda?

La risposta, permeata di incredulità ed incertezza, sopraggiunse alle orecchie di tutti:

– Da quel che si dice, narrava l'avvento di colui che avrebbe non solo dominato gli uomini, bensì anche tutte le creature, ed egli sarebbe stato chiamato il Vero Signore del Regno!

Amidal si strinse ancora di più al braccio possente del Gigante, il quale avvertì tutta la sua tensione e tutta la sua paura.

Improvvisamente una voce fanciullesca si fece udire, tra le fronde della vegetazione, tutti e tre voltarono il capo per osservare meglio da dove provenisse:

– Meta! Meta, dove sei?

Al sentire quel richiamo, il lupo alzò immediatamente le sue lunghe orecchie a punta, volgendo i suoi occhi scuri oltre il campo di grano, poi con un'ultima annusata alla mano di Asha corse lungo un sentiero battuto tra il campo. Nel passare attraverso delle strettoie verdeggianti, il lupo accentuava così le sue forme enormi e potenti. A sua volta incuriosita da quella voce, Asha seguì quel lupo nel suo percorso, accompagnata da vicino da Horud e Amidal. Il lupo si diresse verso alcune abitazioni, ove ella poté scorgere un bambino seduto su di una panca in legno vicino ad un fossato.

Il ragazzo stava accarezzando tranquillamente quel lupo accovacciato al suo fianco e fu immediatamente attratto dall'avvicinarsi della comitiva. Il suo tono di voce parve gentile alle orecchie dei viandanti:

– Vogliate scusarmi per l'eventuale disturbo che Meta vi abbia potuto arrecare!

Asha rimase esterrefatta dall'utilizzo di quelle parole, poiché sino a quel giorno nessuno le aveva rivolto suoni così gentili e ben formulati. Aveva intuito che in quel bambino si racchiudeva un'intelligenza speciale fuori dell'ordinario:

– Non ci ha recato alcun disturbo, anzi, al contrario!

Il bambino sorrise, presentandosi:

– Io sono Natan, voi chi sareste?

Asha rispose con toni dolci per ricambiare la cortesia, utilizzando la sua solita postura:

– Piacere di conoscerti Natan, io sono Asha Had Hall e al mio seguito vi è Horud delle terre del Nord e Amidal della Tundra.

Natan fece un lieve inchino col capo in segno di saluto:

– Il piacere è mio. Siete i benvenuti, visto che Meta vi ha accettato di così buon grado: vuol dire che siete persone di riguardo!

Asha osservò a fondo quel bimbo, notando immediatamente le sue gambe nude e scarne, incredibilmente magre e patite:

– Immagino che tu non possa camminare...

Si pentì immediatamente delle sue parole, non sapeva quale sarebbe stata la reazione del bambino a tale genuina, ma audace franchezza.

– Hai indovinato. Non posso camminare...

Il volto contratto di Natan diede ad Asha la prova della sua azzardata schiettezza. Il Gigante le si avvicinò per mitigare la discussione, spostando l'attenzione ad un'altra prospettiva:

– Immagino che tu non viva qui da solo.

Natan studiò per alcuni attimi la figura di quell'uomo immenso, era la prima volta che si presentava davanti agli occhi un uomo di quella stazza ed impiegò un po' di tempo prima di rispondere:

– Con me vivono i miei genitori, mia sorella Jamme e mio fratello Desmon.

Asha allungò lo sguardo verso il panorama che la circondava e vide, ad un centinaio di metri, una dimora sulla cui soglia prendeva forma una ragazzina dai capelli di un biondo lucente raccolti in una lunga treccia. Sembrava dimostrare la sua stessa età. Ella era intenta ad abbracciare una donna anch'essa dai capelli biondi ma dal volto scavato, immobilizzata in piedi in una posizione statuaria innanzi alla soglia. Era strano che non se ne fosse accorta prima, ma la sua attenzione era ricaduta sulle condizioni particolari in cui versava Natan e sui pensieri che le erano sorti per quello che avrebbe potuto fare per lui.

La voce di Horud la distolse dalle sue riflessioni:

– Non siamo soli...

Asha continuò a perlustrare con gli occhi quello che si manifestava davanti a lei, soffermandosi oltre i contorni di una specie di frantoio in pietra o comunque di una ruota in pietra ancorata ad un argano, posizionata sopra ad un altro incavo ricavato dallo stesso materiale. Due figure maschili si stavano dirigendo verso di loro recando con sé una vacca dalle corna corte e smussate, simile ai bovini che vivevano nel Regno di Antart, ma molto più magra e asciutta e di una taglia decisamente più minuta. Asha non si soffermò a lungo su quelle figure, ma il tempo le bastò per coglierne immediatamente i tratti distintivi. Una era alta e robusta dalla carnagione olivastra, segno inconfondibile del bacio di Horus e dai capelli neri come la notte, la quale sembrava essere stata complice dei suoi movimenti fisicamente tetri perché accompagnati dalle stesse tenebre, come un'ombra ammantata alle sue spalle. L'altra un po' più minuta aveva le stesse caratteristiche fisiche di Natan: anch'egli biondo dal fisico asciutto ed esile, ma al contrario di Natan egli era in grado di camminare.

Tutta la famiglia si avvicinò agli avventori, anche se la loro accoglienza fu ben più scortese di quella di Natan:

— Cosa volete?

Asha si ripresentò, introducendo nuovamente anche Horud e Amidal.

— Io sono Lutor. Questa è la mia famiglia e non desideriamo visite!

L'uomo parlò con voce perentoria. Nell'osservare le presenze innanzi a lei, Asha non fece in tempo ad aggiungere altro che Natan corse in sua difesa:

— Papà! Secondo me non hanno cattive intenzioni.

Lutor osservò suo figlio con una strana espressione proveniente dai suoi occhi verdi, ed il suo tono di voce mutò, divenendo calmo e pacato:

— Dovete scusarci. Non riceviamo molte visite e i miei modi vi appariranno estremamente scortesi.

Il cambiamento repentino colpì Asha: quel padre nutriva un forte rispetto per il figlio, oppure aveva mantenuto la guardia alta per difendere la sua famiglia o per non incorrere in uno scontro, vista la mole del Gigante.

In quel momento proprio Horud prese la parola:

— Dovete scusarci, abbiamo intrapreso un lungo viaggio e vorremmo solo riposarci prima di intraprenderlo nuovamente, in cambio potremmo mercanteggiare la vostra ospitalità.

Il volto del ragazzo, probabilmente il fratello maggiore di Natan, si mosse di pochi passi puntando il suo sguardo sull'oggetto del suo desiderio, il quale era posato sulle spalle del Gigante. Sia Horud che Asha si accorsero del suo interessamento.

– Dai papà, non sembrano ostili. Vogliono mercanteggiare: potremmo ricavarne degli ottimi oggetti!

Lutor guardò suo figlio, posando la sua grossa mano sul suo capo, strofinandolo leggermente e scompigliandogli i capelli:

– In tal caso, possiamo sederci e osservare la vostra mercanzia.

Ad Asha non piacque né il modo in cui lo disse, né il suo sguardo, perché temeva che avrebbe rivissuto l'esperienza nella Tundra; così, in un tono che si palesò burbero e diretto replicò, convogliando l'attenzione di tutti sulle spalle di Horud:

– Ovviamente la nostra mercanzia è racchiusa in quello zaino!

– Ovviamente... – rispose Lutor, confermando ciò che Asha temeva.

Al termine di quel breve dialogo, la signora di casa si presentò:

– Il mio nome è Emile. Siate i benvenuti nella mia umile dimora e, vi prego: entrate e accomodatevi, l'occhio di Horus a quest'ora del giorno grava fortemente su tutti noi.

Al termine di tali parole, tutti i presenti rimasero profondamente sorpresi nel vedere Asha inginocchiarsi innanzi a loro:

– Accetto di buon grado la vostra ospitalità.

Presa Di Coscienza

L'interno dell'abitazione apparve semplice e modesto. Lo spazio era composto da un locale unico, Asha poté constatare che tutta la struttura era costruita con mattoni sovrapposti tra di loro senza l'utilizzo di alcuna malta. Solo i muri erano in pietra, perché il soffitto era sostenuto da travi di legno, mentre il tetto probabilmente era in paglia o comunque costruito con un impasto tra paglia e altro materiale a lei sconosciuto. L'arredamento era decisamente povero, un unico tavolo in legno era disposto al centro dello spazio, intorno ad esso vi erano le sedie, anch'esse costruite con lo stesso materiale, mentre disposti sulle pareti vi erano i giacigli per la notte, ricavati con un composto di paglia e cuoio. Meta si era già accovacciato in uno di questi, probabilmente il giaciglio scelto apparteneva al piccolo Natan. Horud fece molta fatica ad entrare attraverso il piccolo ingresso, ma una volta varcato la casa risultò abbastanza alta per contenere la sua statura. Dopo aver gettato lo sguardo allo spazio circostante, decise di depositare il grosso zaino a terra e di sedersi al suo fianco, visto che quelle sedie difficilmente avrebbero retto la sua mole. Lutor depositò il piccolo Natan su di una sedia, mentre sia lui che il fratello più grande si accomodarono al suo fianco. La luce di Horus penetrava all'interno dell'abitazione grazie a feritoie poste sopra ad ogni giaciglio, ma l'attenzione di Asha cadde sulla totale mancanza di un focolare, che le fece pensare che non cucinassero in quell'ambiente. Emile si prodigò nell'aprire una cassapanca da cui estrasse un prodotto simile al pane, schiacciato nella forma e croccante, lo servì ai suoi nuovi commensali. Intanto la piccola Jamme prelevò dei piatti e dei bicchieri da un'altra cassapanca: i primi erano in legno, i secondi in terracotta, nei quali venne versato il sidro di grano.

– Ecco a voi... servitevi, ve ne prego.

La voce di Lutor ruppe il silenzio che aveva creato imbarazzo tra i commensali. Amidal osservava attenta il contenuto del suo bicchiere, indecisa sul da farsi, osservò la sua Signora in attesa di potere bere quella bevanda.

Asha aveva capito che ella era ancora soggiogata da anni di schiavitù fisica e psicologica:

– Bevi pure, Amidal.

Il suo tono controllato fu pronunciato in modo che non assomigliasse ad un ordine.

– Fate come foste a casa vostra, Jamme e io andremo a prendere del latte.

Mentre Emile e Jamme uscirono dall'abitazione, Lutor venne subito al dunque:

– Quale sarebbe, dunque, questa vostra mercanzia?

Horud si prodigò ed estrasse ciò che avrebbe potuto barattare, la sua espressione era decisamente contrita, sperava in cuor suo di poter barattare la loro ospitalità, senza che gli costasse troppo caro. Lutor, Natan e Desmon osservarono gli oggetti posti sul tavolo, passandoseli di mano in mano, fino a quando la loro curiosità si soffermò su di una pelle particolarmente pregiata, la più pregiata di tutta la provvista di Horud, alcune candele ed una collana di artigli. Nulla sfuggì all'occhio vigile di Asha.

– Sentitevi liberi di prendere tutto ciò che volete.

Ma il Gigante dissentì immediatamente:

– Mia Signora!

Asha si volse di scatto osservando il Gigante con in una postura di rimprovero:

– Non abbiamo assolutamente nulla di cui non possiamo privarci, per rendere omaggio alla loro ospitalità.

Il Gigante abbassò lo sguardo, rinchiudendosi in un silenzio intensamente espressivo come segno visibile della sua disapprovazione. Ma nella mente di Asha erano sopraggiunte le parole del suo Maestro: *figlia mia, nel corso della tua vita ti capiterà di desiderare qualcosa ed è proprio quella cosa che dovrai imparare a donare!*

Lutor rimase colpito dalle parole di Asha, perché aveva l'opportunità di chiedere ciò che voleva e per questo non si sarebbe fatto scappare l'occasione. Decise così di prendere la pelle, tutte le candele e la collana.

Asha sorrise di rimando, asserendo:

– Ottima scelta. Sono lieta di avere ricambiato la vostra gentilezza con quel poco che avevamo.

Natan avrebbe voluto correre fuori da sua madre, per portarle lui stesso la collana, ma impossibilitato dalla sua condizione, il suo volto si fece leggermente cupo.

Mentre il Gigante rimetteva il resto della mercanzia nello zaino, la voce di Amidal interruppe il suo lavoro:

– Io vorrei farvi un dono, – tutti gli astanti spostarono l'attenzione verso quel volto da cui si intravedevano solo gli occhi, visto che portava ancora gli indumenti del suo popolo.

– Io non posseggo nulla di valore, ma non posso certo fare pagare un tributo così alto alla Vera Signora senza pagare a mia volta un pegno!

Detto ciò, Amidal si tolse il tessuto velato rivelando il proprio volto. Il suono provocato dalla rottura di una brocca spezzò il fiato a tutti gli astanti, i quali rimasero ancora più impressionati e sconvolti alla vista di quel volto sfigurato.

Dalla soglia la voce di Emile interruppe quel profondo silenzio:

– Scusatemi, sono stata particolarmente maldestra!

Asha si accorse della reazione di tutti i presenti, i quali fissavano la cicatrice che sfigurava il volto di Amidal, un tempo bellissimo; la donna della Tundra, dal canto suo, abbassò lo sguardo, mentre le sue mani tremanti slegarono il velo che fino a quel momento aveva coperto il suo volto e lo protesero in segno di offerta.

– Amidal era una schiava dei predoni della Tundra.

Asha si appoggiò allo schienale della sedia, incrociando le braccia al petto consapevole dell'orrore che quelle genti stavano provando per Amidal, tutti tranne il piccolo Natan il quale mostrava segni di incredibile perspicacia e curiosità, tipiche dei bambini:

– Sono stati loro a farti quello?

Il bimbo portò le proprie mani sul suo piccolo volto, per mimare la cicatrice sul volto di Amidal, la quale gli rispose seccamente:

– Sì!

Adagiatasi a carponi sul pavimento, Emile cominciò a raccogliere i cocci della brocca in modo che nessuno si potesse tagliare con i frammenti, mentre il latte si sarebbe asciugato rapidamente visto che il pavimento era in terra battuta:

– Jamme, fammi un favore: prendi un'altra brocca e torna a mungere Dorotea.

Senza farselo ripetere due volte Jamme, eseguì quel compito con maggiore solerzia per potere distogliere, senza ulteriori scuse, lo sguardo da quella ferita impressionante, di cui avvertiva non solo l'orrore per quello che le era stato inferto, bensì anche per tutto il dolore sofferto.

– Non posso accettare questo dono...

Lutor non voleva privare quella donna di quell'indumento, perché non patisse gli sguardi indegni delle persone, esattamente come aveva fatto lui. Era per quello che si sentiva in colpa, una colpa tremenda, perché aveva permesso a se stesso di giudicarla per il suo aspetto esteriore, mentre si era dimenticato che al suo fianco aveva quel figlio che tutti guardavano come lui aveva appena fatto con Amidal. Tentò a fatica di esprimere le sue intenzioni:

– Non pensare che il tuo dono non sia gradito, ma non posso privarti di ciò che ti rende uguale agli occhi di tutti e, credimi, io lo so bene!

Asha sorrise, mentre osservava la reazione di Lutor e di quella famiglia, mentre Amidal aveva rialzato lo sguardo sostenendo quello di Lutor:

– Vi prego, accettatelo!

Lutor rimase in sospeso tra l'agire ed accettare quel velo intriso di sofferenza e il ritirarsi tra pensieri discordanti su quel gesto, ma alla fine si accorse che non poté fare altro che allungare le sue mani stringendo quelle di Amidal. La sua voce parve rotta dalla commozione:

– Va bene... lo accetto.

Nel frattempo Jamme fece il suo ingresso con una nuova brocca in terracotta, stracolma di latte ancora caldo. Tutti si servirono assaggiando quel dono, ma la curiosità dei natii era tutt'altro che scemata perché quest'ultimi cominciarono a porre svariate domande: da dove venivano, dove erano diretti, come mai erano giunti nella valle e a quest'ultima Asha dovette essere abbastanza vaga, visto che era giunta in città esclusivamente per trovare un luogo sicuro per potere permettere ad Amidal di rifarsi una vita, completamente lontana dalle agonie trascorse in seno al Clan della Tundra:

– Non potevamo giungere a Darokis direttamente dalla tundra, poiché i predoni avrebbero potuto attaccarci.

Era una scusa, Asha lo sapeva benissimo, ma sperò tra se e se che fosse abbastanza convincente, non sapeva quale altra storia potersi inventare, ma riuscì a divincolarsi da quell'argomento cominciando a chiedere a sua volta informazioni.

– Come mai vostro figlio grava ancora in quelle condizioni, in città non vi è nessun Sacerdote in grado di curarlo?

La domanda di Asha mise in agitazione l'intera famiglia. Si avvertiva nell'aria stessa la reazione dei genitori a tali parole: aneliti di vento e sospiri appesantiti avevano iniziato ad intrecciarsi senza trovare una via d'uscita. Asha percepì il dilatarsi delle loro narici alla ricerca di un nuovo respiro prima di pronunciarsi nella risposta, la quale non tardò a sopraggiungere:

– Un Sacerdote c'è, ma purtroppo per i suoi servigi richiede un lauto compenso!

Emile si espose tentando di non manifestare tutto l'odio che provava in quel momento, ma ad Asha ciò non sfuggì.

– Un compenso?

Asha stentava a credere a quelle parole, soprattutto a come fosse possibile che una cosa del genere potesse accadere: il dono della guarigione da parte dei Sacerdoti, in quanto tale, non poteva essere una forma di ricatto ed inoltre quest'ultimi erano a disposizione della comunità, pertanto tentò di approfondire l'argomento:

– Mi sembra che voi abbiate mercanzia a sufficienza!

Lutor reagì subito prendendo la parola, muovendosi sulla sedia come se fosse stato punto da un intero alveare di api stuzzicate da mani sconosciute:

– Ciò che vedi non è di nostra proprietà, la terra non ci appartiene e neppure i suoi frutti, né il bestiame che alleviamo: tutto ciò che ci circonda è di proprietà del tempio di Horus e, di conseguenza, del Sacerdote.

Alle orecchie di Asha tutto suonava stonato ed aspro. Inconcepibile. La memoria degli insegnamenti ricevuti l'aveva condotta a riflessioni leggere e libere come la terra in cui tutti loro stavano poggiando i piedi. Le creature umane ed animali avevano il diritto di calpestare quel suolo senza chiederne il permesso perché inteso come diritto di tutti. Inammissibile come il concetto di un Sacerdote proprietario di ogni cosa, dato che quest'ultimo aveva ricevuto l'insegnamento di vivere in completa povertà, liberandosi di ogni oggetto materiale, concetto posto alla base del percorso per accedere alla Via Suprema, non che alla conoscenza universale.

Emile non esitò a riprendere la parola mostrandosi profondamente coinvolta:

– E' sempre stato così, gli antichi Canti che il Sacerdote espone nel Tempio di Horus dicono il vero!

Asha si massaggiò gli occhi, strofinò a lungo come per raccogliere la trasparenza dei suoi pensieri, mentre la sua ira cominciò a manifestarsi dentro alle pieghe del suo cuore. Si alzò di scatto ed in coscienza prese la sua decisione:

– Vieni, Horud, facciamo visita al Sacerdote!

Assieme al Gigante si alzò anche Amidal, la quale fu immediatamente bloccata dalla voce di Asha:

– Tu rimani qui e giova dell'ospitalità di questa famiglia.

Appena avrò ottenuto le risposte che cerco, faremo ritorno. Il volto di Amidal assunse le sembianze di una maschera dimessa e contemporaneamente incupita da quelle parole così ferme e risolute, mentre la sua voce acquisì una nota di supplica:

– Mia Signora, io...

La mano di Asha si pose delicatamente sulla sua spalla:

– Non ti sto abbandonando, tornerò. La mia è una promessa!

Le due ragazze si osservarono negli occhi per un tempo che parve infinito: Amidal la scrutava nel profondo blu cercando disperatamente di credere a quelle parole ed Asha non distolse mai lo sguardo poiché sapeva perfettamente cosa stesse cercando in lei Amidal, la quale ora avrebbe dovuto attingere dalla fede. Era la sua prova e in cuor suo confidava che ella potesse trovarla, nutrendosi delle sue speranze.

Amidal accondiscese con un lieve cenno del capo, mentre la maschera rattristata scomparve lentamente dal suo viso in attesa del loro ritorno.

La Via Delle Catene

Horud seguì Asha lungo la strada sterrata che li avrebbe portati alla cittadina, immerso nei propri pensieri, non capendo né le motivazioni né le azioni della sua Signora. Nella sua mente trovare un perché a queste riflessioni era arduo e probabilmente non sarebbe arrivato ad una risposta, doveva accettarle così com'erano e proseguire nel percorso che si stava piano piano delineando. Ad ogni modo la sua curiosità prevalse sul suo buon senso:

– Ancora non capisco, perché ci accingiamo a percorrere questa via?

Senza interrompere il suo cammino Asha gli rispose gentilmente:

– Perché il caso non esiste Horud.

Come suo solito, era stata troppo ermetica per la mente semplice e schietta del Gigante:

– Io pensavo che dovessimo solo trovare un posto per lasciare Amidal al sicuro.

Asha socchiuse le labbra ed emise un sospiro profondo, mentre tentava di detergersi il volto dal sudore, in parte evaporato:

– Non è così semplice trovare una famiglia degna di accogliere Amidal, né una famiglia a lei gradita.

Come un raggio di luce che rimbalza dall'alto verso il basso, gli occhi del Gigante la osservarono ancora scossi da quell'affermazione:

– Quindi aiutiamo questa famiglia per lei?

Asha rivolse il capo in direzione della bocca di Horud per osservare il volto del suo compagno:

– No, Horud. Non aiutiamo questa gente per Amidal, la aiutiamo perché i soprusi non devono esistere e per questo dobbiamo contrastarli.

Incredulo e perplesso, il Gigante ripeté quella parola:

– Soprusi?

Asha rallentò i suoi pensieri, palesandoli al Gigante:

– Proprio cos'! I soprusi! In questo mondo ne sono stati commessi troppi e io ho intenzione di combatterli tutti!

Intento ad ascoltarla, Horud si sistemò meglio lo zaino sulle spalle assumendo un movimento del corpo che lasciava trasparire un certo senso di irritazione, che non sfuggì agli occhi vigili di Asha:

– Suppongo che tu non possa capirmi, considerate le gesta del tuo passato.

Horud inveì:

– A cosa ti riferisci?

– Piuttosto che combattere contro le ingiustizie di cui eri consapevole, hai deciso di scappare dalle tue terre per rifugiarti nel luogo più sperduto di questo Regno!

L'accusa di Asha ferì l'orgoglio del Gigante fino a toccare le sue viscere, il dolore provato da quelle parole lo bloccarono in un rigoroso silenzio. L'intento di Asha era quello di scuotere il cuore e la mente del Gigante per portarlo ad agire e a muoversi di sua spontanea volontà e con convinzione, facendo in modo che diventasse pienamente consapevole ed artefice delle sue azioni, senza subirle. I modi di Asha erano stati forse molto duri e diretti, ma ella voleva che il Gigante intraprendesse gli insegnamenti che lei stessa stava vivendo. Seguirla e proteggerla semplicemente perché egli si era prefissato un compito non avrebbe portato a nulla, se non si fosse domandato anche il perché delle sue azioni. L'accesso alla conoscenza trovava le sue basi soprattutto su questi insegnamenti.

Asha si schiarì la voce e continuò:

– È completamente inutile che tu ti chiuda nel tuo silenzio.

Il mutismo del Gigante fu accentuato dal suo sguardo, fulmineo e bieco, nei confronti della sua protetta. L'intento di Asha stava comunque prendendo forma: un tempo accadeva anche a lei col suo Maestro, quando la spronava in ciò che a lei sembrava impossibile, soprattutto nei confronti dei suoi comportamenti e delle sue azioni. Ora la stessa cosa stava avvenendo col Gigante.

Doveva comunque ammettere a se stessa che le prove alle quali si era sottoposta in passato avevano forgiato il suo corpo e il suo spirito, interiormente e con grande fatica e sacrificio. Il ricordo cadde inevitabilmente su quegli eventi.

***

– Perché non ci riesci?

Asha era a terra completamente stremata, mentre le parole del suo Maestro continuavano insistentemente a ripetere la stessa domanda, inarrestabile e pungente. Il dolore faceva eco in ogni parte del suo corpo, segno indelebile della sua disfatta: era la prima volta che il suo Maestro la sottoponeva ad un allenamento così intenso e lungo ed il suo cuore piangeva lacrime amare per il fatto di non riuscire a soddisfare il suo volere. Ciò che il suo Maestro voleva da lei secondo il suo giudizio era impossibile: più tentava, più falliva. In tali condizioni voleva solo godersi quel riposo artefatto, a terra, mentre tutto il suo corpo piangeva tutta la sua sofferenza in quella posizione immobile, distesa in quel campo, a contatto con quella terra, senza doversi rialzare mai più. Quello era il suo pensiero ed in cuor suo voleva solo andarsene, lontano, lontano dal monastero, lontano dal quel Maestro, lontano da tutto, perché ella non meritava nulla, non serviva a nulla.

– Perché non ci riesci?

Il Maestro si chinò entrando nel suo campo visivo, appoggiandosi sui talloni innanzi a lei con la voce roca e dura. Asha sapeva perfettamente che egli era in attesa della sua risposta, che non arrivava. Le percosse cominciarono a ripercuotersi nel silenzio, Asha si rannicchiò in posizione fetale nel tentativo di proteggersi, annichilendosi, mentre lacrime copiose cominciarono a solcarle il volto, inveendo contro quel Maestro sino a quel giorno tanto amato. Asha si era soffermata sul pensiero grave di meritarsi quella punizione: non era all'altezza di superare quel compito, il suo stato ne era la prova. Cercò di divincolarsi pur di sottrarsi a quel dolore, ma invano. Il Maestro rimase immobile, a stento era riuscito a vedere i movimenti della sua allieva. Ella era riuscita in qualche modo a sfuggire alla sua attenzione.

Le parole uscirono ferree dalle sue labbra contrite:

– Allora, perché non ci riesci?!

Nonostante il dolore le attanagliasse le membra, Asha riuscì a rispondere:

– Perché non posso!

Era la prima volta che ammetteva una tale affermazione, sino a quel momento mai pensata ed esternata, non avrebbe mai voluto ammettere una tale colpa. Il Maestro le sorrise, portò il bastone al suo fianco, abbandonando la postura da combattimento; i suoi anni cominciavano a pesargli o almeno era ciò che gli occhi di Asha percepirono, ma in combattimento quell'uomo si trasformava completamente, entrando in quel Regno a lei del tutto precluso e quando rientrava nelle sue solite vesti, gli anni tornavano ad aggravarsi sulle sue spalle per chiedergli il conto:

– Ecco perché non ci riesci: ti sei imposta il tuo limite, ciò vuol dire che tu non riuscirai mai!

Le parole del Maestro minarono la poca fede coltivata da parte di Asha, era la prima volta che la redarguiva sul suo comportamento e sui limiti da lei stessa preposti, trasformandosi da Maestro a giudice. Forse fu questo a scatenare l'ira dell'allieva:

– Questo non è vero, non sono io. Tu mi chiedi qualcosa che non posso fare!

Il Maestro rimase impassibile a quello scatto di ira, con lo sguardo imperturbabile, mentre la sua voce ritornò pacata, controllata ed armoniosa come era sempre stata, bandendo dal suo volto ogni traccia di aggressività fino a quel momento palesata:

– Allora spiegami come sei riuscita a sottrarti ai miei colpi?

Asha si concentrò sulle immagini di lei protagonista di quel dolore e di quei movimenti repentini, rimanendone interdetta: dopotutto come aveva fatto a liberarsi? Osservò le sue mani completamente tumefatte ed escoriate, il dolore del combattimento le ripiombò addosso in un attimo. Poi il ricordo le si accostò alle sue membra, risvegliandole: aveva varcato la soglia proprio come faceva il Maestro solo che non se ne era accorta e come sempre le accadeva, non riusciva a rispondere a quella domanda.

Il Maestro la osservò paziente:

– Quando avrai trovato la risposta saprai dove trovarmi.

***

Era passato del tempo da quella volta, ora Asha sapeva perfettamente dove e come trovare quella risposta. Inoltre voleva indurre anche Horud a trovarla, percorrendo un cammino diverso da quello insegnatole dal suo Maestro, considerato che il Gigante era troppo grande fisicamente per apprendere l'arte iniziatica come aveva fatto lei. Si augurava che le sue indicazioni fossero da lui assimilate ed era per questo che aveva cominciato a minare il suo ego esattamente come aveva fatto il suo Maestro con lei.

Il cammino continuò nel più assoluto silenzio, rimarcato dall'andatura solitaria di entrambi. Asha era conscia dello stato d'animo che risiedeva nel Gigante, per cui non volle interrompere quel silenzio in alcun modo. Avrebbe pazientemente aspettato la sua presa di coscienza, in fondo non era mai semplice assumersi le proprie responsabilità, ma era un atto sentito e dovuto per capire e scardinare i concetti tradizionali che continuavano a minare la coscienza. Impiegarono mezzo ciclo di Horus per raggiungere le mura di Bastian, le quali si presentarono in tutta la loro altezza e possenza. Dal promontorio apparivano in disfacimento, in realtà viste da più vicino parevano ben tenute ed estremamente imponenti. Il torrione di guardia a doppio arco era sorvegliato da armigeri, racchiusi nelle loro giubbe di cuoio e ferro; alcuni arcieri erano appostati sopra al torrione oltre le merlature ed accanto alla grande porta vi era un banchetto pieno di ferraglia. La voce di un armigero distrasse Asha dalle sue riflessioni:

– Fermatevi e fatevi riconoscere!

L'uomo che si parò innanzi a loro era poco più alto di Asha, scuro di carnagione con occhi e capelli nerissimi, al contrario della barba rossiccia e mal curata, dal torace prominente e le gambe decisamente più corte del busto; non sembrava in ottime condizioni atletiche, ma l'aspetto poteva incutere timore agli occhi di un non combattente:

– Il mio nome è Asha Had Hall e questo è il mio compagno di viaggio Horud delle terre del Nord.

L'armigero osservò la stazza del Gigante:

– Horud, hai detto? E cosa siete venuti a fare a Bastian?

Il Gigante accennò il saluto con il capo e lo sguardo, in segno di riverenza:

– Siamo cacciatori e siamo giunti qui per scambiare alcune nostre merci, per poi riprendere il nostro viaggio.

Gli armigeri presenti si scambiarono un gesto d'intesa:

– Cacciatori avete detto? Non sembrate affatto dei cacciatori...

Il secondo guerriero attrasse la loro attenzione, sino a quel momento non aveva proferito parola, ma ora sembrava mettere in discussione la loro, cosa assai poco gradita ad Asha:

– Ci fate entrare oppure no? Ci siamo già dilungati troppo.

Il guerriero innanzi a loro accennò un sorriso a fior di labbra alle parole temerarie di Asha:

– Certo che potete entrare, ma prima è necessario effettuare il pegno di ingresso a Bastian, poi dovrete recarvi al tempio di Horus e incontrare il Sacerdote, il quale definirà l'onere del vostro commiato.

Horud osservò la sua Signora incrociando il suo sguardo di

assenso, così depose a terra lo zaino aprendolo innanzi alla guardia:

– Molto, molto bene. Vediamo di cosa potremmo abbisognare.

Nel mentre, in breve tempo, un gruppo esiguo di gendarmi si riversò alle porte della città, tutti intenti a decidere quale fosse il pegno dovuto. Essi impiegarono diverso tempo prima di decidere ed infine ne sottrassero la tagliola, che il gendarme prese riponendola nelle mani del suo inserviente:

– Questa andrà benissimo, ora seguitemi!

Horud non riuscì a trattenersi e palesò il suo dissenso a tale scelta subita, ma fu immediatamente interrotto dalla presa di posizione di Asha:

– Non abbiamo nulla di cui non possiamo fare a meno!

Riluttante, richiuse lo zaino caricandolo nuovamente sulle sue spalle. Seguirono il gendarme, il quale si diresse verso il banco della ferraglia scoprendone così il suo utilizzo:

– Ora vi pregherei di lasciare le vostre armi e il vostro equipaggiamento non consono a dei cacciatori in nostra custodia e di prendere le misure per i vostri ceppi!

– Non lascerò la mia arma a...

Il Gigante non riuscì a terminare nemmeno questa frase, che la mano di Asha si posò delicatamente sul suo avambraccio:

– Non vi sarà alcun problema.

Detto ciò, Asha depose sul banco il suo bastone, slacciandosi lo spallaccio e i parastinchi, osservando con fermezza il suo compagno, il quale con estrema reticenza emulò la sua protetta.

Con molta calma il gendarme informò i visitatori sulla pratica corrente in città:

– Nessuno può portare armi all'interno di Bastian, solo i gendarmi al servizio del Tempio di Horus possono indossarne, per evitare eventuali sommosse; inoltre tutti i residenti sono obbligati a portare il ceppo, il quale viene tolto su commissione del Sacerdote e solo dopo aver versato il commiato al Tempio, – un sorriso apparve sul volto del gendarme. – Solo allora sono liberi di varcare nuovamente la soglia.

Ad Asha non sfuggì nulla, aveva capito le intenzioni Sacerdotali che si nascondevano dietro tale atto: coloro che entravano a Bastian erano soggetti al pagamento per potere tornare nuovamente liberi, avevano creato un nuovo sistema di schiavitù per coloro che vivevano in città, dato che gli agricoltori non portavano alcun segno di schiavitù. Tentò di capacitarsi della sua intuizione:

– Ho potuto osservare i contadini esterni alle mura, loro non hanno alcun tipo di ceppo, o come lo chiamate voi.

Il viso del gendarme si indurì e il suo tono di voce non mascherò il suo disappunto:

– Ciò che accade ai mezzadri non è di vostra competenza: se volete entrare in città, queste sono le regole; prendere o lasciare!

La frase non aveva lasciato spazio a incomprensioni:

– Mi scusi, non era mia intenzione innervosirla, – rispose Asha nascondendo totalmente il suo disappunto.

– Molto bene. Artur procediamo: prendi i ferri e datti da fare.

Impiegarono un po' di tempo per prendere le dovute misure, infine Artur mise ai polsi di Asha e Horud il ceppo: una sorta di bracciale in ferro con una cerniera da un lato, tenuto e stretto insieme da un punzone battuto a caldo.

La voce del gendarme risuonò all'interno del torrione:

– Aprite la grata! Fate entrare i nostri nuovi messi.

Non appena la grata fu sollevata, Asha e Horud si incamminarono attraversando gli anfratti tortuosi e fetidi di Bastian.

Un Mondo Di Schiavi

Bastian non era certo come Asha se la immaginava. L'occhio di Horus faticava a filtrare tra le strette strade, le quali sorgevano completamente in mezzo agli edifici, alti e fatiscenti. Il lezzo di liquami organici era persistente e malsano, denso come la nebbia che si innalzava di primo mattino nei campi vicino al Monastero, ove ogni spazio veniva avvolto da un manto saturo di incertezza. Il lastricato che stavano percorrendo era una specie di ciottolato grezzo, probabilmente tutti gli edifici in muratura erano costruiti con lo stesso materiale della cava. Attraversando i vicoli senza una meta apparentemente precisa, Asha si accorse della mancanza assoluta di bancarelle o commercianti, ma soprattutto della totale mancanza delle genti. Sembrava una città fantasma, spettrale nella sua assenza. Tutte le imposte e le porte erano sbarrate, sigillate nella loro immobilità. Ogni tanto solo qualche cane o topo incrociavano il loro cammino. Eppure dal promontorio erano riusciti a vedere il fumo delle fornaci, ma ora in quel dedalo sconosciuto di vicoli non trovarono traccia di tale attività. Svoltarono in un viottolo simile a molti altri giungendo ad una piccola piazza, al cui centro vi era un gruppetto di persone intente a prelevare l'acqua da un pozzo, ove due gendarmi in arme sovraintendevano il razionamento. Asha rimase basita nell'osservare quelle persone. Erano tutte donne, completamente emaciate e vestite di pochi stracci, ma ciò che la sorprese maggiormente, oltre alla loro magrezza, fu la loro carnagione. Sembrava che l'occhio di Horus non si fosse mai posato sulla loro pelle, priva di colore. L'attenzione dei gendarmi si posò su di loro, ma fu solo un attimo perché Horud la indusse a passare oltre e a non trattenersi. Percorsero un altro paio di vie simili tra di loro, sino a giungere finalmente in un rione ove era evidente l'operosità ed il movimento frenetico e costante di braccia e corpi. Asha e il Gigante varcarono la soglia di un'abitazione adibita a fucina: l'interno odorava di ferro mentre la temperatura si alzò di parecchi gradi a causa dei forni in terracotta.

Il rumore del martello sul pezzo di ferro fu interrotto da una forte voce:

– Siete nuovi, vero?

Asha seguì la voce provenire da un uomo robusto e invecchiato precocemente, la cui barba era mal curata e lunga, mentre la sua carnagione scura dai fumi e dalle polveri presentava vistose rughe ai lati degli occhi, i quali al contrario riverberavano di una luce viva ed intuitiva.

Avvolta dall'odore ferroso e dai pulviscoli del materiale, Asha tossì schiarendosi la voce:

– Sì, siamo nuovi.

L'uomo posò il martello e depose i suoi ferri nella tinozza di acqua, posta accanto all'incudine, con calma si asciugò le mani sul suo camice di cuoio avvicinandosi meglio ai suoi ospiti.

– Cosa vi porta in questo posto dimenticato dagli Dei?

Asha incrociò le mani al petto nella sua consueta postura e con voce ferma si presentò all'uomo:

– Il mio nome è Asha Had Hall e il mio compagno porta il nome di Horud, delle terre del Nord.

Lo sguardo del vecchio si rivolse al Gigante:

– Ho sentito parlare di voi, ma è la prima volta che vedo uno della vostra stirpe. Devo ammettere che le leggende sulla vostra statura e corporatura erano fondate, – sul volto dell'uomo apparve un timido sorriso, mentre di rimando Horud fece una sorta di inchino. – Il mio nome è Abel.

Asha si avvicinò porgendogli la mano, il vecchio la strinse con una pressione tipica di quei lavori di forza:

– A ogni modo, miei cari, non potevate prendere decisione peggiore che entrare a Bastian.

Nonostante la sua silenziosa e remissiva presenza, Horud si permise in quell'istante un breve ma arguto commento:

– Sapevo che nel Clan delle Rocce si poteva trovare l'acciaio migliore...

Il vecchio lo osservò per alcuni istanti, lasciando vagare il suo pensiero al limite dei suoi ricordi, borbottò sillabe incomprensibili e si sedette su di uno sgabello in legno, mentre il tono della sua voce diventò esausto, dovuto al peso del lavoro appena interrotto:

– Un tempo, forse, ma ora la situazione è completamente cambiata!

Asha si accorse di una panca mal ridotta posta innanzi al banco di lavoro del maniscalco, la prese nonostante i polsi resi inermi dal ceppo e la trascinò al centro della stanza, sedendovi sopra proprio di fronte al vecchio Abel, una volta comoda riprese le sue domande:

– In che senso 'cambiata'?

Abel si accarezzò la barba, pensieroso:

– Un tempo il nostro Clan vantava i migliori fabbri, grazie anche al Regno dei Forgianti, – i suoi occhi si posarono in un punto non ben precisato di quelle pareti. – Ma quando sopraggiunse colui che oggi siede sul trono di Argentea, siamo divenuti tutti degli schiavi, come puoi ben vedere.

Abel sollevò il polso destro, mostrando il ceppo:

– Questo è il simbolo del nostro stato, – asciugandosi il sudore con la manica, Abel continuò il suo monologo. – Un tempo giunse in questa remota valle un Profeta, il quale portò un nuovo insegnamento. All'inizio cantò il verbo di unione e condivisione dei beni: tutte dottrine volte a fin di bene, così tutto il Clan cominciò a venerare Horus e la luce di benevolenza che aveva recato alla comunità.

Horud intuì immediatamente la situazione, poiché era successa la stessa cosa nel suo Regno. Depose lo zaino che si era appesantito sulle sue spalle stanche e si sedette a terra, prevedendo che il racconto del vecchio si sarebbe protratto per lungo tempo. Infatti fu così:

– Fu istituito il Tempio dedicato a Horus e contemporaneamente riconosciuta la carica Sacerdotale, il quale avrebbe continuato a proferire il verbo, grazie all'iniziazione posta dal Profeta, – Abel si alzò, interrompendo quel ricordo. – Sono così maleducato da non avervi offerto l'ospitalità degna della mia casa.

Così dicendo, Abel si recò nel lato nord della stanza, dove era sistemata una credenza in legno, sulla quale erano deposte diverse brocche in terracotta, contenenti acqua, ne prese una assieme a due tazze anch'esse dello stesso materiale, porgendole ai suoi ascoltatori. Asha e Horud ringraziarono Abel della sua gentilezza, spronandolo nel continuare il suo racconto.

– Però le cose cominciarono a mutare drasticamente, – Abel si mosse irrequieto su e giù per la stanza, non trovando pace né fuori né dentro di sé. – All'inizio fu stabilita una rendita collettiva per sostenere il Tempio, poi venne implementato il lavoro gratuito per migliorare le sue strutture, sino a cadere nella più totale sottomissione.

A questo punto Asha interruppe il filo del discorso appena pronunciato dal vecchio:

– Nessuno si è mai ribellato a tale fato?

Il vecchio diresse i suoi occhi ferrei verso quelli di Asha, mostrando risentimento:

– Figlia mia, certo che ci siamo ribellati!

Quella parola dalle connotazioni affettive intime e profonde aprì una voragine di malinconia nel cuore di Asha, che era stata così appellata solo dal suo Maestro:

– Cosa è successo, allora?

Abel aspettò qualche istante prima di rispondere, riordinando i suoi pensieri:

– Sia noi che il Clan dei Forgianti abbiamo cominciato a reagire, purtroppo era già troppo tardi.

Nell'ascoltare il proseguo triste del racconto, Asha non mancò di buttare l'occhio su Horud che, apparentemente chiuso nella sua afflizione, sembrava non mostrare ai presenti alcun sentimento per quegli eventi.

– A quel tempo era già stata istituita la guardia composta da gendarmi al servizio del Tempio, sia qui a Bastian che a Calen, la città dei Forgianti, in più il crescente potere del Profeta aveva cambiato radicalmente le sorti della nostra rivolta, – il rammarico di Abel si fece largo attraverso le parole appena esposte, immergendo gli ascoltatori in un'atmosfera di ricordi sofferti che avevano annerito le pupille del vecchio. – L'attuale sovrano scese in campo con una forza tale da distruggere completamente Calen, riducendola in cenere. Egli varcò il limite consentito alle sole divinità, per mostrare tutto il suo potere, così forgiò con le sue stesse mani gli esseri chiamati Mutant, che da semplici esseri umani vennero trasformati in quelle creature mostruose e feroci.

Horud ne era intimamente consapevole, memore di tali orrende figure che si erano interposte più volte al suo cammino, che lo aveva poi condotto al cospetto del Clan dei Dath. Egli aveva anche sentito narrare molte leggende su quegli esseri maligni e delle orribili gesta da essi protratte nel tempo, ma non aveva mai saputo con tale precisione da dove essi fossero giunti. Ora la sua curiosità si accese tempestivamente:

– Tu li hai combattuti, vero? I Mutant, intendo...

Il vecchio Abel si strinse le mani al corpo rinsecchito ed intriso di ricordi plumbei, un segno inequivocabile della sua frustrazione nell'aver disseppellito tali memorie:

– Sì! Ho avuto il dispiacere di combattere dalla parte di coloro che hanno perso, ma non solo: quei maledetti mi hanno anche portato via due figli, – Abel li guardò severamente, poi continuò. – E ora voi, di vostra spontanea volontà, siete giunti qui per divenire schiavi a vostra volta!

Asha scosse il suo corpo come intrappolata dalla violenza di quei suoni nel tentativo anche di mitigare la collera del fabbro:

– Non ti devi preoccupare di questo, amico mio!

La voce scura di Abel tuonò tra le pareti di quel piccolo ambiente:

– Io so cosa si prova ad essere schiavi, ne ho visti molti altri giungere qui e morire tra gli stenti, oppure essere trasferiti alle cave!

Asha tentò di rincuorarlo:

– Di questo, te lo ripeto, non ti devi preoccupare. Ora come ora necessito solo di conoscenze in merito.

Abel la osservò, adombrandosi e chinando il capo in avanti, sospirando come se fosse sfinito:

– I tuoi modi sono strani, ragazzina, ma credimi: questo non è un posto per te!

– Prosegui il tuo racconto, poi io non mancherò di raccontarti il mio...

Il vecchio fabbro si lasciò convincere, nel suo cuore dimorava ancora quella fievole speranza di potere cambiare gli eventi, anche se la sua età non gli permetteva grandi gesta eroiche come un tempo, ma aveva bisogno di credere in un cambiamento:

– Non so a chi andò peggio, se a noi o al Clan dei Forgianti, – Abel riprese a strofinarsi la folta barba bianca, mentre le sue parole uscivano dalle sue labbra con fervore. – Loro furono completamente sterminati, l'immenso potere del Profeta incenerì le loro terre e ora quel luogo è chiamato il Regno degli uomini Ombra, mentre a noi è toccato il Regno delle Catene. Non so se sia peggio morire per un ideale, o sopravvivere vedendo quell'ideale venir divorato dalla disperazione e dalla rassegnazione.

Asha, toccata da quelle parole, interruppe di proposito quelle riflessioni:

– Nel giungere a Bastian ho potuto appurare che i contadini all'esterno delle mura non portano i ceppi, per quale motivo?

La risata stanca di Abel riecheggiò nella stanza:

– Loro sono mezzadri al servizio del Sacerdote, coltivano la terra pur essendo liberi di andarsene, la loro condizione è assai comoda e il mondo al di fuori della valle non è così prospero: sono comunque schiavi, ma le loro catene non sono come le nostre, – Abel mosse il braccio destro, per scuotere il ceppo e gli animi in ascolto. – Le loro catene sono fatte di paura!

A quel punto, anche la curiosità di Horud si accese:
– Cosa mi dici di coloro che lavorano nella cava?
Il fabbro mise a fuoco la sua visuale posandola sul volto austero del Gigante, rispondendogli con assoluto riguardo:
– Nelle cave vi sono due tipi di persone: coloro che si sono macchiati di crimini contro il Tempio, tra cui molti rivoltosi dell'epoca e tutti i giovani che raggiungono la maggiore età.
La mente di Asha ragionò ad alta voce:
– Quindi, suppongo che in città vi siano solo vecchi e donne...
La risposta fu pronunciata con rammarico e fu affermativa:
– Esatto, ragazzina! Ci si può elevare di rango solo entrando nelle file dei gendarmi, e ho potuto vedere molti figli farvi parte e comportarsi come spietati aguzzini nei confronti dei loro stessi padri.
Asha cominciò a sentire crescere nel suo cuore un odio viscerale per ciò che era stato inferto a quelle genti, da cui però riusciva ad intravedere e a percepire una luce di speranza; si augurava che quelle genti, al contrario delle donne della Tundra, riuscissero a riaccendere quel fuoco di fiducia e desiderio di libertà.
– Vi è forse ancora qualcuno che trama in segreto contro il Tempio e il suo reggente?
Abel divenne immediatamente serio, non si sarebbe aspettato una domanda del genere e il sospetto calò sul suo volto:
– Anche se così fosse, non lo rivelerei certo a dei nuovi venuti!
Asha rimase delusa da quell'atteggiamento di chiusura, si chiedeva se avesse sbagliato qualcosa:
– Dimmi, come posso essere degna della tua fiducia?
Il vecchio fabbro la osservò a lungo, senza mai distogliere lo sguardo dal suo corpo giovane e dai suoi occhi fieri e combattivi, poi si decise:
– Raccontami cosa ti ha portato qui; giudicherò da questo!

La Paura Dell'Anima

Con estrema calma e temperamento mite, Asha cominciò a raccontare il suo viaggio al vecchio fabbro. Lo informò della sua fuga da Antart, dell'attraversamento del Mare Salato, del raggiungimento del Clan dei Dath e della sua fortuna nell'avere incontrato Horud, il quale le aveva salvato la vita, della decisione di intraprendere il loro viaggio per fermare i Profeti, nonché dell'incontro con i predoni della Tundra, sino a giungere a Bastian. Asha sorvolò su alcuni aspetti del suo itinere, soprattutto non rivelò di avere gli stessi poteri dei Profeti per evitare assolutamente di suscitare paure e smarrimento in Abel. Eclissò quei particolari che non l'avrebbero affatto aiutata nel suo scopo, voleva che il fabbro pensasse che lei fosse uguale a tutti loro, per ridare vita a quella fiamma di speranza nella rivolta che ancora permeava il suo cuore.

– Dici di volere fermare i Profeti, ma come intendi fare? Ci abbiamo già provato ed è impossibile!

Asha si asciugò il sudore dalla fronte, tutto quel caldo invadente e umido la stava spossando, senza contare la fatica mentale che la vedeva impegnata per convincere quell'uomo dei suoi propositi. Con calma, disse:

– Il solo fatto che tu pensi sia impossibile, lo rende impossibile, a ogni modo non ti ho detto che dobbiamo sconfiggerlo, bensì combatterlo!

Abel non riusciva a stare fermo e si strofinò il volto con le mani sudice, mentre la sua voce uscì impastata e attutita:

– Il tuo viaggio, figlia mia, è stato particolarmente avventuroso dai tuoi racconti, ma le forze arcane con cui vorresti scontrarti sono al di là delle nostre possibilità.

Asha intuì da quel tono di voce che il vecchio sarebbe stato reticente nel prodigarsi ad aiutarli in quell'impresa, pertanto valutò di dargli una prova tangibile delle sue possibilità. In parte a malincuore e in parte mossa dal suo intento, decise di palesargli cosa fosse in grado di fare:

– Se ti do prova dei miei poteri, mi seguirai?

Abel liberò il volto dalle sue mani, appena spinte dalla necessità di pulirsi dal sudore puntuale, osservando quella ragazzina con occhi corrucciati. Immergendosi completamente nei suoi occhi blu, gli sembrò di scorgere un piccolo movimento e incredulo, rispose:

– Direi che dipenda dalla prova!

Rimasto appartato ma comunque in ascolto, Horud calcò le sue parole rivolgendosi ad entrambi:

– Un guerriero non dovrebbe smettere mai di combattere...

Prima ancora di terminare tali parole, il Gigante si pentì immediatamente di quell'affermazione, dopotutto anche lui aveva smesso di combattere rifugiandosi, anzi scappando dal suo Regno. In un frangente i suoi pensieri vagarono alla rinfusa ininterrotti, per poi condurlo a comprendere le parole pronunciate dalla sua protetta quando affermava che il caso non esistesse; probabilmente egli era nato proprio per divenire colui che avrebbe accompagnato Asha nel suo viaggio: colei che avrebbe riportato ordine nei loro Regni.

L'attenzione di Abel cercò il suo punto d'arrivo spostandosi da Asha al corpo del Gigante, seduto a terra nella sua posa statuaria. Attraverso questo breve movimento esternato dai suoi occhi neri, Abel mostrò il suo orgoglio ferito:

– Senti da che pulpito giunge la predica, mi sembri molto lontano dal tuo Regno, Gigante!

Il vecchio fabbro aveva percepito il motivo che aveva spinto quel Gigante ad abbandonare le sue terre, probabilmente anche nel Regno del Nord la situazione non era molto diversa da quella nella valle.

Asha si alzò, spossata dal calore intenso e da quella diatriba:

– Smettetela! Il nemico non è certo tra noi, ma è là fuori. Ricordatevi che è un nemico molto potente e, se non riusciremo a credere in noi stessi, non ci sarà affatto alcun futuro migliore di questo!

Le parole di Asha penetrarono le pelli dure e madide di sudore dei due uomini, che si chiusero in un rigoroso silenzio. La condizione di Abel e di quelle genti esprimeva visivamente miseria ed oscurità, protagoniste imperterrite della loro vita oramai privata della luce e della speranza. Il dolore aveva preso il sopravvento, abituandoli alla schiavitù fisica e psicologica.

Asha si diresse verso Abel, gli afferrò il braccio serrato dal ceppo e assunse una posizione per raccogliere tutta la concentrazione a lei possibile. Horud avvertì nuovamente quello strano formicolio alla base del collo, mentre le sue pupille si dilatarono nell'osservare le mani della sua Signora, mentre ella versava con delicatezza il contenuto della ciotola sul ceppo serrato attorno al polso di Abel, poi con movimenti pacati depose i palmi sopra di esso mentre sinuose lingue di fuoco di un colore porpora intenso cominciarono ad intravedersi. Abel era incredulo, ne avvertiva la forza ed il calore ardente. Il suo sguardo ammaliato iniziò a vagare da un punto all'altro, dalle mani di quella ragazza alle sue pupille di un blu profondo, che avevano completamente perso la loro reale consistenza trasformandosi in un vortice liquido e mutevole. Mentre Abel ne rimase inebriato ed allo stesso tempo confuso, il ceppo cadde a terra provocando un rumore grave e metallico, risvegliando i due uomini dal loro torpore.

Abel si ritrasse immediatamente, come spaventato ma allo stesso tempo attratto dalla sua nuova condizione, facendo ribaltare lo sgabello sul quale era seduto, perplesso per ciò che i propri occhi avevano appena visto e vissuto direttamente. Ella aveva gli stessi poteri dei Profeti, questa fu la sua conclusione che gli fece nascere un terribile dubbio:
– Tu! Tu sei...?

Non riuscì a terminare la sua frase che Asha si inginocchiò rapidamente al suo cospetto asserendo:
– Io sono al tuo servizio, per liberare la tua gente!

Nel mentre, Horud si alzò affiancando la sua protetta e

assumendo una posizione consapevole delle proprie azioni, facendole capire che lui sarebbe stato sempre al suo fianco. La toccò prima sulla spalla poi sul capo caldo, facendo scivolare la sua grossa mano tra i suoi capelli folti e umidi. Abel si sarebbe aspettato di tutto tranne quel gesto di completa sottomissione, ma poi pensò che anche il Profeta, l'attuale Sovrano di Argentea, si era presentato nei migliori dei modi, quindi ora stava a lui decidere se credere o meno a ciò che aveva appena visto. In un attimo il suo cuore accelerò i suoi battiti riempiendosi di pregiudizi e di paure, incontrollabili, le sue gambe lo sostenevano faticosamente mentre i suoi pensieri cominciarono a vagare nel Regno delle ombre, ricordandosi dell'immenso potere scatenato contro i Forgianti, del suo stato di schiavo, dei suoi figli e amici morti nell'intento di combattere quella minaccia, dei Mutant e della loro incredibile crudeltà. Turbato ed appesantito da una mente sopraffatta dagli orrendi ricordi, il suo fisico cedette a terra abbandonato dalle sue gambe esili e sfibrate, vomitando il suo ultimo pasto avvolto dai propri succhi gastrici acidi e incontrollati, perdendo la sua lotta, ed infine i sensi.

Horud trascinò il vecchio fabbro nella stanza adiacente, la quale era adibita con una specie di giaciglio ed alcune suppellettili. Lo distese sul pagliericcio, mentre Asha si occupò di bagnare una pezza di tela posandogliela sul capo.

In quel momento il Gigante rivolse il proprio disappunto alla sua protetta:

– Era proprio necessario fargli capire chi sei?

Asha si soffermò a lungo su quella domanda, trovando una risposta nel suo passato, dove i suoi pensieri vagarono sino a giungere al proprio Maestro.

***

La stanza in cui si era rifugiata era completamente buia, nessuno l'avrebbe cercata il quel luogo, poiché esso era adibito a contenere le riserve di alimenti di cui il Monastero si serviva per i periodi invernali. Era rannicchiata dietro a barili di carne sotto sale, con le ginocchia strette al petto, mentre le sue lacrime continuavano ininterrotte a rigarle il piccolo viso. Non si accorse di nulla, nemmeno del cambiamento luminoso che era sopraggiunto sino al suo anfratto, ma la voce del Maestro la colse nel suo più profondo essere:

– Cosa è successo figlia mia?

Asha rimase in silenzio, tentando di sottrarsi a qualunque avvenimento e tentativo di apertura, ripensava solamente al trattamento che aveva ricevuto da un suo coetaneo e allo scherno che la sua cattiveria aveva prodotto su tutti i piccoli adepti.

Il Maestro la osservò per un attimo, giusto il tempo per spostare con calma un barile sedendosi accanto alla sua prediletta:

– Nessuno può dirti chi sei, solo tu puoi conoscere la verità!

Asha nemmeno udì quelle parole, voleva solo piangere se stessa, era l'unica ragazzina all'interno di quell'ambiente riservato sino a quel tempo solo ai ragazzi ed ora lei doveva combattere quel pregiudizio senza avere la minima idea di come poterci riuscire. Tutti la odiavano e questo era la causa del suo dolore. La mano del Maestro sfiorò il volto lacrimoso di Asha, posandosi delicatamente sul suo capo. Quel contatto così anelato la fece esplodere in un pianto fragoroso e scossa dai singulti insistenti, si precipitò a capofitto nell'abbraccio di quel padre che non aveva mai conosciuto e che ora era inevitabilmente diventato la figura al suo capezzale.

– Non devi mai essere pentita per ciò che sei, capirai un giorno che non tutti potranno accettarti, ma ciò non dovrà mai minare il tuo essere.

Pian piano le lacrime cominciarono a evaporare abbandonando completamente gli occhi di Asha, la quale capì che come sempre poteva contare sul suo Maestro, il quale era l'unico che la capisse profondamente e che in quel momento si era spogliato della sua austerità:

– Un tempo accadde la stessa cosa a me, sapevo di essere diverso dalla moltitudine, ma solo perché la moltitudine non era stata addestrata a vedere il vero, io non li ho mai giudicati per la loro condizione, esattamente come non dovrai mai fare tu. A loro volta essi sono unicamente mossi dalla loro paura, perché è proprio quest'ultima a mantenere la loro condizione di cecità.

La voce di Asha uscì tremula, ancora sovrastata dalle conseguenze del pianto:

– Non è giusto, Non è giusto!

Il Maestro la coccolò stringendola in un abbraccio affettuoso:

– Devi liberarti dei tuoi giudizi, perché essi ti sviano dalla visione del vero!

Per la piccola Asha era sempre difficile cogliere tali insegnamenti, il suo cuore era troppo affranto e sofferente.

– Essi non possono capire chi sei ed hanno semplicemente paura di te!

I pensieri confusi di lei vagarono alla disperata ricerca della veridicità di tali parole, non comprendendo appieno il significato di paura, visto che lei non aveva mai provato quel sentimento, come non le apparteneva l'invidia, un concetto a lungo discusso col suo Maestro.

***

A quel tempo era troppo giovane per comprendere tali insegnamenti, ma ora aveva raggiunto un grado di conoscenza e di esperienza vissuta tramite le sue azioni e gli accadimenti purtroppo nefasti. Infatti la sua risposta a Horud fu molto più decisa:

– Non spetta a me giudicare, cacciatore, ma nemmeno a te! Io ora posso solo risvegliare le coscienze, stabilendo se tali informazioni possano essere di loro aiuto, oppure no.

Horud la osservò incuriosito, mentre Asha si accorse della sua perplessità, la quale era esattamente come la sua di molto tempo fa, quando rimase seduta a terra abbracciata al suo Maestro.

Quella paura era dovuta al fatto di non essere accettata all'interno di quella comunità ed era stata proprio quella paura a ridurla in uno stato pietoso e cupo. Ora riusciva a capire tutto, lo specchio che rifletteva la sua anima era chiaro e trasparente: aveva provato su se stessa quel sentimento affrontando il Drago, era anche riuscita a carpire quei sentimenti e così facendo riusciva a capire sia Horud che quel fabbro, il quale era stato sopraffatto dalla paura di avere davanti a sé un essere simile ad un Profeta.

Nel suo intimo Asha dovette nuovamente ringraziare quel padre a lei tanto caro.

Nel Cuore e nell'Anima

Dopo qualche tempo Abel riprese i sensi. Si mosse leggermente sul suo giaciglio, cercando di capire dove si trovava. La sua voce uscì impastata nell'accorgersi della presenza al suo capezzale di Asha:
– Dunque, non è stato un sogno?
Ella lo guardò con aria triste e preoccupata, mentre la sua mano tolse dalla fronte del vecchio fabbro la pezzuola bagnata per immergerla nel catino accanto a lei, la strizzò con cura riponendola sulla sua fronte :
– No, non lo era!
Abel fissò il soffitto, bloccato nel suo disorientamento da pensieri costretti ed irrigiditi:
– E così, è dunque questo il mio destino?
Asha avvertì immediatamente il gravare di quelle parole, specchio trasparente dei sentimenti complessi ed impauriti provati da quell'uomo, per cui rispose:
– Il destino non esiste.
Il vecchio sospirò, a fatica, tentando di eliminare tutta la sua apprensione; nella sua mente stavano riaffiorando i combattimenti passati, la visione dei suoi cari morti sul campo di battaglia, l'immenso potere del Profeta:
– Ne sei veramente sicura?
Asha incrociò le gambe innanzi a lei nella posizione di meditazione insegnatale al Monastero:
– Veramente: il destino non è nient'altro che la somma delle nostre scelte, effettuate giorno dopo giorno. Non è una strada stabilita.
Abel mise a fuoco quegli occhi blu, intensi, perdendosi tra i suoni di quelle parole. Avrebbe fermamente voluto crederle, ma gli risultava un compito molto più arduo, poiché egli difettava di un gran senso di fede e di questo ne era

consapevole sia lui che lei, il quale proseguì nelle sue affermazioni:

– Come possono le mie azioni aver fatto in modo di incontrarti, se non sapevo nemmeno della tua esistenza, fino a oggi?

Asha sorrise, era un sorriso buono, sincero, quasi affettuoso, in esso Abel poteva attingere ad una forza e ad una consapevolezza irreale, avrebbe veramente voluto lasciarsi andare in quell'abbraccio, permettendo a tutto il suo mondo e al suo passato di crollare per potere nuovamente seguire quel tanto aspirato destino, che in cuor suo sapeva essere giusto. Avrebbe voluto e desiderato avere il cuore leggero, libero da ogni sopruso fisico e psicologico, ma quella sicurezza in quel preciso momento non era alla sua portata. Le parole di Asha gli giunsero con un tono da instillargli lacrime dense e veritiere:

– Io sono giunta qui proprio per le tue azioni... e non solo le tue!

Stentava ancora a crederle, a suo dire era un Profeta ma se lui avesse abbassato la guardia lei avrebbe preso il controllo della sua mente esattamente come aveva fatto il suo predecessore, per cui non cedette:

– E se io ti chiedessi di lasciare questo posto?

Asha rimase come fulminata da quelle parole. Sapeva che poteva essere una battaglia persa, poiché era sicuramente arduo salvare coloro che non volevano essere salvati. Questi pensieri la riportarono agli stessi insegnamenti da lei vissuti col Maestro:

– Allora me ne andrò, proprio come sono giunta!

Il vecchio fabbro rimuginò su quell'affermazione, non capiva ancora se ciò che aveva pronunciato era la sua vera richiesta o se semplicemente era la sua paura di abbandonare un mondo che, dopotutto, gli aveva dato dimora e modo di sopravvivere.

Tra un pensiero e l'altro, Abel tentò di cambiare argomento:

– Non vedo il tuo Gigante...

Asha aveva intuito le intenzioni di Abel e voltò leggermente il capo osservando le pareti nude e sgretolate:

– Sei rimasto privo di sensi per lungo tempo.

Abel cercò di riprendere consapevolezza di tutti i sensi, alzandosi dal giaciglio posando la propria schiena contro il muro:

– Le campane si sono già udite?

Asha si accorse dell'apprensione del vecchio fabbro non capendo la motivazione di quella domanda:

– Sì, mi è parso di udirle...

Abel si lasciò cadere completamente esausto da quella risposta:

– In tal caso non avremo nulla da mangiare, sino al prossimo rintocco.

Asha rimase leggermente interdetta: aveva appurato che in quella umile dimora non vi fosse nulla di cui cibarsi, pur cercando in ogni dove, ma non si era posta il problema poiché nello zaino di Horud vi erano scorte a sufficienza.

– Cosa significa? Spiegami...

Abel espirò profondamente:

– Devi sapere, mia cara, che qui a Bastian le scorte di cibo vengono assegnate a ognuno di noi tramite il Tempio, il quale ci richiama a raccolta una volta ogni ciclo di Horus.

Sul volto logorato di Asha comparve un sottile movimento di disprezzo per ciò che aveva appena udito, perché la riportò al fatto che quella gente aveva vissuto e continuava a vivere oppressa e soggiogata. Cercò di calmarsi nel tentativo di controllare la sua respirazione affannosa ed agitata, seguendo gli insegnamenti del suo Maestro.

Asha si discostò dal giaciglio ove era il vecchio, raggiungendo lo zaino del Gigante posto in un angolo, rovistò all'interno ed estrasse alcuni pezzi di carne essiccati, poi con estrema calma si risedette accanto ad Abel, porgendogli la sua razione:

– Abbiamo cibo a sufficienza per ora; quando ti sarai ripreso e avrai deciso il da farsi, mi spiegherai meglio come accedere al cibo.

Da seduto, il vecchio fabbro si avvicinò con la schiena al muro sporgente, sorridendo del gentile pensiero e della premura che quella ragazzina provava nei suoi confronti:

– Vi è ben poco di cui devi essere messa al corrente: gli agricoltori che tu hai incontrato servono il Sacerdote, tutte le provviste vengono stivate nel tempio, per poi essere razionate alla comunità di Bastian. La campana del Tempio serve a radunare le genti per la somministrazione.

Un abominio: era questo l'unico termine pensato da Asha per identificare quell'atto.

Masticando avidamente quel piccolo boccone, Abel incalzò nuovamente la ragazza:

– Non mi hai ancora detto dove si trovi il Gigante!

Asha accennò un sorriso di appagamento a quel pensiero: amorevolmente mentre le sue parole uscirono morbide dalle sue labbra:

– Horud ha cominciato la ribellione!

– E noi cosa faremo?

– Ora come ora, fiero Abel, dovrai solo insegnarmi la tua arte.

Abel sospese i suoi pensieri, sprofondando negli occhi infinitamente blu di Asha.

***

Horud era intento a percorrere la lunga strada sterrata che da Bastian portava alla cava di pietra, i suoi polsi e le sue caviglie erano legate e costrette da una catena di ferro, il suo corpo era scortato da un'armata consistente di gendarmi. In cuor suo poteva pensare che tutto dipendeva da lui e dalla fiducia riposta nella sua Signora. Il ricordo del loro dialogo riaffiorò fulmineo, cadenzando ogni suo singolo passo di quel lungo viaggio:

– Dovrai raggiungere la cava e cominciare una sommossa tra coloro che vi sono prigionieri.

– Come posso fare?

– Secondo quello che sappiamo, coloro che sono rinchiusi in quel luogo hanno commesso grandi e piccoli crimini contro il Sacerdote e il Tempio. Penso che se tu ti rifiutassi di pagare il tributo dovuto al Tempio, probabilmente potresti finire in quella cava.

– E se ciò non dovesse accadere?

– Osservando la tua mole, dove altro potresti servire maggiormente il Tempio?

Il ragionamento di Asha seguiva un filo logico, ponderato. Infatti giunto al cospetto del Sacerdote, che si era prodigato in un monologo per il suo avvento in quel luogo e per la sua devozione che avrebbe dovuto porre Horus innanzi ai suoi bisogni personali, Horud subì il rituale dell'imposizione della tassa da parte del Sacerdote stesso per poter dare prova della sua fedeltà al suo Sovrano. Horud si era concentrato e imposto di non assecondare quei propositi, maledicendo quella divinità e il suo Sovrano, attirando l'attenzione del Sacerdote che lo aveva osservato divenendo meno cortese. Infatti diede immediatamente ordine ai gendarmi di scortarlo alla cava di pietra, ove il Gigante avrebbe avuto modo e tempo di ripensare ai suoi crimini e avrebbe impegnato la sua forza in una causa utile, per poi redimersi agli occhi di Horus. Ora però doveva dare prova di essere un uomo di parola nei confronti della sua Signora: la sua mole e la sua tempra avrebbero dovuto fare insorgere i prigionieri, avrebbe dovuto entrare nei loro cuori e spronarli alla rivolta, anche se lui non era particolarmente bravo in quel campo. La sua prova stava per avere inizio, doveva solo ricordarsi di avere fede nelle sue azioni e nelle parole di lei. Horud alzò la testa, osservando in lontananza il delinearsi della sua meta.

***

A poca distanza da quel luogo un'altra figura stava vivendo in attesa dell'esaudirsi di una promessa a lei fatta. Amidal stava percorrendo quel sentiero che l'aveva condotta alla fattoria della famiglia di Lutor, le sue mani erano incrociate innanzi al petto in segno di preghiera per colei che l'aveva lasciata ad attendere il suo ritorno. Erano trascorsi diversi cicli di Horus, ma della sua liberatrice non vi era alcuna traccia. In cuor suo voleva fermamente credere alle sue parole, ma ora col trascorrere del tempo quella luce si stava affievolendo nel suo animo, mentre i suoi pensieri cominciarono a minare la fede che aveva riposto in quella ragazza. Un forte dubbio si riversò sulle sue tempie, riscaldandole intensamente: forse la sua partenza era stata un mezzo bieco e risolutivo per poi abbandonarla a quella famiglia, il tutto mascherato con la motivazione iniziale di salvarla da un destino di schiavitù. Un rumore la fece voltare di scatto, al suo fianco apparve il lupo di Natan, il quale sembrò ricambiare il suo sguardo. Dalle tempie il calore si spostò al suo cuore, dove si fece largo un pensiero recondito e denso: se nel cuore di quell'animale si nascondeva la fedeltà, probabilmente lo stesso sentimento avrebbe albergato anche nel suo animo, doveva abbandonare le sue inquietudini deleterie dando ampio respiro a quella sua incrollabile fede. Continuò ad osservarlo. L'animo di Amidal era stato defraudato di tutto dopo quel periodo presso la corte dei predoni della Tundra, i quali le avevano consapevolmente minato l'animo dal profondo, in quella schiavitù dettata da percosse e sottomissione. Non si ricordava nemmeno quando fu l'ultima volta che si prese il diritto di credere alle parole altrui. Quel sentimento così puro, quell'indiscusso amore. Ripensandoci, capì che quel sentimento non era scomparso dal suo cuore, ma solamente represso dagli avvenimenti vissuti ed ora la sua prova di fede si era incarnata in quell'animale posto al suo fianco come insegnamento tangibile.

Amidal rivolse nuovamente lo sguardo oltre quella strada, mentre le sue labbra si mossero impercettibilmente, attraversate da un sussurro:

– Aspetterò con rinnovata fiducia, proprio come questo lupo!

Ombre di Odio

Lord Gismond Ferrix si allacciò le brache, inveendo contro colei che sino a quel momento aveva prestato i suoi servigi:
– Sei solo una maledetta sgualdrina!
Ai piedi del letto, rannicchiata in un angolo, la ragazza piangeva disperata dopo le percosse subite, il suo corpo era completamente livido e tumefatto, non abbozzò minimamente a una reazione, temendo il peggio, al contrario allungò la sua mano tremante nel tentativo di recuperare il lenzuolo per potere coprire la sua totale nudità, sperando in cuore suo di non subire altre percosse, dato lo stato stremato causato da quelle violenze fisiche e psicologiche.
– Nella capitale avrei sicuramente trovato di meglio, ma ovviamente mi tocca stare qui e la tua compagnia non vale nemmeno la metà del bestiame di cui mi circondo ogni giorno!
Gismond continuava ad inveirle contro. Ella non aveva commesso nulla se non avere cercato di compiacerlo nei suoi desideri più sfrenati, che lo avevano portato a scagliarsi addosso a lei senza alcun motivo. Nonostante fosse uno tra i primi servitori del Sovrano, egli non aveva di certo i modi e le maniere per esserne all'altezza.
Il rumore della porta sbattuta la fece tremare e stringere a sé stessa in una morsa di sollievo: lui aveva lasciato la stanza e questo, per il momento, l'aveva distolta da quei soprusi.
Gismond Ferrix discese di malumore la grossa gradinata che conduceva dal primo piano verso la sala comune della rocca, dove il continuo vociare allegro degli astanti lo accompagnò per tutta la discesa, mentre il suo morale era decisamente al limite di quella maledetta situazione. Osservando in direzione dell'ultimo scalino, si accorse della presenza di Lord Anon Gavesh seduto comodamente al tavolo in

compagnia di qualche suo sgherro, il quale non si era ancora svestito dalla sua armatura.

Egli sembrava non avere altra pelle che quella, dura e spietata. Gismond, che non lo aveva mai visto senza, modellò un pensiero che gli attraversò la mente fulmineo: "Maledetto lui e la sua etichetta!"

Gavesh osservò il compagno discendere le scale ed intento ad abbottonarsi la patta delle brache: non era mai riuscito a capire quell'uomo che continuava a sollazzarsi inutilmente con tutte le meretrici del Regno, in ogni luogo, senza contare i suoi pessimi gusti anche in materia di estetica, egli sembrava vivere solo ed esclusivamente per soddisfare i suoi istinti più animali e ossessivi.

Eppure Ferrix era decisamente un bell'uomo: alto molto più della media, spalle larghe, muscolatura tornita, leggermente brizzolato anche se, nonostante i suoi numerevoli cicli di Horus vissuti, i suoi lineamenti rimanevano incredibilmente giovanili, come se una forza maligna gli avesse donato un'eterna giovinezza, in cambio della sua umanità.

Gavesh lo osservò sino a quando Gismond non fu giunto a sedere al proprio tavolo.

– Mi chiedo come mai il nostro Sovrano ci abbia fatto presiedere questo posto dimenticato da tutti.

Una leggera tonalità di ira si nascose dietro quelle parole. Gavesh osservò la stanza comune, in fondo era arredata con austerità, ma le comodità non mancavano. Un grosso lampadario con sopra ventiquattro candele illuminava l'intera stanza, un enorme bocca di camino posto nel lato nord riscaldava ampiamente l'ambiente, i lunghi tavoli in legno permettevano un comodo ristoro; senza contare il cibo, che era sempre a portata di mano e abbondante, cosa che non capitava spesso nella Rocca del Sovrano, il quale biasimava l'abbondanza delle portate a tavola, ricordando a tutti che per combattere e per essere uomini occorresse un rigoroso e regale ritegno.

Un insegnamento al quale Gavesh non si era mai abituato: in

effetti il suo fisico era leggermente appesantito, ma lo nascondeva molto bene grazie alla pettorina in acciaio.

– Non ti dovresti lamentare della convivenza alla Rocca dell'Ombra, anzi al contrario!

Lo sguardo severo di Gismond si posò su di lui:

– Stai scherzando, vero?

– Per quale motivo dovrei farlo?

– Siamo rinchiusi in una torre al confine del nostro Regno, nel tentativo di badare a delle Ombre. Ti pare compito degno per i primi cavalieri del Sovrano?

Gismond non si dava pace, aveva mal digerito quel compito e cominciava a dare segni di insofferenza, che Gavesh non comprendeva appieno.

– Non capisco per quale motivo tu ti stia lamentando, – sbuffò Gismond, allungando una mano per prendere una coscia di volatile.

– Mi lamento perché questo non è un compito degno del nostro nome, non posso certo rimanere a prestare guardia a un Regno morto!

Gavesh allungò una mano ad accarezzare il cane seduto al suo fianco in attesa di ricevere una parte di ciò che vi era su quel tavolo, attratto dal profumo:

– Se il nostro Sovrano ha deciso questo, è nostro preciso dovere assecondare ogni suo desiderio, non sei d'accordo?

Gismond osservò il suo compagno, non aveva mai amato quell'uomo dal volto tondo e dagli occhi porcini ed in quel momento quella domanda gli parve del tutto fuori luogo, come se egli avesse appena messo in discussione la sua fedeltà nei confronti del Sovrano:

– A parere mio siamo sprecati in questo luogo!

Gavesh sorrise, ma non vi era nessuna gioia in quella smorfia:

– Ancora meglio, non credi? Nessuno può minacciare questa Rocca, quindi dovresti solo continuare a divertirti con qualche donna, bere del buon sidro e gustarti le prelibatezze della cucina!

Gismond si incupì, quell'uomo riusciva a farsi beffe di lui e ciò non gli piacque affatto:

– Vorresti redarguirmi per il mio modo di vivere?

Gavesh allungò un osso al cane, il quale scodinzolando si rintanò a rosicchiare quel tesoro, sotto al banco, posando la schiena sulle sue caviglie:

– Al contrario, fratello mio, dico che dovresti pensare solamente al tuo divertimento, senza riflettere sulla motivazione del nostro Sovrano, il quale come tu sai bene pondera ogni suo gesto!

Gismond masticò avidamente il pezzo di carne, osservandosi attorno, oltre a loro due vi erano altri gendarmi seduti a diversi tavoli, intenti a desinare dopo il lungo turno di guardia. Poi la sua attenzione fu colta dai Mutant, i quali se ne stavano ritti in piedi ai lati della stanza, coi volti coperti dai loro copricapi in cuoio.

Aveva sempre provato ribrezzo per quegli esseri, però doveva ammettere che le loro doti andavano oltre la sua comprensione:

– Probabilmente hai ragione, ma io non riesco a capacitarmi di cosa possa spaventare il nostro Sovrano!

La risata di Gavesh riempì l'intera sala comune, attirando su di loro parte dell'attenzione degli astanti:

– Paura? Ti posso assicurare, fratello mio, che il nostro Sovrano non ha assolutamente paura di nulla!

Gismond sembrò assolutamente poco convinto da quella affermazione e non mancò di farlo notare:

– Non ne sarei così sicuro, dopo l'avvento del Re dei Demoni i suoi modi sono divenuti particolarmente strani!

– Particolarmente strani, dici, – Gavesh posò i gomiti sul tavolo, spostando su questi tutto il suo peso. – E cosa avrebbe fatto di così strano?

Gismond attese qualche secondo per riordinare le sue idee, avrebbe dovuto ponderare bene le sue prossime parole, non voleva che Lord Gavesh comprendesse male i suoi intenti:

– Tanto per cominciare, subito dopo la partenza del Re dei Demoni, ha chiamato a rapporto Lord Damian Arrow, impartendogli l'ordine di recarsi al grande passo del nord di Argentea, per cominciare immediatamente i lavori...

– Ne sono al corrente e non vedo assolutamente come questa decisione possa essere scambiata per timorosa.

– Non ho detto che sia timorosa, sembri volermi mettere in bocca parole non mie, – l'ira di Gismond proruppe incontrollata. – Se tu mi facessi finire di parlare, forse capiresti la mia inquietudine!

Gavesh annuì, ma in cuor suo non gli era mai piaciuto quell'uomo ed in quel momento non avrebbe voluto più ascoltarlo, ma non gli rimaneva altro da fare in quel luogo:

– Vai avanti, allora...

Gismond non se lo fece ripetere due volte:

– L'intento del Sovrano è quello di ampliare la rocca a Nord e costruire una muraglia per chiuderla, esattamente come questa.

Gavesh sbuffò di sbieco, posandosi nuovamente sullo schienale della sedia ed incrociando le braccia al petto:

– Finalmente ha seguito il mio consiglio! Erano diversi cicli di Horus che intercedevo per una eventualità simile e ora il Sovrano mi ha dato ascolto.

Gismond rimase interdetto:

– Dunque vuoi dirmi che il Sovrano ha semplicemente seguito una tua direttiva?

– Diciamo un consiglio, – rispose Gavesh, compiaciuto.

– Come mai io non ne sono stato messo al corrente?

– Perché non vi era nulla di cui metterti al corrente, fratello mio...

Era un insulto, velato, alla propria posizione, Gismond lo fece notare:

– Questa mancanza non sarà dimenticata!

Gavesh parve irritato da quell'affermazione:

– Non ho commesso nessunza mancanza, al contrario: ho solo fugato ogni tuo dubbio in merito alle azioni del nostro Sovrano ai tuoi occhi, momentaneamente ciechi!

Gismond si alzò di scatto, non poteva tollerare quel tono superbo, battendo i pugni sul tavolo:

– Questo insulto non sarà tollerato!

Nella grande sala il silenzio piombò come il sipario al termine di una dipartita e tutti gli sguardi si posarono sui due generali:

– Cosa avete da guardare, feccia che non siete altro? Finite di mangiare e tornate immediatamente ai vostri compiti!

Gismond faticava a mantenere la calma, ma i suoi uomini vi erano abituati, mentre per i Mutant non aveva alcun valore: essi non pensavano, non parlavano e non vivevano se non per uccidere a comando. Gavesh si alzò, stanco per quella diatriba:

– Adesso calmati, Gismond.

– Mi calmerò quando mi porgerai le tue scuse per il modo in cui sono stato trattato!

La mano di Gismond si posò sull'elsa della sua spada, mentre il suo movimento fece cadere la sedia su cui poco prima era seduto, distanziandosi dal suo rivale, perché in quel momento egli non vedeva più un fratello d'arma, bensì un nemico che aveva colpito il suo orgoglio.

Gavesh lo osservò per alcuni attimi, mentre tutti i gendarmi presenti si diressero verso l'uscita del locale. I Mutant al contrario rimasero impassibili ai loro posti osservando il nulla:

– Non estrarre quella spada. Se sono le mie scuse che vuoi, le avrai!

Gismond rimase fermo, imperterrito, aveva voluto misurarsi con quell'uomo sin dal primo giorno in cui aveva cominciato a porre se stesso al servizio del Sovrano, lui era giunto prima e non sopportava la carica della quale in breve tempo il Sovrano lo aveva investito, non poteva sopportare che Gavesh lo avesse raggiunto nella scala gerarchica. Inoltre non sopportava né i suoi comportamenti né la libertà di parola che si permetteva sia col Sovrano che con tutti loro.

La sua ira crebbe a tal punto da offuscargli la mente, mentre la sua mano cominciò a tremare sentendo il freddo dell'elsa nel suo palmo, cosa che non sfuggì all'occhio attento di Gavesh:

– Ora, fratello mio, ti prego di calmarti e di ritornare in te: ciò che ti prefiggi di fare non è degno del tuo nome!

Gli occhi di Gismond erano iniettati di sangue, nella sua mente apparivano le immagini di come avrebbe aperto le carni di quell'uomo tanto odiato, dovette attingere a tutta la sua forza di volontà per staccare la presa su quell'elsa, sforzandosi di non pensare al piacere di trafiggere le sue carni con la sua lama e di gioire nel vedere il rosso rubino scorrere sul suo filo.

– Porgimi immediatamente le tue scuse!

Nel velo di ombra di quegli occhi, Gavesh prese l'unica decisione possibile:

– Hai le mie più sentite scuse, Lord Gismond!

Il Prescelto

L'occhio di Horus non dava tregua. Nella cava di Bastian i turni di lavoro dei reclusi sfioravano l'inumano ed ora Horud, pur disponendo di una mole al di fuori dell'ordinario, cominciava ad accusare la fatica. Erano trascorsi diversi cicli dal suo arrivo, ma purtroppo non era riuscito a capire colui al quale avrebbe dovuto rivolgersi per attuare il piano di Asha. Si erse in tutta la sua fisicità, mentre le sue catene lo costringevano a movimenti molto lenti per le sue capacità, i quali mossi dal suo peso sferragliarono in un tintinnio grave e sommesso. Osservò quella cava e i suoi dintorni, mentre i suoi occhi iniziarono a vagare alla ricerca delle parole scambiate con Asha.

***

– Dovrai entrare nella cava e scoprire colui sul quale gli uomini depongono la loro fiducia!
– Nel caso non ci sia?
Il sorriso di Asha lo avvolse assieme a tutta la sua bellezza:
– C'è sempre un uomo carismatico all'interno di una comunità, qualsiasi essa sia!
Horud volse lo sguardo oltre la porta osservando il fabbro privo di sensi sdraiato sul suo pagliericcio:
– A me non sembra che quell'uomo sia poi così carismatico, eppure lo hai scelto!
Gli occhi di Asha si posarono nei suoi:
– Abbi fede Horud, appena lo vedrai capirai!

***

Avere fede, ancora adesso faticava a capire le parole della sua Signora, intorno a lui vedeva solo miserabili, incatenati, a scontare una pena probabilmente minore rispetto alla sua. Doveva ammettere che il Regno di Argentea dal suo ultimo pellegrinaggio dal Nord era decisamente cambiato in peggio. Non era riuscito a scambiare molte parole coi suoi nuovi compagni di sventura. Purtroppo i turni di lavoro permettevano raramente di comunicare con distensione, ma si era fatto una vaga idea della situazione generale di quel luogo. Al suo arrivo, aveva potuto osservare la cinta muraria rimasta incompiuta, una parte dell'estrazione di pietre veniva ammucchiata e lavorata in loco per la costruzione di quest'ultima parte, mentre il restante ancora grezzo veniva caricato su carri di legno trainati da bovini e portati a Bastian. Ancora non sapeva quando questo trasporto venisse eseguito, ma aveva capito che non aveva una cadenza ciclica preordinata. L'estrazione dei lastricati, così venivano chiamati, era massacrante e logorante, a lui era toccato il compito di picconare le lastre di arenaria ed inserirvi dei cunei di legno, i quali una volta bagnati si dilatavano sino a fare spezzare l'estremità del blocco. Tutti gli schiavi erano divisi in gruppi di lavoro: gli estrattori; cioè coloro che spezzavano la roccia grezza staccandola dalla montagna ed Horud faceva parte di questa schiera, gli scavatori: cioè coloro che continuamente mantenevano pulito il sito trasportando montagne di terra al di fuori del sito di estrazione, i pulitori: cioè coloro che sminuzzavano i blocchi grezzi, i facchini; i quali si occupavano di trasportare questi blocchi dal sito di estrazione al sito di lavorazione, infine i modellatori; coloro che grazie alla loro opera tramutavano la materia grezza in piccoli blocchi da costruzione. Horud aveva anche appurato altre mansioni svolte dagli stessi schiavi all'interno della cava, oltre al mero lavoro sui blocchi di arenaria. Alcuni ad esempio si prodigavano per il mantenimento o l'ampliamento delle strutture adibite a contenere i dormitori, edifici fabbricati in legno, posti al limite settentrionale del sito appena sotto la prima linea della fortificazione muraria. Horud si chiedeva come fosse possibile la fabbricazione di quel sito, visto il numero esiguo di quel pregiato materiale: probabilmente Bastian aveva una rete di commercio proprio con Darokis, oppure con i Clan liberi settentrionali, anche se ciò eppure gli sembrò particolarmente strano. Aveva appurato che all'interno della cava vi erano alcuni appartenenti a questi Clan liberi, catturati dopo alcune scorrerie nei campi agricoli intorno a Bastian ed ora scontavano la loro pena in quel posto dimenticato dagli Dei. Tralasciando quel pensiero, Horud si concentrò su altri aspetti da lui osservati in quel periodo. Alcuni schiavi erano addetti alla fabbricazione degli utensili per la lavorazione della pietra, altri si occupavano del refettorio e della cura dei bovini, altri ancora si occupavano di attingere acqua per il sito, sia che essa fosse adoperata per bagnare i cunei, sia per rifocillare gli schiavi, ed infine vi erano coloro adibiti alla mansione di guardiani e punitori, visto e considerato che i soli gendarmi non erano sufficientemente numerosi. Infatti Horud aveva assodato che le loro schiere non superavano la cinquantina di individui. Sicuramente questo era un punto a suo favore, considerato che l'intera schiera di schiavi raggiungeva approssimativamente le duecento unità, ma non ne era completamente sicuro dato il calcolo grossolano. La sua catena si mosse d'impulso, mentre la voce di un suo compagno penetrò i suoi ragionamenti:

– Sfaticato di un Gigante, ti vuoi muovere? Verremo tutti puniti!

Horud si ridestò, riprendendo il suo lavoro e ricordandosi la prima regola della cava.

**

Amish gli aveva imposto poche e chiare regole per poter estinguere, con il duro lavoro, la sua pena al Tempio di Horus:

– Voglio che le mie parole siano capite al meglio, Gigante!
Horud rimase impassibile all'interno della prima rocca:
– Sarai adibito a una mansione e legato assieme ai tuoi compagni. Se uno solo di voi sgarra, tutto il gruppo paga la pena, – Amish fece un profondo respiro prima di ricominciare il suo monologo, osservando dal basso verso l'alto la figura del gigante. – Mangerai quando te lo diremo noi, dormirai quando te lo diremo noi e piscerai quando te lo diremo noi. Tutto chiaro?
La punta della lama di un gendarme alle sue spalle intimò Horud nella sua risposta:
– Sì! Tutto chiaro.

***

Ancora oggi si ricordava la faccia compiaciuta di quel gendarme alla sua risposta, mentre con tutte le sue forze piantava in profondità il cuneo, passando ad un altro. La campana che avvisava la fine del secondo turno si fece udire rimbombando nella cava, ed un sospiro di sollievo uscì dalle labbra screpolate del Gigante, il quale con calma depose il grosso palo da impianto, dirigendosi in fila indiana assieme alla sua squadra al refettorio per potersi ristorare. Impiegò diversi minuti a discendere la gradinata che conduceva dabbasso, vista la loro impossibilità nei movimenti veloci, riuscire a liberarsi da quella costrizione non sarebbe stato semplice, ma Horud contava sul loro schiacciante numero, doveva unicamente trovare colui che avrebbe permesso a quelle genti di ribellarsi seguendolo nella sua rivolta. Giunse in prossimità del refettorio, simile ad una baracca costruita esattamente con lo stesso materiale dei dormitori, a parte un lato che era aperto per consentire agli inservienti di approvvigionare gli schiavi di una scodella in legno colma di una brodaglia semidensa composta prevalentemente da farina impastata con acqua, condita con verdure o quando andava bene con piccoli pezzi di carne. Innanzi al refettorio, vi era uno spiazzo adibito ai commensali, i quali potevano trovare refrigerio dall'occhio di Horus.

Horud si sedette a terra poggiando la schiena contro l'arenaria assieme a tutta la sua squadra, godendosi un po' di meritato riposo.

– Dimmi Gigante, per quale motivo sei stato punito?

Al suo fianco il giovane Darius gli rivolse la sua attenzione.

– Ho deliberatamente deciso di non pagare il mio pegno al Tempio di Horus.

Darius si portò il pastone alla bocca, biascicando le parole:

– Deliberatamente?

Horud abbassò il tono della sua voce nello scorgere un gendarme rivolgere la propria attenzione su tutti loro: era una prassi quotidiana passeggiare tra i commensali, per verificare i loro colloqui e movimenti, era un'altra forma per farli sentire sotto controllo forzato.

– Esatto... deliberatamente.

Darius terminò il suo pasto, scarno e povero, mentre il Gigante osservava l'ultima squadra giungere nello spiazzo e, con sua inaspettata sorpresa, intravide tra di loro una figura femminile. A parte essere l'unica donna in mezzo a tutti quegli uomini, Horud era sicurissimo di non averla mai vista prima di allora, forse era giunta solo di recente, eppure dalla sua figura traspariva inesorabilmente quella magrezza distintiva di tutti coloro che giacevano in quella condizione di schiavitù già da diverso tempo. La sua curiosità prese il sopravvento:

– Sai dirmi chi sia quella donna?

Darius alzò lo sguardo dalla ciotola con occhi assenti e osservò ciò che lo circondava, ma non fu lui a rispondere a quella domanda. Una voce sopraggiunse:

– Ella è Bella!

Horud si voltò alla sua destra in direzione di quella voce sconosciuta:

– E chi sarebbe Bella?

A proferire quelle parole fu Damian, un uomo poco più

giovane di Horud, dall'aspetto fiero anche se il periodo di prigionia lo avevano reso emaciato come il resto degli schiavi:

– Non l'hai mai vista solo perché è stata rinchiusa nel foro molto prima del tuo arrivo.

La curiosità del Gigante crebbe ulteriormente:

– Non hai risposto alla mia domanda...

Damian accennò ad un sorriso, lieve, mentre un rivolo di sangue macchiò il suo mento: le labbra disidratate ed escoriate si erano rotte a quel semplice gesto, per cui si tamponò il labbro con il dorso della mano, rispondendo a quel quesito:

– Era una guerriera della Terra Libera, purtroppo dopo la caduta di Calen i Clan liberi cominciarono a temere un'invasione dei loro territori, così si unirono per impedire che ciò avvenisse.

Horud rimase sorpreso da quel breve racconto e il suo pensiero interiore corse veloce: vi era ancora qualcuno che combatteva per la propria libertà, là fuori.

In cuor suo si sentì immediatamente colpevole: il mondo continuava a lottare, mentre lui aveva abbandonato tutto e tutti per rifugiarsi ai confini del Regno. Avendo in quell'istante completamente perso ogni speranza, le sue parole uscirono contrite:

– Poi cosa accadde?

Damian si prese una piccola pausa prima di continuare, aveva molta più fame rispetto alla curiosità che quel Gigante mostrava per quella triste storia:

– Ovviamente iniziarono molte scorrerie tra Bastian e i Clan liberi, sino a quando la resistenza fu piegata all'arrivo dei Mutant.

Lo sguardo del Gigante seguì i movimenti di Bella e del suo gruppo, essi, ma anche altri presenti, sembravano particolarmente attenti allo stato di salute di quella donna, mostrandole rispetto.

Horud posò le sue pupille attente su quella donna: aveva forse trovato l'obiettivo della sua ricerca?

L'Usignolo Sacerdotale

In una cantina nei pressi di uno dei tanti ghetti di Bastian, cinque figure erano lievemente rischiarate dalle fiaccole di alcune candele solitarie. Una di queste figure, austera ed inflessibile sia nei modi che nella rigidità dei propri movimenti, era il vecchio fabbro Abel. Al suo fianco, seduta su di un barile in legno, spiccava la figura flessuosa di Asha.
– Amici miei, vi ho radunato in questo posto per sottoporvi le mie considerazioni in merito alla nostra prigionia.
Abel si accarezzò la folta barba, un gesto che ripeteva spesso alla ricerca delle sue riflessioni e segno evidente della sua perplessità.
– Sentiamo, dunque!
La voce di Betareon intervenne più perentoria di quanto non avesse voluto. Egli era un appartenente alle file della libertà, un valoroso guerriero che si era battuto con caparbietà cicli or sono quando Bastian aveva tentato di mettersi contro il Profeta; i cicli trascorsi nella cava avevano leggermente minato il suo fisico, naturalmente oltre l'incedere degli anni, ma il suo spirito non era certo stato piegato. Asha non si era fatta sfuggire questo suo temperamento, tangibile davanti a lei. Infatti negli occhi di Batereon era ancora impressa quella fermezza e fierezza del combattente ed il giudizio di Abel nell'averlo convocato aveva trovato consenso nella mente di lei. Abel trasse un lieve sospiro, facendolo seguire da un movimento di spalle irrigidito dalla cassa toracica compressa nel movimento, poi continuò:
– Secondo il mio parere, è giunto il momento di ribellarsi a questa oppressione, che perdura da troppo tempo!
– Questo è impossibile!
Adebaran si levò in piedi, posando la sua mano sul capo calvo e facendo sfoggio della sua statura dal ventre

decisamente troppo corpulento, in netto contrasto col le lunghe braccia, rispettivamente troppo magre, le sue gambe erano slanciate e particolarmente nerborute che mettevano in evidenza il suo passato da combattente, anche se ora si poteva definire un uomo in tarda età. La voce sin troppo soave di Asha interruppe quel loro breve dialogo:

– Perché sarebbe impossibile?

Era decisamente stanca di sentire pronunciare continuamente quella parola. Lei non riusciva a capire come mai quelle genti si fossero talmente piegate al volere altrui che tutti sostenevano l'impossibilità di agire, non tanto per quello che loro credevano o non credevano fosse possibile, ma il solo pensare che non lo fosse minava alla base il loro stato di vita e di sopportazione degli eventi. In ogni caso, secondo il suo giudizio, era purtroppo certa che quelle parole sarebbero state ancora le protagoniste delle loro azioni: far capire le reali potenzialità di quelle genti era sicuramente la parte più difficile di ciò che si era prefissata, ma il tempo correva e lei doveva essere pronta.

– Innanzi tutto, tu chi saresti?

Bastian sembrò accorgersi solo in quel momento della sua presenza.

– Io sono...

Asha non fece in tempo a terminare la sua presentazione, che Abel alzò una mano nel tentativo di interromperla.

***

– Ho deciso di indire una riunione con alcuni esponenti di rilievo.

Erano queste le parole con le quali si era presentato al cospetto di Asha.

– Ti sei finalmente deciso?

Abel aveva avuto modo di pensare alle parole di quella donna, ma vi era molto altro nei suoi pensieri:

– Vorrei solo che non rivelassi la tua vera identità!

Asha rimase per pochi attimi in attonito silenzio, ponderando attentamente quella richiesta. Avrebbe potuto dare prova della sua fedeltà rinunciando a quel particolare, così acconsentì a quella richiesta:

– Se potrò essere presente, acconsentirò alla tua richiesta!

***

La voce di Abel riverberò nel piccolo ambiente: – Chi sia questa donna non ha alcuna importanza rilevante al momento! Adebaran si scaldò e la sua voce tradì immediatamente questo suo stato d'animo:

– A dire il vero, in gioco ci sono le nostre vite e non solo, vecchio Abel, quindi ritengo di avere il diritto di sapere!

Gli assensi che seguirono sia da Batereon che da Olgen si levarono in coro. Abel tentò di attrarre la loro attenzione, alzando le braccia:

– Non notate nulla di particolare nella mia persona?

Tutti osservarono quel gesto alla luce fioca delle candele, poi un barlume di sorpresa colpì le loro iridi.

Asha osservò attentamente i loro sguardi, vi era qualcosa che turbava il suo animo, ma non sapeva bene cosa fosse, ovviamente ricercava quella risposta oltre al suo essere, ripercorrendo gli insegnamenti del suo Maestro. Ancora oggi ricordava perfettamente quei suoi consigli, i quali muovevano le sue azioni.

***

– Figlia mia, sai dirmi cosa vedi?

Il Maestro l'aveva portata con sé nel luogo dell'assoluto riposo, che sorgeva in prossimità del Monastero, giù verso la fiorente cittadina di Beletar. In quel luogo venivano custodite le spoglie di coloro che varcavano la soglia del Regno materiale per divenire nuovamente parte del tutto. Aveva appurato, grazie al suo Maestro, che ogni essere poteva sostare nel Regno materiale solo per un certo periodo, poi avrebbe dovuto lasciarlo per dirigersi in un altro luogo chiamato in vari modi. Ancora non era riuscita a capire come si potesse ottenere tale separazione, ma il Maestro con molta calma le stava svelando quei misteri reconditi del proprio essere, ma come sempre ella non riusciva a comprendere le sue parole, proprio come le accadeva ora. Guardandosi intorno vedeva una serie di lapidi in marmo deposte una di fianco all'altra. Sopra ad ognuna di esse, era posto un piccolo lume la cui fiamma viva tremolava accarezzata da una lieve brezza di ponente; l'erba di quel luogo era particolarmente curata e i fiori sbocciavano in ogni dove. Tra le file di lapidi poteva vedere alcune figure inginocchiate davanti ad esse, assorte nelle loro preghiere in ricordo dei propri cari:

– Vi sono molte persone in preghiera!

La sua voce uscì leggera proprio come un venticello appena nato, che metteva in evidenza la sua attuale mancanza di una conoscenza completa. Il Maestro le sorrise, mentre il suo palmo si posò sul capo della sua piccola allieva:

– Stai osservando questa scena con gli occhi, mentre dovresti osservarla con la tua anima!

Asha alzò lo sguardo posando i suoi occhi blu sul volto sorridente del Maestro, come le capitava spesso aveva sbagliato ancora una volta, ma non si perse d'animo e tentò di concentrarsi maggiormente sulle sue percezioni:

– Sento il loro struggimento!

Il Maestro tolse la propria mano dal suo capo, appoggiandosi di peso al suo bastone:

– No! Questo è ciò che senti tu!

Asha capì, il Maestro aveva ragione, sentiva dentro di sé la sua solitudine e quindi aveva ampliato questo suo sentimento a coloro che erano presenti, immedesimandosi in loro, purtroppo però questa prova andava al di là delle sue possibilità:

– Allora, Maestro, come faccio a sentire o a vedere ciò che non percepisco o non appartiene al mio essere?

La voce risoluta del Maestro la scosse profondamente:
– Figlia mia, rimarrai qui sino a quando non troverai l'oggetto della tua ricerca!
Asha rimase fissa ad osservare il proprio Maestro allontanarsi da quel luogo, lasciandola sola, mentre una lacrima cominciò a rigarle il viso: ancora una volta era riuscita a deluderlo.

***

– Ti sei comprato la libertà?
La voce incredula di Olgen riportò Asha al presente. Il sorriso di Abel increspò la sua folta barba ed evidenziò le screpolature del volto:
– Non proprio, visto che con me non porto il lasciapassare del Sacerdote!
Adebaran si mosse avvicinandosi al vecchio fabbro, gli prese le mani tra le sue osservando il segno lasciato dal ceppo:
– Per tutti gli Dei! Ti sei liberato del ceppo!
I due uomini si osservarono per un lungo istante, tentando di capirsi senza l'uso delle parole. Abel si divincolò dalla sua stretta, posando le sue grosse mani sulle spalle del compagno in un gesto quasi fraterno:
– Fratello mio, è giunto il momento di ribellarci e mi serve il tuo aiuto!
Asha poté percepire tutto il sentimento che univa quei due uomini, ma nel suo animo continuava ad avvertire quella sensazione di disagio profondo. Rimase comunque immobile, accerchiata nei suoi pensieri da riflessioni incombenti. Olgen si alzò avvicinandosi al resto del gruppo, egli era un uomo robusto, molto ben nutrito al contrario dei presenti e non era l'unico aspetto di distinzione, poiché anche la sua carnagione mostrava una lieve traccia dell'occhio di Horus, i suoi capelli oramai canuti erano tenuti insieme da una lunga treccia che scendeva sin oltre le spalle. Asha pensò che egli fosse di qualche ciclo più giovane dei presenti:

– Dimmi, Abel, quale sarebbe il tuo piano?

Il vecchio fabbro guardò gli astanti, ricordando i tempi passati e soprattutto quegli uomini con i quali aveva combattuto ed aveva perso:

– Io vi chiedo di fidarvi di me ed assecondarmi nelle mie richieste!

Olgen non parve lieto di quella affermazione:

– Non ci vuoi mettere al corrente del tuo progetto?

Asha avvertì troppa tensione in quelle parole.

– Questo non è giusto, Abel. Non vorrai tenerci all'oscuro del tuo progetto, considerato che rischieremo la nostra vita per te! In più vorremmo anche sapere chi è quella donna!

Le parole di Batereon sostennero immediatamente la causa di Olgen. Abel si perse nelle sue riflessioni, non si aspettava di certo quella reazione da parte dei suoi fratelli, ed ora non sapeva come convincerli delle proprie parole, senza svelare chi Asha fosse. Forse aveva fatto male ad accettare il suo consiglio, o almeno la sua autorevolezza ad essere presente a quella riunione, effettivamente doveva ammettere a se stesso che la loro curiosità andava ben oltre alla fiducia che riponevano in lui. A quella richiesta fecero eco anche le parole di Adebaran:

– Giusto! Dobbiamo sapere di chi fidarci: sai benissimo che il Sacerdote ha orecchie e occhi ovunque!

Abel si sedette su di uno sgabello in legno posto poco distante da lui, avrebbe dovuto ponderare bene quella notizia, poiché si ricordava nei minimi dettagli la sua reazione e non voleva di certo scatenare le ire dei presenti. In suo aiuto, arrivò proprio colei che voleva proteggere:

– A quanto pare la vostra paura ricade su ciò che potrebbe sapere il Sacerdote.

Gli sguardi degli astanti si posarono tutti contemporaneamente sul volto di Asha, la quale continuò:

– Allora dovreste chiedervi chi tra di voi è in grado di raggiungere quelle orecchie!

Per ciò che sembrò un tempo indefinibile nessuno si mosse,

ancora intenti a decifrare quell'accusa, mentre infine Olgen incupendosi si riscosse dal proprio torpore, capendo le intenzioni di quella donna:

– Stai accusando uno di noi di tradimento?

Il volto di Asha divenne una maschera intellegibile, mentre le proprie parole divennero immediatamente una sentenza, aveva capito esattamente ciò che la sua anima le aveva sussurrato sino a quel momento; grazie agli insegnamenti del proprio Maestro, aveva capito come osservare l'invisibile trasmutando la materia, aveva capito che tra quegli uomini vi era l'Usignolo del Sacerdote ed aveva anche afferrato chi tra essi fosse.

– Sì! Tra di voi c'è un traditore del popolo!

Asha non fece quasi in tempo a terminare la propria accusa, quando i rumori provenienti dal piano superiore attrassero l'attenzione degli astanti, la voce di Batereon si udì in un sussurro appena percettibile:

– I gendarmi, – Abel si mosse svelto verso l'entrata. – Siamo stati traditi!

L'urlo di un gendarme invase tutto l'edificio:

– Trovate quei rinnegati, cercate ovunque!

– Ci troveranno! Cosa facciamo ora?

Il volto di Adebaran era un connubio di paura e immobilità fisica, impietrito da quell'evento nefasto:

– Siamo in trappola!

In quell'istante la maschera dietro la quale si era nascosto l'Usignolo cadde rivelandosi:

– Arrendetevi, il Sacerdote ha orecchie in ogni dove!

Quell'accusa non passò assolutamente inosservata, al contrario fu immediatamente punita.

Batereon si scagliò prontamente contro Olgen inchiodandolo al muro, la sua ira non trovò freni nella sua coscienza:

– Che tu sia maledetto!

Asha osservò quella scena, quando il pugno di Batereon colpì Olgen in pieno volto, dalle sue labbra schizzò un getto di sangue imbrattando la parete, alcuni denti compirono una parabola finendo la loro corsa sul pavimento tintinnando, sino a giungere ai piedi di Asha. Olgen non si accorse di nulla, non sentì nemmeno il dolore, visto che la perdita di coscienza fu immediata, quando il suo corpo toccò per terra, la sua mente era già spenta. Nel frattempo Abel si prodigò a chiudere la porta sbarrandola dall'interno.

– Cosa facciamo? Siamo in trappola come topi!

La voce di Adebaran raggiunse tonalità prorompenti.

Contemporaneamente, la voce roca di un gendarme si fece udire oltre le travi di legno:

– Sono al piano inferiore, muovetevi! Il Sacerdote li vuole vivi per essere interrogati!

Tutto avvenne molto rapidamente, il rumore sordo al piano superiore mise in agitazione gli uomini nello scantinato, Abel si girò e la sua voce tradì l'incertezza:

– Muoviamoci, ragazzi, hanno trovato la porta che conduce allo scantinato!

Batereon estrasse dalla tasca un punteruolo acuminato e inginocchiatosi, sollevò il capo di Olgen intento a squarciargli la gola:

– Prima liberiamoci di questa feccia!

– Fermo!

A questo imperativo, Batereon si fermò girandosi di scatto ed incredulo verso Asha, la quale lo intimò:

– Deve sopravvivere! Abbiamo bisogno delle sue informazioni.

– Ma cosa stai dicendo? Non abbiamo bisogno di sapere nulla da questo reietto!

Intanto Adebaran si era frapposto tra lei e Batereon, in segno di protesta. Asha tentò di calmarsi, sentiva lievitare dentro di sé un'ira profonda e ciò non era un bene; riuscì a placarla e ne dette prova attraverso un tono di voce pacato ma deciso:

– Fidatevi di me. Abbiamo bisogno di lui.

Batereon e Adebaran si osservarono per qualche attimo e unirono le rispettive comuni intenzioni attraverso lo sguardo, la loro attenzione si rivolse alla porta di accesso alla cantina e al rumore da essa provocato: i gendarmi erano giunti al di là e ora tentavano di sfondarla.

– Aprite! In nome del Sovrano!

Abel si mosse, dirigendosi a passo svelto verso la parete nord del locale, a tastoni trovò l'oggetto della sua ricerca; spinse con forza una pietra e con un gesto veloce della mano catturò gli sguardi dei compagni verso una porzione di parete che si stava spostando aprendo un varco verso l'ignoto:

– Svelti, non c'è più tempo!

La sorpresa si dipinse sulle loro pupille, comprese quelle di Asha, la quale si era già preparata ad affrontare chiunque avesse varcato quella soglia. La porta di legno cedette con uno schianto, lanciando il proprio grido di dolore; sbalordimento e stupore ammantarono i volti dei gendarmi che trovarono quel locale inaspettatamente vuoto.

La Ricerca Della Vendetta

I piedi di Darban lasciarono alle sue spalle leggeri solchi indistinti sul selciato, mentre due predoni della Tundra lo avevano preso sottobraccio per trascinarlo di peso nella tenda dell'Elisir. Il dolore provocato dalla caduta, mentre i predoni lo avevano liberato dalla loro stretta, si aggiunse ad altro dolore, intenso e perforante. Il contatto col suolo gli strappò un singulto, mentre il sapore del suo stesso sangue si riversò sugli angoli della bocca, spasmodico e vellutato. Tutto il suo corpo gli doleva a tal punto da desiderare la morte, una morte che mai avrebbe pensato di agognare a quel modo. Avevano raggiunto Darokis ed erano ripartiti col loro carico di merci per raggiungere nuovamente il loro Clan, purtroppo però appena prima di raggiungere il primo pozzo di ristoro, i predoni li avevano colti impreparati al loro attacco. Quei maledetti si erano nascosti nella fitta sterpaglia della Tundra in loro attesa, ben armati e intenti a fare pochi prigionieri: in effetti, oltre a lui, solo Jaime e Axar erano sopravvissuti a quell'attacco, ma ora in quelle condizioni avrebbe preferito di gran lunga morire assieme ai suoi fratelli. Si mosse leggermente per quanto gli fosse possibile, visto che le sue braccia erano strettamente legate dietro la schiena, sputò a terra un grumo di sangue, imprecando a labbra strette. Da quella posizione precaria e sottomessa poteva vedere solo i calzari di colui che gli stava innanzi e sapeva perfettamente di chi si trattasse.
– Pensi che la mia accoglienza possa essere di tuo gradimento?
Era la voce dell'Elisir, se la ricordava molto bene, il suo tono però era marcatamente diverso dalla prima volta che si erano incontrati, per di più non si capacitava delle motivazioni che avessero mosso quei predoni contro di loro, anche perché non avevano fatto nulla per provocare tale ira.

– Comprendo la tua confusione, ma ti posso assicurare che le mie motivazioni vanno ben oltre l'odio che in questo momento provo per la tua gente!

Darban era confuso, non riusciva a pensare lucidamente dopo tutte le percosse ricevute, capiva però che la sua fine sarebbe giunta molto presto e forse sarebbe stata decisamente la sua liberazione. La voce dell'Elisir si fece nuovamente udire un po' più attutita, probabilmente ciò non era dovuto ad un cambiamento di tonalità, ma al suo stato di percezione parzialmente cosciente:

– Devi dirmi tutto ciò che sai su quella maledettissima donna che si è presentata al mio cospetto subito dopo la vostra partenza!

Darban non riusciva a concentrarsi né su quella domanda né sulla donna oggetto dell'imprecazione dell'Elisir:

– Quale donna?

L'Elisir si piegò sulle ginocchia, non avrebbe voluto abbassarsi ad un prigioniero, ma la sua ira era tale che prese con forza la capigliatura di Darban tirandola a sé in modo che il prigioniero potesse vederlo bene in volto. Un lamento prolungato uscì dalle labbra tumefatte di Darban, che si richiuse su se stesso cercando di placare quel dolore insopportabile.

– Non devi prenderti gioco di me, la mia pazienza è già giunta al suo termine!

L'Elisir sputò in faccia a Darban con tutta la sua ira, liquida e appiccicosa, i suoi occhi avevano assunto una tonalità di un nero assoluto ed impenetrabile, era indistinguibile capire dove iniziasse e dove finisse il contorno delle sue iridi.

Darban tentò di assecondare quella richiesta a lui poco comprensibile, viste le sue facoltà mentali messe a dura prova, senza contare il dolore provato per tutti i suoi fratelli trucidati senza pietà:

– Io non so di cosa parli!

Uno strano sorriso, fugace e disumano, accorciò gli angoli della bocca dell'Elisir:

– Allora mi toccherà rinfrescarti la memoria...

Al termine di queste poche parole l'Elisir fece un cenno ad uno dei predoni presenti, il quale rispose a sua volta con un cenno del capo, fiutando le intenzioni del suo Re. Si avviò a passo svelto verso il fondo della tenda, dove vi era posta la rastrelliera per le armi, prese la frusta a nove code, piazzandosi alle spalle di Darban, il quale nel frattempo era stato legato a forza ad un palo, piazzato appositamente a tal fine, poi con enfasi data dal piacere di somministrare quel dolore cominciò la sua fustigazione. Il dolore fu lancinante, la carne cominciò a strapparsi, a lacerarsi in profondità sino a giungergli alle scapole, la stessa sorte toccò agli avambracci, i quali subirono i danni maggiori provocati dalle punte della frusta, Darban urlò sino a perdere il fiato, il tempo si dilatò a tal punto da non riuscire più a comprendere lucidamente cosa stesse realmente accadendo. Le sue urla varcarono i confini dell'accampamento, risalendo il vento che sferzava la steppa della Tundra. L'Elisir alzò una mano ed il predone interruppe quella tortura, il suo volto divenne mansueto, senza traccia di collera, era suo dovere obbedire al suo Re, ma gli era dispiaciuto interrompere quell'atto a lui tanto caro, in fondo avrebbe continuato sino a ridurre in brandelli quel dannato cane.

L'Elisir si avvicinò nuovamente, la sua voce venne appena percepita dalle orecchie di Darban, il quale respirava affannosamente, non capendo più dove iniziasse il dolore, oramai penetrato nell'anima.

– Voglio dimostrarti tutta la mia misericordia, – L'Elisir avvicinò maggiormente il suo volto alle orecchie di Darban.

– Dimmi tutto ciò che sai su quella donna e io farò in modo che questo dolore cessi!

L'Elisir doveva essere molto prudente, ciò che si era prefissato di fare andava ben oltre la mera vendetta, Asha lo aveva umiliato innanzi al suo Clan e ciò non poteva già di per sé rimanere impunito, in più vi erano gli aspetti politici da considerare, oltre naturalmente al riappropriarsi della sua donna. Le implicazioni di quell'atto avevano causato malumore all'interno dei predoni e chiaramente un atto di debolezza nell'agire avrebbe compromesso il suo status. Così impiegò alcuni cicli di Horus per capire come avrebbe dovuto muoversi, innanzitutto aveva già capito che quella donna aveva gli stessi poteri di un Profeta, quindi non poteva di certo affrontarla ad armi pari, in più non poteva mettersi nella condizione di non sapere provvedere da solo a quel fatto increscioso. Se si fosse recato dal Gran Elisir chiedendo l'aiuto dell'intera comunità dei predoni della Tundra, si sarebbe macchiato di un crimine peggiore, non solo nei riguardi dei suoi uomini, ma di tutta la comunità della Tundra, i quali avrebbero perso definitivamente il rispetto nei suoi confronti, chiedendo a gran voce la sua destituzione e ciò non poteva di certo permetterselo. Aveva vagliato l'ipotesi di avvertire il Sovrano dell'avvento di un nuovo Profeta, il quale non avrebbe gradito né la notizia di tale avvento, né il fatto che lui l'avesse lasciata andare senza impiegare tutte le sue forze per impedirglielo: sapeva perfettamente quale sarebbe stata la reazione del Sovrano e non era certo nei suoi piani finire con la testa sopra ad una picca. Quindi l'unica altra possibilità era di aspettare coloro che lo avevano informato dell'arrivo nel suo territorio di quella dannatissima donna e costoro altri non erano che il gruppo di quindici uomini del Clan dei Dath. Così aveva mandato i suoi guerrieri ad attendere pazientemente il ritorno dei pellegrini, eliminando la maggior parte di loro, in tal modo avrebbe dato modo ai suoi uomini di vendicare l'onta subita, spargendo il sangue altrui. Concedendogli questo privilegio, gli aveva però imposto la possibilità di avere qualche prigioniero per permettergli il loro interrogatorio, al fine di scoprire il punto debole di quella donna. Dabah aveva capito subito che in ella vi era racchiusa la compassione d'animo e chiaramente coloro i quali si muovevano in quell'ambito erano passibili di buon cuore e quindi ricattabili, doveva solo sapere ciò che voleva e quel qualcosa era racchiuso sicuramente in coloro che ne avevano presagito l'avvento.

– Non te lo ripeterò una seconda volta!

Darban era allo stremo delle forze sentendosi incredibilmente debole, innanzi a sé vedeva solo il terriccio freddo circondato da una miriade di puntini bianchi e neri.

La voce di un predone colse l'attenzione dell'Elisir:

– Signore, lasci che me ne occupi io, vedrà che subito dopo la sua lingua sarà molto più loquace!

Il predone estrasse la sua spada curva impugnandola saldamente innanzi al suo viso ancora coperto dal copricapo in cuoio.

L'Elisir fece un cenno di assenso:

– Va bene, porta qui la Gota!

La Gota era un tronco di legno sul quale vi era posta una lastra di ferro con sopra il torchio e veniva utilizzata spesso dai predoni della Tundra come strumento di tortura per fare parlare i propri prigionieri. Al tempo della grande guerra al fianco del Sovrano quello strumento era utilizzato principalmente contro gli Eretici, per convincerli a cambiare il loro credo religioso a favore di Horus. Era da lungo tempo che quello strumento riposava nella sua cassa ed ora poteva essere nuovamente utilizzato per una giusta causa. In breve tempo la Gota fu risvegliata dal suo lungo letargo e deposta in mezzo alla tenda dell'Elisir, il quale si era seduto sul suo scranno per godersi quello spettacolo. Darban fu preparato per la tortura, gli furono strappati di dosso i suoi indumenti fradici del proprio sangue, gli furono slegate le mani e posate sulla Gota, poi gli furono bloccati i polsi coi nastri di cuoio, mentre le sue dita passarono al di sotto della piastra metallica, tenute rigidamente strette da una leggera torsione del torchio, pochi minuti dopo tutto fu pronto, mentre oramai deboli lamenti di supplica uscirono dalle labbra del prigioniero. L'Elisir attese con impazienza, chiedendo conferma ai suoi sottoposti di potere iniziare, i quali gli risposero affermativamente.

Quando tutto fu pronto, la voce dell'Elisir tuonò:

– Allora, miserabile, vuoi dirmi come posso fermare il nuovo Profeta?

Un barlume improvviso di consapevolezza raggiunse la mente di Darban, aveva capito a chi si riferisse il Re Predone e di conseguenza aveva capito l'utilizzo di quello strumento, visto che la pressione del metallo colpì i suoi palmi

– No! Aspetta!

Un urlo straziante riecheggiò nell'intera area, al di fuori di quel luogo, oltre l'accampamento, al di fuori di ogni immaginazione; quell'urlo raggiunse le orecchie di Jaime risvegliandolo dal suo torpore nel quale era sprofondato, strappandolo dal Regno di Morfeo e catapultandolo in un luogo ancora peggiore di qualsiasi incubo, la sua mente percepì immediatamente il dolore provocatogli dalle contusioni e lacerazioni sparse su tutto il corpo, al suo fianco il volto di Axar era una maschera di sangue, se non fosse stato per la sua chioma di colore cenere difficilmente lo avrebbe riconosciuto, ma la sua angoscia fu nuovamente riscossa da un altro urlo feroce, un lamento al di là della sua comprensione, dalle sue labbra uscì una sola parola, riconoscendo in quel lamento il suo nome:

– Darban!!!

La Dura Realtà

Fu la fortuna, assistita da una novella audacia, a far sì che Horud riuscisse ad incontrare Bella. Quel giorno, in prossimità del refettorio degli schiavi, il Gigante e il suo gruppo si erano appartati vicino al luogo dove ogni volta si sedeva Bella e la sua combriccola di lavoro. Horud li aveva osservati ad ogni pausa, riuscendo infine a collocarsi proprio al loro fianco. L'occhio di Horus non dava tregua in quella cava e l'unica possibilità di sottrarsi alla sua vista, oltre che rifugiarsi nelle baracche per il riposo giornaliero, era proprio durante la pausa pranzo, che veniva consumata all'ombra del foro. In un sussurro appena percettibile, poiché le guardie monitoravano di continuo la situazione passeggiando in mezzo alle fila degli schiavi, Horud si rivolse a Bella:
– Tu saresti colei che chiamano Bella?
La ragazza si voltò ad osservare colui che le aveva rivolto quella domanda, arrestando la sua mano piena di quell'intruglio che chiamavano cibo:
– Non vedo molte altre donne qui in mia compagnia, – Horud non capì il sarcasmo di Bella ed ella non si sottrasse dalla sua voglia di continuare a divorare il suo scarno pasto.
– Tu mi sembri un abitante del Regno del Nord. Ho sempre sentito molte leggende eroiche sul vostro conto, Gigante.
Horud sorrise:
– Anche io ho sentito delle leggende sul tuo conto.
Gli occhi verdi di Bella sprofondarono in quelli di Horud, sembrava quasi volesse addentrarsi nella sua mente:
– Non dovresti credere a tutto ciò che senti!
Un uomo completamente calvo incatenato al fianco di Bella si inserì nella loro breve conversazione:
– Non dovresti alzare la voce, ci sentiranno!
Ella si girò con estrema calma, redarguendolo:

– Alexis, non devi essere così teso!

L'uomo la guardò stringendo gli occhi come per mettere a fuoco quelle parole:

– I gendarmi hanno le orecchie lunghe e tu dovresti saperlo meglio di tutti noi!

Bella continuò il suo pasto senza rispondere a quella affermazione, i suoi ricordi l'avevano distratta facendola ritornare ai tempi passati.

Erano appena trascorsi sette cicli di Horus da quando era uscita dal foro, eppure quel ricordo la amareggiava ancora. Nel corso della sua vita aveva vissuto innumerevoli prove, aveva combattuto al fianco di valorosi uomini liberi contro un Sovrano arcigno, ma mai in vita sua aveva desiderato che la sua vita terminasse. Aveva agognato la morte in quel luogo angusto e di costrizione come non mai, neanche sul campo di battaglia, neppure quando tutta la sua famiglia fu sterminata proprio da coloro che ora la tenevano in catene. In quel luogo aveva perso completamente la speranza, una speranza che ora le si era riaccesa nell'osservare nuovamente quei suoi fratelli muovere ogni giorno tonnellate di marmo, per redimersi dalle loro colpe contro quel Sovrano tanto odiato.

I suoi pensieri furono interrotti dalla voce del Gigante:

– Ho saputo che tu sei stata una valorosa guerriera.

Il volto di Bella si illuminò, Horud poté notare la fierezza riemergere attraverso i suoi occhi verdi, mentre un accenno di sorriso si allargò sul suo volto:

– Un tempo ero considerata un'eroina tra la mia gente, ora però sono solo una schiava.

Il Gigante non poté fare a meno di notare l'ironia nascosta tra le sue parole, non poteva essersi sbagliato sul suo conto, era certo di avere individuato colei che avrebbe riscosso gli animi degli schiavi, ma intuiva che Bella non si fidava di lui, così azzardò:

– Come mai non avete pensato alla ribellione?

Darius si scaldò immediatamente:

– Non devi pronunciare quella parola, Gigante, ti avevo avvertito!

Horud si girò, osservando il suo compagno di catene:

– Non dovresti scaldarti, sai benissimo quali siano le mie intenzioni.

– Intenzioni o no tu ci stai mettendo in seria difficoltà, amico mio!

– In ogni caso a parere mio tu potresti essere dalla parte dei gendarmi proruppe Bella.

Horud rimase sconcertato da quella asserzione, anche se doveva ammettere a se stesso che la reticenza di Bella era più che giustificata:

– Io pensavo che tu fossi una guerriera!

– So benissimo ciò che ero, ma attualmente il mio desiderio è solo quello di scontare la mia pena.

Bella posò delicatamente la ciotola di legno a terra, mentre un lieve lamento le uscì dalle labbra.

– E se un giorno avessi di nuovo la possibilità di barattare la tua morte e la tua libertà sul campodi battaglia, piuttosto che morire in questo luogo?

Horud era stato forse fin troppo diretto, ma doveva in qualche modo smuovere l'orgoglio di quella donna.

Bella giunse le proprie mani in grembo, il tintinnio delle catene attrasse la sua attenzione, mentre le parole del Gigante cominciarono a farsi largo nella sua mente:

– Come pensi di uscire da questa prigione, Gigante?

Horud concentrò la sua voce su di un tono sommesso, per evitare di essere udito:

– Potresti innanzitutto dirmi come viene amministrato questo posto.

Bella rimase in silenzio, mentre al suo fianco Alexis si fece nuovamente udire:

– Mia signora, è una trappola e lo sai benissimo, non puoi fidarti di costui su due piedi!

La risposta fu secca:

– Che io mi fidi o no, dovremmo pur fare qualcosa, non trovi?

Alexis scambiò sottovoce un commento con l'uomo incatenato alla sua destra, cercando conferme alla sua opposizione, che non trovò:

– Continuo a non essere d'accordo!

Nel frattempo Bella si girò nuovamente verso il Gigante:

– Qui la situazione non è delle migliori.

Prese un lungo respiro, poi con tutta la fiducia data dall'esasperazione, cominciò a spiegare tutto ciò che i suoi occhi avevano potuto vedere nel corso della sua permanenza all'interno della cava:

– Vi sono una cinquantina di gendarmi, i quali ogni trenta cicli vengono sostituiti da altri provenienti da Bastian, dieci dei quali sono armati di archi e presidiano le torri delle mura, – Bella fece un cenno col capo, in modo da fare osservare le sentinelle ad Horud. – Altri dieci gendarmi, come tu puoi notare, girano all'interno della cava per monitorare da vicino gli schiavi ed incitarli nei lavori. Penso che anche tu abbia purtroppo assaggiato le loro fruste.

Horud la interruppe:

– Avete già provato la fuga?

La voce di Bella si contrasse leggermente, mentre le sue parole rincorsero i propri ricordi:

– Ovviamente si, purtroppo la rivolta non ebbe un gran effetto, anzi al contrario, il nostro problema principale è di essere incatenati in gruppi di sei unità.

Il Gigante non capì immediatamente le ripercussioni di quella prigionia e soprattutto non capiva come questo potesse essere un deterrente, Bella se ne accorse immediatamente così tentò di delucidargli i particolari:

– Il problema sussiste quando uno o più elementi del gruppo viene ferito o incapacitato al combattimento, in tal modo i rimanenti membri del gruppo non possono sbarazzarsi del peso incatenato assieme a loro!

Horud pensò a quelle ultime parole, effettivamente doveva ammettere che il sistema era particolarmente ingegnoso, i loro carcerieri avevano davvero pensato a tutto, anche a quella eventualità.

– Il problema maggiore lo avemmo proprio dagli arcieri, i quali tendono a ferire il maggior numero di persone possibile, proprio per sedare ogni tipo di rivolta, – Bella si massaggiò una gamba con u gesto istintivo. – Anche io fui colpita, quella volta.

– Questa volta andrà diversamente!

Le lamentele di Darius si fecero udire:

– Cosa credi, Gigante, che basti la tua figura possente per bloccare gli arcieri?

Horud lo guardò fisso negli occhi cercando di fargli capire le sue intenzioni:

– Probabilmente no, ma tu avrai sicuramente un'idea in merito, no?

Darius si stizzì:

– Non ho nessuna idea Gigante, mi mancano solo quindici cicli e la mia pena terminerà!

Horud divenne immediatamente serio, come se sino a quel momento avesse scherzato:

– Io sono appena giunto da Bastian e ti assicuro che all'interno di quelle mura vi sono solo vecchi, donne e bambini, quindi caro amico mio sai dirmi dove ti recherai dopo avere scontato la tua pena?

Darius si ammutolì immediatamente, mentre la curiosità di Bella prese il sopravvento:

– Cosa vorresti dire, Gigante?

Horud ci pensò per alcuni attimi, poi rispose con un'altra domanda; la sua mente aveva cominciato a ragionare molto più velocemente, ma non voleva giungere a conclusioni affrettate:

– Da dove proviene tutta questa gente?

Il sussurro di Bella si fece udire a stento:

– Io vengo dalle terre libere e, oltre a me, molti altri; Alexis, Donovan e Piter invece vengono da Darokis, vero Alexis? – Un segno di assenso da parte di Alexis fugò ogni dubbio a tal proposito. – Donovan, tu sai da dove vengano Maximilian e il suo gruppo?

– Penso che giungano dal promontorio d'oriente, forse da Adasta, o almeno credo.

Horud si massaggiò la barba sotto il mento:

– Quindi è presumibile che qui nella cava vi siano radunati schiavi da tutto il Regno.

La voce di Darius assunse una leggera inflessione di sicurezza:

– La tua affermazione potrebbe essere giusta Gigante, forse è per quello che non hai visto nessun giovane uomo a Bastian!

– Non credo, che sia così, – lo contraddì Horud.

– Allora dimmi in cosa credi, perché le tue affermazioni iniziano a essere completamente insensate!

Bella interruppe quell'accusa:

– Calmati, Darius! Non vi è alcun motivo per alzare la voce e fare cadere l'attenzione dei gendarmi su di noi.

Dietro le spalle di Bella sopraggiunsero dei lievi rimproveri a suo sostegno, mentre Darius si racchiuse nel proprio silenzio.

Horud cominciò a esporre la propria teoria in modo che tutti potessero udirlo, o almeno la maggior parte di loro:

– Ho potuto appurare che a Bastian si produca del ferro dai pochi vecchi che conoscono ancora tale arte, ma il mio pensiero corre a dove si estragga tale metallo!

Quelle parole colpirono immediatamente l'attenzione di Bella:

– Stai forse dicendo che vi è una miniera di ferro nella valle?

Horud continuò:

– Non solo: sono quasi certo che coloro che finiscano di scontare la propria pena nella cava, poi vengano messi a lavorare sempre come schiavi nella miniera di ferro!

La paura di Darius si riaccese e non solo la sua:

– Questa è solo una tua congettura, non ha nessun fondamento. Stai fantasticando!

Si levò una nuvola leggera di consensi, interrotto dalle parole di Bella, il cui suono iniziò a ritmare e a prendere spazio nelle loro menti:

– A volte la dura realtà supera di gran lunga qualunque nostra fantasia!

Oscuri Pensieri

Nel centro della piazza di Bastian, nel quale sorgeva l'immenso complesso del Tempio dedicato ad Horus, oltre la navata sorretta da ventotto colonnati, al di là del sagrato, percorrendo la scala degli antichi, si estendeva un dedalo di corridoi e stanze. In uno di questi spazi, illuminato da una impercettibile fiamma, vi era la figura china del Sacerdote di Bastian, il quale sfogliava attentamente gli antichi tomi della conoscenza. La fronte era ruvida ed aggrottata nell'intento di decifrare quei Canti, che riportavano sulle loro pagine le antiche imprese degli avi, i quali governavano il cielo grazie ai loro Draghi metallici. Quel luogo custodiva un immenso sapere, basilare e primordiale, dal quale il Sacerdote traeva l'ispirazione per confortare il suo popolo. La vista oramai debole non permetteva al vecchio Sacerdote di interpretare correttamente quei testi, né gli imprevisti sviluppi che si erano susseguiti in quel breve lasso di tempo nel suo dominio. Depose delicatamente quel volume richiudendolo con estrema cura, adagiando la sua malridotta schiena sul poggiolo della sedia; un sospiro a denti stretti uscì dalle sue labbra, asciutte e rigate, tentando per quanto gli fosse possibile stirare le sue povere ossa indolenzite. Intorno all'interno del Santa Sanctorum vi era una vastità di volumi, i quali non erano stati portati via dal Sovrano perché inutili alla sua ricerca, ma il Sacerdote sapeva che tra quei volumi avrebbe continuato a perpetrare la sua conoscenza e la sua fede in Horus. Si massaggiò le tempie con un movimento meccanico delle sue mani intorpidite, alla ricerca di risposte che stentavano ad arrivare. Un tempo aveva ciecamente creduto all'avvento del Profeta, sino a divenire uno dei suoi esponenti di maggiore spicco, ma con il trascorrere del tempo i dubbi, arrovellati e labirintici, lo assalivano

indebolendo le sue possibili azioni e minando la volontà della sua psiche. Comprendeva pienamente quegli insegnamenti di uguaglianza, visto e considerato che Horus aveva portato la luce dove prima vi erano solo le tenebre, ma i suoi atti avevano cominciato a mettere in dubbio la sua fede e la sua convinzione. Era stato testimone dell'arroganza delle genti nel volersi liberare da quell'incubo, o almeno era questa la denominazione nella quale era sprofondato quel culto, quando il Profeta si era abrogato il diritto di divenire Sovrano di Argentea, sottomettendo tutto il popolo libero. Doveva però ammettere a se stesso che le genti avevano bisogno di sottostare ad una guida illuminata, senza contare il rispetto delle regole, altrimenti sarebbero nuovamente precipitati nel caos più totale. Il Sovrano aveva portato la pace e su questo gli antichi testi avevano cantato il giusto:
– Non vi può essere purificazione senza una precedente distruzione!
Tali struggimenti sulle sue decisioni e sulle sue azioni andavano ben oltre il mero piacere personale, doveva scuotere le sue membra e la mente altrimenti il buio avrebbe prevalso sulla sua luce. Il Sacerdote fece un movimento brusco come se un pensiero spinato gli avesse punto il cuore, si portò le mani sullo stomaco, massaggiandosi l'addome prominente. Ripensò al suo ruolo in quel luogo. Ogni giorno doveva presiedere alle funzioni diurne, dette: presto, le quali si svolgevano al mattino, quando si apprestava a cantare un passo degli antichi testi innanzi all'altare dedicato ad Horus, poi vi era la funzione del pomeridiano detta: diurno, quando le campane suonavano e i commensali giungevano al tempio, dove lui presiedeva alla celebrazione delle messi e alla distribuzione del cibo; a seguire si doveva dedicare alle punizioni e alle lamentele e questo avveniva nel diurno inoltrato, infine poteva dedicare il suo tempo libero che spaziava dal diurno inoltrato al diurno presto per riposare il proprio corpo dalle fatiche e per rifugiarsi come ora nella lettura dei Canti. Purtroppo però non erano gli unici pensieri

a sopraffargli la mente, in quel periodo doveva anche preoccuparsi di una piccola sommossa popolare diventata non solo di dominio pubblico, ma anche prepotentemente insistente da eliminare, come mai altre avvenute in passato. A prima vista, sembrava un normalissimo tentativo di sabotare l'ordine costituito, infatti un suo informatore era venuto a conoscenza di un manipolo di uomini intenti a tramare contro il Sacerdozio di Bastian, purtroppo tale individuo era stato scoperto e catturato dai dissidenti prima dell'avvento sul luogo dei gendarmi, i quali erano giunti per sedare in partenza ogni principio di ribellione. Sin qui sembrava un compito semplice e di facile attuazione, però le cose piano piano avevano cominciato a degenerare sino a fare nascere tra la popolazione non solo il malcontento iniziale, bensì anche la nascita di una vera e propria leggenda. Come ben sapeva ed aveva appreso per esperienza personale, non vi era nulla di peggio degli eroi proclamati dal popolo. Era riuscito a giungere a conoscenza dei loro nomi, grazie ad una perquisizione porta a porta da parte dei propri gendarmi e ad interrogare molti altri informatori, grazie alle promesse di un'aggiunta di viveri per loro e i loro cari, così coloro che partecipavano attivamente a quella contrapposizione erano Abel il vecchio fabbro, uno dei migliori di Bastian a detta di molti, Aldebaran un esperto costruttore e Batereon un mastro falegname. Quei miserabili erano riusciti a sfuggire alla cattura recando con loro nei meandri del sottosuolo, chiamate le antiche dimore degli avi, un suo informatore, particolarmente attivo al servizio di Horus di nome Olgen. Il problema non era di poco conto, visto che in quel periodo egli si era prefissato l'obiettivo di catturarli e punirli nella pubblica piazza come rivoltosi, macchiandosi del peccato di sovvertire l'ordine costituito; il problema era nato in seguito quando tutte le squadre da lui inviate negli anfratti del sottosuolo non avevano fatto più ritorno, da qui il loro mito all'interno della comunità era cresciuto a dismisura ed oramai era completamente fuori controllo, infatti la sua milizia si rifiutava di scendere in quei cunicoli andando contro i suoi ordini precisi. Ora il suo pensiero era in contraddizione, aveva perso la fiducia dei propri gendarmi in riferimento a questi nefasti imprevisti e lui sapeva benissimo che non poteva tirare maggiormente la corda imponendo la sua autorità oltre questo limite, altrimenti avrebbe avuto nemici sia di là che al di qua dei suoi schieramenti e ciò non era un bene. Il Sacerdote affossò il suo volto tra le mani indecise appoggiando i gomiti sul solido tavolo in legno, posando il proprio sguardo sulla fiammella della candela, la quale tremolava mossa dal suo stesso respiro, mentre i suoi pensieri continuavano a vagare attraverso quel mare di oscurità che si accingeva a sopraffarlo. L'unica alternativa era di inviare immediatamente un proclamo al Sovrano, rendendogli nota la situazione vigente a Bastian, con annesse tutte le sue perplessità e insicurezze dovuta a tali atti, nonché la sua preoccupazione di una sommossa cittadina imminente. Ciò avrebbe significato sicuramente la sua destituzione dalla carica Sacerdotale, visto che non riusciva a mantenere l'ordine proclamato da Horus nelle sue terre; in più il Sovrano avrebbe sicuramente inviato un manipolo di Mutant comandati da uno dei suoi generali. A tale pensiero un brivido freddo percorse tutta la sua spina dorsale, provocandogli un fremito, aveva già visto all'opera quelle creature nella guerra tra il Sovrano e l'attuale Regno dell'Ombra e di una cosa era certo: non avrebbe mai più voluto assistere ad un tale scempio, anche se codesti atti erano prettamente in nome di Horus. Il Sacerdote ricordava molto bene cosa quegli esseri bramavano e non aveva assolutamente voglia di compiacere tale desiderio, anche se fosse stato il Sovrano stesso ad ordinarglielo, quindi le alternative rimanevano decisamente esigue: avrebbe dovuto estirpare da solo quella minaccia, anche se non sapeva assolutamente come muoversi in merito. Aveva provato a rintracciare coloro i quali erano maggiormente a contatto

con quei loschi individui, cercando probabili mogli, figli, parenti, addirittura concubine, ma tutto fu completamente vano, poiché sembrava che questi individui vivessero completamente isolati dalla comunità, niente affetti, niente familiari. Era un piano ben architettato e lui lo sapeva, come sapeva che non si sarebbero fermati, visto che probabilmente tramavano nell'ombra già da diverso tempo, ecco spiegato come avevano fatto a sfuggire alla loro cattura e di seguito a sbarazzarsi di coloro che scendevano nelle viscere della terra per trovarli. Un fremito di paura cominciò ad attanagliare la sua mente già frastornata: – Forse non sono da soli, forse sotto quei condotti vi è una nutrita schiera di individui a noi completamente ignota! Il Sacerdote impallidì a tale pensiero ed il suo volto tondo ed in carne divenne immediatamente cereo. Avrebbe dovuto prepararsi a una disfatta imminente: si sentiva all'oscuro di ciò che accadeva al di sotto della sua città, forse non avrebbe dovuto mandare i suoi uomini per braccare quei luridi individui che minavano il suo potere, bensì per chiuderli dentro il proprio loculo, trovando e murando le probabili entrate a quel luogo. Un sorriso malevolo comparve sul suo volto, ci sarebbe voluto del tempo, ma il suo piano avrebbe funzionato o perlomeno avrebbe ridato morale ai suoi uomini e nello stesso tempo avrebbe mitigato l'euforia generale che si era creata intorno a quei miti. Si riscosse dai propri pensieri allungando una mano per impugnare il piccolo campanello che recava sempre con sé in ogni ambiente del Tempio, lo scosse leggermente, così da permettere al pennacchio di tintinnare. L'eco di quel suono riverberò in ogni ambiente sottostante al Tempio, amplificato dalle ampie navate, appena il suono terminò una figura nella fioca luce si fece visibile e al contempo udibile:
– Ogni suo desiderio è un ordine!
– Chiama a raccolta tutti i gendarmi, dobbiamo tumulare coloro che tramano nell'Ombra!
Il servitore fece un profondo inchino in segno d'assenso, poi si dileguò silenziosamente come era apparso, tra il chiaroscuro delle navate imponenti.

La Rivolta delle Donne

Lontano dall'occhio di Horus, nei recessi più angusti del sottosuolo di Bastian, all'interno degli antichi condotti illuminati dal leggero chiarore di alcune candele, un manipolo di persone tramava all'ombra del Sacerdozio, tra queste genti vi era anche colei che aveva acceso la fiamma della rivolta. Asha era comodamente seduta su di un barile in legno accostato alla parete, ascoltando pazientemente la disquisizione che si stava tenendo tra quegli individui, i quali avevano cominciato a condividere con lei i suoi propositi. In questo contesto, un susseguirsi di immagini e di pensieri riempirono gli occhi di Asha, che avevano iniziato a muoversi alla ricerca degli eventi che erano successi in quel lasso di tempo. La fuga dai gendarmi li aveva portati a rifugiarsi negli antichi condotti, cioè le vecchie fognature della città. Piano piano Asha aveva compreso che quei dedali di corridoi tracciavano una mappa infinita al di sotto della città di Bastian in ogni direzione e che le aperture per accedervi erano particolarmente difficili da individuare. Abel il vecchio fabbro, il quale li aveva trascinati in quei luoghi, era a conoscenza di molti punti di accesso, inoltre aveva di persona ispezionato gran parte di quei cunicoli riuscendo col tempo a rilevare e tracciare quasi tutta la planimetria di quel luogo. Così Asha cominciò a pianificare la loro sopravvivenza e a formulare un piano fattibile per smuovere e incitare la popolazione contro il Sacerdote. Per questo si era prodigata ad interrogare Olgen, riuscendo a convincere i suoi compagni a risparmiargli la vita in modo che le sue informazioni potessero esserle di aiuto. ed in effetti così avvenne. Egli conosceva i nomi di coloro che in silenzio servivano il Sacerdote e le doti con cui venivano ricompensati dallo stesso per i loro servigi a Horus.

Non fu certo facile strappare tali informazioni, ma la forzata prigionia e la costrizione al digiuno avevano pano piano districato la lingua di quella serpe. Asha era l'unica a potersi muovere liberamente al di sopra della superficie, il Sacerdote non impiegò molto tempo a servirsi dei propri informatori per conoscere i nomi di coloro che si erano macchiati di tramare alle spalle del Tempio di Horus, così in tutta Bastian i nomi di Abel, Aldebaran, Batereon nonché i loro volti erano sulla bocca e negli occhi di tutti, sia dei cittadini che dei gendarmi. Ma una cosa era certa: nessuno era a conoscenza della sua permanenza nella città, nessuno conosceva il suo nome e il suo volto. A tal proposito Asha cominciò a ricercare le informazioni necessarie per muoversi liberamente.

***

Ancora le parole e gli insegnamenti del Maestro le tornarono alla mente:
– Devi conoscere i punti di forza e i punti deboli del tuo nemico se vorrai sconfiggerlo!
Asha sospirò: aveva il fiato corto, le mani le dolevano nello stringere il bastone da combattimento, i suoi lividi erano visibili sulle sue gambe e sugli avambracci, dove il bastone del Maestro aveva picchiato forte, mettendo in evidenza la sua intransigenza.
La sua voce uscì roca e piena di rimpianti:
– Tu non hai punti deboli, Maestro!
Il Maestro, di rimando le sorrise, ma non vi era nessuna allegria nei suoi occhi, anzi al contrario:
– Perché tu sei cieca, figlia mia!
Ancora una volta Asha non riusciva a vedere, non era la prima volta che il suo Maestro la redarguiva; la sua ira esplose come sempre più spesso le accadeva:
– Allora come faccio a vedere?!
Il Maestro fu rapidissimo, Asha non fu in grado di percepire

i suoi movimenti, sentì solo il suo dolore esplodere tra le sue dita, mentre perdeva la presa sul suo bastone, il quale compì una lunga parabola finendo la propria corsa oltre le siepi che delimitavano la radura innanzi al monastero:

– Sono i tuoi sentimenti che ti rendono cieca, perché in me vedi una persona da venerare! Ma ricordati... tutti hanno un punto debole. Perfino io!

***

Era vero, era tutto dannatamente vero! Solo ora Asha cominciava a capire che tutti gli insegnamenti ricevuti erano allenamenti fisici e psicologici per affrontare la vita e le sue intemperie ed ora aveva anche capito che il Maestro la seguiva in ogni suo passo, poteva avvertirlo, perché ora egli viveva in lei. Così si era immediatamente messa all'opera, si era fatta spiegare da Abel come fosse calcolato il tempo, si ricordava di averlo chiesto anche al vecchio Dan del Clan dei Dath, ma quest'ultimo non era a conoscenza del ciclo nel quale si muovesse Horus, mentre il vecchio fabbro le delucidò alcuni punti. In pratica il tempo, a Bastian e come nel resto di Argentea, era calcolato in base ai cicli di Horus, il quale erano divisi in quarti: il primo quarto, il secondo quarto, il terzo quarto e per ultimo il quarto, quarto. Un po' come il concetto di tempo ad Antart, esso era regolato dalla mattina, dal pomeriggio, dalla sera e dalla tarda notte. In più Asha aveva appreso che Horus compiva i piccoli cicli, i medi cicli e i grandi cicli. Infatti Horus non rimaneva fermo nel cielo, bensì compiva ventotto piccoli cicli innalzandosi nel cielo; al termine di questi cicli esso compiva un ciclo medio, ecco spiegate le parallele longitudinali del bastone del vecchio Dan, in più quando Horus aveva terminato nella sua ascesa tutti i suoi sette cicli medi, ridiscendeva per compierne altri sette, così da terminare il suo grande ciclo. In pratica gli antichi testi, a detta di Abel, cantavano che Horus si svegliasse e si riaddormentasse, così il suo occhio diveniva più vigile e meno vigile, questi due cicli erano chiamati Ascendente e Discendente, in pratica erano le stagioni, inverno ed estate nel Regno di Antart. Questa informazione le permise di pianificare il suo progetto e di potersi muovere liberamente al di sopra della città per potersi rifornire di cibo per il loro sostentamento; inoltre aveva utilizzato lo stesso metodo del Sacerdote, facendo giungere alle sue orecchie le notizie per depistarlo. Infatti Asha era riuscita a recuperare lo zaino di Horud e ad indossare la sua vecchia e logora tunica, la quale nascondeva ampiamente i suoi tratti, così facendo poté dirigersi in superficie ed irretire le giovani menti; non era una pratica a lei molto gradita, ma avrebbe servito uno scopo molto più ampio, in fondo offuscare e depistare la mente dei giovani fanciulli non le piaceva affatto, ma vi erano molti vantaggi reciproci. Quei bambini avrebbero naturalmente sparso e diramato le informazioni che voleva fare giungere e allo stesso tempo loro ci avrebbero guadagnato agli occhi del loro Sacerdote, mentre lei ne avrebbe giovato sapendo perfettamente come muoversi. Era questo il punto debole del suo nemico e lo avrebbe sfruttato a dovere. Ogni volta però doveva cambiare la sua forma, che trasmutava in una mendicante, una veggente, una vecchia, a volte in un'umile sguattera, ma il fine era sempre lo stesso: infervorare gli animi e fare cadere i gendarmi nella propria rete.

Il Sacerdote si era mosso di conseguenza, mandando piccole squadre di gendarmi a perlustrare i condotti sottostanti la città, chiaramente Asha e i suoi compagni sapevano perfettamente da quale entrata sarebbero giunti, visto che le notizie erano fornite proprio da coloro che Asha manovrava: aveva pianificato tutto facendo giungere quelle notizie alle orecchie di quei fanciulli, i quali erano i figli e le figlie stesse di gendarmi, o di Usignoli al servizio del Sacerdozio. Utilizzando tale metodo, erano riusciti ad ottenere una ventina di prigionieri, i quali avevano dato particolari informazioni utili ad Asha e ai suoi rivoltosi, utilizzando lo stesso metodo di persuasione riserbato ad Olgen. La consegna di viveri in cambio di informazioni aveva reso possibile uno scambio conveniente sia per lei che per i suoi prigionieri, inoltre aveva insinuato la paura all'interno delle file dei gendarmi, i quali ben presto si rifiutarono di varcare nuovamente la soglia di confine tra la superficie e i cunicoli che si dipanavano al di sotto della città. In più aveva riacceso quella speranza tra i cittadini di Bastian, grazie anche alle sue continue visite tra i bambini e alle sue profezie in merito. Dai gendarmi catturati Asha era venuta a conoscenza di alcune informazioni inerenti i turni di guardia, i commerci effettuati dal sagrato, i metodi di comunicazione col Sovrano, ma più di ogni altra cosa era venuta a conoscenza di un particolare che attrasse la sua attenzione in merito ai sollazzamenti dei gendarmi della cava.

– Ti prego, non puoi tenerci in questo stato. Ti prego!

La voce afona di un soldato colpì i tinpani di Asha, alla quale non piaceva affatto il trattamento riservato a quei prigionieri, ma su questo punto il vecchio fabbro era stato irremovibile. Egli aveva attuato il metodo che aveva appreso durante le rivolte avvenute nella grande guerra contro l'attuale Sovrano, ricordandosi ed eseguendo alla perfezione le pratiche da lui sofferte. Avevano rinchiuso tutti i prigionieri all'interno di uno scantinato, Aldebaran aveva provveduto a murare l'entrata, che dava accesso alla dimora sovrastante, la quale era in disuso da lungo tempo; così facendo le grida di quei disperati non si sarebbero fatti udire da orecchie indiscrete. Nel mentre Abel aveva legato le braccia dei gendarmi dietro la schiena fissando alle travi di sostentamento il cappio rimanente, in modo che quei "luridi bastardi", come li definiva lui, soffrissero le pene degli inferi, non potendo chinarsi né muoversi liberamente all'interno della propria prigione.

Ogni fine ciclo Aldebaran provvedeva a liberare dalle funi a turno quei miserabili, per accompagnarli verso la loro epurazione corporale, mentre Batereon era addetto al loro sostentamento, appena uno di loro rilasciava informazioni utili alla loro causa. Asha osservò attentamente quelle genti, perché per lei non erano gendarmi, ma semplicemente persone cadute in disgrazia tramite i loro comportamenti e le loro azioni: Asha era decisamente rattristata per la loro sorte, ma almeno era riuscita a non farli morire. La sua voce rimbombò tra le pareti strette ed oppressive di quello spazio:

– Dammi le informazioni che chiedo e forse riuscirò a farti scontare la tua pena nel modo migliore.

Una voce nel fondo della sala si fece sentire, anche seppur fievole:

– Non dirle nulla, quella maledetta ci ucciderà comunque!

La protesta non venne nemmeno presa in considerazione, così il gendarme tentò di dire la prima cosa che gli venne in mente, le sue pene oramai avevano raggiunto il limite della sua sopportazione:

– Le donne, tutti gli uomini della cava, o almeno coloro che non sono ammogliati.

Questi riferimenti accesero la curiosità di Asha:

– Le donne... cosa?!

Era proprio per quel motivo che si erano radunati, per discutere del suo piano.

– In che modo questa notizia potrà esserci di aiuto?

Aldebaran non ne poteva più di fare da balia a tutti quei reclusi, ogni volta gli toccava il compito più sgradito, accompagnare quella feccia a liberarsi dei propri fluidi corporei e in quel lasso di tempo trascorso in quei cunicoli la sua sopportazione era giunta al suo limite.

– Calmati, lasciamo che Asha ci esponga il suo piano!

Abel era particolarmente fiducioso visti i progressi che avevano fatto in così poco tempo.

Batereon rimase in silenzio lisciandosi la barba oramai cresciuta e crespa, segno del tempo trascorso all'interno di quei luoghi:

– Io sono stanco di questa situazione: siamo dei reclusi, peggio dei nostri prigionieri! Senza contare che non valgono la fatica che sprechiamo nei loro confronti; avremmo dovuto liberarcene molto tempo fa!

Asha lo squadrò da capo a piedi e dal suo sguardo non trasparì nulla di benevolo:

– Sei così pieno di odio da togliere la vita a tuo piacimento?

Aldebaran alzò ulteriormente il tono:

– Se sei così compiaciuta della tua magnanimità, perché non ti occupi tu dei loro escrementi?

Asha non si scompose per quell'accusa, sapeva perfettamente quali fossero i suoi sentimenti e non doveva certo né scusarsi né discolparsi. Rimase comunque colpita dagli occhi di Aldebaran, che sembravano colmi di un fervido sentimento di ira di cui lei era completamente all'oscuro:

– So benissimo di chiedervi molto, ma non è questo il motivo né il luogo per discutere della vita o della morte dei nostri prigionieri. Io so solo che uccidere è sbagliato!

Aldebaran si calmò immediatamente nel sentire quelle parole, probabilmente Asha aveva colpito il suo cuore o semplicemente quell'uomo stava riflettendo, cercando in cuor suo quell'amore che gli avevano strappato dopo anni di prigionia:

– E sia!

Al termine di queste poche parole, Aldebaran si sedette a terra poggiando la schiena sul muro ruvido ed umido, mentre Batereon incitò Asha a continuare:

– Esponici il tuo piano, mia Signora!

Asha si ritrasse col capo alzando leggermente le spalle, era stanca di sentire quell'appellativo sulle labbra di coloro che la circondavano, anche se aveva dovuto rivelare la sua identità a Batereon e ad Aldebaran. Essi non avevano avuto la stessa reazione di Abel, quando con lo stesso atto di manifestazione aveva tolto i loro ceppi dai polsi, ma erano comunque rimasti ammaliati ed allo stesso tempo sconvolti da quella visione. Anche loro avevano dei dubbi considerando le azioni del Sovrano, per cui impiegarono del tempo prima di capire che lei non era uguale a quest'ultimo, anzi le sue intenzioni erano basate su una profonda conoscenza di verità e di difesa dalle ingiustizie. Una volta convinti del suo intento, il problema della loro sudditanza aveva colpito la mente di Asha, la quale aveva cominciato a formulare una teoria su quegli uomini, i quali sembravano avere sviluppato intrinsecamente il bisogno di seguire una guida, senza rendersi conto che tutti gli esseri viventi erano uguali e senza distinzioni alcune né di religione, di colore della pelle, né di provenienza geografica e delle origini. Purtroppo questo era un concetto troppo profondo per essere capito e difeso da quelle menti ristrette e buie. La colpa più grave, però, era di coloro che avevano padronanza del vero e della conoscenza e la celavano agli occhi degli altri diffondendo il falso e professando dettami di violenza, facendosi chiamare ipocritamente Profeti.

Ma a tutto ciò si poteva porre rimedio, il suo Maestro le aveva insegnato che c'era sempre una soluzione: lei voleva a tutti i costi aprire le menti di coloro che sino a quel momento avevano vissuto nell'oscurità:

– Sono venuta a conoscenza di come, ogni venti cicli, un manipolo di donne viene inviato dal tempio alla cava per alleviare i meri desideri carnali dei gendarmi non ammogliati!

Abel prese parola, interrompendo Asha:

– Questo ci era già chiaro da diverso tempo, ma mi domando come potremmo agire e sfruttare questa informazione a nostro vantaggio?

Lo sguardo di Asha giunse ai suoi occhi come un rimprovero severo e muto:

– Avreste dovuto mettermi al corrente di questo subito.

Abel spostò il peso del proprio corpo da un piede all'altro, cercando di trovare una posizione che lo supportasse in quel discorso:

– Non pensavo che fosse una notizia così importante...

Asha sbottò, redarguendo Abel:

– Tutto è importante!

Fu come un'accusa e l'orgoglio del vecchio fabbro ne risentì.

– Abbiamo bisogno di sapere quali saranno queste donne e dobbiamo sapere chi, tra queste donne, sia disposta a rischiare la propria vita.

Batereon rimase a bocca aperta completamente basito:

– Perché tutte queste informazioni, se è lecito chiedere?

L'animo agitato di Asha fece eco nello spazio circostante, il suo sguardo riflesse occhi vorticosi e convulsi, la sua voce assunse una tonalità sconosciuta e lontana dalle sue origini umane:

– Perché questa sarà la rivolta delle Donne!!!

La Caduta Degli Dei

Nei meandri lugubri di Bastian un bagliore incerto e tremolante illuminava una figura avvolta da una tunica logora e scaltra. Asha si fermò ad un bivio, innalzando ed avvicinando la candela più volte nel tentativo di trovare l'oggetto della sua ricerca. I suoi gesti esplorativi e pieni di fiducia furono subito ricompensati quando il suo sguardo si posò sull'iscrizione incisa, appena al di sotto della volta. La stessa esperienza di Abel, anche se vissuta in maniera ardua e costretta, basata sulla conoscenza della tecnica dei segni aveva giovato non poco alla loro causa e soprattutto al fatto di diminuire il rischio di perdersi in quei dedali sotterranei, ed oscuri. Quella pratica Abel l'aveva appresa dagli uomini delle terre libere ai tempi della grande guerra contro il Sovrano, quando ebbero la necessità di orientarsi nei boschi adiacenti alla città di Calen. Asha scelse di svoltare alla sua destra riprendendo il cammino, dovette oltrepassare molti altri bivi e svolte, tutte rigorosamente segnalate, sino a giungere ad un cunicolo senza uscita. Si fermò ad osservare la parete, trovando il simbolo che cercava da tempo, allungò pertanto la mano assaporando con i polpastrelli lo schema della parete sino a trovare il motivo della sua ricerca; qui a differenza della precedente la superficie della parete appariva liscia al tatto, per cui provò a spingerla con forza e decisione. Un rumore secco ed immediato giunse alle sue orecchie, riconducendola al suono di un meccanismo di sblocco. Arretrò reagendo con agilità a quello spostamento voluminoso ed un piccolo varco si aprì ai suoi occhi. Spinse la pesante parete con forza, mentre per un attimo rivolse il suo pensiero a coloro che avevano ingegnosamente creato quelle aperture e quei passaggi, nonché al motivo di tale intervento. Fu semplicemente un attimo, poi la sua concentrazione tornò al presente. Chinandosi, attraversò il condotto che assomigliava ad una feritoia per la sua forma molto stretta e assottigliata, giungendo ad uno scantinato esattamente come le aveva riferito Abel; si voltò per ricontrollare gli spazi circostanti, ombrosi e soffocanti, sbloccò il meccanismo dal lato opposto ed attese la chiusura ermetica del condotto. Con perspicacia ed abilità, si diresse sulle scale di legno, scalino dopo scalino, interrompendo il pasto scricchiolante ed operoso delle termiti che vivevano all'interno delle assi. Facendo attenzione a come accostava il peso su di esse, giunse al piano superiore, dove spense il lume, osservando con attenzione le vie di Bastian; resasi conto che esse erano sgombre, aprì l'uscio quasi divelto addentrandosi nei meandri delle stradine maleodoranti della cittadina. Riuscì senza troppa difficoltà a passare inosservata dalla ronda dei gendarmi, i quali quotidianamente pattugliavano le vie di Bastian. Il suo piano era semplice, ma doveva prestare molta attenzione a come si muoveva, dato che ogni minimo sbaglio avrebbe compromesso per sempre i loro tentativi e la loro meta. Inizialmente si recò dai suoi Usignoli, quei bimbi oramai avevano appreso che lei era una benedizione, visti i consigli che forniva loro e soprattutto potevano, grazie alle informazioni che rivelavano al Sacerdote, nutrirsi e nutrire la propria famiglia, meglio di quanto avessero mai sperato. Asha li trovò esattamente dove dovevano essere. Si presentò a loro nella sua solita veste di veggente, instillando in loro le informazioni necessarie che avrebbero dovuto divulgare alle genti di Bastian, obnubilando nuovamente le loro giovani menti.

Infine li lasciò andare tutti, tranne il più piccolo, presentatosi a lei col nome di Nikolas. La mano di Asha si posò su di lui, in modo dolce e pacato, come la sua voce ora:

– Nikolas, tu dovrai farmi un grandissimo favore.

Nikolas osservò estasiato gli occhi vorticosamente blu di quella giovane donna e, con un leggero gesto del capo, asserì.

***

Donovan giunse alla cava amareggiato, non avrebbe mai immaginato di dovere raggiungere quel luogo di sua spontanea volontà, ma il volere della veggente era stato chiaro ed incisivo. Ella era stata particolarmente convincente, molto dipendeva da lui, nonostante si percepisse che in lui la fede era decisamente fievole. Purtroppo il suo stato di schiavitù aveva intrappolato anche la sua fiducia nelle sue azioni. Inoltre sua madre era una meretrice al servizio del Sacerdozio per alleviare le esigenze lussuriose dei gendarmi, quindi da ragazzino aveva subito una privazione ulteriore e psicologica. Poi entrando nell'adolescenza aveva cominciato ad intravedere la verità ed in cuore suo l'odio per quegli oppressori aveva cominciato a farsi largo nel suo cuore. Ora aveva la possibilità di liberare la sua gente ed il suo compito era assai facile. Accompagnato da una scorta di gendarmi da Bastian sino a giungere alle porte sud che davano l'accesso alla cava, il suo unico pensiero era rivolto a quella madre che aveva dovuto patire tutte quelle pene e che lo aveva generato dai soprusi di quel mondo tiranno. Era questo il motivo che lo aveva spinto ad accettare quel compito, era il suo unico desiderio: vendicare l'amaro destino che aveva colpito la sua gente e sua madre. Il tintinnio delle catene accompagnò Donovan all'interno di quella prigione, ma mai si sarebbe aspettato quello spettacolo cruento. Centinaia di persone incatenate a gruppi di sei si muovevano come fantasmi, dalle forme scarne e private della loro essenza, in contrasto con la nuda roccia. Nella cava la campana echeggiò, era il segnale convenzionale della sospensione dei lavori: in fila e con calma, tutti gli schiavi si radunarono presso il refettorio per ricevere la loro razione di viveri quotidiana. Il gruppo di Horud e quello di Bella si sedettero al solito posto, assaporando il momento atteso e preparato da tempo. Il Gigante era stato particolarmente attento ai movimenti dei gendarmi in quel lasso di tempo, aiutato e coadiuvato da Bella, aspettando con ansia un segnale da parte della sua Signora. La fede che provava in lei non si era affievolita, anzi era più consapevole anche se i cicli passavano inesorabilmente, al contrario di Bella che cominciava a dare segni di dissenso ed oltre a lei molti altri del suo gruppo cominciavano a dubitare delle parole del Gigante.

Il piano d'azione era stato ideato ed ora dovevano solo attendere, prestando occhi attenti ed energici. Horud era intento a finire la solita unica brodaglia, quando un gruppo di schiavi passò affianco al suo giaciglio; l'ultimo della fila di sei uomini era un ragazzo emaciato e gracile non ancora entrato nell'età adulta, almeno secondo i canoni della gente del Nord.

Horud fu attratto da quella piccola figura, di cui non ricordava i tratti somatici, per cui indugiò con lo sguardo sino a quando Donovan non si decise a parlare, talmente sommessamente che il Gigante faticò a capire le sue parole:

– Tu sei colui che chiamano il Gigante, vero?

Horud rispose quasi automaticamente, mentre gli appartenenti del gruppo di quel ragazzo cominciarono le loro lamentele per la pausa forzata:

– Sì! Sono io.

Il ragazzo increspò lievemente le labbra in segno di compiacimento, mettendo ancora di più in evidenza la sua giovane età:

– Ho un messaggio da parte della tua Signora!

Al sentire quelle parole, Horud ebbe un immediato sussulto che cercò di contenere per non dare all'occhio poi si alzò per avvicinarsi maggiormente a quel ragazzo, il quale continuò imperterrito nel perpetrare il compito che gli era stato affidato:

– Il fuoco sarà il segnale!

Un gendarme fece udire la sua voce:

– Cosa sta succedendo laggiù? Disperdetevi immediatamente!

Horud fece un passo indietro sedendosi all'istante, mentre il ragazzo venne trascinato di peso, tirato dalle catene dei suoi compagni.

***

Mentre la notizia di Donovan giungeva alle orecchie del Gigante e di Bella, Isabel assieme ad altre nove concubine si apprestava a entrare nel dormitorio dei gendarmi per mettere, come di consueto, a disposizione di quegli uomini viziosi il suo corpo provato; in grembo custodiva il suo prezioso tesoro: l'ampolla di olio nero, simbolo della loro libertà.
Varcando la soglia di quell'ambiente, la memoria le riportò in superficie l'immagine dell'incontro insolito con la veggente di Bastian e i suoi occhi luccicarono al ricordo di quella voce così soave e limpida.

***

– Io conosco la tua pena, – Isabel cadde in ginocchio piangendo tutte le sue lacrime, mentre le mani portentose di quella donna le afferrarono il capo in un gesto mesto, casto e puro nei movimenti. – Ora avrai la possibilità di liberarti da queste catene e cambiare la tua vita!
Isabel alzò il capo mentre le sue lacrime continuavano nel loro flusso incessante a rigarle il volto:
– Dimmi come posso essere utile!
Il volto della veggente emanò una radiosità mai vista prima, sembrava che ella potesse osservare all'interno del suo cuore:
– Nella tua ultima visita, reca con te questa ampolla e libera le fiamme della rivolta!
Isabel prese dalle mani protese della veggente quel dono, riconoscendola all'istante, stringendola sentitamente al petto e, senza la minima incertezza, asserì:
– Lo farò!

***

Il Sacerdote di Bastian era intento a professare il primo quarto all'interno del Tempio di Horus, quando un gendarme giunse ad interrompere la sua concentrazione:

– Vostra Eccellenza, ho urgente bisogno di enunciarvi gli ultimi avvenimenti.

Il Sacerdote si voltò, il suo sguardo non esprimeva nulla di piacevole, poiché non amava essere interrotto nel proseguo delle sue celebrazioni ad Horus, ma si avvide subito dell'urgenza che muoveva quel gendarme, rivolgendo la sua attenzione ai suoi adepti:

– Continuate pure la funzione senza di me!

Un mormorio di assensi accompagnò il Sacerdote sin oltre il sagrato. Qui il gendarme mostrò tutta la sua insofferenza alle ultime vicende:

– Mio signore, siamo venuti a conoscenza che i rivoltosi usano alcuni bambini per trarre le informazioni necessarie da utilizzarle contro di noi!

Un ghigno esasperato apparve sul volto austero del Sacerdote:

– Conosciamo i loro nomi?

La risposta del gendarme fu secca:

– Sì!

Il Sacerdote si prese alcuni attimi per decidere in che modo quei dannati avrebbero dovuto essere puniti, poiché mandarli a lavorare nelle cave non sarebbe servito a nulla, occorreva un monito e far vedere sino a che punto si poteva essere puniti per i crimini commessi contro il Tempio, contro Horus e soprattutto contro la sua autorità:

– Molto bene, predisponi la loro cattura, avverti i boia e fai preparare il patibolo!

– Come lei desidera!

Osservando quel gendarme eseguire i suoi ordini, il Sacerdote ripensò a come si sarebbe gustato quel fatidico momento. Un ringhio affiorò sulle sue labbra, mentre il

pugno sbattè forte sulla tavola di legno riservata al culto di Horus :
– Che siate maledetti!

***

Tutto era pronto, la trappola in cui sarebbe caduto il Sacerdote avrebbe permesso alle genti di Bastian di liberarsi ed ora Asha stava dando le ultime informazioni a coloro che avevano intrapreso quella strada assieme a lei:
– Sei sicura che le donne di Bastian si rivolteranno?
Asha guardò Aldebaran, sorridendogli di rimando.
– Oramai l'opera della veggente ha instillato nelle loro menti l'avvento della profezia ed essa si avvererà, abbiate fede!
Abel era agitato non riuscendo a stare fermo, quel piccolo ambiente cominciava ad essere peggio di una prigione:
– Quando avverrà l'esecuzione?
– Dalle notifiche del Tempio di Horus tutta la popolazione si radunerà nel grande spiazzo antistante a esso e, quando Horus entrerà nel suo ultimo quarto, la pena di morte verrà eseguita!
Batereon era riuscito a cogliere le voci dei gendarmi mentre effettuavano il loro giro per notificare ai cittadini la cattura di coloro che erano stati condannati a morte; in quel momento egli si trovava a perlustrare una nuova entrata dei condotti, visto che quelli trovati nei cicli scorsi dai gendarmi erano stati murati.
Aldebaran si riscosse dai suoi pensieri:
– Finalmente le tenebre cominceranno a diradarsi, io direi di prepararci!
La sua affermazione trovò l'assenso di tutti i presenti.

***

– Al fuoco! Al fuoco!
Le grida e il suono ripetuto di una campanella di allarme si

udirono nella cava, assieme alle prime avvisaglie delle lingue di fuoco e del fumo nero e denso uscire dalle feritoie poste al lato della muraglia interna, proprio in corrispondenza degli alloggi dei gendarmi. Era il segnale tanto atteso da tutti gli schiavi, i quali non persero tempo, perciò la loro rivolta cominciò furente, mossa dall'ira repressa e dai soprusi subiti. Horud trascinò letteralmente il suo gruppo nel tentativo di raggiungere la muraglia, tentando di non essere colpiti dall'opera degli arcieri sui torrioni, mente Bella assieme a tutti gli altri rivoltosi avevano sopraffatto con facilità i pochi gendarmi che si muovevano al centro della cava. Il sangue aspro e denso cominciò a riempire ferite e corpi mozzati, mentre l'ira crescente assieme alle grida di coloro che si ribellavano a quell'inferno pervase ogni luogo di quello sperduto mondo. Il colore del sangue, rubino ed acceso, macchiò la terra intimorita, sulla quale lacrime e sudore riversarono i loro ricordi. Il caos invase quegli spazi, echeggiando il suo grido di dolore.

Horud mise in atto le sue antiche doti da combattente.

La sua mente fu obnubilata dall'adrenalina, che gli scorreva nelle vene. Con l'aiuto dei mattoni che fino a quel momento avevano costituito le fondamenta di quel Regno oramai corrotto e in preda a tiranni, massacrò corpi e teste di gendarmi intenti a scappare dalla folla impazzita. Cadde più volte, ma con le mani grondanti di sangue si rialzò ripetutamente, impavido. L'adrenalina si espanse nel suo corpo, provocandogli un'euforia vibrante: gli anni trascorsi in esilio si erano cancellati in un attimo, rianimando il suo orgoglio ferito. Nemmeno la freccia conficcatasi in profondità nel suo quadricipite femorale lo distolse dai suoi propositi, più forti e coraggiosi del dolore stesso. I gendarmi tentarono di trovare riparo all'interno delle mura, ma si trovarono ben presto attorniati, da una parte dagli schiavi intenti a salire le scale interne e dall'altro dal rogo che aumentava la sua intensità all'interno dei locali. Le grida di coloro che furono feriti si mescolarono alle grida di coloro che tentavano di sottrarsi alla loro morte, in un frastuono che sembrava attraversare la roccia grezza e massiccia, oltre le mura di quella che un tempo fu la loro prigione. Horud sentì nuovamente il peso delle proprie catene, si fermò per un attimo accorgendosi che tre dei suoi uomini erano a terra straziati ed agonizzanti, impiegò pochissimo per decidere lucidamente: gli ordini erano stati imposti da diverso tempo, pertanto impugnò una spada sottratta ad un gendarme recidendo gli arti di coloro che non potevano più impegnarsi in battaglia. I lamenti si sovrapposero ad altri lamenti, paralizzati e funebri.

***

Intanto nella piazza di Bastian lo scenario si presentava come previsto: il patibolo era stato montato proprio d'avanti al Tempio di Horus, dove dieci cappi aspettavano le loro teste dondolando alla leggera brezza. Il Sacerdote osservava la scena seduto sul suo scranno appositamente allestito per l'occasione; egli vestiva una tunica nera, bordata da ricami colore oro fino al di sopra del copricapo che gli nascondeva il volto, ove svettava al centro della sua fronte il ricamo dell'occhio di Horus, anch'esso dorato. Tutte le genti di Bastian osservavano la scena impietriti, tra queste genti vi era anche Asha ammantata nella propria tunica, nascosta ed irriconoscibile, la sua attenzione era rapita dalle lacrime copiose di quei fanciulli che lei stessa aveva condannato a morte. "Maestro aiutami!" proferì in cuor suo. Alle spalle di quei fanciulli, i quali erano stati bendati per il supplizio, vi erano anche i boia, corpulenti e sporchi, col volto nascosto da un cappuccio, sul quale era evidente l'occhio di Horus, colorato e ricamato nella stessa maniera in cui era quello del Sacerdote. Alcune lamentele, strazi e urla giunsero dalle donne poste ad osservare quella scena, probabilmente erano le madri di coloro che erano stati messi a morte. Asha poté notare che in quella piazza vi fossero all'incirca un migliaio di persone tra donne, bambini e vecchi, al contrario di coloro che mantenevano l'ordine pubblico, i gendarmi, che non superavano le trecento unità.

Le campane del Tempio segnarono l'ora del giudizio, mentre il Sacerdote prese la parola facendo udire la sua voce in tutta la piazza:

— In nome del Sovrano e per ordine del Sacerdote di Bastian, per i crimini commessi contro la comunità, e contro il tempio di Horus, io decreto la messa a morte di questi ultimi, in base alle leggi vigenti!

I lamenti delle donne si levarono potenti, su ogni fronte, mentre i boia cominciarono a legare intorno al collo dei fanciulli lo stretto cappio.

Asha si mosse svelta, svelò il suo volto ergendo la sua voce tra i lamenti degli astanti:

— Sacerdote, ferma la tua mano!

Il Sacerdote si alzò in piedi osservando la folla, cercando quella voce ostile ed il suo grido si fece udire:

— Chi osa rivolgersi a me in tal modo?

Asha non perse tempo nella risposta:

— Io sono la madre di quelle creature!

Al suo fianco una donna trovò il proprio coraggio:

— Anche io sono la madre di quelle creature!

Mentre gli occhi del Sacerdote sondarono la moltitudine degli astanti alla ricerca di coloro che si erano imposti al suo volere, altre voci si levarono dal coro:

— La profezia è dunque vera, la Madre è giunta tra noi per liberare i nostri figli e le nostre figlie!

Un senso di sollievo apparve sul volto di Asha, aveva impiegato molti cicli a insinuare nelle menti delle donne quella verità, tentando di suscitare in loro quella fiamma di rivolta che ora si faceva viva. Altre grida si levarono da quella folla, mentre i gendarmi messi in allarme cominciarono ad estrarre le loro lame. Il Sacerdote non poteva credere ai propri occhi, così diede l'ordine di impiccare quei maledetti. Un vecchio levò il proprio bastone colpendo un gendarme il quale gli stava intimando di arretrare, ma la calca non glielo permetteva. Quel gesto riempì di foga tutta la popolazione. In un breve frangente tutte le donne e tutti coloro che avevano la forza di reagire a quel sopruso si animarono. Asha poté solo assistere impietrita agli eventi che si susseguirono. Le donne si scagliarono sui gendarmi, colpendo e sfregiando a mani nude i propri oppressori i quali, colti completamente alla sprovvista dalla foga e dall'ira, non riuscirono a reagire, per cui furono sopraffatti dalla moltitudine. A muovere quelle donne fu l'odio sino a quel giorno represso contro i loro aguzzini, contro i loro stupratori: anni di frustrazione e schiavitù trovarono la loro libertà. Asha vide gendarmi cadere a terra, presi a morsi e a calci, addirittura alcune donne non riuscirono a contenere la propria ira repressa infierendo anche sui caduti. Il Sacerdote diede l'ordine di ritirarsi all'interno delle mura del tempio, ma nemmeno questo fermò l'ira delle genti, tra queste Asha poté riconoscere Abel e Aldebaran impugnare e sgozzare tutto ciò che mal capitava a tiro delle proprie lame, sottratte sicuramente a qualche gendarme. Gli uomini cominciarono ad abbattere il patibolo prendendo quelle assi ed ammucchiandole innanzi al grosso portone del Tempio, altri ancora avevano preso di mira le vetrate occidentali del Tempio lanciandovi contro grosse pietre, al fine di infrangerle e di permettere a coloro che brandivano archi strappati dalle mani oramai inerte dei gendarmi defunti di scagliare all'interno le frecce imbevute di olio nero. Altri ancora racimolarono tutto ciò che potesse essere infiammabile all'interno delle proprie o di altre abitazioni per alimentare il fuoco, che piano piano cominciò ad espandersi all'interno della navata centrale. I boia furono letteralmente sopraffatti da una moltitudine di donne accorse a liberare i propri fanciulli. L'ira non si fermò, anzi al contrario, furono uccise anche molte persone che parteggiavano per il Sacerdozio di Horus, sotto gli occhi increduli di Asha, la quale cominciò a pensare che la colpa di tutto ciò fosse sua. Gli oppressi si erano tramutati in oppressori e ciò cominciò a minare in lei la fiducia riposta in quegli esseri umani rimasti in schiavitù per troppi cicli.

Gli schiavi della cava raggiunsero la porta nord di Bastian, proprio mentre le prime fiamme cominciarono ad avvolgere il Tempio, in ogni punto della città la sommossa continuava a produrre morte alla ricerca di coloro che si erano rifugiati in qualche anfratto, in qualche casa. Horud non poté credere ai propri occhi. Bella si mise subito all'opera dando ordine di prendere il possesso della città a tutti i suoi sottoposti, i quali armati delle spade dei gendarmi della cava si prodigavano ad aiutare la popolazione. Il Gigante vide morte ovunque, i cadaveri giacevano ammantati da pozze di sangue, mentre i lamenti e l'odore delle viscere esposte disseminavano l'intera città.

***

Desmon entrò trafelato all'interno della sua abitazione, seduti al tavolo da pranzo vi era suo fratello Natan e sua madre Emile in compagnia di Amidal intente a cucire i lembi di cuoio, prese un respiro profondo, mentre gli occhi degli astanti erano puntati tutti su di lui:

– Bastian, – le parole faticarono ad uscire attraverso la sua gola riarsa. – Bastian è in fiamme!

A parte Natan, impossibilitato a muoversi, entrambe le donne si precipitarono all'esterno, osservando con i propri occhi le fiamme altissime e il fumo nero che si levavano oltre le mura della città.

***

Un'enorme figura creata dai contorni delle fiamme ardeva alle spalle della città come un fantasma impaurito dalla sua stessa essenza. Horud corse a perdifiato, la fasciatura improvvisata alla coscia destra era intrisa di sangue, probabilmente la ferita provocata nello scontro avvenuto nel primo quarto di giornata nella rivolta alla cava si era riaperta. L'adrenalina ancora viva in circolo nel suo corpo gli impediva qualsiasi sentore di dolore, anestetizzando ogni cosa, tranne la sua mente ed il suo desiderio: voleva trovare l'oggetto della sua ricerca, voleva trovare in mezzo a quel tumulto la sua protetta, voleva trovare Asha. Giunto nella piazza principale, la vide, sola, in mezzo ad una folla isterica, si fece largo giungendo innanzi a lei, Asha percepì il suo avvicinarsi e si voltò ad osservare quell'uomo sentendo nel suo cuore un profondo amore. Le era mancato, aveva avuto paura, tanta e trattenuta, ma ora in quel momento che avrebbe dovuto sancire la sua gioia si sentiva profondamente triste, non riuscendo più a trattenere le proprie lacrime. Horud le si avvicinò avvertendo tutta la sua afflizione, stringendola in un forte e paterno abbraccio, per quanto fosse possibile consolare quell'anima. Il corpo di Asha si rilassò tra le braccia del Gigante, smosso da profondi singulti, in quell'abbraccio pianse tutte le sue lacrime, mentre Horud si voltò ad osservare il grande Tempio di Horus crollare al suolo avvolto dalle fiamme.

Un pensiero, sempre più consapevole e risoluto, gli attraversò la mente soffermandosi in un punto fermo: "Dunque è questa la caduta degli Dei!"

Prese di Coscienza

La rivolta di Bastian continuò per diversi cicli. Le genti non solo massacrarono e perseguitarono coloro che avevano appoggiato il Sovrano, ma cominciarono da subito a saccheggiare i magazzini del Tempio per accaparrarsi ogni genere di viveri a loro disposizione; alcuni si spinsero oltre le mura per prendere d'assedio le fattorie più vicine alla città. Molti rivoltosi si macchiarono di svariati crimini contro la popolazione: l'ira oramai lasciata libera e fluente divenne irrefrenabile, calando il suo scudo prepotente su molti innocenti. Tra questi crimini i più efferati si abbatterono prevaricatori sulle donne, le quali furono violate nel loro intimo, cadendo così prede della tracotanza più efferata e priva di scrupoli.

Oramai il caos più totale e la legge del più forte avevano preso il sopravvento a Bastian. Per sopprimere quell'ondata di odio, Bella si era auto proclamata reggente della città, tentando di radunare a lei i suoi uomini più fedeli, tra questi comparivano anche coloro che insieme ad Asha avevano dato inizio alla rivolta cittadina; in questo modo riuscì ad istituire un corpo di armieri, atti a mantenere l'ordine, o almeno a provarci. Bastian fu divisa in due rioni: la parte nord della città fu adibita ad ospitare tutti gli ex schiavi della cava, mentre la parte sud sarebbe stata popolata dagli abitanti. Successivamente Bella istituì una corte composta da uomini e donne le quali avrebbero dovuto decidere della sorte di coloro che si macchiavano o si erano macchiati di crimini, sperando così di fare cessare la giustizia sommaria. Pensando di potere in parte risarcire le donne stuprate, Bella prese la decisione assieme ai suoi consiglieri di fare sposare quelle donne dai propri aguzzini; il suo intento, nobile e ponderato, era quello di obbligare quegli oppressori a prendersi cura di loro come forma di riscatto, ma ovviamente tale decisione fu mal vista dalle genti, suscitando nuova polemica e nuovi scontri. In più vi era da riformare e riorganizzare completamente tutta l'economia della città, obiettivo non affatto semplice per cui Bella avrebbe dovuto impegnarsi sistematicamente e profondamente, ma il suo pensiero era rivolto prevalentemente alla rivolta, perché ora oltre a Bastian ella pensava di potere liberare tutto il Regno, ma aveva bisogno di colei che aveva dato origine a tutto.

Vista la situazione che si stava creando dentro la città, Asha aveva deciso assieme ad Horud di dirigersi alla fattoria del piccolo Natan con la scusa di trovare un luogo per potere curare le sue ferite, ma in realtà ella era andata da quella famiglia per proteggerla nel caso gli uomini della cava avessero deciso di iniziare un'azione rivoltosa contro i fattori all'esterno delle mura di Bastian. Il suo arrivo fu accolto con i migliori auspici ed ospitalità, l'abbraccio pieno di speranza di Amidal fu la ricompensa maggiore per dare sollievo alla sua anima affranta. Il racconto del Gigante integrato dalle parole di Asha per le vicende che avevano portato Bastian alla rivolta fu l'unico argomento dibattuto appena arrivati. La curiosità di Natan e di suo fratello Desmon sembrava non avere fine. Tutta la famiglia di Lutor si prese cura dei propri ospiti, soprattutto del Gigante visto e considerato che la sua ferita alla gamba si era infettata e la loro preoccupazione per tale stato si era acuita. Alcuni cicli dopo il loro avvento alla fattoria, Bella e i suoi consiglieri giunsero alle porte della proprietà di Lutor.

– Mia Signora, vi sono visite!

La voce di Amidal colse impreparata Asha, mentre quest'ultima con cura stava cambiando il bendaggio intriso di sangue di Horud. Oltre a loro due, nella stanza vi erano anche Natan e il suo lupo, sdraiato accanto a lui e sua sorella Jamme, la quale stava apprendendo l'arte della guarigione da Asha, mentre Lutor il capo famiglia, sua moglie Emilie e Desmon erano fuori nei campi.

– Di chi si tratta?

Amidal rispose con fare calmo e dimesso, accennando le sue parole con un filo di voce:

– La nuova reggente di Bastian, assieme ai suoi consiglieri!
Asha guardò Horud dritta negli occhi, che si accordarono con un semplice movimento accondiscendente delle pupille:
– Falli entrare!
Bella varcò la soglia della piccola dimora, assieme a lei vi erano Abel il vecchio fabbro, più due uomini che Asha non aveva mai visto e conosciuto, i quali si presentarono come Darius e Damian rivolgendo il proprio saluto al Gigante.
Horud le aveva raccontato le vicende che lo avevano portato ad incontrare quella donna, quindi Asha ne riconobbe i tratti. Alzandosi con calma, porse i suoi saluti:
– Sono molto onorata di conoscerla, Horud mi ha parlato a lungo del vostro incontro!
Bella sorrise, lasciando trasparire la sua letizia per quella conoscenza anche nell'inchino a lei palesato:
– Il piacere è mio! Non ho avuto il tempo di conoscerti prima, poiché sono stata molto indaffarata!
Asha le sorrise di rimando, anche se la sua risposta fu sin troppo secca:
– Sì, ho potuto appurare questo...
In quelle poche parole, Bella colse una sensazione di totale assenza di cordialità, probabilmente quella donna non aveva apprezzato il suo operato, anche se lei ci aveva messo tutto il suo impegno.
– Sono venuta qui per chiedere nuovamente il tuo aiuto, dato che è solo grazie a te che Bastian ha potuto liberarsi!
Asha incrociò le braccia al petto, puntando i piedi ben saldi al suolo:
– In realtà sono state le donne a rivoltarsi, io non ho fatto nulla!
Abel si portò una mano alle labbra coprendo un colpo di tosse.
Bella alzò una mano rivolgendo il palmo verso Asha in segno di pace:
– Non sono venuta per disquisire con te, anzi al contrario!
Tutti gli occhi dei presenti si posarono sulla figura di Asha in attesa della sua risposta, la quale impiegò alcuni attimi prima di fare udire la sua voce, poiché i suoi pensieri cominciarono ad

aggrapparsi alla memoria del suo Maestro. Aveva avuto a disposizione parecchio tempo per pensare all'accaduto, comprendendo appieno le motivazioni che avevano spinto quegli uomini e quelle donne ad agire in quel modo, anche perché non avrebbe potuto immaginare una risoluzione alternativa. Cosa effettivamente avrebbe dovuto accadere? Che il Sacerdote, colto dai propri sentimenti per il male arrecato alla sua gente, si arrendesse di sua spontanea volontà? E soprattutto: se fosse stata lei una reclusa e fosse stata costretta a nascere e vivere in catene, come avrebbe reagito?

In fondo anche lei avrebbe dovuto prendere atto delle sue motivazioni e delle sue azioni e proprio al termine di tali riflessioni le sue parole uscirono calme e piene di comprensione:

– Devi scusare i miei modi, non devo essere io a giudicare il tuo operato.

Bella la guardò attentamente, rimanendo colpita per quelle parole che suonavano una melodia diversa dalle precedenti, scoprendo il vero:

– Ti ringrazio.

Nel frattempo Abel prese la parola:

– Mia Signora, siamo qui perché intendiamo estendere la ribellione a tutto il Regno!

Al termine di tali parole il fabbro si accorse dello sguardo torvo di Bella, per cui Abel alzò le spalle in segno di un leggero dissenso. Asha si voltò verso il Gigante, il quale non curante della presenza di quegli ospiti aveva cominciato ad affinare il filo della propria spada, che aveva fortunatamente ritrovato, al contrario del bastone di lei.

Asha riprese il discorso:

– Come posso esservi di aiuto?

Bella si sedette, distendendo una mappa sopra al tavolo:

– Abbiamo molti problemi di cui discutere.

Asha si avvicinò, posando le mani sul legno liscio, chinandosi ad osservare per la prima volta la mappa del Regno di Argentea, mentre la sua curiosità cominciò ad espandersi tra i suoi pensieri.

Bella cominciò il suo monologo, posando l'indice sulla pergamena consunta in un punto preciso:

– Noi siamo qui, a Sud-Ovest di Darokis, nella valle di Baraan, la quale comprende la città di Bastian e il Regno Dell'Ombra; verso nord oltre quel Regno vi è la Rocca dell'Ombra, la quale chiude l'accesso alla gola di Hulm.

L'attenzione di Asha fu rivolta immediatamente a quel Regno, del quale conosceva assai poco:

– Ho sentito varie leggende su quel posto.

Bella distaccò lo sguardo dalla mappa:

– Nessuno può varcare quel Regno: il Sovrano vi ha posto il suo marchio, chiunque oltrepassi quella soglia non fa più ritorno.

Asha si morse un labbro, in un gesto ripetuto e assorto:

– D'accordo vai avanti!

Bella riprese:

– Seguendo la gola di Hulm verso sud-est si giunge a Darokis, la quale sorge proprio in mezzo ai tre affluenti di Hulm, questi affluenti solcano tutta la Tundra, – Bella espirò profondamente prima di continuare. – Come puoi vedere, un affluente porta sino a noi nella valle di Baraan, attraverso la porta della Rocca dell'Ombra, mentre quello che si dirige a nord giunge sino alla capitale del Regno di Argentea, Doreen, per poi sdoppiarsi: uno prosegue sino alla residenza del Sovrano, chiamata Rocca Granito; l'altro svolta a Nord-Est dove sorge la Rocca di Ponte Ferro, quest'ultima dà l'accesso al Regno di Malatris.

Asha osservò attentamente anche quel dettaglio, ponendo la sua mano a est di Darokis:

– E questo?

Bella proseguì con l'indice risoluto ed osservatore seguendo la direzione indicata da Asha:

– Quello è uno snodo di Hulm, passa sotto a Darokis e porta verso la cittadina bassa di Adasta, mentre nella cittadina alta sorge la Rocca del passo di Zarha.

Asha asserì, interiorizzando nella sua memoria ogni dettaglio scaturito dalla mappa e dalle considerazioni di Bella:

– Oltre questi passi?

– Qui oltre alla valle di Baraan, superati i promontori a ovest del Regno, vi risiedono i Clan liberi: la mia gente! – Bella aveva gli occhi lucidi e malinconici nel pronunciare quelle poche parole, Asha lo notò, ma non disse nulla e la lasciò proseguire. – Mentre oltre le porte di Adasta e della Rocca del Ponte Ferro sorge il promontorio dove si estendono i territori, rispettivamente di Zarha a sud e di Malatris a nord, ma io conosco molto poco di quei popoli.

Asha puntò il suo indice oltre la Rocca Granito:

– Qui la gola di Hulm dove porta?

Bella rispose automaticamente:

– La gola giunge sino a incunearsi oltre il Regno di Argentea, giungendo nella valle dei Demoni.

Asha fece un piccolo gesto del capo, in segno di aver capito le delucidazioni di Bella:

– Con questo il mio aiuto in cosa consisterebbe?

Bella si schiarì la voce:

– Si vocifera che tu possieda gli stessi doni del Sovrano...

A tali parole ella guardò il vecchio fabbro alla ricerca della sua approvazione, almeno della conferma, il quale però rimase impettito, senza confermare né negare le sue parole.

Intanto Natan smise di accarezzare il suo lupo, il quale mosse lievemente le sue lunghe orecchie: segno indubbio che anche quell'animale avvertisse la tensione creatasi in quel piccolo spazio; mentre il volto di Jamme perse il suo colorito iniziale, nell'apprendere quella notizia.

Accortasi dell'attenzione degli astanti ricaduta immediatamente sulla sua persona, Asha passò abilmente ad un altro discorso e la lieve contrazione dei suoi palmi posati sul tavolo tradì il suo vero stato d'animo:

– Abbiamo pochissime informazioni e naturalmente senza di esse non potremmo agire!

Non erano certo le parole che Bella si aspettava di ricevere, lo stesso valse per i suoi consiglieri:

– Non abbiamo tutto questo tempo, – la voce di Darius si palesò, carica di collera. – Quando il Sovrano saprà della nostra rivolta, muoverà il suo esercito contro di noi!

Asha si erse in tutta la sua altezza, incrociando nuovamente le braccia al petto:

– Ti sbagli. Il Sovrano non si muoverà!

– Su quali basi sostieni le tue opinioni?

Bella era curiosa di capire come quella donna ragionasse.

– Non muoverà le sue armate a caso, egli ci aspetterà!

– Devi scusarmi mia Signora, – a quel punto anche Abel cominciò a essere incuriosito. – Come puoi sostenere questa eventualità?

Asha immerse i suoi occhi, compatti e carichi di blu, in quelli del vecchio fabbro, cucendo sulle proprie labbra parole decise ed incontrastate:

– Perché io farei così!

Tra Cielo e Terra

L'occhio di Horus aveva appena raggiunto il suo culmine, mentre i passi calmi e lenti sollevavano deboli nuvole di polvere dal terreno piatto ed inaridito. Asha e Bella stavano camminando seguendo un sentiero stretto tra i campi di grano, poco distante da loro vi era Meta, il lupo di Natan, il quale probabilmente si era stancato di oziare al fianco del proprio padrone. Da quel primo incontro avvenuto pochi cicli prima, Bella aveva preso l'abitudine di andare a colloquiare con Asha per risolvere tutti i quesiti che adombravano la sua mente, così piano piano le due donne cominciarono a relazionarsi come amiche, almeno era questo il sentimento nonché desiderio che albergava nel cuore di Bella. Camminarono per lungo tempo, interminabile a prima vista, durante il quale entrambe continuarono a scrutarsi: Asha cominciò ad osservare meglio quella improbabile compagnia, visto che Bella le aveva riferito di essere una guerriera delle terre libere. Asha non avrebbe mai immaginato che all'interno dei clan del promontorio non vi fosse distinzione di sesso, almeno non in questo Regno, del quale lei sapeva ben poco. Proprio in questo contesto gli insegnamenti del suo Maestro non mancarono di farsi sentire, così aveva cominciato ad osservarla: ai suoi occhi quella donna appariva emaciata, probabilmente data dalla sua lunga permanenza all'interno della cava, come Horud le aveva riferito, era molto alta rispetto a lei e doveva camminare in questo mondo dal doppio del suo tempo, almeno a giudicare dalle piccole rughe che contornavano i suoi occhi verdissimi, i quali gli ricordarono la primavera di Antart. Il suo volto appariva severo, con gli zigomi alti e la mascella molto marcata, messa maggiormente in evidenza dalla sua magrezza, gli occhi erano leggermente infossati, donandole un aspetto quasi truce e dispotico. Aveva anche riconosciuto la sua forza d'animo e le sue buone intenzioni, senza tralasciare il fatto che Bella coltivava una certa ideologia su come il Regno di Argentea avrebbe dovuto essere, al contrario di ciò che fosse, in fondo ella era un'idealista e combatteva per tale sogno e questo ad Asha piaceva molto.

Il silenzio fu interrotto proprio dalla guerriera, fermatasi ad asciugarsi il sudore che le imperlava la fronte:

– Come vorresti agire, in merito alla miniera?

Asha arrestò il suo passo, osservando la distesa di grano, in mezzo a quel campo poté vedere Lutor e il figlio Desmon intenti a falciare il raccolto:

– Suppongo che non sia rimasto in vita nessuno, tra gli esponenti del Sovrano...

Bella non riuscì a comprendere l'inflessione, avrebbe potuto essere una affermazione, come una domanda, sperò nella seconda ipotesi:

– La giustizia sommaria aveva già mietuto molte vittime, prima che istituissimo la corte!

Asha manifestò impazienza:

– La conoscenza è la base del potere, senza di essa brancoliamo nel buio!

Bella spostò il proprio peso da un piede all'altro, cercando di alternare la fatica, posando la mano destra sul fianco nel tentativo di capire dove si fosse posato lo sguardo di Asha:

– Dovremmo mandare una spedizione a cercarla, suppongo!

Asha si destò dai propri pensieri riprendendo il cammino:

– Horud mi ha esposto il suo pensiero, poi mi sono rivolta al vecchio fabbro, il quale sostiene che il materiale ferroso gli veniva consegnato ogni due cicli medi, per essere lavorato nelle fucine; quindi ritengo che non vi sia alcun motivo per cercare questa miniera... saranno loro a venire da noi!

Bella aveva già sentito questa versione, ma rimanere con le mani in mano non le piaceva affatto; a ogni modo prese atto di quella mossa, mettendo in guardia i suoi uomini:

— Allora non ci rimane che aspettarli a Bastian, poi ci faremo condurre alla miniera liberando tutti gli schiavi, come abbiamo fatto nella cava.

Asha accennò un lieve sorriso, mentre pronunciò parole che avevano il sapore della sfida:

— Mi raccomando, non uccideteli tutti!

Tra un discorso e l'altro, il lupo le raggiunse, passando tra di loro scodinzolando: aveva fiutato qualcosa e ora la sua attenzione era completamente rapita dai suoi sensi.

Asha ne seguì le movenze, ma l'incalzante compagnia continuava a distrarla:

— Per quanto riguarda Darokis?

Ad Asha piaceva la curiosità di Bella: era l'essenza stessa della vita.

— A tal proposito ho già espresso il mio volere ad Horud, il quale mi ha riferito che all'interno della cava vi erano schiavi provenienti da tutto il Regno, così ho pensato di inviare a Darokis un gruppo di uomini vestiti da gendarmi...

Asha non fece in tempo a finire la sua spiegazione che Bella la interruppe, arrestando il passo:

— Perché non ne sono stata messa al corrente?

Asha notò una leggera insofferenza nelle parole di Bella:

— Perché tu avrai un altro compito.

Sempre più sconcertata, Bella si infervorò maggiormente:

— Non sopporto questo tuo modo di agire!

Asha si fermò qualche passo avanti a lei, si volse leggermente osservando la figura ritta ed immobile della sua compagna, un sorriso a labbra strette fece capolino sul suo volto:

— Sei tu che sei venuta in cerca dei miei favori, non il contrario!

— Ciò non ti dà il diritto di trattarmi come una bambina!

Asha si incupì a quel rimprovero, Bella aveva ragione.

— Devi scusarmi.Avrei dovuto metterti al corrente della situazione...

Bella osservò attentamente quella piccola figura innanzi a lei, ma soprattutto i suoi occhi blu: forse era lei quella che aveva esagerato, visto e considerato che continuava a non fidarsi, eppure era lì e non poteva negare di avere bisogno di quella ragazzina che aveva permesso la loro liberazione.

Il problema forse risiedeva nei racconti che aleggiavano intorno a quella donna, nei suoi poteri simili al Sovrano, alle sue motivazioni in merito a tutta quella vicenda; Bella era veramente indecisa sui sentimenti che provava, forse aveva paura, forse era lì solo per poterla sconfiggere. Il suo tono si affievolì, come la leggera brezza che scompigliò di lato i suoi capelli:

– Cosa vuoi che faccia?

Asha appoggiò il proprio peso sul bastone che la sosteneva nel cammino, osservando un punto non ben definito al di là del promontorio che avvolgeva la valle di Baraan:

– Dovrai recarti dal tuo popolo e assoldare tutti i guerrieri che potrai, poi marcerai verso Adasta, passando a sud di Darokis, liberando dall'oppressione quella città!

Bella rimase sorpresa da quel piano, ma le sue perplessità non furono fugate:

– E che accadrà a Darokis?

Asha riprese il suo cammino, mentre cominciò a spiegare il suo piano:

– Darokis cadrà, esattamente come ha fatto Bastian.

L'incredulità si fece udire attraverso le parole di Bella:

– Darokis non è come Bastian!

Asha sorrise nuovamente, aveva capito le perplessità della sua amica, ma ella non riusciva a vedere e non era certo per colpa sua:

– Il Sacerdote di Bastian pagava una tassa al Sovrano.

Bella si grattò il capo:

– Una tassa?

– Sì: in pratica Bastian lavorava il ferro per trasformarlo in armi, queste ultime venivano portate regolarmente a Darokis per rifornire le armate del Sovrano.

Bella rimase esterrefatta:

– Come può aiutarci questa notizia?

Il commento di Asha fu secco e risoluto:

– Tutto è di aiuto!

Bella non fu convinta, come sempre quella ragazzina parlava per enigmi e lei non lo sopportava. Asha se ne accorse, esattamente come si accorgeva di svariati avvenimenti accanto a lei, oramai aveva capito come vedere oltre agli occhi:

– Devi avere fede in me!

Fede. Quella parola oramai aveva assunto un significato etereo nella mente e nel cuore di Bella: lei aveva visto cadere la propria fede sin dalla giovane età, aveva combattuto sul campo di battaglia togliendo la vita a molti uomini, aveva visto quegli stessi uomini commettere i crimini più efferati e ogni volta la sua domanda era sempre la stessa: "Per quale motivo gli Dei permettono tali ingiustizie?"

Senza contare l'avvento del Profeta il quale, minando la mente delle genti semplici, aveva imposto la propria fede facendo sprofondare il Regno in un Impero assoggettato al proprio volere.

Inoltre Bella aveva combattuto al fianco dei Forgianti nella grande guerra e aveva visto la loro fede ferrea sbriciolarsi in un attimo; ora l'immagine di fede che lei vedeva era il Regno dell'Ombra: simbolo della potenza distruttiva del Sovrano.

A labbra strette Bella sussurrò quella parola:

– Fede... – Asha attese paziente, sin tanto che la sua compagna si riscosse dai propri pensieri. – Io so cosa è successo alla città dei Forgianti e so cosa voglia dire la parola fede, sulle labbra del Sovrano!

Asha non esitò, era riuscita a portare Bella dove voleva:

– Parlami dei Forgianti; vorrei sapere come mai erano capaci di contrastare le armate del Sovrano.

Bella alzò il volto osservando il cielo terso, il suo sguardo si perse in quella immensità, ripercorrendo le vicende che all'epoca si svolsero in quella valle:

– I Forgianti erano un popolo fiero, ma non solo: essi custodivano il sapere della forgia, non solo per quanto concernesse la fabbricazione di armi in acciaio, ma avevano il potere di infondere nelle lame la propria forza vitale! Coloro che brandivano quelle armi erano guerrieri indomiti, dai grandi poteri: gli unici in grado di uccidere i Mutant!

Asha rimase pensierosa, ma sapeva già quale sarebbero state le sue azioni future, avrebbe dovuto recarsi in quel Regno e riportare in vita il loro sapere, altrimenti non sarebbero riusciti a sconfiggere quelle creature:

– Ho sentito parlare di questi Mutant, tu li hai mai affrontati?

Bella attese qualche secondo prima di rispondere, un brivido corse lungo tutta la sua spina dorsale al ricordo di quegli esseri:

– Purtroppo sì! Sono stati creati proprio dal Sovrano, non so dirti come, ma quegli esseri sono in grado di mutare il proprio corpo; non solo: riescono perfino a rigenerare le proprie ferite! Quando la città di Calen cadde, assieme a tutti i Forgianti, non vi fu nulla che potesse fermare quegli esseri...

La mente di Asha vagò nei propri ricordi, non riusciva a comprendere come mai il proprio Maestro non le avesse mai riferito dell'esistenza dei Profeti. Per quale motivo nella sua memoria non vi era nessuna traccia di coloro che l'avevano preceduta in quel Regno? Eppure le nozioni erano tutte lì, a portata di mano, mentre lei non le ricordava, sapeva solo che i così chiamati Profeti avevano sul loro palmo un sigillo simile al suo, in effetti Baal che si era autoproclamato Sovrano di Argentea aveva sul suo palmo il simbolo di Horus. Possibile che il suo Maestro non ne fosse minimamente a conoscenza? Oppure erano semplicemente i suoi ricordi ad essere annebbiati? La sua attenzione cadde sul volteggio famelico di un rapace nel cielo, facendola ritornare al presente; nello stesso istante anche il lupo di Natan scattò verso il limitare del campo di grano, probabilmente alla caccia della stessa preda. Il rapace si gettò in picchiata sino a scomparire tra gli steli di grano, per poi riprendere il volo con un roditore tra gli artigli, mentre l'ululato di Meta echeggiò nell'infinito della valle.

Dissidi

Il giorno atteso da Asha era dunque giunto assieme alle sue previsioni.

L'occhio di Horus aveva appena raggiunto il secondo quarto, quando una guardia delle terre libere, così si erano fatti chiamare gli schiavi liberati della cava e gli uomini che erano entrati a fare parte della guarnigione al servizio della reggente di Bastian, era giunta alla fattoria di Lutor, per ordine di Bella, per invitare Asha a presiedere agli interrogatori che si sarebbero svolti quel giorno tra le mura di Bastian. Come lei aveva predetto a Bella, quel giorno a Bastian erano giunti dodici carri trainati da buoi dalle grandi corna, provenienti dalla miniera di ferro, assieme ad altrettanti gendarmi con le effigie di Horus visibile sul petto. Gli uomini delle terre libere posti di guardia sui bastioni della città li avevano avvistati da diverso tempo, avvertendo Bella del loro arrivo. Attesero sino a quando non fossero giunti all'interno delle mura, poi li fermarono poco prima che entrassero nella grande piazza, almeno era questo che quell'uomo gli stava riferendo, mentre ripercorrevano la via dalla fattoria in cui risiedevano alla cittadina; assieme a lei vi era il Gigante, il quale ascoltava attentamente quel resoconto. Lo sguardo di Asha cadde verso sud di Bastian, dove si avvide del sopraggiungere di un carro trainato da buoi dirigersi verso alcuni roghi, i quali venivano alimentati da bizzarre figure.

La sua curiosità si accese immediatamente, anche se in fondo al suo animo aveva già capito di cosa si trattasse:

– Sai dirmi chi siano quelle persone?

Aron, questo era il nome con il quale si era presentato a loro, rispose con troppa enfasi:

– Si chiamano Falchi dei Roghi!

Horud tossì fino a schiarirsi la gola attraendo l'attenzione su di lui:

– Falchi?

Aron sembrò agitarsi in mezzo a quelle due figure e soprattutto con la vicinanza di quel Gigante, il quale lo sovrastava di diverse braccia, non riuscì ad articolare bene i propri pensieri:

– Beh... sì!

Asha si irritò e con tono aspro proruppe con un'affermazione:

– Non ci hai ancora detto cosa stanno facendo! Avverto in te paura...

Aron si voltò, sentendosi in trappola: era strano, ma lo stavano mettendo in agitazione; aveva solo sentito voci sul potere che aveva quella giovane donna e ora la sua curiosità lo rendeva agitato e vulnerabile. Cercò di riprendersi e, con voce leggermente tremula e amara, rispose:

– Sono stati incaricati da Bella di ripulire e smaltire i cadaveri.

Asha mise a fuoco le sue pupille, come per concentrarsi sulla sua prossima domanda:

– Come mai portano quelle maschere di forma adunca?

Aron si portò la mano al volto mimando le proprie parole:

– Sono maschere in legno a forma di becco, per quello si fanno chiamare Falchi: esse sono riempite di erbe per alleviare l'esalazione dei miasmi provocati dai corpi in decomposizione!

Sia Horud che Asha spensero momentaneamente le loro domande, chiudendosi ognuno nei propri pensieri, mentre oltrepassarono le mura di Bastian, diretti al cospetto di colei che era divenuta la reggente.

Aron condusse i suoi ospiti all'interno della Rocca, gli ambienti apparvero incredibilmente spogli agli occhi di Asha, non li aveva visti in precedenza, ma sospettava che gli arredi fossero stati razziati dagli abitanti, visto che nel suo girovagare all'interno della cittadina di Bastian aveva appurato in che condizioni vivessero i suoi abitanti. Oltrepassarono diverse stanze, tutte completamente spoglie, sino a giungere nella sala in cui Bella e i suoi fidati uomini la stavano attendendo. Qui, al contrario del resto degli ambienti, vi era un enorme tavolo in legno con una decina di sedie disposte intorno ad esso.

L'euforia della guerriera colse alla sprovvista Asha ed Horud, il quale non seppe bene come comportarsi, rimanendo leggermente discosto dall'abbraccio tra Bella ed Asha:

– Le tue impressioni erano giuste!

Asha accennò un sorriso debole, probabilmente Bella aveva ritrovato l'euforia dopo quella vicenda.

– Sono molto contenta!

Fu l'unica risposta degna che poteva darle.

Asha volse il capo nell'osservare coloro che erano disposti intorno al tavolo, i quali si erano prontamente alzati al suo ingresso, tra questi vi erano Abel, Aldebaran e Batereon, coloro che assieme a lei avevano cominciato la rivolta nei sotterranei di Bastian; oltre a essi, vi erano anche Darius e Damian, i fedelissimi di Bella, eroi rivoltosi all'interno della cava, tutti rigorosamente in assetto da battaglia, con gambali, parabraccia e pettorina di cuoio, con al fianco legata in vita la fibbia contenente le loro lame.

Tutti i presenti offrirono il loro migliore saluto a quella che ai loro occhi parve un'eroina.

Asha, al contrario, li salutò in modo freddo anche se cordiale:

– Abbiamo ottenuto le informazioni che volevamo, scoprendo l'ubicazione della miniera di ferro!

La voce di Bella risultò sin troppo stridula alle orecchie di Asha:

– Mi avevano detto che avrei assistito all'interrogatorio!

Lo sguardo di Asha passò in rassegna tutti i presenti, i quali rivolsero il proprio in ogni direzione nel tentativo di sottrarsi al suo, mentre Bella accorse in aiuto dei suoi sottoposti:

– Alcuni di loro hanno capito quale sorte sarebbe toccata a loro se non ci avessero detto tutto ciò che volevamo!

A dire il vero non era certo la notizia che le voleva dare e sapeva benissimo quale fosse il pensiero di Asha.

– Allora perché mi avete convocata?

Abel prese la parola:

– Dobbiamo decidere come muoverci in merito alla rivolta!

Asha rimase leggermente interdetta, non nascondendo la propria perplessità:

– Ho già detto come avremmo dovuto muoverci, ma mi sembra che non si sia fatto ancora nulla in merito!

Era un'accusa forte e diretta.

– Devi avere pazienza Asha, – Bella si sedette al tavolo, frapponendosi tra Asha e gli astanti. – La responsabilità di questo ritardo, se qualcuno deve essere incolpato, è solo mia!

Asha cercò il volto di quella donna, osservandolo attentamente, ora capiva perché i suoi uomini avessero così tanta stima nei suoi confronti; ad ogni modo poteva anche capire la sua reticenza, aveva voluto vedere se le sue supposizioni fossero veritiere, così si ammorbidì leggermente:

– Ora, se vi siete decisi, io comincerei a seguire le mie indicazioni!

Horud rimase fermo, impassibile, non capiva la reticenza che Bella e i suoi uomini provavano nei confronti della sua Signora, eppure era stata lei a liberarli tutti, probabilmente non era degno di giudicare il loro comportamento, visto e considerato come si era comportato lui nei confronti del proprio popolo, così rimase compassato ma attento senza pronunciarsi in merito.

Nel corso della giornata si pianificò in dettaglio come avrebbero dovuto agire, seguendo le direttive di Asha. Bella assieme a Darius e Damian si sarebbero recati presso i clan delle terre libere, arruolando più uomini possibile per assediare la cittadina di Adasta; a tal proposito Asha non mancò di porre un certo sarcasmo nello specificare come avrebbero dovuto agire, a Bella la sua inflessione non mancò di giungerle:

– Non sarà una cosa facile, se dobbiamo mettere in moto una macchina bellica avremmo bisogno di un adeguato vettovagliamento.

Effettivamente Asha dovette dare ragione a Bella.

– In più avremmo bisogno di macchine d'assedio!

A tal proposito, Damian prese la parola:

– Potremmo utilizzare i carri e riconvertirli, per quanto possa essere possibile, in trabucchi; potremmo utilizzare le pietre estratte dalla cava!

– Ottima soluzione; rimane comunque da risolvere il problema del cibo, – Aldebaran parve pensieroso, mentre la sua affermazione rimase sospesa tra gli astanti. – Potremmo utilizzare tutto l'attuale raccolto, trasformandolo in farina per poi cuocerlo nei forni!

Asha rifletté attentamente sull'ipotesi, avrebbe potuto anche funzionare:

– Allora direi di metterci al lavoro immediatamente!

Tutti gli astanti diedero contemporaneamente il loro assenso.

Nel frattempo Abel avrebbe dovuto riprendere la fabbricazione delle armi e su quell'argomento non vi erano dubbi alcuni; oltre a questi punti, si decise di inviare a Darokis una ventina di uomini in arme con l'effige di Horus, con la scusa di essere stati inviati dal Sacerdote di Bastian, il quale presentava le tasse dovute al Sovrano di Argentea.

Una volta entrati in città avrebbero dismesso quelle vesti per mescolarsi alla folla, cominciando a narrare l'avvento della veggente e la rivolta da essa protratta nel liberare la città di Bastian, in modo da preparare una nuova rivolta interna; questi uomini sarebbero stati capeggiati da Aldebaran, il quale parve molto lusingato dall'incarico affidatogli. In più si vagliò la decisione di liberare gli schiavi della miniera utilizzando tutti gli uomini a disposizione attualmente di istanza a Bastian, il comando di questi ultimi venne assegnato a Batereon, su questo punto Asha impose se fosse possibile di non aggravare ulteriormente il lavoro dei Falchi.

L'ultima questione sollevò non poche polemiche, infatti Asha rese nota a tutti la sua decisione di raggiungere il Regno dell'Ombra.

I pugni di Abel sbatterono fragorosamente sul tavolo, facendo sussultare una parte dei presenti:

– Questo è fuori discussione, nessuno ha mai fatto ritorno da quel luogo... è un suicidio!

Asha tentò di difendere le sue motivazioni:

– Vorrei...

Aldebaran non le permise di continuare:

– Se tu non tornassi, questa rivolta cadrebbe ancora prima di cominciare!

Asha si stizzì:

– Forse non avete ancora capito: noi abbiamo bisogno di informazioni e conoscenza dei fatti!

– E credi davvero di trovare tali informazioni... in un Regno morto?!

Forse Darius aveva ragione, ma ovviamente lei aveva già preso la sua decisione, con o senza il loro benestare:

– Se mi lasciaste parlare, forse capireste le motivazioni che mi spingono a compiere questo viaggio!

Bella alzò una mano per impedire ulteriori dibattiti:

– Lasciamo che Asha ci esponga le sue motivazioni!

Un brusio di dinieghi si dipanò nella stanza, ma ovviamente si astennero tutti dal commentare ulteriormente quella decisione, così Asha poté riprendere il filo del suo preciso discorso:

– Prima o poi il Sovrano ci invierà contro il suo esercito di Mutant e da quanto ho potuto appurare e alcuni di voi li hanno già combattuti in passato, gli unici in grado di poterli sconfiggere erano proprio i Forgianti!

– Si, ma sono comunque tutti morti!

L'urlo di Bella attraversò tutta la stanza:

– Taci Batereon!!! O sarò costretta a cacciarti fuori!

Asha scostò i piedi sotto il tavolo, aveva voglia di alzarsi in piedi, risoluta, ma rimase seduta, posando i gomiti sul tavolo e sporgendosi in avanti verso i presenti:

– Noi abbiamo bisogno di entrare in possesso della loro conoscenza, so che il Regno dell'Ombra è un luogo impervio, ma sono altrettanto sicura di poter ritornare con le informazioni a noi essenziali!

Abel era decisamente dubbioso in merito e non nascose la sua perplessità:

– Non riuscirai a sopravvivere all'interno della Bruma e noi saremo perduti per sempre, assieme a te!

Asha rimase tranquilla e comunque risoluta nel rispondere:

– Io non sono più importante di ogni uno di voi. Forse non avete capito che, anche se solo uno di noi fallisse nel compito assegnato, falliremmo tutti!

– Sicuramente i nostri compiti sono alla nostra portata, il tuo è un mero suicidio!

Abel incrociò le braccia al petto, il suo volto era divenuto serio e preoccupato per i gusti di Asha, la quale ne aveva abbastanza di sentire le recriminazioni per la sua scelta: essi non vedevano ad un passo dal loro naso ed era inutile continuare quella discussione:

– Così è deciso!

Appena Asha si alzò dalla sedia, Bella si alzò con lei, posandole delicatamente una mano sulla spalla, le sue parole furono estremamente gentili:

– So che qualsiasi cosa io dica, la tua decisione è già stata presa, – Bella guardò dritto negli occhi di quella ragazzina, cercando delle risposte, le quali potevano giungere solo dal suo cuore, ma era ancora troppo lontana dalla verità. – Mi raccomando, Asha. Fai molta attenzione.

Asha e il Gigante lasciarono la stanza, per tutto il tragitto lungo il corridoio poterono udire ancora le imprecazioni di quegli uomini nei suoi confronti e per la decisione che aveva preso; in cuor suo sperava di non avere minato la loro fiducia, forse aveva appena commesso un altro errore. Appena misero piede fuori dalla rocca, Asha si soffermò sentendo nuovamente sul suo volto il bacio di Horus, mentre le sue labbra si mossero quasi senza volontà, rivolgendosi a quel suo compagno estremamente silenzioso:

– Immagino che non vi sia nessuna possibilità di convincerti a non seguirmi?

Horud non profferì alcuna parola: rimase ad osservare la sua Signora nella sua figura austera e allo stesso tempo calda, rispondendo con un semplice movimento di labbra sorridenti e accondiscendenti.

Addii

Bella rimandò il proprio viaggio, voleva assolutamente assistere prima alla partenza dei suoi miliziani alla volta della miniera di ferro. In tutto quel giorno, intenso e carico di preparativi, partirono da Bastian duecento armieri ben equipaggiati. Con questa immagine sullo sfondo dei suoi pensieri, la mente di Bella si riscaldò fino ad intensificarsi e a racchiudersi in un'unica precisa affermazione: "Tutto ha inizio!".

Batereon posto a capo di quegli uomini diede l'ordine:

– Uomini, in marcia!

Appena l'ultimo armiere della colonna varcò la porta nord della cittadina, Bella si diresse alla rocca, dove trovò Damian e Darius, i quali avevano già cominciato a preparare l'equipaggiamento necessario per intraprendere quel lungo cammino: sarebbero occorsi diversi cicli medi per raggiungere tutti i clan liberi, per radunarli sotto le sue vesti e per fare ritorno, poi avrebbero raccolto i viveri e gli armamenti preposti per assediare Adasta. Non era certo un compito semplice, ma tutto dipendeva da Bella: non avrebbe fallito. Quando tutto fu pronto, la piccola comitiva raggiunse Abel, il quale era intento nella piazza centrale ad organizzare i lavori. Quest'ultimo aveva suddiviso i cittadini in categorie, alcuni si sarebbero dedicati a convertire i carri in trabucchi, altri avrebbero cominciato ad aiutare i fattori nella falciatura del grano, altri ancora dovevano incaricarsi della macinatura e così via: nelle sue mani era affidata tutta la logistica e il vettovagliamento di cui l'esercito avrebbe avuto necessità.

Bella attese un momento libero del vecchio fabbro, poi gli si avvicinò salutandolo cortesemente:

– Sono venuta a porgerti i miei saluti, vecchio burbero!

Abel le sorrise di rimando:

– Che la fortuna possa accompagnarti!
Bella allungò la propria mano, stringendo in essa il palmo di Abel, in una stretta che assunse molteplici significati, i quali sovrastarono di gran lunga qualunque commento. Erano entrambi guerrieri e non vi era necessità di aggiungere altro, bastò quel semplice gesto per intendersi reciprocamente. Abel rimase ad osservare quei tre scomparire nei dedali di Bastian, poi si riscosse dai propri pensieri, dedicandosi anima e corpo alle sue mansioni.

***

Nel mentre, nella fattoria a sud di Bastian, Asha ed il Gigante erano anch'essi intenti a preparare il loro bagaglio, osservati attentamente dagli occhi vigili di Natan, Amidal e Jamme.
La voce tenue di Amidal ruppe il silenzio che incombeva nella piccola stanza:
– Questa volta vorrei accompagnarvi anche io!
China sul grosso zaino, Asha alzò di poco il viso per osservare quella donna, aveva nuovamente indossato il velo tipico dei predoni della Tundra, probabilmente Lutor glielo aveva restituito:
– Se è questo il tuo volere, io non posso certo negartelo!
Amidal si sarebbe aspettata di tutto tranne quella risposta, positiva e accondiscendente, della quale rimase assolutamente stupita. Asha se ne accorse, lo aveva fatto apposta. Amidal si sarebbe aspettata un rifiuto ed ora non capiva come muoversi, perché nel suo cuore albergava un dubbio, forte e incombente.
Asha si alzò, posando i suoi palmi sulle spalle di Amidal:
– Voglio che tu mi ascolti molto attentamente, – Amidal fece un piccolo gesto di assenso col capo. – Qui hai trovato una casa, una famiglia che ti ha accolto con gioia e amore, sei sicura di volerla abbandonare?
Amidal abbassò lo sguardo, in un movimento che lasciava ancora trapelare il suo passato di sottomissione;

effettivamente doveva ammettere a se stessa di sentirsi davvero a casa, ma era anche vero che aveva un sentimento di dovere nei confronti di colei che l'aveva sottratta alle grinfie del suo destino. Per questo la sua voce tremolò dall'emozione e dal dubbio:

– Io, ecco, io...

Asha la interruppe prontamente:

– Io dovrò dirigermi nel Regno delle Ombre, quello non è sicuramente un posto né sicuro né adatto, ma farò ritorno molto presto, a quel punto tu avrai preso una decisione in merito e se la tua decisione sarà irremovibile, allora mi seguirai!

Confusa e pensierosa, Amidal tornò ad asserire, mentre la curiosità di Natan si accese nel sentire pronunciare quel Regno:

– Così partite per andare nel Regno delle Ombre? Mio padre dice che quello è un Regno di morte!

Asha sorrise a quella affermazione, osservando le premure che Natan riversava sul proprio lupo accucciato accanto a lui.

– Se solo potessi muovermi, – nelle parole di Natan vi era un rammarico profondo, sfibrante. – Anche Desmon ha voluto rendersi utile arruolandosi nei gendarmi liberi, ma io... io sono solo uno storpio!

Il pugno di Natan si abbatté sulle sue gambe immobili, il lupo alzò il muso, scosso da quell'improvvisa ira del proprio padrone.

Asha poteva avvertire tutta la sua frustrazione in merito, avrebbe dovuto fare qualcosa per quel ragazzo, sapeva che era in suo potere curarlo, ma ancora non si era decisa, così gli si avvicinò posandosi sui talloni:

– Il cammino su questo Regno è diverso per ciascuno di noi.

L'ira di Natan esplose:

– Io non ho alcun motivo per rimanere su questa terra, non vi è futuro per quelli come me!

Horud fermò il suo lavoro, osservando con fermezza quel ragazzo, effettivamente doveva ammettere che nel Regno del Nord coloro che non erano atti all'auto sostentamento, o coloro che erano deboli, morivano nel giro di poche lune, ad ogni modo rimase rigorosamente chiuso nei suoi pensieri.

Jamme venne in loro aiuto:

– Natan, ora smettila di compiangerti!

Non furono certamente quelle parole a calmare Natan, ma molto probabilmente furono i loro reciproci sentimenti a far sì che il cuore di quel ragazzo divenisse meno ombroso:

– Sì, scusami.

Jamme non disse nulla: rimase seduta al tavolo con gli occhi fissi sul fratello, probabilmente era una discussione che si protraeva già da diverso tempo.

Asha si alzò posando la sua attenzione sul Gigante:

– È ora di andare!

Horud si mise in spalla lo zaino muovendosi verso l'ingresso, quando la voce di Natan proruppe nuovamente:

– Prendete con voi almeno Meta, lui potrà sicuramente esservi d'aiuto: mio padre mi disse di averlo trovato vicino al Regno dell'Ombra, nella foresta morta!

Asha volse il capo e con delicatezza aggiunse:

– Su questo non vi è dubbio, mio giovane amico, però devi comprendere che quel lupo ha già deciso a chi donare la propria fedeltà.

Negli occhi di Natan si accese una piccolissima luce, lieve ma percepibile: sino a quel giorno non aveva mai pensato a quel legame come un dono ricevuto, bensì come un dato di fatto senza alcuna importanza rilevante, esattamente come il ciclo di Horus: era così solo perché esisteva, senza nessuna implicita soluzione.

Un sorriso pieno di speranza apparve sul suo volto dopo aver ascoltato e interiorizzato quelle parole e, soprattutto, ringraziò con lo sguardo colei che gli aveva per un attimo illuminato la sua miserabile vita.

Asha e Horud varcarono la porta della fattoria, mentre

Aldebaran assieme ai suoi diciannove uomini scelti personalmente da Bella si muovevano, attraversando con i loro carri trainati dai buoi dalle lunghe corna il viale sterrato che da Bastian conduceva sino al limitare delle coltivazioni dei fattori.

Aldebaran si accorse della loro presenza fermando la comitiva e dirigendosi a salutare personalmente Asha.

– Non mi aspettavo di trovarvi ancora qui, – la voce di Aldebaran aveva assunto una tonalità autoritaria, segno che anche quell'uomo aveva cominciato a credere nelle sue possibilità e ciò era un bene. – A dire il vero pensavo che foste partiti alcuni cicli fa...

Aldebaran sorrise mestamente:

– Abbiamo impiegato più tempo del dovuto nel reperire le armi: erano custodite in un magazzino nascosto, – Aldebaran si toccò la pettorina in cuoio. – In più le sarte hanno impiegato più tempo del previsto a rassettare queste giubbe.

– Capisco, – Asha fu molto secca nella risposta, pentendosi e correggendosi immediatamente. – Mi raccomando, cerca di essere prudente.

Aldebaran sorrise, per la prima volta per quello che Asha potesse ricordare:

– Gli uomini che mi seguiranno sono tutti originari di Darokis, anche se è da parecchio tempo che mancano dalla loro terra nativa, non vi saranno problemi di sorta.

– Allora ti auguro ogni bene, ci vedremo presto!

Aldebaran si accomiatò dalla loro presenza, raggiungendo il resto del gruppo, poi in seguito ad un suo comando la carovana riprese il proprio cammino avvolta da una nuvola di polvere.

Era giunto il momento di mettersi in marcia. Asha decise di tagliare per i campi, le parole pronunciate da Natan le avevano messo una certa curiosità nell'animo, osservò attentamente i campi di grano trovando l'oggetto della sua ricerca. Si avvicinò a passo svelto sin tanto che l'attenzione di Lutor fu attratta dalla loro presenza.

Asha e Horud salutarono cordialmente l'uomo intento a falciare il grano, assieme a sua moglie e ad altre donne provenienti da Bastian.

Lutor si asciugò il sudore che imperlava la sua fronte salutando di rimando i suoi ospiti:

– Siete dunque in partenza...

– Sì! Proprio per questo motivo avrei bisogno della tua memoria!

Le parole di Asha volteggiarono nella mente del fattore:

– Come posso aiutarti, Asha?

Asha espirò profondamente:

– Ho saputo da Natan che tu hai trovato il suo lupo all'interno della foresta morta, nei pressi del Regno dell'Ombra.

Lutor ci pensò per qualche secondo:

– Sì, accadde molti cicli fa...

Asha pose il suo sguardo oltre il promontorio, in un punto non ben precisato ma con un intento molto puntuale e mirato:

– Vorrei sapere se per caso ti fossi addentrato in quel luogo?

Lutor fu scosso da un brivido di gelo:

– Assolutamente no! Nessuno torna da quel luogo: al tempo ero ancora un abile cacciatore e capitava spesso che andassi in cerca di prede nella foresta morta, ma non ho mai varcato la soglia della Bruma!

Horud si massaggiò la folta barba, in preciso ascolto, mentre Asha posò maggiormente il suo peso sul suo bastone:

– Capisco; ti ringrazio comunque per le tue parole e i tuoi ricordi.

Lutor rimase per alcuni attimi basito, poi la sua mente cominciò ad illuminarsi:

– Non vorrete per caso entrare nella Bruma?

Asha cambiò la direzione del suo sguardo, sapeva esattamente quali parole avrebbe pronunciato il fattore e a dire la verità non le voleva sentire, così alzò il palmo della mano nel tentativo di interrompere, prima ancora che fossero da lui pronunciate, le sue recriminazioni in merito:

– Non vi è necessità di aggiungere altro, Lutor. Grazie di tutto.

Lutor rimase completamente esterrefatto, mentre fermo poté solo osservare quelle figure incamminarsi oltre i campi di grano, rivolgendo a loro il suo più semplice pensiero:

"Vi auguro ogni bene!"

Piani Di Vendetta

Dabah assieme ai suoi predoni si era accampato nei pressi dell'ultimo pozzo, a sole venti miglia dalla sua meta. Ora si godeva una piacevole sosta all'interno della sua tenda, dopo il lungo viaggio attraverso tutta la Tundra, rimuginando su ciò che avrebbe dovuto esporre al Sovrano. Il suo piano era semplice, riunire sotto il suo comando tutti i Clan della Tundra, ma senza il consenso e l'approvazione del Sovrano il suo intento non sarebbe andato a buon fine. Avevano depredato il luogo in cui si nascondevano quei reietti ed assieme a loro vi erano una trentina di ostaggi, i quali avrebbero sicuramente fatto la loro parte. Egli si perse nei propri pensieri assaporando la sua vendetta nei confronti di colei che lo aveva amaramente umiliato: sarebbe stata una vendetta al di là della sua immaginazione, indicibile. Un sorriso alquanto disumano e deformato marcò il suo volto, coperto dal suo consueto velo.

***

All'interno dei meandri della Rocca, nei suoi più nascosti recessi, la sagoma del Sovrano era china su alcuni volumi posti innanzi a lui ombreggiava lugubre i propri pensieri. Egli era riuscito a parlare con suo fratello, prima della sua partenza, quel tanto che bastava per farsi un'idea chiara su come avrebbe dovuto comportarsi nel suo imminente futuro e sulla tanto attesa profezia. Era ancora incredulo dei testi, sui quali si basava la tesi del fratello; in più, cercando negli angoli più profondi della sua memoria, non ricordava alcun insegnamento protratto dal proprio Maestro in merito a tale possibilità, almeno per gli anni trascorsi al servizio del Monastero di Antart e del suo apprendistato.

In vero credeva poco a quella eventualità, ma sapeva che suo fratello non poteva mentirgli in merito, aveva ascoltato attentamente il suo discorso, traendone gli insegnamenti necessari, non trovando né traccia di menzogna nelle sue parole, né nella sua tesi in merito. Infine era tutto abbastanza facile: egli sosteneva che Zoor fosse giunto a conoscenza di questa profezia, la quale altro non era che l'annunciazione di una nuova era. In pratica l'arrivo del Masciach avrebbe cancellato tutta la conoscenza e tutti i Profeti, recando col suo avvento una nuova vita.

In ogni caso il dubbio rimaneva: come avrebbe fatto ad ottenere tutto ciò? Suo fratello era stato particolarmente chiaro in merito:

– Il mio dubbio è il seguente, fratello mio: se la conoscenza verrà elargita a tutti gli uomini, nessuno sarà speciale, così facendo nessuno avrà conoscenza.

Baal doveva ammettere la veridicità di tali parole, effettivamente ricordava ancora molto bene gli insegnamenti del Maestro, il quale sosteneva che egli altri non era che uno dei quattro al quale sarebbe toccato il compito di proferire il verbo.

Aveva preso molto seriamente il suo compito tanto da erigere, come avevano fatto i suoi fratelli, Regni pieni di luce, ma allora perché avrebbe dovuto avvenire un nuovo avvento?

Perché era stato mandato a predicare, se poi tutte le sue fatiche sarebbero state vanificate e spazzate via da questo fantomatico Masciach?

Era evidente che non poteva permettere che ciò avvenisse, altrimenti la sua esistenza sarebbe stata del tutto vana, al contrario degli insegnamenti impartiti. Probabilmente anche Zoor si era mosso per fermare quell'atto, per confermare la sua supremazia o semplicemente per vendicarsi di un fato costruito e perpetrato segretamente dal Maestro stesso.

Vi erano troppe domande nella sua mente e così poche risposte, ma in ogni caso suo fratello Zoor aveva cominciato questa sua guerra personale ad Antart e lui non poteva di certo farci nulla. Probabilmente egli aveva già fermato il Maestro che a suo giudizio, se si fosse davvero macchiato di quel complotto alle loro spalle, meritava senza ombra di dubbio il destino che aveva provocato. In ogni caso avrebbe dovuto muoversi, o almeno non essere impreparato, nel caso Zoor non fosse riuscito nel suo intento. Aveva già dato disposizione a Lord Arrow di seguire la colonna di suo fratello sino all'imboccatura di Hulm, la quale recava nel Regno dei Demoni assieme a cinquecento Mutant e di sostare al passo, sino all'arrivo degli uomini preposti alla costruzione di una nuova Rocca. Quel passo era l'unica via di accesso per entrare nel suo Regno da nord e, se questo fantomatico liberatore avesse intrapreso quel cammino, da nord verso sud avrebbe trovato il suo esercito ad aspettarlo. In ogni caso avrebbe dovuto accelerare il processo di generazione dei Mutant, a tal proposito gli servivano delle nuove donne per svolgere al meglio quel compito.

I passi che rimbombarono tra le mura del corridoio riportarono al presente la mente del Sovrano. La figura di un suo sottoposto oltrepassò la fievole luce delle candele poste sopra alla scrivania, mentre la sua voce si fece udire sottomessa:

– Mio Signore, l'Elisir Dabah chiede di essere ricevuto!

Baal chiuse il proprio volume, non degnandolo nemmeno del suo sguardo, il suo volto lasciò trapelare l'insofferenza provocatagli da quella interruzione sgradita:

– Mandalo via!

Il gendarme chinò il capo in segno di riverenza, non voleva certo provocare le ire del suo Sovrano, ma tentò comunque di intercedere:

– Mio Signore, l'Elisir sostiene di avere informazioni utili delle quali lei deve essere immediatamente messo al corrente!

Baal fece un grande respiro e socchiuse gli occhi come per mettere a fuoco le parole appena udite, si sistemò con la postura austera incrociando le braccia al petto, pronunciando l'esito dei suoi pensieri curiosi:

– E sia, fallo entrare!

Dopo qualche minuto Dabah fece ingresso nel Sancta Sanctorum del Sovrano, prostrandosi davanti ad esso, il quale non perse tempo in ulteriori forme di prassi:

– Hai voluto presentarti al mio cospetto, vedi di non sprecare il tempo che ti dedico!

La gola dell'Elisir si impastò all'istante, era la prima volta che vedeva il Sovrano e la sua aura nonché il luogo scelto dallo stesso gli avevano messo addosso quella sensazione e quella reazione che a sua volta utilizzava per ricevere i propri sottoposti.

Era la prima volta che si trovava ad essere dall'altra parte della gerarchia, così le sue labbra si mossero tremule:

– L'ambasciatore non porta pene, mio Signore!

Baal rimase rigorosamente in silenzio, mettendo ancora più apprensione al suo suddito, poi il suo tono si fece udire perentorio:

– Avanti, parla! Per quale motivo hai chiesto udienza?

Dabah si prodigò nel prostrarsi con maggior enfasi davanti al Sovrano:

– Vorrei sottoporle la mia umile richiesta...

La voce del Sovrano salì di un ottava:

– Allora deciditi a esporla!

Dabah si fece coraggio:

– Ho potuto appurare con i miei stessi occhi il sopraggiungere nelle mie terre di un essere con i vostri stessi poteri!

Il Sovrano si alzò di scattò, mentre i suoi pensieri cominciarono ad ammassarsi senza trovare un filo logico e la sua ira trapelò fredda dalle sue labbra:

– Nessuno, a parte i miei fratelli, può annoverare tale dono! Nessuno!

La fronte di Dabah si appesantì sul marmo liscio e freddo del suolo, mentre goccioline di sudore comparvero a imperlarla:

– Non volevo sminuire i suoi doni, maestà. Le ho solo riferito ciò che i miei umili occhi hanno visto!

– Allora i tuoi occhi ti hanno sicuramente tratto in inganno, stupido servo!

L'Elisir non sapeva bene come potersi ritirare senza subire l'ira di quell'uomo, conoscendo bene le punizioni inflitte a coloro che si permettevano di disapprovare o mettersi anche solo in contrasto con esso; in ogni caso non poteva demordere, doveva assolutamente vendicarsi dall'onta subita:

– Mio Signore, ho potuto appurare la veridicità delle mie parole!

Baal si avvicinò, i suoi passi risuonarono all'interno della stanza, protraendosi con un ritmo funebre nelle orecchie labirintiche di Dabah:

– Se mai dovessi scoprire la menzogna nelle tue parole, la tua fine sarà lunga e dolorosa!

Un brivido percorse tutto il corpo dell'Elisir, invadendo con insistenza ogni suo centimetro di pelle, per cui la sua risposta fu quasi una supplica:

– Vi porgo le prove del vero!

– Quali sarebbero queste prove, servo!?

Dabah tentò di riscuotersi dal terrore che fremeva nel suo animo, spiegando come si fossero svolti gli avvenimenti che portarono all'incontro con colei che lo aveva derubato del suo dono, di come avesse sconfitto i suoi migliori armieri e delle sue parole, rivolte al suo clan; infine terminò il suo racconto col narrargli le sue supposizioni in merito a quella figura e di come si era mosso per vendicare la sua onta. Il Sovrano aspettò pazientemente senza mai interrompere il flusso delle parole di colui che lo stava avvertendo che la profezia si stava avverando: i suoi pensieri cominciarono a vagare nel tentativo di trovare le risposte che cercava, ma un velo tenebroso iniziò la sua discesa tra i suoi ricordi.

Possibile che il Maestro avesse manipolato il loro destino? Possibile che quell'uomo riuscisse a varcare i confini del tempo e a prevedere i risvolti futuri? Possibile che lui fosse stato così cieco?

Appena Dabah finì le proprie argomentazioni, celando di proposito alcuni aspetti di quella vicenda in merito agli schiavi che aveva condotto sino alle porte del Sovrano, quest'ultimo prese la parola:

— Vorresti farmi credere che colei che ha sconfitto i tuoi uomini altri non sia che una ragazzina?

Umettandosi le labbra oramai inaridite, l'Elisir asserì:

— Sì vostra maestà. Si tratta di una giovane donna!

Un sorriso amaro e preoccupato apparve sul volto tirato di Baal, tramutandosi immediatamente in una risata isterica, che si propagò incontrollata in tutta la Rocca, incuneandosi all'interno di quei bui corridoi. Quando quel gesto liberatorio terminò, la sua voce si fece udire nuovamente:

— Ti ringrazio per le informazioni che hai portato al mio cospetto, come posso mostrarti la mia gratitudine?

Qui l'Elisir posò le basi del suo piano:

— Vorrei che lei mi nominasse Gran Elisir, al fine di potere comandare tutti i clan della Tundra!

— Per quale motivo dovrei farlo? Amadh mi serve da lungo tempo e nel migliore dei modi!

L'Elisir non perse tempo:

— Questo è vero, mio Signore, ma io voglio aiutarla a eliminare quella donna, con le mie stesse mani! Se lei mi darà il permesso, io riunirò sotto il mio vessillo tutti i guerrieri della Tundra, per marciare alla ricerca di colei che ha osato minacciare il Regno di Argentea!

Baal si massaggiò il mento più volte, nuovamente rapito dai suoi dubbi: quell'uomo innanzi a lui gli stava nascondendo il vero, lo avvertiva al di là della mera impressione visiva. La sua intelligenza era lucida, acuta: ora spettava a lui decidere come poter utilizzare quell'uomo e le informazioni appena ricevute. Se la donna da egli vista aveva i suoi stessi poteri, difficilmente gli uomini della Tundra avrebbero potuto fermare la sua avanzata ed era anche consapevole che prima o poi ella sarebbe giunta sino al suo cospetto, doveva solo prepararsi al meglio:

– Valuterò attentamente la tua proposta, servo. Nel frattempo potrai usufruire della mia ospitalità, mentre io deciderò del tuo destino!

Dabah si protrasse in un lungo inchino, ossequioso e attento, aveva sicuramente ottenuto più di quanto avesse immaginato da quel primo dialogo, così chiese il permesso di congedarsi, lasciando il Sovrano ai suoi pensieri perplessi, ma allo stesso tempo guardinghi.

La Bruma

I cicli di Horus scandirono i passi lenti e misurati di Horud ed Asha, i quali decisero di raggiungere il Regno dell'Ombra, costeggiando il promontorio orientale della valle di Baraan, il percorso sarebbe risultato leggermente più lungo, ma almeno si sarebbero sottratti all'eccessiva calura della valle. Il loro viaggio fu più taciturno del solito, cadenzato dal ritmo di pensieri riservati e trattenuti. Fu Asha ad interrompere quella monotonia, fermandosi ad osservare il paesaggio, che aveva iniziato a cambiare le sue forme ed i suoi colori:
— Dunque sarebbe questa la foresta morta?
Horud alzò lo sguardo dai propri passi, osservando quella fitta foresta di alberi spogli e secchi, la quale si estendeva oltre il promontorio occidentale, giù sino a raggiungere la valle di Baraan ed estendersi sino a perdita d'occhio verso nord, dove si cominciava ad intravedere la Bruma del Regno dell'Ombra. A sud la foresta portava i segni indelebili dell'uomo, i quali avevano tagliato una gran parte dei tronchi lasciando visibili tracce del loro passaggio.
La voce di Horud si fece udire alle spalle di Asha:
— Sì, me la ricordavo...
Asha si voltò, osservando il suo compagno di viaggio, mentre la sua curiosità si riaccese:
— Sei dunque passato per queste terre? Quindi dovresti sapere anche qualcosa in merito al Regno dell'Ombra!
Horud rimase inerme, allungando lo sguardo verso quel panorama oscuro, mentre un grido stridulo di un qualche rapace si fece udire trasportato dal vento:
— Vieni, forza. Cerchiamo un riparo dall'occhio di Horus!
Oltrepassarono l'arida superficie che ricopriva la parte occidentale del promontorio, cercando un riparo per potersi ristorare. Horud intravide ciò che avrebbe fatto al caso loro:

una piccola insenatura tra due spuntoni di roccia quel riparo avrebbe fatto al caso loro. All'ombra del costone Horud si sedette, asciugandosi il sudore pressante che imperlava la sua fronte, stappò la Celana bevendo avidamente il suo contenuto; allo stesso tempo Asha si sedette comodamente al suo fianco, incrociando le gambe nella sua solita posizione meditativa.

Trascorsero alcuni attimi prima che la curiosità di Asha venisse soddisfatta:

– A quel tempo io discesi queste terre, passando attraverso il promontorio occidentale, a dire il vero ero molto giovane a quell'epoca, ma credo in verità di essere giunto qui dopo la caduta della città di Calen!

Asha ascoltò attentamente quelle parole, eppure in lei vi era un leggero sospetto:

– Avevi detto che conoscevi i Forgianti e la loro spiccata abilità nel forgiare l'acciaio!

Horud tappò la Celana, mentre il suo sguardo vagò verso un punto non ben precisato:

– Penso che vi siano sin troppe leggende, mentre la realtà si confonde nel tempo, – la smorfia comparsa sul volto della sua Signora gli fece capire che non credeva particolarmente a quella breve spiegazione, così riprese. – A quel tempo, quando giunsi nella città di Bastian, la situazione non era certo come l'abbiamo trovata noi!

Asha meditò su quella affermazione, trovandola ovvia:

– Ti ricordi almeno di avere sentito qualche commento, in merito alla grande guerra?

Horud si massaggiò la folta barba, cercando di accomodare la risposta, invano:

– A dire il vero, no.

Asha continuava ad avvertire una leggera tensione nelle parole del suo compagno, mai come in quel momento, pensò che le stesse nascondendo più di quello che voleva rivelarle; chiaramente non poteva costringerlo a dirle e a raccontarle ciò che lui taceva, ma quelle informazioni avrebbero potuto significare o racchiudere qualche buona conoscenza.

Asha cercò attraverso i suoi ricordi alcuni insegnamenti in merito a come si sarebbe dovuta comportare, non riuscendo a trovare nulla che la potesse aiutare a riscuotere il Gigante dalla sua reticenza, così senza alcun preavviso il ricordo le cadde su di un insegnamento.

***

Il Monastero quel giorno le apparve più cupo del solito, solo pochi giorni prima non avrebbe mai immaginato che la tristezza avrebbe preso il sopravvento su di lei e sul suo cuore, infatti era riuscita per la prima volta a prendere un Faraone, che era un tipo particolare di grande farfalla dalle ali di colore nero ed oro, una rarità nel Regno di Antart. Attorno a quell'essere si narravano incredibili leggende ed ora lei l'aveva rinchiusa in una piccola gabbia per uccelli, osservando la bellezza di quell'essere, sognando di potere volare con lei oltre i muri del Monastero, oltre la valle di Dah, oltre il villaggio sottostante, oltre i confini conosciuti.

Erano le fantasie di una piccola bimba, ma la realtà fu ben diversa, quando quella incredibile creatura mistica giacque immobile sul fondo della gabbia.

– Perché ti struggi, figlia mia?

La voce e la presenza del suo Maestro entrarono nel campo uditivo e visivo di Asha:

– Non sono riuscita a farlo vivere nemmeno un giorno!

Il Maestro le sorrise, riconoscendo in lei la sua pura ignoranza:

– Ogni essere vivente di questo piano è soggetto alle leggi che lo governano, – come al solito il Maestro era riuscito a catturare l'attenzione della sua allieva e ad accendere in lei la sua curiosità. – Tutti gli esseri viventi percepiscono lo scorrere del tempo in base ai loro battiti cardiaci.

Asha rimase in silenzio rapita del timbro di voce del Maestro:

– Quella creatura ha vissuto tutta la sua esistenza in quella gabbia!

Asha osservò quella farfalla, capendo e soffrendo per il male che le aveva arrecato, anche se in lei il concetto espresso dal suo Maestro appariva troppo vago e indistinto:

– Io, ecco...

– La conoscenza, figlia mia, è la base per approcciarsi su questo piano, – il Maestro si chinò su di lei, posandole una mano sul capo, cercando di aiutarla nella comprensione. – Se il battito cardiaco è veloce, la percezione del tempo scorrerà più lentamente, quindi un solo giorno trascorso, seguendo la tua percezione del tempo, dura una vita, come nel caso di quel Faraone!

Asha osservò gli occhi del proprio Maestro, i quali le mostrarono il vero delle sue parole:

– Ricordati, figlia mia, tutto dipende dai punti di vista da cui osservi il mondo e alle tue percezioni; per capirne i meccanismi che lo regolano devi sempre spostare il tuo punto di vista, altrimenti non potrai mai comprendere questi meccanismi!

Era un concetto troppo remoto per la sua giovane mente e il Maestro se ne accorse:

– Al contrario una testuggine del lago Iellar, la quale può vivere più di duecento anni, ha un battito cardiaco estremamente lento, di conseguenza la sua percezione del tempo è molto più veloce!

Asha aveva compreso quel pensiero, ma ovviamente non si capacitava del perché gli esseri umani non perseguissero quella regola, per cui non esitò a porre un'ulteriore domanda:

– Allora perché gli esseri umani non vivono tutti lo stesso tempo?

– Brava la mia allieva, – la voce del Maestro sembrò estremamente compiaciuta, non vi erano dubbi: non si era assolutamente sbagliato in merito, lei avrebbe incarnato la conoscenza. – Gli esseri umani sono gli unici a divincolarsi da queste leggi!

Asha si riscosse immediatamente:

– Ma questo è impossibile: tutti gli esseri seguono le stesse leggi!

Il rimprovero apparve nuovamente nel tono di voce del Maestro:

– Nulla è impossibile: lo diviene solo quando noi pensiamo che lo sia! Gli esseri umani, figlia mia, seguono un'altra legge... che non è di questo piano!

***

Era un concetto molto più incomprensibile del precedente e Asha lo trovò assurdo, almeno a quel tempo, ora mentre osservava quella foresta aveva appreso quella regola ripetendola mentalmente: "Il nostro cuore pulsa alla stessa frequenza di Horus, il quale determina la nostra percezione del tempo!".

Appena la sua mente pronunciò quelle parole, comprese anche il suo dubbio, il quale cominciò a riversarsi nella propria coscienza: nel Regno del Nord, dove sorgeva esclusivamente Shevra, su quale regola si basava la vita? Quale legge governava quel mondo di Giganti come Horud?

Forse il suo compagno viaggiava su quel piano da molto più tempo di quanto lei potesse immaginare ed ecco spiegato il motivo per cui le storie sin qui ascoltate non coincidessero.

Con quei pensieri in testa, Asha cercò di pensare ad altro: era giunto il momento di ristorarsi e di riposarsi prima di percorrere l'ultimo tratto che li separava dalla loro meta. Impiegarono un altro ciclo di Horus scendendo dal declivio per inoltrarsi nella foresta morta, prima di raggiungere i confini che separavano la valle di Baraan dal Regno dell'Ombra. Una fitta Bruma, arcana e impenetrabile, delimitava tale spazio.

Asha si fermò ad osservarla, soppesandola con gli occhi, appoggiandosi pesantemente al proprio bastone da cammino:

– Dunque è questo il limitare!

Horud si pietrificò innanzi a quella bruma, la quale sembrava avvolgere le sue spire intorno al mondo intero, mentre un brivido freddo gli attraversò tutta la spina dorsale. L'atmosfera era rarefatta, ombre ramificate si muovevano in una danza macabra ed oscura. Asha allungò una mano nel tentativo di toccare quella nebbia, o almeno le sembrava tale, esattamente come avveniva sulla superficie del lago di Iellar nel suo amato Regno. Appena il suo palmo toccò quel velo pesante e tenebroso, avvertì immediatamente la sua vibrazione, la quale attraversò tutto il suo corpo, colpendo la sua coscienza come se avesse ricevuto un pugno, capendo immediatamente l'origine di tale fenomeno. Indietreggiò di un passo staccando il palmo, il quale continuò a formicolarle provocandole quel noto fastidio. La sua conoscenza si espanse, non aveva avuto modo di capire a fondo le arti magiche, ma sapeva che in quel luogo il Sovrano aveva liberato la propria coscienza e la propria forza per distruggere ogni forma di vita al suo interno, legandosi alla terra stessa, compiendo un incredibile sacrificio per ottenere tale risultato, corrompendo la propria anima.

Asha capì immediatamente che se lei avesse varcato quella soglia, sarebbe stato un viaggio di sola andata. La sua voce assunse un tono mai udito prima dal Gigante:

– Horud, tu non puoi seguirmi oltre, – il Gigante non fece in tempo a replicare, che Asha continuò in tono imperativo. – Il tuo compito sarà di aspettare il mio ritorno in questo luogo!

Horud non poté assolutamente accettare quella incombenza:

– Io ho promesso di seguirti ovunque tu vada; solo questo è il mio compito!

Asha si voltò e i suoi occhi apparvero stranamente cupi:

– Conosco molto bene ciò che il Sovrano ha posto in tale luogo e ti dico che se tu attraversassi questa Bruma, comincerai a deperire, sino a quando le forze ti abbandoneranno, l'inedia ti avvolgerà completamente e a quel punto l'ombra della morte sopraggiungerà!

Asha aspettò che le sue parole facessero breccia nell'animo di Horud:

– Tu non puoi seguirmi!

Padri e Figli

Assieme ai gendarmi liberi di Bastian, Batereon superò agevolmente tutta la valle di Baraan giungendo sino al promontorio occidentale, proseguirono verso nord, sino a giungere alla gola dei due picchi, seguendo le indicazioni di Garan. Egli era il membro più giovane del gruppo dei gendarmi fedeli al Sacerdote arrestati a Bastian, mentre trasportavano i carri provenienti dalla miniera di ferro. Al comando di Batereon, tutti gli armieri si fermarono per accamparsi nell'insenatura della gola, mentre egli a passo svelto si diresse ad interrogare nuovamente il prigioniero:
– Allora, miserabile reietto, dimmi ancora esattamente di quali forze disponete con indicazioni dettagliate, senza eludere alcun particolare!
Garan era seduto controllato a vista da cinque gendarmi liberi, il suo volto mostrava ancora i segni delle percosse ricevute, era decisamente stanco ed affamato, oltre a non sentirsi più le braccia, strettamente legate dietro la schiena. Oramai aveva perso ogni speranza di potere essere liberato e contemporaneamente aveva perso anche ogni reticenza nell'aiutare quegli uomini a compiere ciò che si erano prefissati, così ripeté per l'ennesima volta ciò che sapeva:
– Alla fine della gola, che si estende per circa settanta miglia, all'interno del promontorio vi è una piccola rocca costruita completamente in legno, – Garan sospirò, sapeva di tradire i suoi compagni, ma allo stesso tempo non voleva più ricevere alcun tipo di maltrattamento: aveva visto coi propri occhi la fine che aveva fatto il Sacerdote, quindi sapeva che il mondo in cui lui era cresciuto e aveva creduto non esisteva più; oramai la severa morte si era avvalsa della proprietà di quelle terre. – Di istanza alla rocca in questo momento vi sono quarantotto gendarmi, i quali a turno operano sia in superficie che nella miniera!

Di soppiatto, la voce secca di Batereon interruppe il suo discorso:

– Sicuro siano solo quarantotto i gendarmi di istanza? Potresti pentirti delle tue parole, qualora mentissi!

Garan fece un cenno di assenso col capo:

– Sono solo quarantotto.

– Molto bene, vedo che hai capito! Cosa sai dirmi dei prigionieri?

Garan continuò sospirando, le sue braccia legate dietro la schiena affaticata lo stavano soffocando di dolore:

– Come ho già detto, non so di preciso quanti siano all'interno della miniera, io non sono mai sceso nelle sue profondità, ti ho già spiegato come funziona il vettovagliamento e la guardia di quei miserabili!

Garan sentì solo il dolore, il pugno di Batereon si scagliò con furia quasi cieca sul suo volto, mentre un rivolo di sangue schizzò dalle labbra del gendarme:

– Se osi nuovamente chiamarli a quel modo, ti giuro che non riuscirai a vedere un altro ciclo di Horus, maledetto vigliacco!

Garan alzò il volto osservando quell'uomo, pentendosi immediatamente di averlo fatto: questa volta il dolore penetrò profondamente le sue membra, il suo setto nasale si piegò sotto le mani possenti di Batereon, rompendosi; copiose lacrime sgorgarono immediatamente dai suoi occhi offuscandogli completamente la vista, mentre il sapore del sangue gli pervase il palato, scendendo a grandi fiotti all'interno della gola. Gli fu difficile anche solo gemere.

Garan si piegò in due, raggomitolandosi al suolo, ansimante, mentre il suo stesso sangue macchiava la terra arida innanzi al suo volto.

– Portate lontano dalla mia vista questo sacco di merda, il suo lurido sangue sta imbrattando le nostre terre!

Prontamente due gendarmi liberi si chinarono sul prigioniero trasportandolo di peso lontano dal loro capitano. La voce di un sottoposto attrasse la sua attenzione:

– Signore, come procediamo?

Batereon si massaggiò le nocche, facendole scrocchiare in un suono sordo, si era accorto di avere colpito con foga incontrollata, per cui aveva avvertito un lieve dolore alle dita:

– Lasceremo qui quel letame assieme a dieci dei nostri uomini: lasciate loro cibo e acqua a sufficienza, noi continueremo col piano prestabilito.

Occorsero altri tre cicli di Horus per raggiungere la loro meta, la gola terminò esattamente come aveva detto Garan, un piccolo fortino era stato costruito per impedire l'accesso alla miniera, la quale sorgeva alla base di una parete retrostante al forte, alta più di cinquecento braccia.

Al loro arrivo, Batereon poté notare una nutrita schiera di gendarmi posti al di sopra della porta di ingresso del fortino, i quali intimarono loro di arrestare la marcia. Tale vista non cambiò di certo i loro piani:

– In nome del Sacerdote di Bastian, vi ordiniamo di aprire i cancelli!

Il comandante di quello sparuto gruppo di gendarmi osservò attentamente quella schiera di armieri, individuando tra loro l'oggetto della sua ricerca:

– Aprite il cancello al Sacerdote!

Batereon sospirò, il loro piano aveva funzionato, le sarte avevano svolto un impeccabile lavoro, riuscendo in breve tempo a fabbricare una tunica simile a quella indossata dal Sacerdote di Bastian ed ora quel camuffamento indossato da uno dei suoi sottoposti aveva dato accesso alla piccola rocca, permettendo loro così di entrare con tutte le loro forze e sopprimere in partenza qualsiasi forma di ribellione. L'attacco fu veloce e repentino, in breve tempo i gendarmi liberi di Bastian presero il controllo della piccola rocca avendo la meglio sui pochi gendarmi di guardia, i quali non superarono come aveva detto Garan le venti unità in superficie, alcuni di loro si arresero senza nemmeno estrarre le spade. Batereon poté osservare meglio come fosse istituita quella miniera: tra le mura del forte e la muraglia di arenaria che svettava al termine della gola vi era uno spazio di circa duecento braccia adibita alla lavorazione del ferro in superficie ed oltre a quella ventina di gendarmi vi erano al lavoro anche un centinaio di prigionieri, i quali non riuscendo a credere a ciò che stesse succedendo si provocarono numerose ferite nel tentativo di sottrarsi o semplicemente di rivolgere la propria ira sui gendarmi. Alcuni di loro infatti avevano erroneamente pensato che fosse giunta la loro ora, in effetti alcuni la trovarono, prima di rendersi conto della vera realtà dei fatti. Le loro catene non permettevano dei movimenti particolarmente rapidi essendo costruite in un modo molto particolare, in effetti sia ai polsi che alle caviglie i loro ceppi presentavano degli spuntoni interni, i quali se mossi troppo repentinamente entravano in profondità nelle carni. Inoltre il problema maggiore era dato dal loro collare, il quale era fatto esattamente allo stesso modo dei ceppi, solo che qui le punte in ferro erano assai più lunghe, in più le catene erano a scorrimento e collegate le une alle altre, così facendo bastava tirare la catena di un qualsiasi prigioniero per recare il maggiore danno possibile a tutti coloro che erano nei pressi. Era decisamente un metodo estremamente pratico ed assai cruento. I gendarmi liberi presero possesso di tutte le strutture: oltre alla palizzata in legno all'interno dell'area di superficie vi era una stalla per i buoi dalle grandi corna, un refettorio dove venivano preparati i pasti sia per i gendarmi al servizio del Sacerdote sia per gli schiavi, un dormitorio dove erano collocati alcuni gendarmi a riposo dopo le mansioni di guardia, un magazzino dove venivano stivati i carri e il carico da trasportare a Bastian, una rimessa per stoccare i viveri, più alcuni macchinari anch'essi in legno per l'estrazione e la pulitura del materiale ferroso, senza contare il piccolo casermaggio, dove venivano stivati l'equipaggiamento dei gendarmi. Più di un centinaio di armieri liberi si inoltrarono nella miniera per potere liberare tutti gli schiavi contenuti in essa, mentre il capo della guardia venne portato al cospetto di Batereon. Legato, percosso e vessato nei modi più disparati possibili, esso venne posto e trattenuto in ginocchio da due gendarmi liberi posti al suo fianco, al cospetto del loro comandante, mentre con un filo di voce proferì le sue prime parole:

– Vi sono grato per averci risparmiato la vita.

Batereon fu molto meno cordiale:

– Non ho detto che vi venga risparmiata la vostra miserabile vita!

Gli occhi del capitano delle guardie si posarono sul volto di Batereon:

– Per lungo tempo mi sono chiesto se non fossimo in errore e ora le mie preghiere sono state esaudite.

Batereon osservò intorno a lui, molti dei suoi uomini avevano cominciato a liberare gli schiavi in superficie, apportando le prime cure a coloro che ne avevano bisogno, mentre altri stavano legando gli armieri al servizio del Sacerdote:

– Se questo era il tuo proposito, perché non ti sei ribellato?

Il comandante era un uomo robusto, probabilmente della stessa età di Batereon, con occhi profondi e vissuti, la sua lunga barba presentava i primi segni di cedimento, macchiata da qualche spruzzo di grigiore, proprio come i suoi capelli, Batereon non si ricordava di averlo mai visto in precedenza, probabilmente egli non era originario di Bastian.

– Come avrei potuto liberare questa gente, mettendomi contro il Sacerdote e l'ira del Sovrano?

Batereon digrignò i denti:

– Sei solo un meschino e un vigliacco!

Mentre queste parole uscirono dalle sue labbra, i primi gendarmi liberi fecero capolino attraverso il foro della miniera, scortando con loro i primi prigionieri, oltre ai primi schiavi liberati, a quella vista l'ira di Batereon cominciò ad emergere. Alcuni di loro erano talmente magri da avere le ossa asciutte ed in sporgenza, altri presentavano alcune forme di deformazione dovute alla loro continua postura, tutti avevano le sembianze degli eterei, la loro pelle privata completamente del bacio di Horus era divenuta particolarmente sottile, quasi fosse trasparente, mettendo in evidenza i loro vasi sanguigni, di un colore viola acceso, i più longevi purtroppo avevano perso l'uso della vista rimanendo rinchiusi all'interno di quell'inferno.

Trafelato, un gendarme libero si presentò al cospetto di Batereon:

– Mio signore, abbiamo urgente bisogno di un curatore, – si piegò leggermente posando i palmi sulle gambe in modo da riprendere fiato. – All'interno della miniera, mio Signore, dobbiamo aiutarli!

Batereon aveva capito, ne aveva già avuto abbastanza di ciò che aveva visto emergere da quell'oscurità, la sua voce permeò le pareti di tutta la gola, mentre lo sguardo attonito del comandante degli armieri devoti al Sacerdote divenne immediatamente vitreo:

– Impiccate tutti questi bastardi!

Alcuni gendarmi tentarono di dibattersi, non tanto per trovare la loro libertà oramai perduta, ma solo per ricevere una morte rapida a fil di spada, piuttosto che pendere da una corda. Desmon era tra coloro che rimasero fermi, basiti nell'osservare quello scempio che si stava svolgendo in quel remoto angolo di terra. Egli aveva voluto dare il proprio contributo alla causa di liberazione del Regno di Argentea, unendosi ai gendarmi liberi di Bastian ed ora poteva appurare coi propri occhi ciò che davvero significava porsi in guerra. All'entrata della porta principale della piccola rocca fu allestito un patibolo improvvisato: per raggiungere l'altezza desiderata un cappio era stato posto sopra il camminamento della porta ed al di sotto venne posto un carro da traino. I gendarmi al servizio del Sacerdote assieme al loro capitano vennero scortati e posizionati innanzi a esso, venendo impiccati uno ad uno, ma ciò che colpì maggiormente Desmon fu un ragazzo, più o meno della sua età, raggiungere il carro ed essere posizionato per l'esecuzione, il quale riconobbe nell'artefice di quel compito il proprio padre.

Mentre le lacrime solcavano il suo giovane volto, si rivolse a quell'uomo:

– Io sono tuo figlio, come puoi farmi una cosa del genere?

L'uomo lo osservò per alcuni attimi, poi la sua risposta fu glaciale e ferrea come le sue azioni:

– Mio figlio è morto molti cicli fa!

Furono le uniche sue pesanti parole, mentre spingeva il corpo di quel ragazzo oltre al parapetto del carro.

Il Patto dell'Ombra

Il tempo nel Regno dell'Ombra era diventato un concetto del tutto effimero. I passi divennero sempre più lenti ed affaticati, nonché difficoltosi e titubanti man mano che ci si addentrava in quella landa avvolta dalle ombre. Asha si fermò al limite delle proprie forze nel tentativo di orientarsi in un luogo che non permetteva assolutamente tale atto, poiché la luce dell'occhio di Horus non poteva penetrare in quella coltre: tutto intorno a lei era ombreggiato e biecamente avvolto dalla bruma. Il sortilegio lanciato dal Sovrano aveva pietrificato qualsiasi essere vivente, sentiva ancora nel suo palmo la sensazione provata nel toccare quegli alberi, ora tramutati in pietra, ma non erano gli unici esseri viventi che fossero stati trasformati in quello stato immoto, Asha aveva appurato che anche gli animali, i quali un tempo prosperavano all'interno di quella foresta era toccata la stessa sorte, ed in cuor suo, sapeva a quale fine fossero giunti anche tutti gli uomini e le donne di Calen. Il Marchio posto su quella terra e l'energia per eseguire tale atto avrebbero potuto consumare qualsiasi praticante; a tal proposito le sovvennero le parole del Maestro:

***

— Ricordati, figlia mia, gli esseri umani hanno a loro disposizione un grandissimo dono!
A quel tempo, Asha aveva appena cominciato a percorrere il cammino: era decisamente una principiante, ma abbastanza matura per comprendere i primi rudimentali insegnamenti in materia, così attese pazientemente che il Maestro finisse quella breve spiegazione, aprendole la mente ad un concetto sino a quel giorno poco conosciuto:

– Noi esseri umani, a differenza dei "portatori di anima", siamo in grado di plasmare la materia attingendo ai nostri desideri!

Asha rimase comodamente seduta, praticando la sua solita postura meditativa, mentre la voce del Maestro si diffondeva libera nella sala grande, così chiamata perché dedicata alla meditazione nel monastero:

– Noi siamo in grado di materializzare su questo piano la nostra immaginazione!

Asha si concentrò rilassando il proprio corpo, focalizzando i suoi pensieri al fine di seguire gli insegnamenti del Maestro: doveva sapere ascoltare ed osservare dentro di lei le sensazioni provate, al fine di purificare il proprio pensiero, permettendo ad esso di canalizzarsi in onde perfette:

– Noi abbiamo il potere di modificare il nostro mondo materiale, traendo la forza dal pensiero etereo!

**

Il pensiero di Asha si arrestò, riportandola nuovamente all'interno di quel Regno, posò i propri occhi sul terreno avvolto completamente da una spessa coltre di ceneri, ove ombre sinistre si muovevano sollevandola da terra, o almeno era questo che i suoi occhi percepirono, mentre il lamento tra la bruma continuava a seguirla passo dopo passo. Tentò di concentrarsi inspirando ed espirando, nella speranza di fermare la dispersione della sua energia vitale, la quale stava pericolosamente calando. Doveva muoversi, altrimenti non avrebbe mai raggiunto la sua meta, sempre che essa ci fosse. Camminò tra quel funesto paesaggio per un tempo imprecisato, sostenuta solo dalla sua forza di volontà, sino a scorgere finalmente un cambiamento tra le ombre. Innanzi a lei si stendeva quello che avrebbe dovuto essere una palizzata, almeno un tempo doveva essere stata tale, visto che ora assomigliava in tutto ad un muro in pietra. Asha si avvicinò costeggiando quel muro di legna, trovando un varco, probabilmente era l'accesso ad una città, una scalinata recava ad un piano sopraelevato e, poste di fianco ad essa, poté notare due statue erette a guardia del portale, ma la realtà superò ogni sua immaginazione, riempiendo il suo cuore di malinconia. Era sopraffatta da quella visione: in effetti quelle statue non erano state strappate alla terra ed erette come monito, al contrario erano armieri in arme vissuti molti cicli fa. Esattamente come aveva potuto appurare osservando gli animali incontrati all'interno di quella foresta, anche quelle due statue erano state plasmate ed avvolte dallo stesso incantesimo per poi essere trasformate in pietra. Oltre a loro Asha poté notare molte altre persone pietrificate in un istante, ancora intente a compiere i gesti rituali di ogni giorno. La città si estendeva a perdita d'occhio, in completa armonia con la foresta, o almeno così le parve, la quale non cresceva solo all'esterno delle mura, ma anche al suo interno; qui vi erano banchi preposti al mercato, bimbi intenti a rincorrersi, in un tempo infinito.

Tutto le apparve completamente assurdo, sembrava di osservare un quadro di una vita passata.

Asha si piegò, posando le mani sulle proprie ginocchia, colta da uno strano conato, acido ed intenso. A stento riuscì a trattenersi, la nefandezza che si era protratta in quel luogo andava ben oltre la sua comprensione e sopportazione.

Chiuse gli occhi nel tentativo di distaccarsi da quella terrificante realtà, mentre i lamenti si intensificarono sino a divenire parole a lei note:

— Tu che sei nata nel peccato, come osi intercedere nel nostro Regno?

Asha non riuscì a respirare, faticava a comprendere il senso di quella frase, mentre il mondo intorno a lei sembrava muoversi in ogni direzione senza avere un senso logico, sembrava che tutte le ombre avessero cominciato a vorticare furiosamente intorno a lei, senza permetterle di avere un punto fermo a sua disposizione per potere definire il contorni del proprio mondo. Asha fece leva sulle ultime forze di volontà, non poteva arrendersi così, avrebbe almeno dovuto combattere, anche se in cuor suo sentiva l'ombra della morte seduta al suo fianco, in attesa di braccarla ed annullarla. Tentò di riprendersi, cercando furiosamente un particolare insegnamento, ma non ne trovò. Cominciò a pensare al quesito postale, sempre che non fosse stato una terribile allucinazione provocatole dalla sua mente oramai morente. Per quanto ne sapeva, il suo corpo poteva giacere all'entrata di quel Regno, mentre la sua anima aveva cominciato a vagare all'interno delle ombre, un pensiero che divenne immediatamente una convinzione, non aveva nulla da perdere se così fosse stato. I suoi pensieri cominciarono a mitigarsi, avendo probabilmente scorto la realtà, la quale si nascondeva sempre nella semplicità delle risposte che si cercavano. A quel punto capì anche quella inquietante domanda. Asha alzò lo sguardo trovando innanzi a lei una figura all'apparenza maschile, i suoi tratti non erano ben delineati a causa del vorticare intorno ad essa della bruma circostante, forse quell'essere era fatto della stessa materia di cui era composta quella nebbia, o semplicemente le appariva così, una semplice proiezione della propria coscienza.

– Io non sono nata nel peccato, perché come come sicuramente sai, il significato di peccato è: 'non raggiungere la meta'!

La sua stessa voce le apparve completamente estranea, come se giungesse da un altro luogo, estremamente recondito, esattamente come la voce che le rispose:

– Abbiamo dunque tra noi una dotta del verbo, – l'ombra sembrò agitarsi. – Il mio nome è Rigel e sono il Servo di questo Regno!

Asha si concentrò, chiudendo gli occhi, respirando con calma, tentando di ridurre i propri battiti cardiaci, prendendo fiducia nei propri mezzi:

– Quindi tu sei uno schiavo?

La risata echeggiò in ogni luogo, all'interno della propria

mente, alla ricerca del proprio intimo, come se un occhio estraneo potesse osservare i suoi pensieri, i suoi ricordi, fu una sensazione estremamente sgradevole:

– Forse ti ho giudicato male straniera: non sei poi così dotta!

Asha si infervorò, le sue membra si stavano riscaldando, sembrava che quell'essere creato dalla tenebra stessa la stesse deridendo:

– Non dovresti prenderti gioco di me!

L'ombra tremolò leggermente, mentre le sue parole vennero percepite limpidamente:

– Servo non è sinonimo di schiavo: in realtà tale parola significa semplicemente mettersi al servizio di qualcosa, che sia un'idea, un ideale, una vocazione o più semplicemente una persona. Significa prendersene cura di qualcosa di propria spontanea volontà, non è schiavitù!

Asha sembrò sorridere a tali parole, in un certo senso sembrava di parlare con il proprio Maestro, probabilmente quell'essere era la forma più significativa della conoscenza stessa, così azzardò, visto e considerato che non aveva più nulla da perdere:

– Io ho bisogno della vostra conoscenza, è per questo che ho intrapreso questo viaggio!

– Conoscenza? A volte la ricerca di tale parola ha poca importanza, se poi questa conoscenza viene messa al servizio delle persone sbagliate!

Era vero, Asha sapeva perfettamente cosa significassero quelle parole: le aveva appurate sulla sua pelle ed erano più o meno le stesse che il suo Maestro le aveva pronunciato molto tempo fa, per cui i suoi ricordi riaffiorarono nuovamente vividi.

***

– Figlia mia, in sé questa spada non può nuocere a nessuno.

Asha inclinò leggermente il capo, non comprendendo a pieno quelle parole, mentre il Maestro poneva innanzi a lui la lunga lama della katana, la quale riverberava alla luce tremula delle candele. Ella sapeva che con quell'arma avrebbe potuto sottrarre la vita a qualunque essere vivente ed ora il Maestro sosteneva l'esatto contrario:

– Capisco le tue perplessità, ma se tu lasciassi qui questa spada che male potrebbe arrecare?

Il Maestro si chinò posando delicatamente a terra quell'oggetto. Asha osservò attentamente quella lama, effettivamente aveva capito il significato di quelle parole, ovviamente tutto cambiava se ad impugnarla era un altro essere umano, ma il Maestro anticipò la sua risposta:

– L'uso di questa arma è soggetto solo ed esclusivamente a colui che la impugna!

***

Quelle parole avevano assunto un significato completamente diverso e ora aveva chiaramente capito le motivazioni del Maestro: tutto era stato preposto a farle compiere al meglio anche quel viaggio, a capire e riconoscere le parole stesse, al fine di avere il potere su di esse: nulla era stato lasciato al caso, tutto era un monito, un insegnamento, ne aveva avuto il sentore nei recessi di Bastian, ma ora ne aveva avuto la conferma.

– Io sono qui per impadronirmi della conoscenza dei Forgianti, al fine di fermare il Sovrano che governa il Regno di Argentea!

L'ombra cambiò forma, ridiventando eterea, senza assumere contorni precisi, continuando però a persistere entro il suo raggio visivo, mentre la sua voce si udì sin troppo chiara:

– Vieni cercatrice, ti mostrerò il mio Regno, come un tempo fu!

Al termine di tali parole, il mondo intorno ad Asha cambiò radicalmente. Un altro scenario si aprì ai suoi occhi e alla sua mente. Lo splendore del Regno di Argentea apparve alle sue pupille, sorvolando su quella terra baciata sia da Solaris che da Shevra, prima della loro separazione, come Horud le aveva riferito. La valle di Baraan era in realtà un grandissimo lago, racchiuso all'interno dei promontori ricchi di vegetazione, piccole sorgenti alimentavano il grande lago, il quale si incanalava nella gola dove ora sorgeva la Rocca dell'Ombra, almeno da ciò che poteva ricordare dalla mappa di Bella osservata a Bastian. Da qui il fiume percorreva tutta la Tundra, ricca della sua moltitudine di esseri viventi, diramandosi in differenti affluenti, sino a sfociare in quello che ora era il Mare Salato, o il deserto del Dath, oltre all'attuale Regno di Zarha a sud del continente del Serpente. Asha rimase completamente basita nell'osservare quell'incredibile paesaggio, sino a quando gradualmente la terra mutò, Solaris rimase l'unico astro nella volta celeste e piano piano il suo immenso calore cominciò a trasformare quella terra. Il lago iniziò a ritirarsi e la terra divenne man mano arida, mentre gli animali e gli esseri umani cominciarono a perire in quel cambiamento decisamente troppo radicale. Il lago lasciò quindi il posto all'attuale valle di Baraan, ma la sua acqua continuò a persistere nel sottosuolo, la vegetazione cominciò ad adeguarsi a quel cambiamento così crebbe una fitta foresta, probabilmente l'attuale foresta morta, la quale traeva l'acqua al di sotto della superficie, mentre gli esseri umani cominciarono a prendere il possesso di quella valle. A nord sorse Calen, la cui cultura del servilismo della natura sfociò radicandosi intrinsecamente nelle loro azioni, quegli esseri avevano appreso il potere del verbo, tramandandolo di generazione in generazione, mentre la loro guida prese il nome di Servo. Essi votarono la propria esistenza divenendo cacciatori raccoglitori, costruendo ed edificando la loro società in simbiosi con la natura della quale loro facevano parte. Calen divenne un fiore all'occhiello di quel mondo, gli abitanti divennero in poco tempo dei maestri del verbo e del loro potere, da qui nacquero i Forgianti, esseri umani capaci di convogliare il loro pensiero nei manufatti, per proteggere il loro Regno. Essi furono infatti chiamati i Fabbri Forgianti. Le immagini si susseguirono, mentre Asha poté assaporare l'aria di casa, le risate di quelle persone, dei propri bambini, ai quali a tutti era dato l'accesso a quelle conoscenze, tutti sapevano scrivere e leggere i Canti, mentre la natura rinvigoriva i loro animi, il profumo del muschio e di finocchio selvatico aleggiava in ogni luogo. Agli occhi di Asha quel Regno rasentava la perfezione, una perfezione rovinata dall'avvento del Profeta. Egli approdò in quelle terre recando assieme a lui la predicazione del verbo, il suo verbo, ma al contrario di ciò che avvenne negli altri luoghi da lui visitati l'accoglienza delle genti di Calen fu completamente diversa. Infatti essi comprendevano perfettamente il potere del verbo e non erano atti all'ignoranza, come nel resto di Argentea, i cui figli erano cresciuti lontani dal vero sapere, nel quale il Profeta aveva trovato terreno fertile per fare germogliare il suo verbo e nello stesso tempo il potere da esso prodotto. Quando il Servo di Calen decise di porre fine alle elucubrazioni di quell'uomo, scacciandolo dalle loro terre, il Profeta cominciò a muoversi per eliminare quella minaccia. Piano piano cominciò a sovvertire l'ordine costituito, grazie ai germogli che aveva seminato, cominciando ad assorbire intorno a lui il potere che esso aveva così gratuitamente elargito a quelle genti. Così riunì coloro a lui fedeli, creando il culto sul quale avrebbero dovuto porre la loro attenzione, così nelle città della Tundra cominciarono a sorgere i Templi di Horus e di conseguenza i suoi seguaci. Il Profeta cominciò a raccogliere volontari sotto il suo influsso, muovendo guerra a tutti coloro che non veneravano Horus, così facendo sottomise facilmente tutte le città della Tundra, proclamandosi Sovrano di quelle terre. Le città di Calen e di Bastian assieme alle terre libere occidentali mossero guerra al Regno di Argentea, per rimanere indipendenti. Il Sovrano vide immediatamente la pericolosità di quel popolo, così diede vita ai Mutant, esseri in grado di rigenerare le proprie ferite, ma ovviamente non poteva conoscere il potere degli uomini di Calen, i quali posando il proprio marchio sulle loro spade erano gli unici in grado di togliere la vita a quegli abomini. La guerra si protrasse a lungo, sin tanto che un giorno l'esercito del Sovrano assieme alle sue legioni si presentò alle porte del Regno di Calen in corrispondenza con l'attuale Rocca dell'Ombra, all'epoca era conosciuto col nome di Hulmat, lo stesso nome che portava l'immenso e antico lago. Tutto l'esercito dei Forgianti assieme a molti uomini liberi e miliziani della città di Bastian tentarono di affrontare quella invasione, avevano deciso di porre fine al dominio del Sovrano, dopo tutti quegli anni di scorribande, sia da una parte che dall'altra, ma la realtà fu molto diversa. Mentre la battaglia volgeva a loro favore, il Sovrano avvolto nelle sue lugubri vestigie di Horus, riuscì ad accedere al potere della terra, chiamando a raccolta tutta la sua volontà, recando il proprio marchio nella terra stessa, trasformando al suo volere ogni essere in pietra: in un istante tutto ciò per cui valesse la pena servire fu annientato.

Asha si riscosse da quella visione, ritrovandosi in ginocchio, a terra, sopraffatta dalle lacrime, le quali le solcarono l'anima e il volto stesso, tetro, cereo, stravolto dal dolore, quando l'ombra comparve nuovamente innanzi a lei, nelle vesti di un umanoide, dai tratti mossi dalla bruma stessa:

– Io esaudirò la tua brama di conoscenza, a patto che tu accetti il mio desiderio di vendicare il mio popolo!

Nell'animo di Asha le immagini di quel tormento, di quella agonia provata da tutti quegli esseri, le piombò addosso come un manto nero e lugubre, mentre poteva udire i loro lamenti, i quali non riuscivano a varcare il regno dei morti, esseri lasciati ad attendere sulle rive del lago, in attesa del permesso di accedere al mondo immateriale. L'odio per quel gesto cominciò a farsi largo nel suo cuore, alimentando l'ira nel suo essere, il suo cuore si spezzò innanzi a tanta sofferenza, le parole le uscirono cariche di odio:

– Accetto!

Al termine di tale decisione, le sembrò di intravedere i contorni di labbra pressoché sorridenti sul volto dell'ombra, un sorriso che comunque non aveva nulla di umano, sino a quando la bruma cominciò a turbinarle intorno, per poi avvolgerla completamente.

Nei meandri dei propri ricordi, intimi e profondi, una voce penetrò indisturbata nel suo corpo, oramai sordo, distinguendosi in un unico fievole lamento:

– Figlia mia...

Ritorno a Casa

Il cammino che condusse Darius, Damian e Bella a giungere nei pressi del Clan dei Cavalieri Ferrati fu lungo e particolarmente tortuoso. Dovettero attraversare il promontorio varcando alcuni passi particolarmente impervi. Bella era stata in catene per più di venti cicli completi, ed i ricordi delle sue terre oramai erano fievoli, in ogni caso riuscirono comunque a raggiungere i luoghi a lei noti, anche se oramai erano tutti stremati dalla fatica. Si riposarono all'ombra di una sporgenza, per completare l'ultimo tratto che li avrebbe portati verso l'altro versante del Monte Crestato. Lì avrebbero trovato finalmente l'oggetto della loro ricerca: il Villaggio Ferrato. Mentre consumavano uno scarno pasto con le ultime risorse a loro disposizione, Bella fu rapita dai propri pensieri. Effettivamente doveva ammettere di essere riuscita a ricordarsi la strada per giungere finalmente nelle sue terre, però qualcosa non andava. Non avevano incontrato nessun Cavaliere Ferrato e questo non era di certo un buon segno, ai suoi tempi quando incominciò a prestare servizio all'interno di quella fazione era sempre impegnata a perlustrare i confini del loro territorio, si ricordava molte bene i cicli trascorsi in sella al suo cavallo e si ricordava altrettanto bene i dolori provati quando si ritiravano nella rocca, o quando si accampavano per cicli interi al di fuori delle mura. Qualcosa era decisamente cambiato da allora e in cuor suo temeva il peggio. Anche perché prima di intraprendere questo viaggio, ricordando i tempi passati e la prassi dei Cavalieri Ferrati, sperava in un incontro con questi ultimi per potere eseguire il suo viaggio con maggiore comodità e velocità invece che a piedi. Bella finì di masticare il suo ultimo boccone osservando la piccola gola che avrebbero dovuto attraversare: qui la vegetazione cresceva florida solo nella parte nord dei promontori, dove l'occhio di Horus non aveva accesso. Muschio, licheni, e grandi alberi traevano il proprio nutrimento direttamente dalle foglie, le quali erano sempre imperlate di rugiada grazie alle alte quote rispetto che nella valle di Baraan. Le sovvenne anche il rituale della caccia ed in lei un senso di malinconia affiorò immediatamente sul suo volto rigido. Aveva paura, molta, di lasciarsi andare e di piangere come una bambina, sperava che a capo del clan dei Cavalieri Ferrati ci fosse ancora suo zio Argayl, cominciando ad avere paura per una eventualità alternativa, e troppo dolorosa. Doveva ammettere a se stessa che il suo cuore era pieno di incertezze, esattamente come le aveva detto Asha, quella ragazzina era stata in grado di farla sentire malissimo, ma Bella aveva anche capito che la colpa non era certo di Asha, ma unicamente sua. Ella era riuscita a vedere nel suo cuore, riconoscendo in esso tutta la sua paura, in ogni caso venti cicli completi di prigionia nella cava di Bastian avrebbero instillato la paura a chiunque. Bella si fece coraggio, non poteva di certo farsi vedere debole dai suoi compagni di viaggio, i quali sembravano molto più affaticati di lei. Sia Darius che Damian avevano ripetutamente messo in discussione la strada che lei aveva deciso di intraprendere per quel viaggio, non essendo più sicuri della sua memoria, anche perché loro non erano nati in quella terra, ma molto più a nord; infatti Darius era originario del Clan delle Clave, il quale risiedeva nel villaggio Tarez, che sorgeva a più di centocinquanta miglia dalle terre dei Cavalieri Ferrati, mentre Damian era originario del Clan delle Picche ed era nato nel villaggio di Ramel posto al centro delle terre libere a più di settanta miglia verso nord ovest rispetto a Tarez. In tutto, le terre libere comprendevano ben tredici Clan i quali erano divisi in diverse fazioni alleate: una volta giunta innanzi al Consiglio dei Tredici, Bella avrebbe potuto contare sicuramente sull'appoggio di Darius e Damian per convincere i rispettivi Clan a muovere guerra contro il

Sovrano di Argentea, in più sperava nell'appoggio dei suoi vecchi alleati, sempre che in questi ultimi lunghi cicli la situazione non fosse cambiata. Con un po' di fortuna probabilmente avrebbe potuto convincere la maggioranza del Consiglio e muovere così tutte le terre libere, almeno questo era l'intento che lei si era prefissato e sul quale si basava tutto il piano preparato con cura da Asha.

La comitiva si mosse al comando di Bella, la quale aveva ritrovato l'energia sufficiente per compiere l'ultimo tratto. Damian non era per niente contento per quella sosta, troppo breve per i suoi piedi che non ne potevano più; non solo i suoi piedi si lamentavano per quella marcia forzata, ma anche tutto il suo corpo, anche se l'occhio di Horus a quella altitudine permetteva un po' di pace in più rispetto che nella valle. Egli era completamente fradicio e la costrizione nel razionare l'acqua da loro portata non riusciva a lenire la sua sofferenza, per cui Bella tentò di rincuorarlo, vedendolo particolarmente in difficoltà:

– Darius, appena superata quella cima dovremmo vedere il mio villaggio!

La voce di Damian si fece udire alle loro spalle:

– Lo hai già detto due valichi fa!

Non vi era malignità in quel dialogo telegrafico, ma Bella tentò di mitigare il loro umore:

– Se anche tu mancassi dalle tue terre per diversi cicli grandi, avresti qualche difficoltà a ricordarti la strada, non credi?

Darius alzò una mano in segno di resa, mentre un fievole sorriso fece capolino tra le sue labbra:

– Non vi era malignità nel mio dire!

Di rimando anche Bella si rilassò:

– Lo so e mi chiedevo... Darius, da quanto tempo esattamente manchi dalle tue terre?

Darius raccolse da terra il suo zaino, infilandoselo a tracolla, cominciando a discendere il declivio, mentre la sua voce baritonale riecheggiò su quei monti:

– Direi più o meno da sei grandi cicli, ma non ne sono sicuro.

La curiosità di Bella cominciò ad accendersi, sino a quel momento non ci aveva pensato, ma ora avrebbe dovuto avere maggiori informazioni dai suoi compagni, i quali le avevano sempre mostrato un rispetto particolare:

– Dimmi un po': chi regna adesso nelle terre delle Clave?

Darius impiegò qualche attimo nel rispondere:

– A quel tempo alla guida del Clan vi era Gareth!

Bella non si ricordava quel nome, non lo aveva mai sentito, chiaramente lei non aveva mai partecipato al Consiglio dei Tredici, pur essendo una discendente diretta per succedere alla guida dei Cavalieri Ferrati, in ogni caso continuò le sue domande:

– Sai per caso dirmi se la vostra alleanza con i Cavalieri Ferrati si sia mai stretta?

Darius cambiò la sua postura a favore dei compagni per meglio essere udito:

– Lo sai che i Cavalieri Ferrati stringono alleanze solo con i Clan più a sud, se non vado errato ai miei tempi voi eravate alleati assieme al Clan Battisti, del villaggio Barsta e al Clan dei Regio del villaggio Roda!

Bella si chiuse per qualche secondo nei suoi pensieri, le cose non erano molto cambiante in fin dei conti, quei due Clan erano sempre stati loro amici e probabilmente sarebbero scesi in guerra assieme ai Cavalieri Ferrati. Il dialogo proseguì a lungo sino a raggiungere la base dell'altro versante del Monte Crestato, da lì si poteva scorgere il passo per accedere alle mura del villaggio Ferrato. Esso sorgeva a gradoni nel centro della montagna, diviso in rioni dal più basso al più alto, segno indelebile della differenza di casta all'interno dello stesso, dove nella sua sommità si poteva scorgere la grande Rocca. Il tempo non aveva mitigato i ricordi di Bella che avvertì un lieve fremito informicolarle l'anima, poiché era nuovamente giunta a casa. Appena la comitiva si mise in viaggio per percorrere il sentiero immerso nella fitta vegetazione, un drappello di Cavalieri intimò loro di fermarsi. Innanzi a loro si stagliavano in arme cinque Cavalieri Ferrati, Bella avanzò verso di loro presentandosi col suo titolo. La cordialità di quell'incontro fu immediata, come immediata fu l'esigenza di percorrere quell'ultimo tratto in groppa ad un destriero. A tal proposito fu inviato un Cavaliere a recuperare tre montature, mentre Morgan presentatosi come primo Cavaliere di plotone intrattenne quella improbabile e lieta visita.

– Argayl aveva completamente perso le speranze di potervi riabbracciare.

Sul volto di Bella apparve un leggerissimo rossore:

– Nemmeno io pensavo di poter uscire da quell'inferno!

Morgan apparve estremamente curioso degli avvenimenti accaduti nel Regno di Argentea e nello stesso tempo anche la curiosità di Bella prese linfa vitale nell'apprendere le notizie provenienti dalle sue Terre. I due colloquiarono a lungo, mentre i cavalieri ristorarono le loro fatiche all'ombra del sentiero, immersi nuovamente in quelle terre, dove le guerre e le oppressioni svanirono in un attimo nel cuore di Bella. Quando la discussione si fece un po' più solida, Morgan lasciò cadere le proprie delucidazioni in merito agli avvenimenti accaduti in tutti quei cicli:

– Frena la tua curiosità, mia signora, sono altresì convinto che vostro zio sarà molto contento di potere lui stesso rendertene conto!

Bella era sfinita così approfittò di quella pausa per sedersi ai piedi di un grosso albero, posò la schiena sul tronco espirando profondamente:

– E sia!

Da lì a poco il Cavaliere tornò assieme a tre cavalli pronti: Darius, Damian e Bella si misero immediatamente in marcia scortati da Morgan e il suo Plotone, varcando finalmente la porta sud del villaggio Ferrato. Oltrepassarono le cinque porte dei Rioni fino a giungere alla Rocca, nella quale innanzi ad essa si stagliava la figura nerboruta di un ormai vecchio Argayl. Una folta chioma argentea incorniciava la sua testa e dello stesso colore appariva anche la sua barba, ben curata; Bella se lo ricordava come un abile e forte cavallerizzo, ma ora dopo tutto quel tempo il suo ricordo si dovette scontrare con la dura realtà, anche se nei suoi occhi incredibilmente azzurri ella riconobbe la fierezza e la grandezza di quello zio tanto amato. Argayl aspettò che sua nipote scendesse dal suo cavallo, poi senza tante cerimonie le si avvicinò stringendola in un forte abbraccio. Mai nella sua vita Bella si sentì così felice come in quell'istante: cicli di prigionia vennero spazzati via in un istante, assaporando nuovamente il profumo di erba e di ferro che quell'uomo tanto amato emanava.

Il Primo Sigillo

La cittadina di Bastian era decisamente in fermento, la liberazione degli schiavi della miniera di ferro da parte di Batereon e del suo contingente aveva aumentato non poco le difficoltà già incontrate in precedenza da Abel, il quale era intento a mantenere l'ordine e ad approvvigionare l'intera popolazione, la quale al momento era aumentata di altre cinquecento unità, senza contare i dovuti soccorsi a quei miserabili. Con decisione ferrea aveva istituito un gruppo di lavoratori per prelevare, dalle macerie del Tempio di Horus e dalla cava, il materiale occorrente per potere costruire delle Baracche al fine di fare alloggiare, al massimo della comodità possibile, i casi più difficili da curare. Tra tutto questo caos generale, tra tutte quelle genti indaffarate, vi era anche la figura ammantata nella propria tunica di Asha, la quale si aggirava tra le vie cittadine come un fantasma, assorta nei propri pensieri. Aveva abilmente glissato le domande e l'euforia sin troppo eccessiva di Abel in merito al suo ritorno dal Regno dell'Ombra ed aveva chiesto ad Horud di provvedere alla sicurezza della famiglia di Natan, perché lei aveva necessità di rimanere da sola. Anche se con molta riluttanza, il Gigante accettò quel compito. Asha aveva appreso gli insegnamenti dei Forgianti, i quali tramandavano le loro conoscenze verbalmente, perché solo coloro in grado di meritarsi e di utilizzare al meglio tale potere potevano accedere ai livelli di apprendimento. Il problema nasceva dal fatto che mai come ora era in preda al fermento di mettere in pratica tali insegnamenti; aveva decisamente perso la sua consueta calma e ciò non le piaceva affatto. Il suo Maestro le aveva sempre insegnato che ogni cosa doveva accadere al giusto tempo, non prima e non dopo, ma ultimamente da quando era uscita dal Regno dell'Ombra ed aveva promesso di vendicare le vittime del Sovrano, in lei covava sempre quel sentimento di odio e di urgenza, che non l'abbandonava mai e questo non andava affatto bene. Così aveva deciso di rimanere da sola per meglio organizzare i propri pensieri e le proprie azioni, al fine di non commettere qualche errore, ma dentro di lei la sua anima scalpitava libera. Mentre passeggiava nelle vie di Bastian, tentò di riordinare le proprie idee in merito al potere che lei avrebbe potuto creare. I Forgianti riuscivano ad imprimere la loro volontà all'interno delle loro armi, il metodo era particolarmente semplice, ma Asha intuiva la minaccia che comportava tale atto. In effetti per incidere il Marchio sulle lame era necessario apporre un sigillo. Asha era a conoscenza che ogni essere umano fosse legato a questo mondo tramite i cosiddetti sette sigilli, i quali una volta aperti tutti permettevano all'anima di staccarsi dal proprio legame fisico per tornare ad essere nuovamente uno spirito puro, per così accedere ad un livello di conoscenza superiore. Così facendo, i Forgianti potevano apporre al massimo sei sigilli nel corso della loro vita su di una sola arma, oppure apporli in sei differenti armi, ma le conoscenze andavano ben oltre, visto che molti Forgianti, pur conoscendo i loro limiti, si erano spinti ben oltre le loro possibilità, incontrando così la morte. Non era però l'unico timore di Asha: quello che la preoccupava maggiormente era poter tramandare quell'insegnamento a coloro che forse ne avrebbero usufruito in malo modo, in effetti non erano le armi in sé a preoccuparla, bensì l'utilizzo delle genti di Argentea. Vagando per i vicoli di Bastian, tentò invano di cercare nei suoi ricordi qualche buon insegnamento del suo Maestro, ma purtroppo non riusciva a concentrarsi, aveva urgenza di muoversi, qualcosa nel suo animo continuava a spingerla, così decise di raggiungere Abel nella Rocca. Lo trovò all'interno della sala grande, la quale era stata adibita a centro operativo, alle consulenze e alle postulanze di tutti coloro che ne abbisognassero. Qui il vecchio fabbro era intento ad ascoltare dai propri gendarmi l'attuale situazione all'interno della città e, quando Asha varcò la soglia, tutti gli astanti si voltarono ad osservarla.

– Scusate non volevo certo interrompere le vostre faccende.

Il sorriso di Abel la raggiunse assieme al suo tono di voce estremamente pacato:

– Mia Signora, non devi certo chiedere scusa.

Asha si avvicinò al grande tavolo posto al centro della stanza, misurando accuratamente le sue parole:

– Avrei bisogno del tuo aiuto!

Abel non si sarebbe certo aspettato una richiesta del genere, osservò le persone intorno a lui accomiatandole:

– Vi prego, signori, vogliate scusarci, – mentre i presenti lasciarono a malincuore la stanza, Abel si diresse verso Asha.

– Come posso esserti utile, mia Signora?

Asha lo osservò riuscendo a stento a mantenersi calma:

– Vorrei che tu mi aiutassi nella Forgiatura.

Abel sgranò gli occhi, poi con un lieve cenno del capo acconsentì. Si trasferirono nella vecchia abitazione del fabbro, il quale rimise subito in azione la sua maestria, riaccese la forgia, si procurò i materiali per poter riprendere al meglio la sua arte, seguendo alla lettera gli accorgimenti che Asha gli impartiva, al fine di creare e ridare vita ad un'arte oramai morta. Impiegarono diversi cicli di Horus prima che tutto fosse pronto, poi piano piano il metallo cominciò a prendere forma sotto i loro colpi abili. In breve tempo, quella piccola stanza si tramutò nuovamente in un luogo incredibilmente caldo, esattamente come Asha se lo ricordava la prima volta che vi era entrata. Gocce di sudore imperlavano la sua fronte mentre era intenta a battere l'acciaio, seguendo l'arte dei Forgianti, impressa nella propria memoria; il vecchio fabbro, posto al suo fianco, ne seguiva le movenze con avida dedizione. Man mano che l'acciaio prendeva la forma desiderata, i pensieri di Asha si infittirono, la sua urgenza aveva assunto connotati mai provati prima, era completamente fradicia di sudore e non si ricordava nemmeno da quanto tempo non mangiasse: le importava solo sentire il caldo metallo scottarle le gote, concentrata unicamente nel picchiare e piegare quel metallo al suo volere. Quando la lama assunse le forma desiderata, giunse il momento di liberare il proprio sigillo ed imprimerlo a fuoco sulla lama, poi sarebbe stato ulteriormente perfezionato. Le voci dei Forgianti si mescolarono ai propri ricordi, mentre i suoi pensieri cominciarono a perseguitarla, poiché avrebbe dovuto decidere quale potere imprimere nella propria arma. Le immagini del genocidio continuarono ad apparire nel suo campo visivo ed ogni colpo inferto con la mazza sulla lama rovente era un colpo che avvicinava l'inesorabile fine del Sovrano in un continuo mantra di vendetta. Aveva già capito quale marchio avrebbe impresso, data la fine del suo popolo: la sua vista cominciò ad offuscarsi, mentre le sue pupille si dilatarono fino a far completamente sparire il colore delle sue iridi. Solo un alone di color blu rimase visibile, all'esterno dei suoi occhi profondi come l'oscurità. Seguendo il rituale, Asha prese un pugnale provocandosi un profondo taglio sul palmo della mano sinistra, facendo gocciolare il proprio sangue sulla lama. Sottoposto a tale contatto, il sangue evaporò immediatamente in una nuvola sfrigolante e densa, sotto gli occhi sbalorditi di Abel, il quale manteneva salda la presa sulla lama utilizzando gli arnesi del mestiere, per permettere ad Asha di praticare e finire il suo rituale. Le parole pronunciate per compiere la forgiatura uscirono dalle labbra di Asha in una cantilena, utilizzando l'antico verbo, la quale sembrava essere caduta in una specie di trance.

Appena prima di terminare la sua opera, i ricordi del Maestro si fecero largo attraverso la sua anima, chiamandola a sé.

**

– Figlia mia!

Si ritrovò catapultata nel suo passato senza che lei avesse richiamato a sé i suoi ricordi.

– Questa volta ti batterò!

Gawen si era messo in guardia, rivolgendole un sorriso maligno, erano nella sala di addestramento assieme a tutti i ragazzi i quali avrebbero un giorno fatto parte della guardia del Monastero, più o meno avevano tutti la sua età, però lei non era come tutti gli altri. Discosto ad osservare la scena vi era il suo Maestro, il suo volto era tirato, severo.

Asha assunse la sua consueta posizione, incrociando le mani innanzi al petto alzando gli indici al mento, con un lieve cenno del capo salutò il proprio avversario:

– Non hai alcuna possibilità di battermi, Gawen. Oramai dovresti saperlo!

Il suo scherno non passò inosservato ai più, ed all'interno della sala qualche risata si fece udire, placata immediatamente dall'ira del Maestro. Gawen andò su tutte le furie, scagliandosi contro Asha con tutta la forza e la velocità di cui era capace, purtroppo non bastò. Oramai Asha padroneggiava le arti, non era più un'apprendista, anzi al contrario, vide il colpo di Gawen ancora prima che lui lo scagliasse, schivandolo agevolmente con l'avambraccio e così facendo, mandò il suo avversario ben oltre il suo obiettivo. Gawen non la vide neppure, sentì solo il contatto col suo braccio e nulla più, si voltò immediatamente, ma risultò troppo lento, lo schiaffo di Asha lo raggiunse in pieno volto facendogli perdere l'equilibrio, finendo la sua corsa sul pavimento. Un sorriso beffardo apparve sul volto di Asha:

– Dimmi che sai fare di più!

Gawen si riscosse, il bruciore alla guancia gli provocò un principio di lacrimazione, ma mai si sarebbe arreso a quella ragazzina, non un'altra volta, egli era il più forte di tutti i ragazzi e doveva dimostrare il suo valore, altrimenti avrebbe sicuramente perso credibilità agli occhi dei suoi compagni. Provò nuovamente un attacco, questa volta portò una finta, slanciando in parte il pugno destro, per poi schivare la parata di Asha e colpire con la sinistra al basso ventre, almeno era questo che immaginò di fare, perché la realtà fu ben diversa. Appena si mosse, Asha abbreviò in un lampo la distanza che li separava, stringendo l'avambraccio di Gawen tra le sue mani, compiendo una torsione del busto utilizzando il fianco per fare leva sul suo avversario. In men che non si dica, Gawen toccò nuovamente terra senza accorgersene e appena voltò il viso, lo schiaffo di Asha lo colpì nuovamente strappandogli un grido.

La voce del Maestro si udì, impietrendo tutti i ragazzi presenti:

— Basta così!

Gawen alzò il suo sguardo carico di odio nei confronti di quella ragazzina, poi uscì di corsa dalla sala.

— Andate tutti, la lezione è finita!

Asha rimase al centro della stanza, impavida, a stento poté trattenere un sorriso, era diventata una macchina da guerra, ora nessun ragazzo avrebbe potuto osare anche solo toccarla, si era ripresa quella vendetta che tanto aveva agognato, nelle lunghe sere da sola, ora non aveva più bisogno della loro accettazione, perché l'avrebbero temuta.

Il Maestro chiuse la grande porta, poi con calma si diresse dalla sua allieva, mentre il suo tono di voce non lasciò presagire nulla di buono:

— Ora, per colpa tua dovrò cacciare Gawen dal monastero!

Tutto si sarebbe aspettata tranne quel commento, Asha divenne immediatamente e maledettamente seria:

— Per quale motivo, Maestro?

L'uomo fu estremamente secco:

— Perché tu lo hai umiliato e ora nel suo cuore alberga il risentimento!

— Maestro io...

Asha non riuscì a terminare la sua frase.

— Devi capire che le tue azioni influenzeranno sempre il tuo futuro e non solo il tuo!

Rimase lì ferma, inerte, senza sapere bene cosa avesse voluto dire il suo Maestro, lo seguì con lo sguardo sin tanto che egli non uscì da quel luogo, lasciandola completamente sola.

***

La sua voce contratta, nel porre al fine il rituale, la riportò al presente, capendo in un secondo come avrebbe potuto permettere l'accesso a quella conoscenza senza nuocere ulteriormente al prossimo, così pensò di aggiungere una frase vincolando ad essa quel potere.
Quando terminò il suo mantra, la lama si raffreddò all'istante e su di essa inciso apparve il suo marchio, mentre piano piano i suoi occhi ripresero il loro solito colore.
Abel non poteva credere ai propri occhi, eppure era stato testimone di quella mutazione, anche se non aveva assolutamente capito né riconosciuto il verbo pronunciato dalla sua Signora.

***

Mentre Asha poneva il proprio marchio, ridando vita alla conoscenza dei Forgianti, Horud rientrava a casa dopo la sua battuta di caccia. Aveva appurato che intorno ai campi coltivati di grano vi era un'incredibile abbondanza di roditori, considerato che si trovava nuovamente solo e con scarse mansioni da praticare, aveva deciso di svagarsi in quell'arte a lui tanto cara, senza considerare che a lui la carne di roditore, avendola mangiata per molti cicli, gli era venuta decisamente a piacere. Aveva appurato che la mansione di mietitura praticata dalle molte donne, che ora erano presenti alla fattoria di Lutor, metteva in agitazione i topi, i quali attratti dalla quantità di cibo si avvicinavano ai campi con maggiore frequenza. Mentre percorreva il sentiero sterrato che delimitava i raccolti, si avvide della presenza di Amidal, la quale accarezzava delicatamente sul capo il lupo di Natan, seduto accanto a lei.

Appena le si avvicinò, la voce di Amidal lo raggiunse, pungendolo:
– Potresti dirmi come mai la nostra Signora non è giunta qui alla fattoria assieme a te?
Horud sbuffò: non era la prima volta che Amidal gli poneva quella domanda e non era la prima volta che i suoi pensieri a tale domanda si focalizzavano sugli avvenimenti accaduti nel Regno delle Tenebre.

***

Aveva aspettato per diversi cicli il ritorno di Asha ed ogni nuovo ciclo si chiedeva se la sua decisione di non seguirla fosse stata giusta. Ben presto Horud dovette fare i conti con il poco vettovagliamento che si era portato con sé per quel compito. Non era tanto il cibo visto e considerato che all'interno della foresta morta si poteva cacciare tranquillamente, specialmente i volatili, poiché quegli alberi fornivano loro un comodo riparo dai predatori ed un riparo sicuro per i propri nidi, ma il problema giunse dalla mancanza completa di una sorgente d'acqua. Senza contare la strana inquietudine di cui continuamente era assalito. Al quinto ciclo di Horus, cominciò seriamente a pensare di intraprendere un viaggio all'interno di quella bruma, per raggiungere colei che aveva deciso di proteggere e che in quel momento non stava facendo, anzi le aveva permesso di inoltrarsi in uno dei luoghi più mortali che vi fossero nel Regno di Argentea. Ad un certo punto, neppure lui seppe dove cominciò la visione o dove finisse la realtà, perché ogni volta che si addormentava i suoi sogni parevano estremamente realistici, mentre ogni volta che era vigile gli sembrava che gli avvenimenti che lui vedeva fossero incredibilmente irrazionali, anche nei movimenti più semplici. Ad un certo punto, gli parve chiaro che quella bruma lo stesse chiamando, come ad invitarlo a superare quella soglia, lasciando andare paure ed incertezze.

Gli sarebbe bastato inoltrarsi in quel Regno per raggiungere la pace ed avere in cambio tutte le risposte. Molte volte si avvicinò assaporando il contatto con quella nebbia, sentendola accarezzargli la pelle come una bellissima promessa. Poco prima che la sua mente cedesse a tali lusinghe, quando oramai le sue speranze di rivedere la propria Signora erano praticamente nulle, giunto al limite delle sue forze mentali, vide sopraggiungere tra le ombre di quel Regno la sua snella figura, mentre varcava la soglia dell'oscurità. Oltre alla sorpresa di ciò che i suoi occhi videro, apparve anche il dolore. Un dolore al quale era impossibile sottrarsi, si sentì completamente pervaso, gli risultò difficile anche il solo respirare, sembrava che la sua spina dorsale fosse stretta in una morsa, costretta da innumerevoli rovi appuntiti, mentre lo sguardo di Asha si posò sul suo volto. Horud poté contemplare tutta quella oscurità a parte un piccolo alone di colore blu che li cerchiava.

***

Amidal ripeté nuovamente la domanda, senza ricevere altra risposta che il passo pesante del Gigante, il quale non la degnò nemmeno di uno sguardo, dirigendosi silenziosamente verso casa.

Il Fiore Della Vita

Asha terminò l'opera, rimirando tra le sue mani la Katana, valutandone il peso e la bilanciatura con movimenti lenti, ripetuti all'infinito come quando ancora era un'apprendista e quando ancora il suo Maestro la osservava adempiere ai suoi compiti. Appena inguainò la lama all'interno della sua fodera, la voce di Abel la raggiunse:

– Mia Signora, ti prego, insegna anche a me quest'arte!

Asha rimase per alcuni frangenti ad osservare il vecchio fabbro, ma in realtà non stava guardando lui, bensì stava osservando se stessa. Aveva avuto troppa fretta di forgiare quella spada, aveva sentito spezzarsi qualcosa al suo interno quando aveva cantato l'antico verbo per porre il marchio su di essa, senza contare che la bramosia e la voglia di vendetta erano gli unici pensieri coscienti che avesse provato. Se non fosse stato per l'aiuto giuntole dal proprio Maestro, probabilmente ora lei avrebbe compromesso seriamente il futuro di tutti loro.

– Per quale motivo vuoi apprendere l'arte dei Forgianti?

Abel rispose senza pensarci:

– Perché così avremmo la possibilità di sconfiggere il Sovrano!

Non era sincero ed Asha se ne avvide immediatamente, poiché gli occhi del fabbro mostravano ben altro.

– Questa è una disciplina da non prendere alla leggera, amico mio!

Abel si strofinò i palmi delle mani, segno inconfondibile della sua bramosia, che ad Asha non piacque, mentre le sue parole rispecchiarono il suo solito comportamento:

– Seguendo i tuoi insegnamenti, non potrò cadere in errore, mia Signora!

Asha posò lo sguardo sul suo palmo sinistro, la sua ferita si era quasi cicatrizzata, lasciando però intravedere una sottile linea ancora visibile, segno tangibile del suo sacrificio. In cuor suo sperava che il vincolo funzionasse, ma non ne era sicura:

– A tempo debito, se sarà necessario, ti insegnerò l'arte.

Non aggiunse altro; il vecchio fabbro rimase con le mani in mano e col gusto amaro in bocca per l'occasione persa. Asha uscì alla luce di Horus con la sua spada, di nuova forgia, la quale era assicurata al suo fianco da una striscia di cuoio, ammantata nuovamente dalla sua tunica, oramai molto logora. A lei ricordava la sua casa, il suo Maestro, le sue origini e il suo amato Regno, faticava a liberarsene. Con passo sicuro si addentrò nei vicoli di Bastian sommersi dalle genti del luogo sempre indaffarate; non sentì nemmeno le vivide proteste del vecchio fabbro, che inveì contro di lei per la mancata soddisfazione che recava. Vagò per la città osservando al lavoro i gendarmi, le sarte, i bambini rincorrersi, alcune donne recavano sulle spalle grosse ceste di farina, camminando a passo svelto verso i fornai. La vita a Bastian aveva ripreso un flusso quasi normale, mentre il suo cuore era tremendamente diviso, poiché una parte di lei continuava a provare un forte sentimento vendicativo, mentre l'altra, che riconosceva benissimo, era lo stato d'animo che l'aveva sempre accompagnata in ogni luogo, la sicurezza e la totale presenza del momento. Camminò a lungo sino a giungere alla porta sud di Bastian, il suo sguardo così poté contemplare la valle di Baraan, senza più ostacoli di sorta e fu lì, nuovamente nello stato d'animo adatto a percepire, che i suoi ricordi si riaccesero.

***

Non riusciva a trovare il suo Maestro da nessuna parte, eppure l'orario per l'addestramento mattutino era già passato da diverso tempo e la preoccupazione cominciò a farsi largo nel suo cuore, aveva chiesto a tutti gli abitanti del

Monastero ma nessuno le seppe dire dove fosse finito il Maestro. Oltrepassò ogni sala, ogni luogo, infine si diresse verso il grande giardino perlustrandolo in ogni angolo, la sua paura cominciò a crescere, temeva che potesse essergli successo qualcosa, così decise di lasciare il Monastero scendendo la lunghissima scalinata in arenaria, per poi discendere verso il villaggio sottostante. Purtroppo anche qui non trovò traccia dell'oggetto della sua ricerca, controllò nei negozi, nel mercato, mancava solo che aprisse o chiedesse porta a porta. Asha si diresse ad osservare oltre le mura, verso i campi agricoli, ma non vi era alcuna traccia.

A quel punto tentò un'ultima soluzione, discese verso il sentiero che oltrepassava il versante del colle, attraverso la foresta spinosa, per giungere nella valle sottostante il promontorio, sino ad arrivare al lago Iller. Qui finalmente intravide l'oggetto della sua ricerca, mentre con estrema calma versava dell'acqua ad un piccolo orticello, nel quale crescevano una varietà incredibile di ortaggi.

– Maestro, – la sua voce risultò esageratamente stridula anche per le sue orecchie, egli si voltò sorridendole di rimando. – Cosa stai facendo qui?

– Mi pare ovvio, figlia mia: sto nutrendo il mio orto!

Asha iniziò a corrucciare il viso non capendo assolutamente le motivazioni che avevano spinto il suo Maestro in quel luogo così lontano dal Monastero e, soprattutto, non capiva come mai non era venuto da lei:

– Ti stavo cercando!

Il volto del Maestro parve incredibilmente beato e beata fu anche la risposta:

– E ora mi hai trovato.

– Ma... la lezione?

Il Maestro fermò la sua opera posando a terra la brocca, le sue movenze erano particolarmente lente come se ogni suo gesto fosse ponderato, esattamente come il tono della sua voce:

– Non hai più necessità di essere educata, figlia mia, – Asha rimase completamente basita, non sapendo come rispondere a quella serafica affermazione. – Ora devi solo mettere in pratica i tuoi tre doni!

Asha continuava a non capire e questo parve chiaro agli occhi del Maestro:

– Vieni, figlia mia. Camminiamo un po'!

La giornata era splendida ed ora che aveva ritrovato il proprio Maestro Asha fu molto più tranquilla potendo godersela appieno, camminarono per lungo tempo in silenzio fianco a fianco, varcando le soglie della foresta antistante il lago, immobile e taciturno, accompagnati dal richiamo degli uccelli e dallo starnazzare delle oche migratrici, che in quel periodo giungevano al lago per accoppiarsi. Tutto intorno a loro si muovevano gli animali che popolavano quello splendido luogo di pace e armonia. Terminarono la loro passeggiata giungendo in riva al lago.

Al loro sopraggiungere, una miriade di rane si tuffò tra i fitti canneti, mentre la voce del Maestro si fece udire fievole come una leggera brezza mattutina:

– Ogni essere umano possiede imprescindibilmente tre doni.

Asha si voltò ad osservare il suo volto, rapita da quel tono di voce:

– Essi altri non sono che: tempo, energia e sentimento.

Il Maestro osservò un punto non ben precisato attraversando tutto il lago inerme, Asha bevve avidamente quelle parole tentando di comprenderne il senso.

– Ogni cosa nasce da queste tre forze, le quali sono imprescindibili!

Asha ripeté quelle parole per meglio comprenderle, le sue labbra si mossero lievi, udendone il suono:

– Tempo, energia, sentimento...

Chiaramente non aveva capito, anche perché non era semplice comprendere la via. Il Maestro si girò posandole una mano sul capo:

– Per donare la vita, la quale risulta essere la forma più elevata della creazione, ogni uomo o donna deve per forza utilizzare questi doni, purtroppo la maggior parte lo fa inconsciamente.

– Come posso farlo consciamente?

Il Maestro sorrise a quella domanda, rincuorando la sua allieva:

– Molto semplice, figlia mia, lo si fa tutti i giorni: quando ti prendi cura di un animale, quando ti innamori di qualcuno, quando coltivi e fai crescere il tuo orto... tutto è soggetto ai tuoi tre doni! Devi solo essere presente nel momento!

Asha rimase perplessa, tentando di comprendere quell'insegnamento, forse il più importante.

**

Il richiamo delle genti intente a mietere il grano al di fuori delle mura di Bastian ridestò Asha dai suoi pensieri, mentre un sorriso apparve sul suo bellissimo volto: aveva profondamente capito cosa volesse dire il suo Maestro ed ora capiva anche come lui potesse osservare e prevedere le azioni future. Una luce di consapevolezza le riempì il cuore e tutto fu chiaro. Per comprendere ed osservare il futuro, il suo Maestro impiegava la sua coscienza prendendo atto delle proprie azioni le quali influenzavano di conseguenza le azioni degli altri; prendendosi le responsabilità delle proprie azioni, poteva capire perfettamente le reazioni e le probabili conseguenze, a quel punto era in grado di osservare e plasmare a suo piacimento il futuro.

Ridestato il ricordo di quell'insegnamento, Asha capì come lei avrebbe potuto metterlo in pratica, ed in effetti ora sapeva quale futuro sarebbe toccato al Regno di Argentea, perché sarebbe stata lei stessa a farlo accadere.

Asha si diresse con calma verso la fattoria di Lutor, radunò l'intera famiglia tranne Natan per metterla al corrente dei suoi scopi, dando ad ognuno di loro un compito ben preciso. Impiegò diversi cicli di Horus per preparare l'occorrente. Per prima cosa, cominciò a scavare un bacino poco discosto dal canale di irrigazione profondo alcune braccia e largo sette braccia per sette; con l'aiuto del Gigante, inserì nel letto e sulle sponde delle assi di legno ben levigato, poi grazie a Lutor che si era prodigato a recuperare del grasso animale, sigillarono le feritoie tra asse ed asse, rendendo il bacino impermeabile, in modo da contenere l'acqua senza troppe infiltrazioni. Infine scavarono una gola che raggiungesse il canale di irrigazione, costruendo sempre in legno due chiuse, per permettere all'acqua di entrare all'interno del bacino, prelevandola dal canale di irrigazione. Tutto questo sotto gli occhi vigili e attenti di Natan, il quale era sempre all'oscuro del perché tutti si prodigassero a costruire quell'insolita struttura. Alla fine tutto fu pronto. Oltre alla famiglia di Natan, composta da Lutor, Emile e Jamme, erano presenti anche Amidal e il Gigante, il quale teneva in braccio il piccolo Natan. Nel mentre si era ammucchiata un'altra moltitudine di genti, incuriosite dagli eventi che si stavano creando attorno a quel bacino. Asha uscì di casa indossando solo la sua tunica mentre i suoi capelli rosso fuoco, finalmente sciolti dalla strette strisce di cuoio, erano mossi da una leggera brezza calda. Con calma passò accanto al Gigante il quale rispose al suo sguardo con un piccolo gesto di intesa. Moderando i passi, ella discese all'interno del bacino saggiandone la salinità Emile e Jamme erano state brave recuperando una dose di sale sufficiente poi si immerse completamente per verificare la possibilità di galleggiare senza sforzo.

Quando riemerse, sembrò che i suoi occhi assumessero la forma e la consistenza stessa dell'acqua contenuta nel bacino. Asha si accostò alla sponda, sollevando le braccia verso Horud, il quale inginocchiandosi le pose tra le braccia il piccolo Natan. Il lupo si acquattò a terra guaendo leggermente, mentre Asha percepì il tremore che scuoteva il corpo di Natan.

La sua voce fu lieve e tranquilla:

– Non devi temere nulla, piccolo mio.

Natan si aggrappò disperatamente al collo di Asha, la quale si piegò leggermente per permettere il primo contatto di Natan alla superficie dell'acqua, in modo che il suo peso si alleggerisse.

Quando le mani di Asha sorressero il corpo gracile di Natan, arrivò il momento per lei per esprimere una frase, breve, che riconduceva a tutto quanto aveva riposto nella sua conoscenza acquisita:

– Devi avere Fede in me, – Natan fissò i suoi occhi stupiti in quelli di Asha cercando di trovare sicurezza, poi piano piano tentò di rilassarsi. – Non devi fare altro che riposare, al resto penserò io!

Nessuno osò parlare, tutti i presenti erano concentrati su quella scena e nel capire le intenzioni di quella ragazzina.

Asha con calma lasciò la presa su Natan, il quale rimase tranquillamente a galla, poi estrasse da una tasca un coltello, recidendo il proprio palmo esattamente dove aveva praticato il primo sigillo, poi con estremo controllo si avvicinò a Natan:

– Sentirai solo un lieve bruciore, ma non durerà molto: rimani tranquillo!

Natan fece un gesto del capo in segno di assenso, così Asha praticò la stessa incisione sul palmo sinistro del piccolo. A poco a poco l'acqua si tinse di rosso rubino. Asha si allontanò raggiungendo quasi la sponda, poi si concentrò richiamando a sé il proprio pensiero, aveva eseguito tutto nel modo giusto, aveva impiegato il suo tempo per realizzare il bacino, aveva impiegato la sua energia lasciando libero il proprio sangue, quindi ora doveva solo richiamare i suoi sentimenti e così avvenne.

Piano piano l'acqua cominciò a muoversi, vibrando alla stessa frequenza del corpo di Asha, mentre Horud poté osservare ciò che in vita sua aveva potuto sentire solo tramite le leggende: piccole onde cominciarono ad increspare la superficie dell'acqua, avvolgendo il corpo immobile di Natan, sino a formare intorno a lui il Fiore della Vita.

Il Vincolo

Horus splendeva alto nel cielo, il profumo delle foglie di limone in fiore aleggiava nella leggera brezza primaverile ed oggi era il suo giorno libero. Corse a perdifiato per raggiungere la sua meta, scese i gradini che dal Monastero portavano alla cittadina sottostante, non si curò delle genti intente ad effettuare le proprie compere al mercato stagionale. Superò con agilità le bancarelle, sgusciando tra le persone indaffarate, non curante delle grida di una donna che aveva inavvertitamente urtato facendole cadere il cesto di mele che portava sul capo.

Il suo pensiero era fisso e niente e nessuno le avrebbe evitato di compiere il suo solito rito, il quale cadeva ogni primo giorno di primavera. Trafelata, attraversò la piccola foresta del versante sud della collina, discendendo tra il sentiero sino a giungere nella valle sottostante il promontorio, a quel punto poteva già sentire l'odore dell'acqua. L'euforia che l'accompagnava esplose nel vedere terminare quelle fronde e al di là intravide il lago immoto; l'inverno come solito era stato lungo e tetro, ma ora il ghiaccio si era completamente disciolto, liberando dalla sua morsa le acque del lago. Il sudore cominciò ad imperlarle il volto, sino a quando con uno slancio si tuffò in acqua, decisamente ancora troppo fredda, ma la sensazione di libertà e sollievo per avere nuovamente superato l'inverno la invase. Si immerse in quelle acque osservando il suo fondale ricco di vegetazione e di una miriade di differenti pesci e crostacei di acqua dolce; per le testuggini era decisamente ancora troppo freddo, ma non per lei, che si lasciò trasportare dalla corrente riemergendo dai flutti, respirando l'aria a pieni polmoni, poi si distese a corpo libero assaporando quella strana assenza di peso, era nuovamente a casa.

***

Il suo movimento fu lento ma percettibile, si sentiva incredibilmente stanca, avvertì il suo corpo, mentre le spire di Morfeo cominciarono a lasciarla libera dal suo Regno. Vide il soffitto dalle travi di legno e paglia, poi mise maggiormente a fuoco inclinando leggermente il capo, aveva gli occhi permeati dal sonno, mentre la sua gola era riarsa, dischiuse leggermente le labbra sentendole gonfie, mentre nel suo campo visivo vide sopraggiungere il volto avvolto nella sua fusciacca, riconoscendola:

– Amidal, – ella allungò la mano posandola sulla fronte di Asha, la quale si fece sfuggire un piccolo lamento. – Devi rimanere sdraiata!

Asha tentò di riordinare le idee, era sdraiata su di un pagliericcio ed era coperta da una stuoia di cuoio lavorato, era stata svestita e adagiata in quel giaciglio, ma non si ricordava di averlo fatto lei. Si voltò dalla parte opposta scoprendo il Gigante intento a cucire la sua tunica, con estrema fatica provò a rivolgergli la parola:

– Ha funzionato?

Horud fermò la sua opera:

– Sì! Ha funzionato, – rispose il Gigante deponendo delicatamente la tunica al suo fianco e rivolgendo la propria attenzione alla sua Signora. – I primi due cicli ha claudicato, non essendo pratico delle sue gambe, poi al terzo ha cominciato a correre e adesso molto probabilmente è fuori assieme al suo lupo!

Un sorriso apparve sul volto ancora cereo di Asha, mentre il Gigante continuò:

– Tu, al contrario, hai dormito per tutto il tempo.

Il tono della sua voce sembrava calmo e pacato, ma Asha aveva notato una leggera inflessione di preoccupazione, ma ora era troppo stanca per darsene pena.

Amidal in ogni caso confermò la sua intuizione:

– Pensavamo che non riuscissi più a tornare tra noi!

Asha non riuscì a risponderle, sprofondando nuovamente nel sonno, ma questa volta il suo riposo fu senza sogni.

La voce della guarigione miracolosa del piccolo Natan, figlio di Lutor, si sparse per tutta Bastian, così molti visitatori giunsero alla fattoria non solo per vedere quel ragazzo correre felice nei campi assieme al suo lupo, ma anche per potere parlare con colei che oramai era soprannominata la Vera Signora. Nel corso del suo periodo di convalescenza Amidal, Emile e Jamme si presero cura dei visitatori, facendo le veci di Asha. Quando quest'ultima si ridestò completamente dal suo torpore, la prima visita che ricevette fu quella del piccolo Natan, il quale si precipitò tra le sue braccia, non sapendo bene come potersi sdebitare del grande dono che gli aveva conferito. Asha lo strinse a sé, passando una mano tra i suoi folti capelli, poi accostò le proprie labbra sussurrandogli all'orecchio:

– Fai in modo che non abbia da pentirmi di questo dono!

Natan non si staccò, muovendo solo il capo in risposta a quell'affermazione della sua Signora.

Rimasero a lungo stretti nel proprio abbraccio sotto gli occhi di tutta la famiglia, compreso Desmon, il quale era ritornato a casa dopo avere adempiuto i compiti ai quali i gendarmi liberi dovevano sempre sottoporsi. Trascorsero altri sette cicli di Horus prima che Asha poté recuperare tutte le sue forze. Era oramai giunto il tempo della partenza, il loro viaggio non era certo finito ed oramai non si potevano più sottrarre al loro compito:

– Sicuramente Bella starà organizzando le terre libere!

Intento a preparare il proprio zaino, Horus si voltò per rispondere:

– Quanto tempo ci rimane?

Asha posizionò la fibbia della sua katana sulla cintura:

– Probabilmente meno di due grandi cicli!

Horud parve pensieroso:

– Sicura che riuscirà a raggiungere Darokis per tempo?

Asha indossò la tunica, constatando che forse il lavoro del Gigante non era sicuramente stato dei più riusciti:

– Quello che mi preoccupa sono le genti di Darokis!

Quando Asha ed Horud varcarono la soglia della fattoria, un gruppo di persone, alcune giunte appositamente da Bastian, si era radunato per salutarli e augurare loro buona fortuna, tra questi vi erano Lutor, sua moglie Emile, Jamme, Natan, Amidal, il vecchio fabbro Abel e Batereon, degli altri presenti né Asha né Horud seppero mai i loro nomi. Asha dispensò saluti e consigli per tutti, partendo naturalmente dal capo famiglia:

– Io ti devo ringraziare per la tua cortese ospitalità.

Lutor aveva gli occhi densi di lacrime, ma si trattenne perché non voleva farsi vedere piangere:

– Sono io che ti devo ringraziare, mia Signora! Non solo per avere ridato vita a mio figlio; sappi che sarò sempre al tuo servizio!

Asha non volle aggiungere altro, non le piaceva ricevere quelle attenzioni, in fondo non poteva decidere per le sorti di nessuno di loro e a dire il vero rimanevano ancora molto lontani dalla via, pur seguendola per istinto. Venne la volta di salutare Emile e Jamme:

– Grazie per avermi accudita e assistita, continuate a prendervi cura di voi.

Le donne non riuscirono a rispondere, sopraffatte da una dolce malinconia. Amidal si avvicinò alla sua Signora, assumendo una posa sottomessa, non riuscendo ad alzare il capo per osservarla:

– Io... ecco...

Asha la interruppe:

– Qui hai trovato una famiglia che ti ha accettata; mi raccomando, sii felice!

Lo sguardo di Asha cadde in direzione di Emile e Jamme, le quali capirono immediatamente le sue parole, sorridendole di rimando.

In ultimo fu la volta di Natan, il quale non mascherò in alcun modo i suoi sentimenti, per cui il suo volto si rigò di lacrime dolorose, non riuscendo ad esprimere tutta la sua amarezza.

Asha gli andò incontro, allungò la sua mano ed afferrandogli con delicatezza il mento, in modo da poterlo guardare negli occhi:

– Ricordati la promessa che mi hai fatto.

Natan non resistette e, mentre il suo lupo mugolava, si strinse tra le braccia di lei, nascondendo il proprio viso tra le maglie della tunica di Asha.

Al termine di quell'abbraccio, vi furono i convenevoli di rito di Batereon e Abel. Quest'ultimo non mancò di rimarcare le sue perplessità in merito alla mancata forgiatura di nuove armi tratte dalla conoscenza dei Forgianti, Asha non poté esimersi dal rimarcare il suo concetto:

– Quando avrò trovato il modo di attuare quelle conoscenze, senza fare sì che gli uomini possano usufruirne in malo modo, tu sarai il primo al quale le insegnerò.

Il volto di Abel si rabbuiò, mostrando le sue incertezze. Ad ogni modo la decisione non spettava a lui e non poteva di certo mettere in discussione le parole di colei che aveva permesso ai cittadini di Bastian di liberarsi dalla morsa dell'oppressione del Sovrano.

I saluti terminarono stringendo la mano e augurando a tutti i presenti ogni bene. Il lupo di Natan li seguì sino a giungere ai piedi del promontorio, poi il suo ululato si fece udire per tutta la valle di Baraan, mentre Asha e Horud sparirono sia alla sua vista che al suo olfatto, superando il primo passo del promontorio per dirigersi nuovamente nella Tundra.

Il viaggio fu particolarmente stancante ed impegnativo, sempre sotto l'occhio vigile di Horus. Asha non si ricordava delle fatiche effettuate per giungere dal villaggio del Dath sino a Bastian, forse era dovuto al fatto che non si era completamente ripresa dopo avere consumato tutte le sue forze per permettere a Natan di camminare nuovamente. Nonostante le sue condizioni non ancora favorevoli completamente, strinse i denti sorretta anche dalla forza di volontà del suo compagno, nel quale cominciava a intravedere la sua incredibile resistenza e intensità d'animo.

Per raggiungere prima Darokis, decisero di oltrepassare il promontorio orientale rispetto alla valle di Baraan e di proseguire in linea retta verso la città, senza effettuare soste ai pozzi: il viaggio sarebbe stato decisamente più breve, ma avrebbero dovuto razionare maggiormente le loro provviste di acqua. Impiegarono più di dieci cicli piccoli di Horus per raggiungere la loro meta, purtroppo la città di Darokis presentava solo due porte di accesso, una era posta a nord, l'altra a Sud-Est. Mentre provenivano direttamente da ovest, decisero per il tragitto più breve, costeggiando il grande muro di cinta della città sino a giungere nella gola di Hulm: da lì si apriva il varco alla città. Asha rimase sbalordita sia dalle altissime mura sia dalle dimensioni di quella città, la più grande che avesse mai visto; una volta all'interno di quelle mura, avrebbe dovuto reperire maggiori informazioni dai suoi abitanti, anche perché ora come ora non sapeva assolutamente nulla dei suoi cittadini e di come vivessero. La gola di Hulm era veramente immensa, aveva visto tramite i ricordi dell'ombra come apparisse quel fiume ma non aveva percepito le sue reali dimensioni, in ogni caso soprassedette da quei pensieri concentrandosi sulla prova che l'avrebbe attesa all'ingresso della porta nord. Poté notare che oltre a lei vi erano molte altre genti in fila per accedere a Darokis, mentre Horud le riferì che era la seconda città più grande del Regno di Argentea subito dopo la capitale Dareen, quindi era ovvio trovare mercanti sia in entrata che in uscita, visto che le mercanzie potevano viaggiare seguendo la gola di Hulm sino alla capitale. Asha fece mente locale, confrontando le parole del Gigante rispetto alla mappa di Bella.

L'alt della guardia posta innanzi alla porta nord di Darokis interruppe i suoi pensieri:

– Non è permesso recare con sé le armi all'interno della città, dovete lasciarle in custodia.

Horud si spazientì senza darlo a vedere, era consapevole delle regole del Regno, per cui di mala voglia si tolse la grande lama dal dorso porgendola al gendarme, il quale con qualche difficoltà la resse. Asha fu molto più recalcitrante, in cuore suo sperava che tutto andasse per il meglio. Con fare sin troppo lento per i gusti del gendarme, sbloccò il laccio che teneva il fodero legato alla sua cintura, poi depose tra le mani del gendarme la sua arma. Quest'ultimo poté osservare l'elsa completamente nera con incisa un'effige che lui non riconobbe, poi si soffermò ad osservare la fodera che ricopriva quella lama, in cuoio lucido e completamente nera, ma ciò che attrasse maggiormente la sua attenzione furono le voci che cominciarono a sussurrargli nella mente, lusingandolo e promettendogli gloria ed onore. La sua mano si mosse quasi senza controllo e mentre il suo unico desiderio era quello di liberare quella lama dalla sua custodia, la sua mano si strinse attorno all'elsa, poi con fare deciso tentò di sguainarla.

Le voci nella sua mente cessarono immediatamente, nello stesso istante il gendarme si dimenticò del suo gesto:

– Molto bene, potete entrare.

Horud osservò incuriosito quella scena, rivolgendo la propria attenzione su Asha, la quale si coprì il capo col cappuccio. Quella fatidica scena, rimasta impressa sul volto di Horud, riportò i pensieri di Asha ad un momento di sottile calma e fiducia sul da farsi.

Darokis

Appena varcato il maschio della torre d'entrata di Darokis, i sensi di Asha furono invasi dalla moltitudine delle genti, dei suoni e degli odori della città. Il suo primo sguardo cadde su due strutture poste ai lati dell'ingresso leggermente discoste dalle scalinate in pietra che recavano verso la passerella delle mura antistanti. Esse in pratica altro non erano che delle enormi ruote in legno poste orizzontalmente rispetto al terreno, nelle quali erano affisse lunghe travi, anch'esse fabbricate dello stesso materiale, le quali erano spinte da strani bovini dalle corna molte più corte e ricurve rispetto a quelle viste nella cittadina di Bastian, ma non era l'unica differenza. Infatti quei bovini avevano un manto leggermente più corto e variopinto, le cui tonalità variavano dal bianco, al rosso, al marrone scuro, fino ad avere diverse sfumature di grigio, il tutto era sormontato da un enorme tendone, per riparare quegli animali e i loro servitori. Nell'adempiere quel compito, appena più in là Asha poté notare anche la struttura in pietra, la quale fungeva da deposito per quegli animali, visto che vi erano molte genti al loro interno, le quali si prendevano cura degli stessi, fornendo loro acqua e cibo. La sua curiosità si accese immediatamente:
– Sai che utilizzo possa avere quella struttura?
Horud osservò intorno a lui intuendo di cosa stesse parlando la sua Signora:
– Darokis è stata costruita all'interno del letto dell'antico fiume Hulm, ma esso non si è seccato, infatti continua a scorrere al di sotto della superficie, – Horud si prese qualche attimo per indicare le grandi ruote. – Non conosco bene il funzionamento di quelle strutture, ma so che prelevano l'acqua al di sotto della superficie per farla scorrere

all'interno dell'acquedotto.

Horud si spostò dalla calca prendendo Asha sotto il braccio al fine di poter soddisfare la sua curiosità e sottrarsi per qualche istante dalla calura provocata dall'occhio di Horus, che in quella regione raggiungeva temperature molto elevate:

— Come puoi vedere, l'acqua scorre in questo canale discendendo, sino a raggiungere i rioni più meridionali attraverso questo scolo.

Asha notò lo scorrere dell'acqua, ma soprattutto le alte volte poste al di sopra dell'argine, nonché una struttura in legno mossa da uno strano meccanismo, il quale recava l'acqua sino a giungere a un'altezza innaturale:

— E quello a cosa serve?

Il Gigante diresse il suo sguardo nel punto indicato dalla mano di Asha.

— Quello è un capolavoro di ingegneria, non trovi? Grazie a opere come questa sia Darokis che la capitale Dareen sono le due città più grandi della Tundra, — Asha fu rapita da quella spiegazione, rimanendone affascinata, mentre il Gigante continuò la sua spiegazione. — La ruota che vedi non solo porta l'acqua in superficie, ma tramite quel condotto trascina l'acqua sino alle volte, le quali sono costruite con una piccola incidenza seguendo il declivio del letto stesso, in tal modo anche i rioni ricchi possono usufruire dell'acqua, che alimenta i bacini preposti per le diverse mansioni.

— Mansioni?

Il tono di voce di Asha risultò troppo precipitoso.

— L'acqua confluisce in più bacini i quali fungono da lavatoi per gli indumenti, oppure per le persone stesse, altri sono adibiti al beveraggio per gli animali e altre ancora per prelevare l'acqua razionata giornalmente per le genti, infine alcuni lavatoi vengono utilizzati per la malta. Ho potuto appurare tutto questo nei miei diversi soggiorni all'interno della città.

Asha era decisamente sorpresa: la città aveva creato una rete per potere servire tutti i suoi abitanti e fare avere loro ciò di cui necessitavano... nel bel mezzo del nulla!

La voce del Gigante la riscosse dai propri pensieri:

– Coraggio, proseguiamo.

Asha seguì passo a passo il suo compagno, avvolta da quella disarmonia di rumori cittadini. Un'altra cosa che colpì la sua attenzione furono le costruzioni, al contrario di Bastian le cui case potevano raggiungere i due o tre piani, dove la luce di Horus non giungeva mai, a Darokis tutte le strutture erano uguali. Erano tutte di forma circolare, ammassate le une alle altre e non superavano mai un piano di altezza, sia quelle adibite alle famiglie, sia quelle adibite agli animali domestici, tra cui riconobbe dei canidi dal pelo corto, di dimensioni molto ridotte rispetto al lupo di Natan, alcune famiglie allevavano pollame, di varie forme e specie, dalle creste enormi e dal piumaggio variopinto, altri possedevano degli ovini dalle tinte e dal pelo simili ai bovini e ad una specie di suino dal manto completamente nero. Lungo tutto il tragitto, Asha poté appurare grazie a Horud come vivessero e come era istituita l'economia di quel luogo. Asha faticava a udire la voce del Gigante in mezzo a tutta quella calca: vi erano strilloni in ogni luogo, che vendevano qualsiasi cosa; non a caso, Darokis era una delle più importanti città commerciali, dove si poteva vendere e comprare qualunque cosa, dal grano, alle spezie, agli animali, al lavoro manuale.

– Al contrario di Bastian, o del Clan dei Dath, qui a Darokis l'economia non si basa solo sul baratto: il Sovrano è l'unico in grado di forgiare l'argento, il materiale con cui è fatta la moneta corrente del Regno. Il Sovrano devolve moneta sonante come compenso alle strutture create in suo nome, come ad esempio il Tempio di Horus, o le mura cittadine, o all'acquedotto; in tal modo i manovali vengono in possesso dell'argento e, dovendosi nutrire e acquistare beni personali, si recano alle gilde dei mercanti, mettendo in circolo la moneta.

Horud si volse, tentando di non perdere di vista la sua

Signora in mezzo a quella calca; Darokis conteneva nelle proprie mura all'incirca duecentomila persone e non era poi così difficile perdersi all'interno dei suoi meandri, considerato che non vi erano vere e proprie strade, ma si passava tra le abitazioni, dove esse non erano unite le une alle altre.

– Il sistema delle gilde permette una concorrenza meno spietata e fa guadagnare tutti i membri delle varie gilde: in pratica tutti i mercanti che trattano beni specifici si riuniscono in gruppi organizzati, i quali prendono il nome di Gilda delle vesti, oppure Gilda delle carni, oppure del grano e così via!

Asha si fermò, attratta dalla cacofonia proveniente da un banco poco distante da loro:

– Com'è possibile che tu abbia fatto un errore del genere?

Asha tentò di alzarsi in punta di piedi, per meglio osservare la scena:

– Ecco, il fatto è che io...

Dietro un banco sul quale erano deposti tre strani pesci, di dimensioni e fattezze che apparvero alquanto bizzarre ad Asha e dalla livrea completamente bianca, si ergeva un uomo dall'aspetto rubicondo, intento a scusarsi per la sua malefatta, incalzato da alcune persone:

– Hai promesso tre pesci a quattro diversi compratori, ma come è stato possibile?!

Uno degli acquirenti, un uomo robusto dai modi rudi, sbottò con tutta la sua ira:

– Mi è stato promesso un pesce e non vi rinuncerò di certo!

Voci di assenso si levarono dalle genti intente a osservare quell'alterco, proprio mentre una donna tentò di discostare quegli uomini:

– Dovremmo rivolgerci al Sacerdote, egli saprà come sistemare questa diatriba!

Dietro a lei un ragazzo non più vecchio di Asha rimbrottò:

– Secondo me la parola del mercante non ha valore per l'ultimo di noi che si è proposto per l'acquisto.

Di rimando ricevette immediatamente una risposta cruenta:

– Che tu sia maledetto, moccioso! Fra me e il mercante c'è stato un contratto verbale! Sei così giovane e rampante, vattelo a pescare da solo il pesce!

Il mercante, oramai riconosciuto da Asha, tentò di mitigare gli animi:

– Vi prego, calmatevi signori... potremmo indire un'asta!

Tutti i contendenti s'infuriarono e molti presenti cominciarono a farsi trascinare:

– Lo hai fatto apposta, mercante da strapazzo, solo per potere indire l'asta!

Sarebbe sicuramente stato linciato dalla folla se non avesse ritratto le proprie parole; l'alterco andò avanti per un bel po' sino a quando Horud, scocciato di assistere a quella diatriba, non posò una mano su Asha:

– Qui si mette male, andiamocene.

Ma oramai Asha aveva deciso: si fece largo tra la folla, sino a giungere al cospetto del mercante e con voce autoritaria si fece sentire, con un fare completamente insolito, cosa che stupì non poco il Gigante. La sua voce uscì da labbra contrite, come se a pronunciarla fosse stata una vecchia signora:

– Io propongo di tagliare in quattro parti uguali quei pesci.

Improvvisamente tutti gli astanti si ammutolirono, per ascoltare le parole di quella figura completamente avvolta nel suo mantello.

– Poi ciascuno di voi sceglierà un pezzo, alla fine tutti e quattro gli acquirenti avranno preso lo stesso quantitativo di merce!

La sorpresa di tale soluzione fu visibile negli sguardi, sia del mercante che dei compratori e incredibilmente tutti furono d'accordo a effettuare la divisione dei pesci, tra gli sguardi e i sussurri di approvazione degli astanti.

Asha si dileguò assieme al Gigante, per quanto fosse possibile passare inosservati al fianco di una figura che attraeva già di per sé gli occhi di tutti, data la sua mole e la sua altezza.

Horud non capì mai quel gesto, né tanto meno ciò che aveva osservato, in ogni caso non chiese mai nulla, come era solito fare da quando si erano conosciuti, al contrario divenne molto più loquace per quanto le sue conoscenze potessero essere utili alle orecchie di Asha, perché egli sapeva che per lei tutto era importante, così discesero la città per raggiungere i rioni più disagiati.

– Devi sapere che la città è divisa in rioni: i mercanti e i proprietari terrieri vivono sulle sponde della gola di Hulm.

La domanda uscì spontanea dalle labbra di Asha:

– Perché proprio lì?

Le sembrava di essere tornata bambina, quando il suo Maestro la farciva di nozioni, mentre lei non poteva fare altro che chiedersi e domandarsi il perché delle cose, anche se Horud si compiacque particolarmente di quella domanda:

– Perché Darokis è costruita in pendenza e, come tu sai bene, tutto scende a valle, non solo l'acqua!

In effetti Asha doveva ammettere a se stessa che tra gli svariati odori di uomini, animali, cibo e altro, vi era sempre in sottofondo quel pungente odore di sterco e liquami. Alla fine riuscirono a giungere sino alla piazza centrale, dove sorgeva l'immensa struttura del tempio dedicato a Horus, la quale svettava su ogni altra struttura grazie all'alto campanile e alle sue enormi arcate. Qui vi erano radunati moltissimi mendicanti, i quali chiedevano la carità a coloro che abbandonavano o entravano nel Tempio per porgere le loro offerte, una pratica della quale Asha era già a conoscenza, condannando quell'abominio indetto dal Sovrano: nessuno avrebbe dovuto pagare in merito alla propria fede. Horud si fermò ad osservare attentamente quella struttura, della quale al momento non riusciva a ricordarsi e proprio mentre era immerso nei suoi pensieri, si sentì tirare un braccio. Si voltò di scatto a osservare colui che si era permesso un tale lusso nei suoi confronti, il quale altri non era che un mendicante dai tratti lievemente conosciuti, la sua voce fu come un alito di vento:

– Finalmente siete giunti!

Asha si discostò leggermente per meglio percepire l'essenza di quell'uomo aggrappato al braccio di Horud e sul suo volto nascosto tra le ombre del cappuccio apparve un'espressione compiaciuta, che si trasformò in una parola conosciuta:

– Aldebaran!

L'avvento della Veggente

Asha e Horud seguirono Aldebaran sino a raggiungere il
ghetto, così era chiamata la parte più meridionale di
Darokis, nella quale trovavano dimora tutti coloro che
riuscivano a vivere alla giornata. Molti di essi erano utilizzati
come manovali da qualche mercante di tessuti, i quali
usavano tale manodopera per filare le stoffe o per colorarle,
oppure trovavano lavoro saltuario presso qualche contadino
mietendo il grano o nel periodo dell'aratura e della
mietitura; alcuni invece adempivano i compiti più ingrati, al
servizio di qualche allevamento, se andava bene prestavano
servizio al Tempio di Horus, altrimenti l'unico loro
sostentamento, a parte il furto, era quello di mendicare.
Asha avvertì immediatamente l'odore di quel posto,
estremamente pungente, le case erano fatiscenti, create con
qualunque mezzo di fortuna, molte non superavano neppure
le dimensioni di un canile. Ogni volta che il suo sguardo
vagava tra quegli angusti meandri, visto che non si potevano
definire strade o vie, vedeva madri allattare i propri figli per
strada, appoggiate a muri sgretolati, cani aggirarsi nel
tentativo di mettere tra le loro fauci qualsiasi cosa
trovassero, uomini intenti ad urinare negli angoli delle
dimore. Nel ghetto si poteva vedere tutta l'amarezza di
un'esistenza fatta di stenti ed il suo cuore fu diviso in due,
una parte pianse a quella vista, mentre un'altra parte non
vedeva l'ora di vendicarsi di colui che aveva permesso alle
genti di Argentea di sprofondare in quella miserabile vita,
anche perché essa non si poteva neppure definire tale.
Aldebaran si fermò presso una abitazione, se così si poteva
definire quella struttura, la quale si sorreggeva su quattro
muri alzati senza troppa cura, mentre assi di legno fatiscente
componevano un tetto, fatto unicamente per alleviare la

sofferenza dall'occhio di Horus; la struttura non presentava alcun tipo di finestra, l'unica apertura posta per quel loculo era la porta di ingresso, naturalmente la porta non esisteva, essa si presentava sotto forma di una ferita aperta nella struttura.

– Entrate!

La voce di Aldebaran pareva sommessa, quasi rassegnata, la sua euforia nel rivedere colei che lo aveva liberato dalle proprie catene era scemata nel corso del tragitto. L'interno appariva più sconfortante che l'esterno, un unico pagliericcio di steli di grano oramai marcescenti era deposto in un lato dell'unica sala, la quale non superava le due braccia di lato.

Asha e Horud si sedettero a terra, visto che non vi era assolutamente nessun tipo di suppellettile, mentre Aldebaran cominciò a spiegare la situazione corrente a Darokis dopo il suo avvento. Con voce tremante iniziò il suo racconto:

– Non abbiamo avuto alcun problema a essere ammessi nella città, dirigendoci immediatamente al cospetto del Sacerdote del Tempio, al quale abbiamo consegnato le armi per conto di Bastian, – Horud si tolse lo zaino posandolo a terra al suo fianco, intento ad ascoltare quel resoconto degli eventi, mentre Asha incrociò le proprie gambe nella sua solita postura, posando la schiena contro il muro; Aldebaran si accomodò innanzi a loro, abbassando ulteriormente il suo tono di voce, segno evidente della preoccupazione nell'essere udito. – Per confonderci con i cittadini, abbiamo cominciato a vendere ciò che potevamo: i buoi dalle lunga corna, i carri da trasporto, sino anche i nostri oggetti personali! Ci siamo divisi in parti uguali il compenso in argento e abbiamo iniziato la nostra opera, seguendo il piano stabilito.

Aldebaran si voltò, osservando il vano della porta:

– Purtroppo però, di lì a poco, la voce che avevamo messo in giro giunse a orecchie indiscrete, così il Sacerdote ha indetto una campagna contro coloro che sostenevano la ribellione dal Sovrano! I gendarmi hanno cominciato a catturare molti di noi, eseguendo la loro condanna sulla piazza pubblica, a oggi siamo rimasti in tre, visto che ho assistito impotente alle loro esecuzioni.

Asha non si mosse, ancora avvolta all'interno della sua tunica, il cappuccio mascherava agli occhi di Aldebaran il suo vero stato d'animo, ad ogni modo procedette con la sua spiegazione:

– Le genti di Darokis non si sono mosse in difesa di quei poveracci, anzi al contrario: si sono racchiuse nel proprio silenzio e oggi, temendo le ripercussioni del Sacerdote e dei gendarmi, nessuno parla di Bastian e della sua rivolta.

Asha meditò a fondo su quella eventualità, probabilmente le genti di Darokis non erano propense a perdere i loro benefici, effettivamente doveva ammettere a se stessa che, al contrario di Bastian, le genti di Darokis vivevano coltivando i propri interessi, visto che non erano trattati come schiavi, al contrario.

Però questo status era a favore di pochi, avrebbe dovuto riflettere bene su questa possibilità, anche se il suo piano avrebbe comunque avuto effetto sulle genti più povere ed il seme della discordia avrebbe germogliato meglio all'interno del ghetto.

Per la prima volta Asha fece sentire la sua voce:

– Ho comunque assistito ad alcune stranezze.

Aldebaran deglutì, forse troppo rumorosamente, la sua salivazione era pressoché azzerata:

– Di che tipo?

– È cominciato tutto diversi cicli fa: al mio arrivo le forze in armi della città potevano contare più o meno duemila unità, poi è iniziata una progressiva diminuzione e a oggi non giungono che a poche centinaia.

Horud osservò Asha, quella notizia dava adito alla presa della città da parte delle forze che Bella avrebbe recato con se dalle terre libere:

– Questa è un'ottima notizia!

Ma la sua euforia fu spenta all'istante:

– Questo vuol dire che il Sovrano è a conoscenza del nostro intento!

Asha si mosse incrociando le proprie braccia sotto la tunica, mentre Aldebaran e Horud espressero contemporaneamente la loro perplessità in merito:

– Come fai a dirlo?

Colti entrambi impreparati nell'udire rispettivamente le loro voci all'unisono si guardarono per qualche secondo, mentre Asha illuminava il loro interesse:

– Sta spostando le sue truppe al nord!

I pensieri di Asha corsero immediatamente sugli sviluppi probabili, aveva dimenticato qualcosa, esprimendo ad alta voce il suo pensiero e in suo aiuto corse la voce di Horud:

– Ora che ci penso, – si arrestò un attimo tentando di fare luce nei meandri dei suoi ricordi. – Mi sono accorto che il Tempio di Horus è costruito molto probabilmente con lo stesso materiale della cava di Bastian, al contrario di altre strutture intraviste.

Aldebaran imprecò tra sé e sé:

– Hai ragione, forse il commercio tra Bastian e Darokis non consisteva solo nelle armi!

Asha alzò una mano interrompendo le loro supposizioni:

– Non affrettate le vostre congetture, forse è stata la voce della liberazione di Bastian a metterlo in allerta!

Un mugugno uscì dalle labbra del Gigante:

– Improbabile, sarebbe bastato inviare un contingente a debellare l'insurrezione!

Asha meditò anche su questa eventualità, in ogni caso non vi erano dubbi in merito, il Sovrano era sicuramente a conoscenza del suo intento, o perlomeno lo aveva intuito. Ora però doveva capire l'intento di Baal. Doveva trarre spunto dalle sue conoscenze, in merito ad una eventuale campagna militare, visto che per liberare il Regno di Argentea non vi era altra soluzione che affrontare l'esercito del Sovrano. Soppesando al meglio le sue mosse. Ad ogni modo dovette ammettere a se stessa di averlo dannatamente sottovalutato ed ora doveva pensare bene sulle basi della propria conoscenza, cosa egli stesse facendo.

Il Sovrano aveva richiamato il suo esercito e questo era un fatto, quindi presumibilmente aveva dato per perso la città di Darokis, il perché le sfuggiva, poi improvvisamente si ricordò di Bella e dei preparativi per spostare un probabile contingente, ad ogni modo non mise ulteriori pensieri negli animi già preoccupati di Aldebaran e del Gigante.

– Ci preoccuperemo dopo delle intenzioni del Sovrano, ora la nostra preoccupazione deve essere rivolta alle genti di Darokis, esattamente come abbiamo fatto per quelle di Bastian, – Asha attese qualche attimo prima di continuare, permettendo ai suoi seguaci di capire a fondo le sue motivazioni. – Aldebaran, sai dirmi altro che possa aiutarci in tal proposito?

Egli si prodigò in un lungo monologo per permettere ai suoi ospiti di meglio comprendere lo stile di vita e i dissidi che si susseguivano tra le genti di Darokis, sul sistema di giustizia e soprattutto tra le suddivisioni in caste, le quali si identificavano a favore del Sacerdote e del Tempio di Horus e coloro che ne vedevano l'influenza come nefasta, purtroppo nessuna di queste colpì l'attenzione di Asha.

– Va bene così, Aldebaran. Ho capito!

Aldebarn si interruppe, ponendo la sua domanda:

– Come agiamo?

Asha attese qualche istante, aveva già pensato a come muoversi, al di là degli intenti del Sovrano:

– Recati tra le genti del ghetto, dì a loro che la Veggente di Bastian è giunta tra loro.

– Così facendo, attireremmo nuovamente su di noi l'attenzione del Sacerdote! E' un suicidio!

Ad Asha non piacque il tono di voce di Aldebaran nel controbattere le sue istruzioni, un eccesso di ira invase il suo cuore, da quando era tornata dal Regno dell'Ombra a stento faticava a tenere repressa la sua urgenza, tanto meno cominciava a sopportare coloro che mettevano in discussione le sue decisioni.

Tentando di reprimere questi sentimenti che la distoglievano dal suo intento, rispose anche se in tono decisamente troppo energico:

— Fai come ti dico!

Aldebaran uscì dalla dimora, sempre che si potesse definire tale, il suo umore era decisamente tetro, ma ad ogni modo oramai non si poteva certo rifiutare, anche se il suo animo era fortemente scosso nel presagire la stessa fine che avevano trovato i suoi compagni: in cuor suo sperò di non cadere vittima di quei nefasti eventi.

Rimasti soli, Horud si rivolse alla sua signora:

— Non è forse il caso di rivedere i tuoi piani?

Asha voltò il capo, ma il suo volto rimase completamente oscurato dall'ombra del cappuccio:

— Tu hai deciso già da diverso tempo il tuo futuro, il giorno stesso in cui hai deciso di seguirmi!

Il Gigante rimase esterrefatto sia dal tono con cui furono pronunciate quelle parole, sia dal tono della risposta stessa. Non disse più nulla, racchiudendosi nuovamente nel suo silenzio pensieroso, abbassò leggermente il capo ad osservare un punto non ben precisato nel terreno. Era sicuramente successo qualcosa nella terra dell'Ombra, ma non osava chiedere cosa, visto che Asha subiva spesso di sbalzi di umore in quell'ultimo periodo. Ella era capace di stupirlo sia nel bene, come quando aveva curato il piccolo Natan, sia nel male, come quando avevano dovuto ritornare dal Regno dell'Ombra e nel tragitto che da Bastian li aveva portati a Darokis. Ora, anche in quella circostanza, non riusciva a riconoscere colei che aveva di fronte. Il suo respiro si fece più forte ed il suo cuore accelerò sensibilmente al ricordo della sua giovinezza, quando per la prima volta giunse ed incontrò nelle sue terre colui che si presentò come "il Profeta".

Il Ritorno di Bella

I duecento Cavalieri Ferrati vennero individuati dai gendarmi liberi molto prima del loro ingresso attraverso la porta ovest di Bastian e quando ebbero superato il maschio, si trovarono l'intera cittadina inneggiante. La voce del loro giungere si era propagata di voce in voce ed ora Bella al comando di quegli uomini era stata accolta come una liberatrice.

La colonna di Cavalieri si fermò al centro della grande piazza, dove le rovine del Tempio troneggiavano a simbolo di libertà. Bella scese dal proprio destriero, era vestita con la tipica armatura delle sue terre, ad attenderla in mezzo a tutta quella calca, tra donne, bambini e gendarmi liberi vi era la figura di Abel.

– Sono lieto del tuo ritorno.

La voce sembrava rotta dall'emozione, molto probabilmente egli si stava trattenendo dal piangere.

Bella si tolse l'elmo piumato, simbolo della sua carica, riservando uno dei suoi migliori sorrisi a quell'amico a lei oramai caro:

– Abbiamo molto di cui discutere, amico mio!

Abel fece un lieve cenno del capo, impartì i suoi voleri per accogliere al meglio i Cavalieri Ferrati, poi assieme a Bella si diressero alla Rocca. Bella si prese il tempo necessario per riposarsi dopo la traversata che dal villaggio Ferrato l'aveva condotta a Bastian, una volta pronta si diresse nella sala del consiglio, dove Abel era in sua attesa. Nel suo periodo di assenza poté notare che il vecchio fabbro si era dato parecchio da fare per ristrutturare la Rocca, la quale ora almeno in parte era arredata. La sala del consiglio, oltre al grande tavolo e dieci sedie preposte, era arredata con un grosso porta candele appeso al soffitto, alcune cassapanche erano sistemate ai lati della sala, dove era possibile accomodarsi per osservare oltre le finestre, in più vi era una rastrelliera per le armi, posizionata subito oltre l'ingresso.

Questi accorgimenti strapparono un sorriso dalle sue labbra, mentre la voce di Abel colse appieno la sua attenzione:

– Mi aspettavo che tutte le terre libere partecipassero, ma qui vedo solo gli stendardi dei Cavalieri Ferrati.

Il sorriso sparì velocemente come era apparso dal volto di Bella, con calma si sedette:

– Siediti, amico mio, così che io possa spiegarti l'intera vicenda!

Abel si sedette, anche se in lui covava l'insofferenza, visto che le sue mani continuarono per lungo tempo a tamburreggiare sul legno levigato:

– Non ho avuto tempo di riunire il Consiglio delle Terre Libere, per questo ho lasciato Darius e Damian, assieme ad Argayl il capo Clan dei Cavalieri Ferrati, i quali hanno il compito di intercedere tramite il Consiglio, mentre io ho portato i Cavalieri Ferrati con me, per assediare Adasta.

Abel rivelò le proprie perplessità in merito:

– Con soli duecento cavalieri sarà difficile prendere la Rocca.

Bella sorrise, si aspettava quell'obiezione:

– Non la prenderò con solo i miei uomini!

Il vecchio fabbro cominciò a spazientirsi:

– Allora faresti meglio a spiegarmi quale sarebbe il tuo piano!

Anche Bella si stizzì, al tono di Abel:

– Guarda che sto tentando di farlo, vecchio brontolone, – Abel assorbì quel poco velato commento, mentre Bella riprese. – A che punto sono i lavori di cui ti avevo incaricato?

Il vecchio fabbro fece un breve resoconto:

– Sono riuscito a preparare dieci carri di provviste, delle strisce di pane cotte; ho reperito dei buoi dalle lunghe corna per trainare tutto l'occorrente, ma siamo un po' indietro sulla costruzione dei trabucchi.

Bella lo interruppe:

– Quanti ne hai pronti?

Abel deglutì:

– Solo otto!

I pensieri di Bella lasciarono quel luogo per qualche attimo:

– Andranno bene!

Abel si alzò non riuscendo più a stare fermo, era decisamente agitato:

– Ora, mi vorresti mettere al corrente delle tue idee?

Bella si addossò allo schienale portando le sue mani dietro la testa, stirandosi leggermente, la sua schiena aveva risentito particolarmente della cavalcata, aveva trascorso talmente tanto tempo dall'ultima volta che era stata a cavallo che ora ne pagava pegno:

– Prenderemo tutti gli uomini in arme di Bastian assieme ai miei Cavalieri, poi partiremo alla volta di Adasta; per quel tempo il Consiglio avrà già deciso, inviando le restanti forze, le quali marceranno verso la porta nord di Darokis, passando da Bastian per recuperare il vettovagliamento di scorta.

Abel la fissò sbalordito:

– Sei sicura che possiate conquistare la Rocca prima del sopraggiungere dell'unità di scorta a Darokis!?

Bella diventò immediatamente seria:

– Sarà necessario riuscirci!

Abel capì immediatamente l'urgenza che muoveva quella donna e del compito al quale dovevano tutti sottoporsi, i suoi pensieri vennero comunque interrotti da Bella:

– Piuttosto, hai notizie di Asha?

Abel fu colto impreparato da quella domanda, a ogni modo mise al corrente Bella degli ultimi avvenimenti che la riguardavano:

– È tornata dal Regno dell'Ombra recando con sé le conoscenze dei Forgianti.

Quella era una notizia degna di nota e la curiosità di Bella si accese:

– Quindi ora siamo in grado di accedere ai loro poteri?

La risposta del vecchio fabbro fu glaciale:

– No!

Bella si alzò facendo rotolare la sedia su cui pochi istanti prima era seduta, il rumore prodotto dalla stessa fece scattare il vecchio fabbro.

– Come no?!

Abel non sapeva proprio come rispondere, così tentò di spiegare gli eventi:

– Una volta tornata dal Regno dell'Ombra, Asha ha chiesto il mio aiuto per mettere in pratica quegli antichi insegnamenti; sono stato testimone della forgiatura e ti giuro che in vita mia non ho mai assistito a nulla del genere, – Abel rivisse nella sua mente quell'esperienza ed il forte desiderio che albergava nel suo cuore si rifece sentire, quell'urgenza di apprendere e mettere in pratica quell'arte; tentò di allontanare da lui quel pensiero continuando a parlare. – Asha è riuscita a forgiare la sua lama, ma purtroppo non mi ha voluto rivelare il procedimento!

Bella rimase assorta, ma una domanda semplice ed indagatoria le scappò dalle labbra:

– Perché?

Abel chinò il capo osservando le striature del legno mentre la sua voce un po' troppo sommessa per i gusti di Bella si udì appena:

– Le sue parole erano enigmatiche, come tu ben sai.

Bella si innervosì:

– Sì, lo so, vai avanti!

D'un fiato, il vecchio fabbro ripeté esattamente le parole che Asha gli aveva proferito.

Il silenzio calò nella sala, sia Abel che Bella caddero ognuno preda dei propri pensieri, il tempo si dilatò ed entrambi non seppero più da quanto si fossero soffermati a riflettere, sin tanto che la voce di Bella non ruppe quel turbamento:

– Molto bene, quindi si è tenuta per sé quella conoscenza!

Il dubbio cominciò a farsi largo nel suo animo, non si sarebbe di certo aspettata un comportamento del genere da parte di Asha, forse avevano tutti visto solo ciò che volevano vedere, mentre la realtà poteva benissimo essere un'altra. Bella si ricordava molto bene dell'opera del Sovrano, quando creò i Mutant a lui fedeli: aveva utilizzato anche lui un'antica conoscenza, esattamente come aveva fatto Asha, forse erano nuovamente di fronte a un miraggio, forse ella pareva dalla loro parte, ma non era da sottovalutare l'idea che una volta caduto il Sovrano Asha non ne avrebbe preso il posto.

Bella tentò di riscuotersi da quella cascata interminabile di pensieri, tentando di ricordarsi gli occhi di Asha, i quali non potevano mentire, almeno sperava che fosse così. Tentò di portare alla mente quei giorni trascorsi insieme, mentre camminavano l'una affianco all'altra, attraverso i campi coltivati di Bastian e alle sue parole: *'devi avere Fede'* e al suo più profondo significato, un significato che Bella non aveva mai conosciuto:

– *È semplicemente una promessa, un legame, il quale ci vincola a un fine comune!*

In cuor suo, la guerriera voleva credere a quelle parole.

Allontanando quei ricordi, Bella si rivolse con fare tranquillo al vecchio fabbro:

– Mettiamoci all'opera, il tempo a nostra disposizione è giunto oramai al suo termine!

I preparativi per la partenza del contingente durarono qualche ciclo completo di Horus, infine tutto fu pronto e Bella poté abbandonare le mura di Bastian, al suo seguito e ai suoi comandi vi erano i duecento Cavalieri Ferrati ed oltre ottocento gendarmi liberi, tutti perfettamente suddivisi tra fanteria, trasportatori e scorta per il vettovagliamento, i quali comprendevano dieci carri per i viveri trainati ognuno da due buoi dalle lunghe corna, gli armigeri predisposti per i trabucchi, anch'essi trainati dai buoi ed i rispettivi carri carichi di pietre. Inoltre Bella aveva fatto predisporre i carri contenenti le riserve di acqua, tra queste file vi era anche il giovanissimo Desmon. Impiegarono parecchio tempo ad attraversare il valico del promontorio orientale della valle di Baraan, nel quale persero un trabucco ed un carro di vettovagliamento a causa dell'eccessivo carico e dello sforzo di quegli animali, condannati al traino forzato su quelle impervie pendici. Il morale rimase comunque alto ed una volta giunti nella Tundra il loro passo risultò molto meno problematico: costeggiarono il promontorio che dava accesso alle terre del Dath, passando a sud di Darokis, raggiunsero il primo pozzo dei predoni della Tundra, rifornendosi dell'acqua necessaria, senza incontrare nessun ostacolo alla loro marcia e al compimento del ventunesimo ciclo completo di Horus, le forze di Bella cominciarono l'assedio ad Adasta.

Innanzi al proprio esercito, la sua voce si udì tra i suoi uomini, al di là delle mura della cittadella, oltre il promontorio orientale del Regno di Argentea, oltre la vasta Tundra, un grido nel quale vi era racchiusa tutta la sua ira, tutto il suo risentimento, nonché il suo odio nei confronti di colui che l'aveva resa schiava:

– Per tutte le genti delle Terre Libere, riprendiamoci la nostra libertà!

La Luce Nera di Horus

Nei reconditi interstizi della sua Rocca, il Sovrano attendeva paziente il sopraggiungere di eventuali nuovi sviluppi, immerso nel suo passatempo preferito. I Canti erano da sempre la sua fonte di ispirazione e conoscenza, esattamente come il suo Maestro gli aveva insegnato. E ora, al sopraggiungere di colei che portava il nome di Masciach, la sua urgenza di conoscenza era bramosamente lievitata, così al chiarore della candela sfogliava un testo antico, richiamando in lui quell'estasi nell'apprendere. Il suo Santa Sanctorum era gremito di volumi, molti scritti di sua mano, altri racimolati e selezionati in ogni angolo del Regno di Argentea, perché non vi doveva mai essere fine al suo apprendimento, anche ora che era divenuto lui il Maestro di quelle terre.

Il rumore dei passi attraverso il corridoio lo distrasse dalla sua lettura e rivolgendo lo sguardo verso l'accesso della sala, intravide la figura di un suo lord:

– Astax... accomodati!

Astax era un uomo robusto dai tratti rozzi, la sua barba ed i suoi capelli avevano da tempo perso il loro splendore, sostituiti da un colore grigiastro, al contrario dei suoi occhi neri come la notte, intrisi ancora di quell'ardore del quale il Sovrano aveva tessuto le lodi oramai molto tempo fa.

Astax si inginocchiò al suo cospetto:

– Mio Signore, le truppe sono giunte alla capitale!

Il Sovrano incrociò le braccia al petto, mentre la sua voce uscì apparentemente tranquilla:

– Molto bene, ora voglio che invii dei messaggeri agli altri lord, esortandoli a recarsi qui alla Rocca assieme ai loro gendarmi!

Astax ebbe un attimo di esitazione, poi prelevando tutte le sue forze si rivolse al suo Sire:

— Vostra grazia, per quale motivo non attacchiamo direttamente le forze avverse?

Il Sovrano si accigliò leggermente:

— Perché mi poni una tale domanda?

Astax rimase in ginocchio a capo chino, non aveva assolutamente voglia di incontrare quello sguardo, sapeva perfettamente cosa avrebbe visto e la situazione non gli piaceva affatto:

— I gendarmi provenienti da Darokis hanno portato novelle in merito!

Un sibilo a denti stretti attraversò le labbra del Sovrano:

— E quali sarebbero queste nuove?

Il suo tono di voce era il preludio alla sua perdita di pazienza per quel discorso completamente inutile. Astax riprese, nel tentativo di sedare il malumore percepito dal suo Sire:

— Si dice che Bastian sia caduta e che il Masciach abbia favorito questo atto!

— E dunque?

Il Sovrano si mosse leggermente sulla sua sedia, in attesa che la sua domanda venisse fugata.

— Io... mi... mi permetterei di sedare sul nascere questa rivolta, Sire.

Le parole uscirono sin troppo mestamente dalla gola di Astax.

— Di grazia, vorresti anche dirmi come agiresti in tal merito?

Era uno screzio e non sfuggì ad Astax, a ogni modo oramai si era permesso quel lusso e avrebbe almeno espresso la sua opinione:

— Basterebbe inviare un piccolo contingente, prima che la ribellioni si infiammi. Rimuovendo le nostre truppe da Darokis abbiamo scoperto il fianco mio Sire!

Una terrificante risata rimbombò per tutta la sala, mentre le fiamme delle candele si agitarono come mosse da un alito funesto, o almeno era ciò che parve agli occhi di Astax.

— Sei decisamente più miserabile di quanto mi aspettassi, Astax!

Fu decisamente la peggiore offesa che ebbe mai ricevuto in tanto tempo trascorso al servizio di quell'uomo così amato. Astax pensò che col trascorrere del tempo il suo Sovrano si fosse tramutato in un altro uomo, specialmente nell'ultimo periodo, a ogni modo tentò di soprassedere: in fondo, quali alternative poteva mai avere?

– Tu credi davvero che non abbia ponderato ogni mia mossa?

Astax abbassò il capo:

– No, mio Signore!

L'ira del Sovrano calò su di lui come una mannaia impugnata da un boia:

– Ascoltami bene, omuncolo! Voglio che tu provveda alle successive mosse, in modo da fare cadere ogni dubbio su colui che uscirà vittorioso da questo scontro!

Astax rimase assolutamente basito, quella situazione sicuramente andava oltre le sue più essenziali conoscenze:

– Come posso compiacerla, mio Signore?

Il Sovrano si alzò, contemplando il suo tesoro, mentre le sue indicazioni volteggiarono sotto la volta:

– Convoca tutti gli uomini a noi fedeli, all'interno delle mura di Dareen, poi una volta radunato l'esercito dai alle fiamme la città!

Era un'assurdità, la mente di Astax fu scossa dai dubbi e dalle incertezze, nonché da quella richiesta completamente insensata: probabilmente colui che aveva di fronte non poteva essere lo stesso uomo al quale aveva giurato eterna fedeltà. Dareen portava nel suo grembo oltre quattrocentomila anime, era la città più grande del Regno di Argentea, nonché il faro della nuova luce portata proprio dal Sovrano ed ora lui avrebbe dovuto macchiarsi di quello scempio, dopo averla vista nascere e crescere sotto il suo protettorato.

Ad Astax quasi mancò il respiro, dovette posare la sua mano sul colletto della giubba per fare defluire il sangue che gli era giunto troppo velocemente al volto, il suo battito cardiaco accelerò, mentre piccoli puntini bianchi cominciarono ad entrare nel suo capo visivo, con una fievole pronuncia tentò di farsi udire, cercando di non pensare al malessere che opprimeva il suo corpo e il suo animo:

– Vostra grazia, per quale motivo dovremmo macchiarci di una tale colpa?

La voce del Sovrano riverberò con una nota che non aveva nulla di umano:

– Non capisco come mai, in te, vi sia tutta questa reticenza nell'eseguire il mio volere...

Astax s'impietrì, possibile che si fosse incredibilmente sbagliato, votandosi a quella causa, forse era troppo, forse aveva visto solo ciò che voleva vedere ed ora la sua lealtà era messa a dura prova da quel compito a lui sin troppo oneroso. Ripensò immediatamente al suo passato, quando quelle terre erano invase dal caos e dall'ombra, prima dell'avvento di colui che professava il verbo, nel quale aveva visto una guida, un Maestro, portatore della luce di Horus, piegare al proprio volere qualsiasi persona che interloquisse con lui, risvegliando le coscienze al fine di raggiungere un più elevato compito, piuttosto che morire di fame e di stenti. Aveva visto campi aridi trasformarsi sotto il volere del Sovrano in campi degni di potere ridare vita alle genti, aveva visto innalzare i templi in nome di Horus, il quale non era più portatore di morte bensì di vita, aveva visto il fiorire di un nuovo commercio, aveva combattuto guerre e sparso sangue di coloro che rinnegavano quel dono, recando con loro solo il disprezzo per le grandi opere, come l'acquedotto, il quale aveva portato la gioia della vita nelle città di Argentea. Ora tutta quella fatica, tutto quell'impegno nell'edificare un mondo perfetto, venivano sgretolati da colui che aveva creato tutto.

Trattenendo a stento le lacrime, tentò di rispondere come meglio poté, mentre il suo cuore e la sua anima gridavano il proprio dissenso:

– Io... non metto in discussione il suo volere, Sire. Ritengo però...

Astax non fece in tempo a terminare la frase, perché il contatto della mano del Sovrano sulla sua spalla interruppe l'afflusso delle sue parole:

– Sei sempre stato un suddito fedele alla causa, Astax, ma in te ora vedo un disperso!

– No, mio Signore! Non mi sono perso!

Il Sovrano continuò a incalzarlo:

– Nascita e morte sono la faccia della stessa moneta, figlio mio.

Aveva volutamente richiamato le parole del suo vecchio Maestro, egli sapeva perfettamente il significato di quella frase e sapeva perfettamente come intercedere nelle menti dei suoi sottomessi, anche perché l'ignoranza in loro albergava in abbondanza, nelle loro piccole anime sterili; altrettanto facile per lui era far loro seguire una via, perché erano nati per servire in schiavitù, permettendo a esseri come lui di governarli a proprio piacimento, perché da tempo egli aveva intuito che essi volevano proprio questo. Baal aveva appreso da tempo che gli uomini e le donne di quel mondo erano reticenti a volersi prendere le responsabilità delle loro azioni, così facendo declinavano tale compito agli altri.

Si sarebbero sempre susseguiti: re, imperatori, governatori... proprio per questo intrinseco volere dell'essere umano e, ogni volta che la coscienza riemergeva e tentava di prendere il controllo, l'uomo andava in confusione.

Ora era proprio toccato a uno dei suoi Lord:

– Distruggere Dareen permetterà al Regno di Argentea e a noi di sopravvivere: non temere per le genti, essi verranno trasferite nei villaggi a nord del Regno, ho già predisposto tutto!

Astax trovò conforto in quelle parole, forse perché ci voleva credere fermamente e non vi era magia più forte della volontà di credere:

– Come intende agire?

Il Sorriso del Sovrano fece capolino sul suo volto, anche se i suoi occhi non mostravano la stessa felicità:

– Tra Darokis e Dareen vi sono più di quattrocento miglia e altrettante per giungere alla Rocca, ho già imposto il mio volere al Gran Elisir, il quale schiererà i suoi effettivi a nord di Darokis, nel tentativo di sedare la rivolta, – il Sovrano si arrestò per qualche secondo per meglio fare comprendere i suoi piani al suo sottoposto, ancora visibilmente scosso, mentre la sua presa sulla spalla di Astax si ammorbidì. – Noi aspetteremo le truppe ribelli al bivio della gola di Hulm, duecento miglia a nord di Dareen.

Nella mente di Astax cominciarono a profilarsi le immagini di come il Sovrano intendeva muoversi, capendone il fine:

– Se il Gran Elisir non riuscisse a fermare il dilagare dell'Ombra, ci penseremo noi con tutti i nostri effettivi, sfruttando la stanchezza dei ribelli per il lungo viaggio affrontato e per le perdite subite!

Astax alzò il capo sprofondando negli occhi del suo Sire, il quale rincarò la dose:

– Al termine di quella battaglia, noi ricostruiremo e rifonderemo il nostro nuovo Regno, fugando ogni dubbio in merito alla luce che rechiamo con noi!

Quelle ultime parole infusero un nuovo vigore nell'animo di Astax, il quale si maledisse per la sua mancanza di fede nei confronti di colui al quale aveva giurato fedeltà. Baal vide la fermezza rinvigorire l'animo di Astax attraverso i suoi occhi.

– Ora alzati, mio fedele Astax... e sii partecipe di un nuovo avvento!

Lo specchio Dell'Anima

Nei meandri del ghetto di Darokis, la voce dell'avvento del Masciach cominciava ad espandersi a macchia d'olio. Sotto quella calura un nugolo di persone, tra cui vecchi, donne e bambini erano intente ad aspettare il proprio turno al di fuori di una costruzione uguale a tutte le altre. All'interno della piccola dimora, una bambina era sdraiata sopra una trina intrecciata, mentre sua madre genuflessa attendeva in preghiera la sua guarigione. Oltre a quelle due figure, l'interno della casa era gremito di genti: cinque uomini e cinque donne sedevano comodamente con le braccia e le gambe incrociate ai lati della parete, tutte ammantate da una tunica di colore bianco, riconosciute dalla comunità come gli adepti del Masciach, tra cui spiccava anche la figura del Gigante, l'unico che non portasse quelle vesti. Posta accanto al capezzale della piccola bambina vi era Asha, completamente avvolta nella sua tunica, intenta a raccogliere una ciotola di legno. Il suo sguardo attento era nascosto ai presenti dall'ombra del suo cappuccio. Asha aveva capito che la piccola non era assolutamente grave, anzi al contrario, aveva semplicemente la febbre alta. Con fare sicuro, intinse la propria mano all'interno della ciotola, bagnandosi i polpastrelli, poi depose il palmo sulla fronte della piccola, richiamando a sé le antiche parole, ed immergendosi nuovamente nel suo animo La sua mano venne avvolta da strane lingue sfumate di azzurro. Quando le parole di Asha cessarono, il rossore che aveva tinto il volto della bambina calò visibilmente, il respiro si quietò quasi contemporaneamente ed in breve ella riaprì gli occhi.

La madre non riuscì a credere ai propri occhi, abbracciando la figlia con ardore materno, dimostrandole tutto il suo amore e la sua gioia nel vederla nuovamente presente, poi si rivolse ad Asha:

– Non ho nulla con cui ripagare questo tuo dono!

Asha alzò una mano mostrando l'indice e il pollice a formare quel simbolo di libertà che aveva protratto dopo ogni sua guarigione:

– Non devi sdebitarti in alcun modo, ora vai e prenditi cura di tua figlia!

La donna non se lo fece ripetere due volte, prima di uscire dalla casa si prodigò in un nuovo inchino, mentre la sua voce sommessa ringraziò nuovamente:

– Grazie Masciach!

La madre strinse ancora più forte al petto la sua piccola creatura, poi scostò la tenda in cuoio e uscì alla luce di Horus.

Appena la donna si congedò, la stuoia fu nuovamente scostata, mentre la luce di Horus filtrò immediatamente rivelando il volto di Aldebaran:

– Mia Signora, vi è ancora molta gente, cosa vuoi che io faccia?

Asha ricompose i suoi pensieri e le sue energie, era quasi passato il terzo quarto ed era veramente stanca, con voce calma e gentile rispose:

– Dì a tutti che mi scuso e che riprenderò l'opera nel nuovo ciclo!

Con un gesto di assenso Aldebaran sparì immediatamente, poco dopo si udì la sua voce, mentre con fare calmo riportava il volere di Asha, provocando qualche protesta non troppo convinta.

Asha si mosse, rivolgendosi ai suoi adepti:

– Potete andare, vi ringrazio della vostra opera.

Intimoriti dal loro Masciach, gli adepti rivolsero un cordiale ma fievole saluto, uscendo rapidamente dalla dimora, accolti con enfasi dalle persone radunatesi al di fuori della casa.

Asha si discostò dal centro della stanza per raggiungere il suo giaciglio, le sue movenze non passarono inosservate a Horud, il quale si rivolse a lei con voce sensibilmente preoccupata e particolarmente gentile:

– Sei quasi allo stremo, dovresti riposarti maggiormente, a furia di utilizzare il tuo potere per curare ti consumerai!

La mano del gigante si allungò nel porgere una ciotola di latte ad Asha, la quale con mani tremanti e molta fatica la portò a sé.

Sapeva perfettamente di essere sfinita, ma non era a causa delle cure che donava; la vera motivazione della sua spossatezza era da attribuire all'immensa forza di volontà nel perpetrare il percorso tracciato, visto che ogni giorno diveniva sempre più difficile, mentre la voglia di vendetta continuava a permeare le pareti del cuore, opprimendo i suoi pensieri e i suoi sentimenti.

A ogni ciclo di Horus diventava per lei sempre più difficile tenere a freno la sua ira e questo non era assolutamente un bene, faticava a ricordare gli insegnamenti del Maestro, perché il suo istinto cominciava ad avere la meglio su di lei.

Ma come poteva riferire questo a Horud? Probabilmente egli non avrebbe capito, tanto valeva che lui continuasse a pensare che la causa del suo malessere fosse l'eccessiva energia utilizzata per curare quelle persone. Lei sapeva che quello era un passaggio obbligato, perché al momento giusto quelle genti avrebbero combattuto per lei e tutta Darokis si sarebbe rivoltata contro coloro che continuavano a tenerle incatenate. Posò la sua schiena al muro senza rispondere alla domanda del Gigante, evitando volontariamente il discorso anche perché qualsiasi cosa gli avesse detto sarebbe comunque risultata una menzogna e lei di certo non voleva mentirgli.

Horud si accorse della reticenza di Asha, così cambiò discorso:

– Capisco che sia tuo dovere e in fondo ho capito il tuo pensiero in merito a queste genti, però vorrei sapere come mai ti sia voluta circondare di quei reietti, che adesso chiami adepti, – Horud riprese fiato sperando di non avere ferito i suoi sentimenti, o di avere messo in discussione le sue decisioni, avendo paura della sua reazione.

– Non credo tu abbia bisogno di loro per curare qualsiasi malattia!

Il volto di Asha rimase nell'ombra del cappuccio, non permettendo a Horud di capire il suo stato d'animo, ma la sua voce parve estremamente pacata, come da tanto tempo non aveva più udito:

– Ti racconterò un aneddoto...

Horud si mise comodo, allungando le sue gambe forzute sul pavimento. La voce di Asha raggiunse le sue orecchie come un alito di vento che sembrava accarezzare i suoi capelli nelle notti dove Shevra era più luminosa che mai, ricordandogli il proprio Regno:

– Un giorno, il mio Maestro mi portò innanzi a una porta, essa era sempre stata chiusa ed era situata in un lato della grande sala. Mi disse di osservare attentamente, mentre un adepto del Monastero si presentò assieme al suo cane, il quale scodinzolava allegro al suo fianco; entrò nella stanza accompagnato dalla sua bestiola e dopo qualche minuto uscì sempre seguito dal suo fido compagno, che sembrava ancora più contento di come era entrato: scodinzolava energicamente e manifestava il desiderio di rientrare nella stanza. Poco dopo si presentò un altro adepto, anche costui era accompagnato dal suo cane, e anche loro varcarono la porta...

Il Gigante si sdraiò posando la testa sul suo palmo, probabilmente quel racconto avrebbe impiegato molto tempo per terminare e lui voleva mettersi più comodo possibile. Anche Asha fece una pausa, sorseggiando un po' di latte per poi posare la ciotola sul piccolo mobile di fianco a lei.

– Anche loro rimasero all'interno di quella sala per diversi minuti e, quando uscirono, quel cane era più furioso che mai, tanto che io dovetti coprirmi le orecchie con le mani per alleviare la percezione dei suoi guaiti. A quel punto il mio Maestro richiuse a chiave la porta, porgendomi la sua domanda, come io la porgerò ora a te!

Horud alzò il busto, quasi di scatto sentendosi preso in causa, appoggiando i gomiti sulle ginocchia:

– Sai dirmi cosa ci sia nella stanza?

Il gigante non aveva capito nulla ed il suo volto ne diede conferma, le sue labbra si mossero leggermente a segnare un enorme 'O' nel suo volto, mentre il suo pensiero corse a cosa vi fosse dentro quella stanza e cosa centrasse con la sua domanda. La sua ignoranza in materia non stupì Asha.

– Scusami, mia Signora, ma questo racconto come può essere una risposta alla mia domanda?

Asha faticava ancora a respirare senza affanno: era veramente stanca e molto probabilmente Horud si trovava esattamente nella situazione in cui lei era ogni volta innanzi agli insegnamenti del suo Maestro. In fondo lei impiegò diverso tempo prima di indovinare cosa vi fosse all'interno di quella stanza, anche perché, come sempre, il suo Maestro non elargiva i propri insegnamenti alla leggera: lui sosteneva di dover educare i propri allievi e quello era l'unico metodo che conoscesse per ottenere quel risultato.

– Devi sapere, amico mio, che quei reietti come li hai definiti tu, sono genti dei ghetti!

Horud si stizzì, anche se lei aveva inserito amico nelle proprie parole:

– Io vedo che tu hai voluto al tuo fianco prostitute, ladri e criminali di ogni sorta: il peggio che vi si potesse trovare all'interno del ghetto stesso!

Dal velo di oscurità che copriva il volto di Asha uscì un sonoro rimprovero:

– Tu non vedi e questo è un problema, – Horud tacque, era l'unico metodo per non accrescere l'ira di Asha. – Quelle persone avevano perso la fiducia della propria gente e ora, essendo riconosciuti ome miei adepti, hanno riconquistato quella fiducia!

Asha si rilassò ulteriormente sdraiandosi sul giaciglio continuando la sua spiegazione, anche se il suo tono di voce calò ulteriormente, segno indelebile che le spire di Morfeo stavano cominciando ad avvolgerla per portarla nel suo Regno.

– Ma non avevano perso la fiducia del prossimo, il loro problema era avere perso la fiducia in se stessi!

Horud aveva capito, effettivamente doveva ammettere che Asha avesse ragione, aveva visto quegli uomini e quelle donne entrare al loro cospetto essendo rinnegate da tutti ed ora rivedeva quelle persone acclamate e ringraziate da tutti per i loro servigi, ma non capiva ancora il collegamento che vi fosse con il racconto della stanza e dei cani:

– Allora cosa c'entra la stanza?

La voce di Asha fu solo un sussurro:

– Dentro quella stanza, vi erano... cento specchi!

Il Gigante la guardò per alcuni attimi, aspettando che lei terminasse la sua frase, infine si accorse che Asha si era addormentata. Si avvicinò con calma, scostandole la tunica, considerato che all'interno di quell'ambiente il caldo era decisamente opprimente; mentre la scopriva, la sua attenzione cadde sul libricino che Asha recava sempre con lei, aperto ad una pagina.

Horud cantò mentalmente quei passi: "*Cambia la tua natura e troverai quello che cerchi*".

Distolse la sua concentrazione da ciò che apparentemente non poteva capire, si allungò prendendo una brocca in terracotta contenente acqua, vi intinse le mani rinfrescando, per quanto potesse fare, la fronte ed il volto di colei che oramai aveva iniziato ad amare. Finita l'opera, si diresse all'aperto.

Impiegò un po' di tempo ad abituare i suoi occhi alla luce di Horus, avvertendo immediatamente il caldo sulla sua pelle. Scorse subito Aldebaran, che si stava riposando a sua volta, alcune genti passarono innanzi a lui sussurrando tra loro, mentre i suoi pensieri cominciarono a perdersi in quel mare sconfinato, fissandosi sulle parole di Asha, cercandone il senso, sapendo esattamente che lui non poteva ergersi sino a quel livello.

A un certo punto tutti i suoi pensieri si focalizzarono su determinate parole accennate dalla sua signora, creando nella sua mente un vortice potente di curiosità e di sete di conoscenza: *"Cento specchi!"*

La Fine dei Porpori

La notizia dell'avvento del Masciach aveva trovato vie di fuga dal ghetto come era ovvio avvenisse, raggiungendo i rioni del ceto medio, di bocca in bocca, sino a giungere nella parte nord di Darokis, nei rioni ricchi, ove arrivò anche alle orecchie del Sacerdote di Darokis.

– Questa è una minaccia per il Tempio e per il Regno stesso, sei sicuro delle tue parole?

Il Sacerdote era avvolto nella sua tunica nera, il simbolo di Horus svettava in oro su quello sfondo, l'agitazione era visibile attraverso i suoi movimenti.

– Sì, ho appurato con i miei occhi l'esistenza di questa vecchia, la quale cura qualsiasi malattia.

Il Sacerdote camminò perplesso su e giù per la grande navata, immerso nei propri pensieri, maledicendo quella notizia:

– Invia un plotone di Porpori, prelevala incriminandola di non rispettare la propria divinità!

L'adepto sbiancò: era un'eventualità decisamente sopra le righe, visto che sembrava che vi fossero molte genti a favore di quel Masciach, quindi avrebbero probabilmente rischiato una rivolta se fossero stati i Porpori o i gendarmi ad agire contro di lei:

– Mio Signore, non è il caso di lasciare l'incarico a qualche mercenario assassino? In tal modo l'ordine di Horus non sarebbe incolpato della sua morte!

L'urlo del Sacerdote proruppe in tutta la navata, rimbombando sulle grandi arcate in marmo:

– Voglio quella vecchia meretrice appesa a una fune e voglio che sia il Tempio di Horus a proclamare la sua dipartita nella piazza pubblica, perché nessuno può elevarsi al di sopra del Sacerdote, che è stato investito di questa carica dal figlio stesso di Horus!

L'adepto rimase per qualche istante immobile, osservando la figura del Sacerdote muoversi fremente tra le pieghe della propria tunica. Non vi era sicuramente nulla che lui potesse dire per impedire quel volere, ma in lui rimaneva un senso di inquietudine; ad ogni modo chinò il capo in segno di rispetto, poi si dileguò nei meandri del Tempio per riferire ai Porpori l'ordine di prelevare e portare al Tempio colei che chiamavano il Masciach. I Porpori erano una casta al Servizio del Tempio di Horus, il loro nome era dovuto alla loro mantella di colore porpora, la quale veniva indossata una volta che l'indottrinamento e il dogma venivano assorbiti e compresi, dopo lunghi cicli di addestramento. Questi uomini venivano prelevati da fanciulli, portati al Tempio di Horus dai loro genitori, i quali ricevevano in cambio una somma in denaro. I ragazzi cominciavano immediatamente l'indottrinamento, imponendo loro la castrazione. Tale pratica permetteva la loro totale assuefazione al dogma, in più privati del fuoco vitale erano facilmente soggiogabili e plasmabili. Le ragazzine al contrario venivano allevate al Tempio sin tanto che il ciclo della loro maturità non era visibile, poi venivano trasferite al nord per servire il Sovrano. Tra le sue fila la casta dei Porpori poteva contare su cinquecento effettivi, mentre altrettanti erano nella fase di addestramento dogmatico.

All'inizio del secondo ciclo di Horus, una cinquantina di Porpori comandati dal proprio Priore fece ingresso nei meandri del ghetto sud di Darokis, imponendo la loro autorità. L'avvisaglia dei tumulti provocati da questa irruzione giunse sino alla dimora di Asha, la quale fu l'unica a non esserne sorpresa.

Con il copricapo che continuava a celarle il volto e a confondere le sue sembianze, Asha prese parola:

– La sua gamba non le darà più alcun fastidio!

Il vecchio uomo seduto sulla trina tentò di muoverla, la sua attenzione sembrò vagare tra l'incredulità di potere piegare facilmente il suo ginocchio e le inaspettate grida stridule giungere dall'esterno.

Il Gigante si levò allarmato, al contrario Asha rimase seduta nella sua consueta posizione meditativa:

– È giunto il momento che voi abbandoniate questo luogo!

Gli adepti rimasero completamente basiti, mentre alcuni tentarono una leggera protesta, compreso il Gigante:

– Mia Signora...

Non riuscirono a terminare il proprio dissenso:

– Andate!

Sicuramente recepirono il tono di urgenza di Asha, ma avevano già intuito la situazione che si era creata nelle strade del ghetto, così gli adepti uscirono dalla casa assieme al vecchio, mescolandosi tra la folla che cominciava a raggrupparsi nei vicoli.

Il Gigante fu l'unico a rimanere al fianco della sua Signora:

– Sono venuti a prenderti, vero?

Asha rimase calma, immobile, solo il suo capo si mosse leggermente:

– È giunto il momento di liberare questa gente!

Horud non aveva dubbi in merito, ma gli eventi forse non erano del tutto maturi, esprimendo il suo dissenso:

– Non sono nemmeno suonate le campane di allerta, questo vuole dire che all'esterno delle mura di Darokis non vi è nessun esercito delle terre libere!

Horud faticò a sentire le parole di Asha, visto che le grida provenienti dall'esterno erano aumentate di tonalità.

– Non devi temere nulla amico mio, anche se Bella non giungesse la città si libererà da sola, abbi fede!

Horud rivolse la sua attenzione alla stuoia di cuoio posta a coprire l'entrata, capendo immediatamente che non vi era altra soluzione; "sono troppo vicini...", non riuscì a terminare il proprio pensiero che la stuoia di cuoio fu spostata con enfasi, facendo entrare la luce di Horus all'interno della sala in ombra, mentre la figura di un Porporo, che recava sul suo capo il grado da Priore, si stagliò innanzi all'entrata.

Tutto avvenne in pochi attimi. Horud si accorse della mano

levata di Asha, gesto che significava di non intervenire assolutamente. Subito dopo due Porpori fecero ingresso nella dimora prendendo Asha sottobraccio e trascinandola fuori di peso, senza che lei minimamente tentasse una qualsiasi reazione in merito. Il Gigante uscì immediatamente, una cinquantina di Porpori erano assediati da una gremita schiera di reietti, sembrava che tutte le genti del ghetto cominciassero a radunarsi in ogni dove, nei vicoli, sulle soglie delle loro abitazioni, addirittura molti si erano assiepati sui tetti delle case. Tutti inneggiavano il loro Masciach e il sopruso perpetrato su colei che al contrario del Sacerdote aveva portato una nuova speranza. Molte donne piangevano, altre urlavano la propria ira contro il Sacerdote, mentre i Porpori faticavano a tenere a bada gli insorti, sguainando le loro spade e ferendo coloro che tentavano di oltrepassare il blocco. Asha fu sbattuta pesantemente a terra e presa a calci, mentre l'ira di Horud nel vedere quel trattamento riservato a colei che aveva giurato di proteggere cominciò ad alimentarsi, attraversando il suo cuore scaldandone le pareti sino a raggiungere la sua mente, mentre una scarica di adrenalina investì le sue membra pronte e risolute. Alcuni Porpori si piegarono chiudendo i polsi di Asha con i ceppi, mentre il Priore continuava il suo compito percuotendola, sotto le urla isteriche delle genti presenti alla scena. Infine i due Porpori alzarono Asha da terra stringendola sottobraccio ed uno di loro ne scoprì il volto, rivelando a tutti i suoi lineamenti giovanili, tra lo sgomento e i sussulti dei presenti. Tra alcune donne presenti sfuggì un lamento per la scoperta che colei che le aveva guarite ed aveva guarito i loro cari fosse solo una ragazzina, toccando il cuore di tutti i presenti.

Un sottoposto del Priore tentò di intercedere:

– Signore, forse è meglio portarla via...

Tra le file dei reietti Aldebaran alzò il proprio braccio al cielo, mostrando l'indice e il pollice nel consueto gesto simbolico utilizzato da Asha, mentre la sua voce tuonò tra la folla:

– Libertà!

Fu la chiave di volta per smuovere le coscienze di tutti, l'ira esplose in un subbuglio generale nei confronti dei Porpori, i quali vennero travolti dalla stessa massa come da un fiume in piena inarrestabile. La forma che assunsero gli insorti nell'unirsi divenne come il flusso concentrico e travolgente delle acque di un lago generato dallo sprofondare impetuoso di un masso pesante. Esattamente nello stesso modo, l'onda delle genti si protrasse all'interno della città, travolgendo qualsiasi cosa al suo passaggio.

Come era accaduto a Bastian, si verificò lo stesso evento a Darokis. Mentre la sommossa dei ghetti dilagava all'interno delle mura, le campane della porta sud e di quella nord suonarono quasi all'unisono, segno che le sentinelle avevano individuato all'esterno il sopraggiungere delle legioni delle terre libere. Horud si mosse abile, sbaragliando i Porpori che si paravano tra lui e la sua promessa; uno di questi venne scaraventato ad una distanza non ben precisata, finendo la sua corsa tra le braccia della morte stessa, la quale aveva preso le sembianze dei reietti. Vistosi assalito, il Priore sferzò un estremo e disperato tentativo nel porre fine alla vita del Masciach, esaudendo il volere del Sacerdote di Horus. In una frazione di secondo, estrasse la sua spada portando il suo attacco al ventre. Purtroppo non si avvide minimamente delle movenze di Asha, la quale strinse le braccia dei suoi carcerieri alle sue, con una torsione del busto portò uno dei Porpori in linea retta con la lama del Priore, la quale passò il corpo del malcapitato da parte a parte. Il restante Porporo stramazzò al suolo con il capo rivolto in una postura innaturale, mentre il Gigante troneggiava al fianco della sua Signora.

Purtroppo il Priore si avvide troppo tardi del proprio errore, finendo la propria vita tra le braccia degli insorti. Mentre la rivolta prese piede, gli armieri delle terre libere issarono i loro stendardi innanzi alle porte del maschio nord di Darokis, tra le loro file vi erano: il Clan delle Clave provenienti dal villaggio di Tarez, il Clan delle Picche del villaggio Ramel, il Clan degli Alabardieri del villaggio Tanos, il Clan dei Picchieri del villaggio Mauris, il Clan dei Forzieri del villaggio Gagnos, il Clan degli Armigeri del villaggio Solidas, il Clan degli Arcieri del villaggio Zarit e il Clan degli Araldi del villaggio di Gonnar. Darius e Damian assieme ad Argayl avevano convinto gran parte del consiglio nell'intraprendere quella campagna contro il Sovrano, quest'ultimo si era anche proposto di mettersi alla guida di quell'armata, per cui seguendo gli ordini di Bella erano giunti a Bastian, avevano preso possesso delle scorte preparate anzitempo dalle donne di Bastian ed erano partiti superando il valico orientale della valle di Bareen, attraversando la Tundra, sino a raggiungere la gola di Hulm, per poi discenderla verso sud sino a giungere alla porta nord di Darokis. Ora innanzi a quella porta vi erano duemila soldati liberi. Contemporaneamente anche il vessillo dei gendarmi liberi di Bastian accompagnati dai Cavalieri Ferrati capeggiati da Bella fu issato, libero, di fronte alla porta Sud di Darokis.

La Furia

Argayl diede l'ordine di assaltare il maschio nord rendendosi conto della scarsa resistenza trovata a difesa della città. Dispose gli arcieri in modo che potessero tempestare con le loro frecce i merli sui quali erano disposti gli arcieri di Darokis, poi divise le proprie armate in tre gruppi. La parte centrale avrebbe presieduto la gola di Hulm tenendo sotto pressione i gendarmi del Maschio, mentre gli altri due gruppi si sarebbero mossi sui lati, utilizzando le scale per accedere e scavalcare il muro di cinta. Purtroppo i gendarmi a difesa della porta erano decisamente in un numero troppo esiguo, alcuni di loro maledissero il proprio Sovrano per avere spostato il maggior numero di loro verso nord, inoltre alcuni per sfuggire alla furia cieca degli assalitori si gettarono dai parapetti incontrando la morte sottostante. Dall'altro versante, Bella aveva predisposto un sistema molto più ingegnoso, pensando anch'essa, a quanto pare erroneamente, di trovarsi innanzi una resistenza molto più cospicua. Per resistere al lancio di frecce da parte dei gendarmi posti a guardia sui merli del maschio, aveva fatto costruire degli scudi di legno larghi il doppio di un uomo ed altrettanto alti, disposti a quarantacinque gradi su delle assi di legno, le quali potevano essere facilmente spinte sino a trovarsi alla distanza giusta dalla porta costruita in legno, ed era proprio questo il punto debole su cui Bella puntava. I suoi gendarmi, trovatisi vicini all'ingresso, avrebbero lanciato su di esso le ampolle contenenti l'olio nero, lanciandole tramite delle fionde appositamente costruite. Appena l'operazione fu compiuta, Bella diede l'ordine ai suoi arcieri di lanciare le proprie frecce infuocate e appena le prime frecce si conficcarono nella porta, il fuoco divampò. Il sorriso di Bella apparve sul suo volto, quando vide i gendarmi preposti alla difesa avvolti da lingue di fuoco. All'interno delle mura i residenti del ghetto, una volta eliminati i cinquanta Porpori e il loro Priore, cominciarono a marciare verso il Tempio capeggiati da Aldebaran, mentre Asha accompagnata da Horud vagava per le vie di Darokis nuovamente assalita da quella tristezza che aveva provato anche il giorno della liberazione di Bastian. Purtroppo rivide esattamente le stesse scene, i primi a soccombere furono i mercanti, poi fu la volta dei fattori; la povertà unita al disprezzo per le caste aveva nuovamente assorto quei poveri disperati, i quali si macchiarono di ogni crimine possibile, dilaniando, sventrando, stuprando. In ogni vicolo, in ogni casa si potevano udire le urla di panico e dolore, in ogni dove era possibile assistere alle lacrime di qualche bambino, mentre le strade cominciarono a macchiarsi del colore della morte, rosso sangue. Quando le porte caddero e i gendarmi delle terre libere entrarono all'interno delle mura, la situazione si tinse nuovamente dei colori della distruzione e della sofferenza. Ancora una volta Bella si sorprese per la facilità di entrare in città esattamente come era successo ad Adasta, mentre intorno a lei il caos si propagava inarrestabile ovunque, dividendosi in grida euforiche per l'avvento di una nuova vita, mentre altri si disperavano o tentavano di sottrarsi alla morte. ma ora vedendo che anche Darokis era lasciata completamente alla loro mercé, il dubbio cominciò a insorgere nei suoi pensieri. In lei fu vivido il ricordo della battaglia antecedente.

***

Dopo la caduta delle mura, una volta entrati nella cittadella di Adasta, Bella si trovò innanzi un'intera popolazione in rivolta: anche quel giorno le difese della città erano in un numero incredibilmente esiguo, ma ad ogni modo ricordandosi delle parola di Asha era riuscita a risparmiare la vita, anche se con qualche difficoltà e tentazione, al

Sacerdote del tempio di Horus. Grazie al suo interrogatorio, era riuscita a reperire informazioni particolarmente utili e a mettere in pratica il suo piano. Era riuscita a carpire l'utilizzo della cittadina, tra le cui mura si estraeva l'argento grezzo da inviare al nord; quel materiale sarebbe stato in seguito lavorato per essere trasformato in moneta, quindi perché lasciare sguarnita una locazione così importante per l'economia del Regno di Argentea? Successivamente era venuta a conoscenza del patto di non belligeranza che vigeva tra il Sovrano e il vicino Regno di Zarha, il quale versava un tributo ad Argentea, costituito in giovani donne al raggiungimento dell'età prolifica. A che scopo potessero essere utili quelle ragazzine sfuggì alla conoscenza di Bella e decisamente non solo alla sua, visto che nemmeno il Sacerdote era a conoscenza di tale utilizzo. Infine comunque pensò di inviare in quel Regno Batereon assieme ad un centinaio di gendarmi liberi, al fine di fare giungere la notizia che in Argentea era sorta una ribellione per spodestare l'attuale Sovrano, inoltre gli aveva lasciato il compito di reperire uomini nel caso volessero sostenere la loro causa. Infine Batereon avrebbe dovuto marciare a nord attraverso il Regno di Malatris per assediare da est la Rocca del Ponte di Ferro.

***

Ma ora le sfuggiva sicuramente qualcosa, il Sovrano aveva deliberatamente sguarnito il sud del Regno, probabilmente concentrando tutte le sue truppe nella capitale e questo avrebbe messo in seria difficoltà la sua occupazione, ma prima o poi sarebbe dovuto scendere in battaglia e quel giorno si stava avvicinando e Bella ne stava assaporando il momento. L'ultima sacca di resistenza si concentrò nel centro di Darokis, nei pressi del Tempio di Horus dove i Porpori avevano eretto delle barricate a sua difesa ed erano riusciti a reggere l'impatto dei cittadini diretti alla loro volta.

Purtroppo per loro le cose cominciarono a precipitare all'avvento dei gendarmi liberi, a poco a poco persero terreno sino a rinchiudersi tra le mura del Tempio, lottando ferocemente per potere respingere le forze avverse, ma il loro numero era esiguo e le loro fila andavano di volta in volta assottigliandosi. Asha ed Horud girarono per quei vicoli sino a trovarsi di fronte le mura del Tempio assediate, in ogni dove si potevano osservare roghi di diversa grandezza avvolgere case, persone o semplicemente pile di legna fatte ardere dai difensori per non permettere un facile ingresso a case o vie.

Asha vide gendarmi in armatura, che lei non aveva mai visto in precedenza, gettarsi a capofitto tra le genti massacrando qualsiasi cosa capitasse loro a tiro, al suo fianco Horud cominciò a preoccuparsi:

— Sarà meglio trovare un posto sicuro, mia Signora, altrimenti anche noi potremmo finire in pasto a coloro che in realtà sono dalla nostra parte!

Asha lo osservò, ma sembrava che il suo sguardo fosse perso al di là di ciò che vedeva, mentre la sua voce si udì tremula in mezzo a tutte quelle urla e a quel dolore:

— Io non sono più sicura di quale sia la nostra parte!

Non aveva torto, ma probabilmente lei non aveva mai visto cosa fosse la guerra, mentre lui la conosceva sin troppo bene. Il Gigante non riuscì a tenere a freno i suoi ricordi i quali sopraffecero la sua mente, aveva già assistito a tutto quel dolore, aveva già combattuto un'infinità di battaglie, si era già macchiato del sangue dei propri fratelli, dei propri padri in nome come ora, di un portatore di luce. Lui ci credeva, forse come ci credeva ora, in cuor suo sperava fosse possibile creare un mondo diverso, nuovo e libero, risorgere dalle proprie ceneri come professavano i canti, ma aveva capito che non si poteva costruire nulla di nuovo e chi lo faceva, lo faceva solo per un suo tornaconto personale, senza preoccuparsi troppo delle conseguenze. Ed ora cosa stava facendo? Si era appoggiato all'idea che quella ragazza avrebbe sconfitto i Profeti, o forse era stato lui ad istigarla a compiere questo viaggio? Ed ora? Ora cosa potevano fare loro, innanzi a tutto quel dolore? Tentò di ridestarsi, non poteva certo lasciarsi andare, già una volta era scappato, permettendo al Profeta di ottenere la sua corona, ma ora l'unica cosa che potesse fare era prendersi cura di Asha. La strattonò senza tante premure, discostandola da quegli uomini intenti ad uccidersi gli uni con gli altri. Aveva fatto solo pochi metri quando il nitrito di un cavallo lo fece voltare di scatto e negli occhi di tutti comparve quello stupore che valeva più di mille parole.

La voce secca di Bella si udì forte e chiara:

– Asha, Horud! Abbiamo preso Darokis!

Asha rimase basita, anche se lievemente contenta, ma il suo cuore continuava a essere colmo di tristezza. Era vero, avevano preso la città, ma a che prezzo?

Horud, al contrario, fu molto più entusiasta e decisamente pragmatico:

– È un piacere rivederti, Bella! Ora però vorrei trovare un riparo per me e la nostra Signora, altrimenti potremmo essere scambiati per dissidenti e non mi pare il caso rischiare!

Bella si voltò trovando un paio dei suoi uomini:

– Alan, Damian, datemi i vostri cavalli. Svelti!

I due Cavalieri Ferrati non se lo fecero ripetere due volte, porgendo i propri destrieri ad Asha e Horud; quest'ultimo fu molto titubante nel salire in groppa a quell'animale, vista la sua massa e considerato che il destriero recava già addosso una certa bardatura già di per sé pesante. In suo aiuto giunse lo stesso proprietario, il quale sganciò la gorgiera, lasciando cadere il metallo a terra, così che l'animale fosse in grado di trasportare il suo peso. Il Gigante gli fu grato. Rimasero tutti e tre fermi ad osservare gli scontri che continuavano a verificarsi nei pressi del Tempio di Horus, fintanto che le prime fiamme cominciarono ad innalzarsi da quelle mura che un tempo erano il luogo di oppressione per quasi tutti i cittadini di Darokis, purtroppo però le atrocità non trovarono fine. Quando il Tempio fu completamente avvolto dalle fiamme, un nugolo di cittadini e gendarmi liberi si raggruppò nella piazza antistante trasportando l'oggetto della loro furia. Tra quelle genti si poteva distinguere perfettamente la sagoma di una tunica nera, sballottata da mani irose, in ogni dove si potevano udire gli insulti rivolti nei suoi confronti, tutti avrebbero voluto uccidere con le proprie mani quell'essere spregevole che sino a pochi cicli prima era considerato la massima autorità a Darokis. Asha pensò come potesse essere strano quell'evento, quegli uomini e quelle donne che ora con tanta foga volevano la morte di quell'essere, di cui avrebbero potuto liberarsi in ogni momento. Ella rimase ferma in groppa al proprio destriero, mentre alcuni gendarmi erano indaffarati ad issare due pali a formare una 'X' nella piazza, mentre un uomo dalla barba e dai capelli bianchi in armatura proclamava per conto delle terre libere la condanna a morte al Sacerdote, il quale visibilmente scosso non capì a quale destino stesse andando incontro.

Alla fine di quel giorno, il desiderio del Sacerdote di potere vedere l'esecuzione del Masciach in piazza si tramutò nella sua stessa esecuzione, per mano di un abile scuoiatore.

Il Sacerdote perì tra atroci sofferenze, sotto gli occhi di una moltitudine di genti inneggianti, mentre la luce di Horus baciava la sua carne viva e grondante di sangue macchiato di scempi indicibili.

Animi Inquieti

Ci vollero parecchi cicli di Horus perché la situazione a Darokis potesse tornare alla normalità, sempre se così si potesse definire l'attuale situazione. Ancora una volta fu Bella a prendersi in spalla quell'incarico e ancora una volta come fece a Bastian radunò attorno a sé i suoi fidati consiglieri, tra questi vi erano Darius, Damian, Aldebaran e Argayl. Insieme decisero di istituire immediatamente la corte suprema, una giunta di undici persone intente a giudicare tutti coloro che si macchiassero di crimini contro gli stessi cittadini, anche perché Bella non voleva assolutamente doversi sobbarcare il compito di giudicare quelle persone, visto che aveva trascorso venti grandi cicli di Horus come schiava, non voleva assolutamente prendersi la responsabilità di dover giudicare o condannare un altro essere a subire le stesse pene che aveva subito lei. Ovviamente una corte era troppo poco per tutte le diatribe che nascevano o erano in atto, così si istituirono cinque corti con altrettanti giudici, purtroppo però le persone prescelte avevano un unico fine, quindi non si poteva di certo chiamare giustizia, ma per il momento la situazione era tale da essere accettata così. L'altro compito svolto dal consiglio fu di disporre parte della milizia nel proteggere le fattorie e i loro raccolti, per evitare inutili razzie; visto che Bella aveva istituito la mensa comune, ogni bene di vettovagliamento era stato sequestrato e immagazzinato all'interno delle mura di cinta fungenti da magazzino ed ogni nuovo ciclo di Horus i gendarmi liberi davano a tutti i cittadini in attesa la loro razione di cibo quotidiano. Furono eliminate le tasse per accedere all'acqua e riunito il bestiame, poi successivamente diviso tra gli allevatori, i quali esattamente come i fattori dovevano trattenersi il proprio sostentamento ed il resto versarlo nei magazzini cittadini. In parte quelle modifiche riuscirono a placare gli animi consentendo a Bella di provvedere ad altre faccende abbastanza urgenti. Ella istituì un corpo chiamato i Cavalieri del Regno, il quale faceva da collegamento tra Darokis, Adasta e Bastian, in più fungeva come scorta per il trasporto commerciale. Ad Adasta Bella aveva lasciato un piccolo contingente agli ordini di Maximillian, un uomo che trascorse parecchio tempo assieme a lei nella cava degli schiavi e che, dopo la loro liberazione, si era dimostrato un valido guerriero, il quale ora amministrava in qualità di reggente quella cittadina. I provvedimenti non finirono certo qui, Argayl si occupò della difesa di Darokis, anche perché in quel delicato momento era assai vulnerabile ed un attacco da parte delle forze fedeli al Sovrano li avrebbe sicuramente messi in ginocchio, mentre Darius e Damian si occuparono dei nuovi reclutati, giacché qualsiasi persona volesse aggregarsi agli uomini delle terre libere e combattere contro la tirannia poteva unirsi a loro. In seguito si misero all'opera per trasportare da Bastian le armi necessarie per coloro che si affiliavano e destinarono immediatamente molte donne e uomini alla lavorazione del cuoio per creare armature leggere. I Cavalieri Ferrati sotto il comando di Morgan vennero utilizzati per compiere delle esplorazioni lungo la gola dell'Hulm e tra la Tundra, al fine di scorgere eventuali pericoli; in più un battaglione fu inviato verso il promontorio orientale alla volta dei piccoli villaggi posti all'inizio di quelle esili alture. Inoltre il consiglio dovette istituire un ordine di Falchi per ripulire la città dai cadaveri, compito assai poco gradito dagli stessi cittadini, poiché tra quei corpi non era difficile trovare un qualche parente, un figlio, un amico, così quel compito fu affidato ai gendarmi liberi, i quali lo avevano svolto degnamente sia a Bastian che ad Adasta. Un altro problema giunse dal tempio stesso, in effetti in un'ala di questo enorme edificio furono trovati dei bambini di entrambi i sessi. I maschi avevano subito la castrazione per poter un giorno indossare le vestigia dei Porpori, mentre le bambine sembravano non avere subito danni fisici di alcuna sorta; ovviamente il problema rimaneva, poiché quei bambini andavano riuniti ai propri genitori, così Bella pensò di inviare in città dei menestrelli per diffondere la voce che all'interno del tempio erano stati trovati fanciulli e bambine che aspettavano di essere riabbracciati dai propri genitori. Alcuni riuscirono a ricongiungersi coi propri padri e le loro madri, ma molti di essi non tornarono a prendere i propri figli, essendo per loro considerati solo un peso. Per alcuni il loro l'incubo ebbe termine, specialmente per le bambine, che a poco a poco avrebbero dimenticato quell'inferno, visto che le sevizie erano di origine psicologica, al contrario dei bambini i quali avrebbero portato a vita i segni indelebili sui loro corpi della mano di Horus. Coloro che non riuscirono a riunirsi ai propri genitori furono affidati alle amorevoli cure degli Adepti del Masciach. Mentre Bella e i suoi uomini tessevano le file della città, Asha si prese cura dei feriti, cercando di alleviare le loro sofferenze; era stato istituito un centro di accoglienza nella piazza, oltre a lei vi erano molti curatori all'opera, intenti per cicli e cicli a cucire ferite e a preparare unguenti, mentre i casi più gravi venivano lasciati nelle mani di Asha, la quale grazie alle antiche parole riuscì a salvare innumerevoli vite. Al suo fianco sedeva sempre il Gigante, vegliando su di lei. Al riparo dall'occhio di Horus posta sotto una stuoia di cuoio assorta dal proprio dovere, Asha ricevette un'inattesa visita.

La voce di Desmon distrasse la sua attenzione dal corpo di un gendarme sofferente di un'infezione estesa alla gamba dovuta ad una ferita mal suturata:

– Mia Signora!

Ella si girò ad osservare quel ragazzo, sorprendendosi nel vederlo abbigliato con la divisa dei gendarmi liberi, un velo di tristezza calò immediatamente sul suo volto:

– Desmon... ti sei arruolato.

L'euforia nel rivederla scomparve immediatamente dal suo volto:

– Ho voluto rendermi utile alla causa!

Asha osservò quel ragazzo, appena più grande di lei:

– Avrei preferito vederti al servizio della tua famiglia...

Horud fissò la scena, ancora una volta non riusciva a capire quella ragazza e i suoi modi particolarmente imprevedibili, poiché aveva recato speranza tra le genti di quel Regno eppure ciò che vedeva non le piaceva e lui non riusciva a capacitarsi del perché. Desmon rimase in silenzio per alcuni frangenti, il suo cuore era diviso in due, una parte era felicissima ed estasiata nel rivedere i suoi occhi, nonché la linea perfetta delle sue labbra, dall'altra la sua voce lo stava redarguendo per essersi arruolato, disapprovando la sua scelta.

Asha si accorse immediatamente del luccichio che traspariva dagli occhi di Desmon. Era sì giovane, ma sicuramente non ingenua. Distolse immediatamente lo sguardo da lui, arrossendo leggermente, poi con voce ruvida si rivolse al suo coetaneo:

– Vai, dunque. Torna ai tuoi doveri.

Desmon rimase impietrito, avrebbe voluto che quell'incontro avesse preso una piega completamente diversa, almeno gli sarebbe piaciuto vedere sul volto di Asha la felicità nel vederlo, invece non trovò nulla di ciò che il suo cuore sperava.

La sua voce uscì con una tonalità di rammarico dalle sue labbra:

– Immediatamente. Volevo solo salutarti.

Asha non si voltò, rimanendo assorta nell'adempiere al proprio compito, intinse la sua mano nell'acqua posandola delicatamente sulla ferita scoperta del gendarme, sussurrò le antiche parole, richiamando il potere a sé, tuffandosi nuovamente nel suo più profondo essere, ormai costantemente irrequieto, piano piano il gendarme sentì le vibrazioni provocate dal quel contatto e, appena queste cessarono, sentì il dolore ritirarsi e contemporaneamente vide scomparire il rossore ed il gonfiore che sino a pochi attimi prima infliggeva le sue pene.

***

Mentre Asha curava imperterrita coloro che abbisognassero del suo aiuto, Bella e il suo consiglio erano radunati all'interno del maschio posto a nord di Darokis utilizzato come centro operativo, un gendarme delle terre libere si presentò interrompendo il loro dialogo:

– Mi scusi, mia Signora, ma abbiamo trovato qualcosa che ritengo lei debba assolutamente vedere!

Tutti gli astanti si voltarono osservando ed ascoltando quell'interruzione, mentre Bella rispose:

– Continuate voi, non posso certo pensare sempre io a tutto!

Il suo tono di voce non lasciò adito a repliche, anche se sul volto di Argayl comparve un cipiglio aggrottato, avrebbero dovuto muovere le loro armate alla volta di Dareen ed era di vitale importanza prepararsi a quell'esodo, non era certo facile muovere migliaia di uomini assieme al vettovagliamento, anche perché tra Darokis e la capitale vi erano parecchie miglia da percorrere e sicuramente prendere quella città non sarebbe certo stato un compito facile.

Darius e Damian cominciarono a litigare tra loro: entrambi avevano un'opinione in merito a come si sarebbero dovuti disporre le truppe e l'armamentario, trovandosi completamente in disaccordo su tempi e metodi di preparazione. Argayl tentò di fare cessare quell'assurdo baccano derivante dalle loro idee contrastanti e completamente erronee in riferimento alla materia in discussione.

Nel frattempo, Bella seguì il gendarme tra gli angusti corridoi del maschio, discesero una scala in pietra, sino a giungere nei sotterranei, ove una parte era stata istituita per contenere i reclusi di cui il tribunale aveva deciso la carcerazione in attesa della sentenza, mentre un'altra parte era stata allestita per contenere le armi, visto che già prima della loro venuta era adibita a tale scopo. Bella impiegò qualche attimo ad abituarsi alla scarsa illuminazione addotta da qualche candela posta ai lati delle pareti su di una sporgenza di roccia adibita a tele compito.

Dopo poco, giunsero in una stanza sulle cui pareti era allestita una rastrelliera, mentre su di un tavolo erano poste due spade, una vantava dimensioni al di fuori del normale, l'altra era inguainata in una fodera nera e dello stesso colore risultava essere anche l'elsa. Appena Bella si avvicinò al tavolo in legno, nella sua mente cominciarono ad insinuarsi antiche parole e unioni di suoni invitanti, che in tono suadente la chiamavano, la vezzeggiavano e la glorificavano, cercando di convincerla ad estrarre quella lama per avere in cambio tutto ciò che desiderasse. Non riusciva più a distogliere la mente da quelle lusinghe, rivelatesi seducenti, le quali a poco a poco erano riuscite a distoglierla dalla propria volontà. La sua mano si strinse al fodero portandosi quell'oggetto più vicino a sé, il desiderio cominciò a crescere sino a quando fu quasi insopportabile, tutto sarebbe stato come lei lo desiderava ed era veramente difficile non credere a quelle suadenti parole. Poco prima che impugnasse l'elsa, il gendarme al suo fianco la toccò, liberandola dai propri reconditi desideri ed in un attimo tornò vigile. Depose immediatamente quell'oggetto uscendo trafelata da quella stanza che la stava soffocando; si appoggiò alla parete opposta, ansimando, non riuscendo a recuperare del tutto la propria lucidità.

Qualsiasi cosa vi fosse racchiusa all'interno di quella spada, aveva varcato la soglia dei suoi desideri, mettendo a nudo la propria anima. Le sue ginocchia cedettero improvvisamente, facendola accasciare senza forze al suolo, con la fronte appoggiata al muro freddo e ruvido. Alle sue spalle, un vigile gendarme assistette alla scena, mentre Bella proruppe in un pianto triste e liberatorio per aver visto ciò che vi era racchiuso nel suo più profondo essere.

Conoscenze Condivise

Dopo l'esperienza subita, Bella si rinchiuse in un rigoroso silenzio, delegando ogni responsabilità ai suoi leali consiglieri per la preparazione dell'esercito che avrebbe dovuto marciare alla volta di Dareen, mentre lei cercava disperatamente di trovare una motivazione plausibile a ciò che le era successo alla vista di quell'arma. Purtroppo non era la scoperta in sé che la preoccupava, bensì ciò che nel suo animo si nascondeva. Era stata questa scoperta a renderla incredibilmente triste. Non si sarebbe mai aspettata di potere vedere così da vicino la sua vera indole, riscoprendosi terribile ai suoi stessi occhi. Ella era mossa da una furia cieca, la quale continuava a muovere il suo corpo e a farle commettere qualunque crimine in nome di una libertà decisamente effimera; in realtà era vendetta quella che cercava, contro tutti e tutto e lei era rimasta sconcertata da questa realtà. L'occhio di Horus segnava lo scorrere di un altro ciclo, mentre Bella osservava l'intera città sottostante, appoggiata alla finestra del maschio nord di Darokis. Sotto di lei le genti erano in fermento, da quel punto poteva anche vedere oltre la gola, vicino ad un campo coltivato, la tenda nella quale Damian stava arruolando nuovi gendarmi liberi. Molto presto questi avrebbero intrapreso la marcia verso la capitale e lei non doveva di certo farsi trovare in quello stato, eppure non riusciva a riprendersi. Si passò una mano tra i capelli, nel tentativo di allontanare e sopprimere quelle immagini che la assalivano in ogni momento, assaporò l'aria riempiendosi i polmoni, come in un vano tentativo di rassicurarsi. Lei non era quella donna, in lei non poteva esserci quella ferocia tipica solo di coloro che nascono per uccidere, lei era molto di più, doveva esserlo. Pensò che non vi fosse altra soluzione che chiedere consiglio ad Asha, perché in cuor suo sapeva che quell'arma altro non era che opera sua e della sapienza dei Forgianti, o almeno sperava che fosse così. Bella compì un lungo giro per raggiungere la sua meta, contemplando il proprio operato e quello dei suoi uomini. Darokis aveva assunto una parvenza di normalità dopo la sua liberazione, Argayl aveva disposto una rotta commerciale diretta ad Adasta, la quale continuava ad estrarre argento, per poi essere fuso e coniato in forma di una nuova moneta, al fine di fare rifiorire un'economia oramai in ginocchio. Nel mentre Darius, coadiuvato dalla sapienza di Abel, il vecchio fabbro di Bastian, rifornivano Darokis di armi per le nuove reclute. Morgan era riuscito a liberare senza alcuna difficoltà quattro piccoli villaggi situati a Est di Darokis, i quali sorgevano in prossimità del promontorio orientale, utilizzando la manodopera e le materie prime per la fabbricazione di giubbe in cuoio. Le genti di quei villaggi vivevano prevalentemente di pastorizia, allevando bovini e ovini, infatti il territorio sul promontorio permetteva un pascolo adeguato tra le piccole valli sottostanti, dove il muschio e i licheni abbondavano all'ombra delle grandi pareti rocciose. Asha assieme ad Horud erano intenti come sempre a recare il loro aiuto all'interno della struttura adibita a infermeria, ubicata proprio al centro della piazza, la quale era ancora gremita di genti. Oramai la crisi era stata superata ed ora Asha doveva impiegare il suo sapere solo ed esclusivamente per curare piccoli sintomi, quali febbre o lievi infezioni riportate da alcune ferite mal guarite, ma in ogni caso la sua opera continuava ad essere incessante.

La voce di Bella si udì alle sue spalle:

– Dovrai scusare la mia scortesia!

Asha fermò la sua opera, era seduta accanto ad una donna incinta, la quale cadendo si era slogata una caviglia. Asha posò delicatamente la ciotola d'acqua, volgendo la sua attenzione a Bella, un sorriso tirato uscì dalle sue labbra carnose, mentre al suo fianco il Gigante interruppe la sua opera di assistenza per osservare le due donne.

– Come posso esserti di aiuto?

Bella chinò leggermente il capo non riuscendo a sostenere lo sguardo di Asha, che le sembrò penetrarle nell'animo. La sua voce fu quasi un sussurro appena percettibile nel chiacchiericcio generale che vi era intorno a loro:

– Avrei bisogno che tu vedessi una cosa!

Con una smorfia sul volto, Asha si alzò, poi si rivolse alla donna:

– Stai tranquilla, la tua bambina crescerà bella e forte e tu potrai tornare tranquillamente alle tue attività.

La donna si puntellò sui gomiti, essendo ancora sdraiata sulla trina, un sorriso le illuminò il volto già di per sé radioso per la gravidanza:

– Ti ringrazio, Masciach.

Horud fece per alzarsi, ma Asha lo fermò:

– Non vi è alcun bisogno che tu mi accompagni, rimani qui ad aiutare coloro che veramente ne hanno bisogno.

Il Gigante fece per protestare, chiaramente non riuscì nemmeno ad emettere un suono:

– Fai come ti dico!

Asha e Horud si osservarono in silenzio per diversi attimi, ognuno intento a comprendere l'altro; il tono di voce di Asha non permetteva di certo repliche ed oramai lui aveva capito che quando assumeva tale stato vi era poco che lui potesse fare o dire per farle cambiare idea. L'unica cosa che gli rimase fu quella di accennare affermativamente, anche se nel suo animo cominciava a farsi largo l'idea che ogni volta che vi fosse qualcosa di particolarmente serio da affrontare, lui venisse volontariamente messo da parte: sembrava quasi che lei lo trattasse come un bambino e questo non andava affatto bene. Horud trattenne il proprio orgoglio tipico di uomini della sua fattura, volgendole le spalle in segno di protesta.

Le due donne percorsero a ritroso il tratto che dalla piazza portava al maschio nord immerse entrambe nei propri pensieri, Asha trattenne la propria curiosità in merito a quella visita, osservando di tanto in tanto il volto tirato di Bella, la quale probabilmente a suo giudizio faticava a esprimere i propri pensieri.

Il silenzio fu rotto proprio da quest'ultima:

– Ho potuto appurare dalle parole di Abel che tu non gli abbia volutamente insegnato la sapienza dei Forgianti!

Non era una domanda e Asha sapeva benissimo dove Bella volesse arrivare, quindi chinò leggermente il capo posandolo sui propri passi, mentre le voci dei bambini che si rincorrevano tra le case di Darokis attrasse la sua attenzione. Intanto le voci dell'ombra si fecero più forti dentro di lei, la sensazione di urgenza riprese vigore nel suo animo al solo nominarli e questo non le piaceva affatto, tentò di reprimere quei pensieri cercando a tutti i costi di rimanere lucida:

– Sì, il vecchio fabbro ha detto il vero!

Bella si portò una mano alla bocca coprendo un piccolo eccesso di tosse, si schiarì la gola prima di riprendere:

– Puoi dirmi il motivo di tale decisione?

I pugni di Asha si contrassero lentamente, tentando di darle spiegazioni attraverso un esempio proveniente dall'insegnamento del suo Maestro, ma purtroppo non riusciva a pensare lucidamente:

– Sono convinta che fare riemergere tale conoscenza non sia un bene.

Asha sapeva di non essere assolutamente stata chiara e in effetti Bella non capì:

– Sai che noi abbiamo bisogno di quel sapere, lo hai detto tu stessa!

– Sì, lo so!

Asha si fermò per permettere ad un gruppo di Gendarmi di incrociare il loro cammino, osservando i loro giovani volti e le loro voci, le quali si profusero in saluti di riconoscimento e gratitudine nei loro confronti, mentre Bella irriducibile continuò:

– Il Sovrano ci attende con tutti suoi effettivi, compresi i Mutant e probabilmente l'unica arma che possiamo utilizzare contro di loro sono proprio le tue conoscenze!

Aveva ragione e Asha lo sapeva, ma sapeva anche cosa servisse per imprimere il potere dei Forgianti e cosa quel potere poteva scatenare all'interno dell'animo, esattamente come stava succedendo a lei. Inoltre, se lei non era in grado di arrestare quella furia, quell'irrefrenabile ira, come avrebbero reagito le altre persone?

Era necessaria una forte forza di volontà ed una preparazione adeguata, la quale mancava anche a lei, quindi tentò di farsi coraggio ed esprimere a parole quel concetto:

– A mie spese ho appurato che in quel sapere vi è racchiuso un potere difficile da controllare!

Bella aveva capito, non vi erano più dubbi su ciò che aveva provato e probabilmente quella sensazione la stava provando anche Asha; a ogni modo rimase in silenzio per il restante tratto, sino a giungere alla loro meta. Salirono gli ampi gradini in marmo del Maschio, oltrepassarono diversi corridoi, sino a giungere nelle stanze adibite a Bella, le quali avevano assunto uno sfarzo degno di un Re. Il letto apparve comodo e lussuoso, le lenzuola erano di un rosso intenso come le federe stesse dei cuscini: Asha non vedeva quel tessuto da quando aveva abbandonato il suo Regno. La luce di Horus filtrava da due finestre poste ad ovest della stanza, un grosso lampadario in ferro battuto predisposto per ospitare venti candele, posto al centro del soffitto, faceva bella mostra di sé, un armadio ed una cassapanca in legno finemente intarsiato riempiva la parete nord della stanza, mentre sul lato sud una scaffalatura fungeva come libreria, attualmente vuota, ma non per questo meno imponente alla vista. Al centro della stanza vi era un tavolo rotondo in legno massiccio con quattro sedie disposte intorno ad esso, lavorate nella stessa fattura e, posato al di sopra del tavolo, vi era l'oggetto immediatamente riconosciuto da Asha. Si avvicinò cautamente osservando l'elsa, seguendo con lo sguardo la sua linea leggermente curva, il fodero che ricopriva la lama era dello stesso colore dell'elsa, mentre le sue orecchie cominciarono a percepire le parole dolci e lusinghiere, promettendole ogni genere di atto. Asha sapeva perfettamente cosa avrebbe provato nell'impugnarla e nell'estrarre quella lama, mentre intanto l'odio cominciò nuovamente ad assalire il suo cuore, oramai stracolmo e represso. Le sue mani si mossero senza controllo sino a chiudersi intorno al fodero, le pupille di Asha cominciarono a dilatarsi facendo completamente sparire il blu delle sue iridi, poi con uno sforzo immane tentò di frenare quell'impulso: aveva promesso ed avrebbe mantenuto tale promessa. Piano piano i suoi occhi cominciarono a divenire del loro consueto colore, così riebbe nuovamente facoltà di sé, osservò per alcuni attimi quella spada riuscendo a non soccombere alla sua volontà ed infine se la legò al fianco, esattamente dove doveva rimanere.

Bella rimase ferma sulla soglia ad osservare le movenze di Asha attendendo pazientemente, anche se oramai sapeva che quell'arma le apparteneva ed era esattamente quello che pensava che fosse.

Asha si girò nuovamente, cosciente, anche se visibilmente provata:

— Hai provato a estrarla, vero?

Bella sorrise con occhi fissi e labbra rigide:

— No!

— Capisco, — la voce di Asha parve sin troppo rotta. — Però sai cosa si cela al suo interno...

Bella non poté negare l'evidenza:

— Sì. Ho sentito e visto cosa si nasconde all'interno di quell'arma!

— Allora sai anche il perché io sia così fermamente convinta che non sia un bene rivelare la sua origine!

Bella rimase in silenzio ad osservare quella ragazzina, i suoi occhi sembravano sinceri:

— Presumo di saperlo, — le sue braccia si incrociarono al petto, mentre il suo sguardo divenne vacuo. — Però abbiamo davvero bisogno di quelle conoscenze!

Asha alzò lo sguardo fissando un punto non ben precisato all'interno di quell'ambiente, riflettendo sulle conseguenze dei suoi gesti, forse non avrebbe mai dovuto recarsi nel Regno dell'Ombra, forse vi erano cose che era meglio non sapere:

— Ti prometto che quando capirò come sfruttare tali insegnamenti senza che essi possano nuocere a nessuno, tu sarai la prima a conoscere il segreto dei Forgianti!

La caduta

Ci volle un altro ciclo medio di Horus prima della partenza, ma al termine l'intero esercito dei Gendarmi Liberi lasciò Darokis seguendo il corso della gola dell'Hulm per dirigersi a nord alla volta della capitale. La lunga colonna comprendeva ben diecimila gendarmi, duemila facenti parte dei Clan delle terre libere, mille provenienti da Adasta e Bastian, il restante era originario di Darokis. La lunga colonna si era sobbarcata anche del vettovagliamento, mentre i Cavalieri Ferrati fungevano da avanguardie e da perlustratori, inviati nella Tundra al fine di non essere sorpresi da eventuali rappresaglie. Argayl aveva provveduto a tutto, sapeva perfettamente che, se fossero stati presi ai lati della colonna, non avrebbero avuto scampo. Asha, Horud, Argayl e Bella marciavano alla testa di questa lunga e corposa colonna che aveva assunto la forma di un enorme serpente in movimento verso il suo obiettivo. Dovevano compiere tre soste obbligate prima di giungere a Dareen, per potersi rifornire ai pozzi intermedi, ogni pozzo era situato all'interno di un piccolo villaggio di sosta, utilizzato dai mercanti nel tragitto da Darokis alla capitale. La marcia si rivelò particolarmente dura ed estenuante, camminavano ininterrottamente dal primo quarto alla fine del terzo, poi montavano il campo, ristorandosi e dormendo, a seguire smontavano il tutto e si rimettevano in viaggio.

Non fu certo un tragitto comodo né privo di fatiche, ma la sorpresa giunse in prossimità del primo pozzo. Un Cavaliere Ferrato giunse al cospetto di Asha e Bella, frenando il suo destriero a pochi metri da loro, il quale alzò una nuvola di polvere. La sua fretta fu percepita anche attraverso le sue parole:

– Mia Signora!

Sia Asha che Bella si osservarono per qualche frangente non capendo bene a chi di loro si riferisse il cavaliere, poi Asha desistette, attendendo silenziosamente.

– Dimmi cavaliere!

Appena proferite queste parole, Bella alzò il pugno nel tentativo di fare arrestare l'intera colonna, il comando fu ripetuto di mano in mano, sino a quando l'intero esercito si fermò.

– Mia Signora, ecco, – il volto del cavaliere apparve tirato e sconvolto, mentre le sue parole faticavano ad uscire dalla sua bocca. – Riguarda il primo pozzo!

Bella diede un colpo di calcagno e il suo destriero si accostò maggiormente al cavaliere:

– Cerca di calmarti soldato e dimmi cosa hai visto.

La voce del Cavaliere uscì forzata, come trattenuta da lui stesso:

– L'armata dei predoni della Tundra ci attende!

Asha capì che vi era dell'altro, un cavaliere non avrebbe mai riportato una simile notizia, con tanta paura negli occhi:

– Vi è dell'altro, non è vero?

Il cavaliere rivolse lo sguardo incerto sugli occhi di Asha, sforzandosi di osservarla attentamente, non sapendo bene come rispondere, poi prese coraggio:

– Sì, quei maledetti come monito hanno issato su dei pali a croce trentatré persone, tra donne e bambini!

Bella sorvolò l'argomento, nonostante fosse spaventosa la notizia dei prigionieri, ponendo la propria attenzione su altro:

– A quanto ammontano le loro schiere?

Il destriero scalpitò in maniera agitata ed irritata, probabilmente avvertendo i sentimenti degli astanti, mentre il cavaliere rispondeva anche a quel quesito:

– Non dovrebbero essere meno numerosi di noi!

Non era affatto una bella notizia e la preoccupazione di Bella crebbe ulteriormente:

– Hanno a disposizione della cavalleria?

Il vociare sommesso dei gendarmi retrostanti a loro si fece udire, trasportando di bocca in bocca quelle notizie, le quali presero contorni allarmanti man mano che giungevano in coda alla colonna, minando l'animo di tutti. Il serpente umano, fermo in attesa di ulteriori comandi, stava trasformando la colonna in un'onda concitata.

– Sì, mia Signora!

Non vi erano molte alternative, era dunque giunto il momento di affrontare il loro nemico a viso aperto e la voce di Bella si udì limpida sotto la calura di Horus:

– Chiamate a raccolta Morgan ,assieme a tutti i cavalieri!

Rimasto in disparte ad ascoltare il resoconto, Argayl si voltò per impartire i suoi ordini:

– Voglio una staffetta, la quale dovrà dare ordine al vettovagliamento di rimanere accampato qui!

Un gendarme libero non si fece ripetere l'ordine due volte, iniziando a correre lungo le file dei suoi fratelli, sino a raggiungere l'estremità della colonna.

Bella si rivolse nuovamente al cavaliere:

– Quanto distano?

Egli prontamente rispose:

– Solo qualche miglio, mia Signora!

– In marcia, uomini!

Un grido si alzò tra gli uomini al comando di Bella, mentre il serpente cominciò a mettersi in movimento. Giunsero nel luogo indicato dal cavaliere, mentre gli animi cominciarono ad agitarsi alla vista di ciò che si presentava innanzi a loro. Il villaggio era stato completamente dato alle fiamme, mentre in mezzo ad esso si stagliavano trentatré pali issati a croce, sui quali pendevano inerti i corpi di donne e bambini, esattamente come aveva riferito il cavaliere. Tutti gli occhi si riempirono di lacrime amare nel puntare quei poveri corpi che avevano trovato la morte per disidratazione, sotto l'occhio truce e puntuale di Horus. Su alcune croci erano pesantemente adagiati dei corvi, che banchettavano avidamente ed indisturbati, dilaniando con i loro becchi appuntiti ed affilati le carni di coloro che vi erano affissi. Oltre a quelle croci, si potevano vedere le schiere dei predoni della Tundra, con i loro vessilli ben in vista, una muraglia di uomini in arme e cavalleria intenti a bloccare completamente la gola di Hulm. Asha cercò con lo sguardo i volti dilaniati da quello scempio e, nel mezzo della gogna, riconobbe quelle vesti. Il suo cuore si arrestò, perse un colpo, poi un altro e un altro ancora, il fiato ebbe dei sussulti incontrollabili, i polmoni si erano compressi in una morsa indicibile. Attonita continuava a registrare quella scena, sperava con tutto il suo cuore che non fosse possibile e che vi fosse un errore, ma i predoni purtroppo non commettevano quel tipo di errori. Asha scese dal suo destriero, le sue gambe cominciarono a muoversi senza controllo, agitando le sue membra in un movimento parossistico ed impulsivo. Passò in rassegna quei corpi esanimi appesi a quei maledetti pali, come se fosse in trance, sperando di non vedere tra di essi colei che non avrebbe mai voluto vedere lì. Il suo sguardo e la sua anima si posarono con violenza su uno di quei volti riconoscendolo all'istante: era lei, Adrian, la madre di Iwin. Gli occhi di Asha cominciarono a perdere il loro colore, sfumarono nel colore della discordia, mentre l'ira cominciò piano piano a prendere spazio ed energia nel suo animo perso. Horud al suo fianco non poteva credere ai propri occhi, anche lui aveva riconosciuto che su quei pali erano state crocefisse le donne e i bambini del Clan dei Dath. Come in un incubo senza ritorno, Asha percorse alcuni flebili passi sino a giungere al limitare di quella composizione orribile: i predoni della Tundra avevano disposto quei pali infami a forma di una piramide ed in cima a questa struttura vi era l'ultima croce. Qui, l'orrore crebbe nei suoi occhi, che rimasero fissi ed increduli sul corpo privo di vita della piccola Iwin. Asha si fermò osservando quella piccola creatura, ricordandosi i suoi occhi, i suoi capelli ricci, il suo sguardo curioso, il suo bellissimo sorriso, non poteva crederci, ora innanzi a lei si stagliava una figura smagrita, consunta dal calore di Horus, il suo volto era gonfio e rigato dai solchi del sangue coagulato, i polsi erano stati legati da corde, le quali erano penetrate in profondità nelle carni, segno evidente del peso che dovevano sostenere. Le mani di Asha si posarono sui piedi di Iwin, il contatto le trasmise un brivido freddo che pietrificò le sue dita, mentre disperata piangeva tutte le sue lacrime. Ora capiva quel sentimento di urgenza che l'aveva perseguitata, ora sentiva dentro di sé tutto il rammarico per non avere seguito subito il suo istinto, probabilmente se fosse giunta prima avrebbe potuto interrompere quella sofferenza e avrebbe potuto salvare la piccola Iwin e quelle genti. Asha si maledisse, maledisse quel mondo che aveva sottratto quella vita, maledisse tutto e tutti, mentre le ombre cominciarono ad impadronirsi del suo cuore, avvolgendola in quel sentimento tanto combattuto. Aveva solo voglia di lasciarsi andare, di morire senza nessuna resistenza, aveva voglia di assaporare il sangue di coloro che si erano macchiati di uno scempio tale, aveva bisogno di sentire dentro di lei crescere quell'odio. Necessitava di vendetta, sentimento che non avrebbe mai voluto provare. Horud rimase al suo fianco impietrito, mentre osservava la sua protetta lacerarsi nel proprio dolore attraverso gesti strazianti, sino a quando sentì in tutta la sua spina dorsale scorrergli un brivido gelido. Sentì nuovamente quella morsa di spine pervadergli il corpo, mentre lingue oscure ed invadenti cominciarono a permeare le vesti di Asha. Horud rimase incredulo a quella vista, sembrava che le ombre intorno a lei si muovessero in ogni direzione. Asha emise un grido talmente innaturale che non aveva nulla di umano, trasmettendo a tutti una sete di sangue viscerale. Tutti i gendarmi furono avvolti da un'ira feroce, mentre grida di vendetta si alzarono dalle labbra di tutti. Gli occhi di Asha si tramutarono in pozzi neri, profondi e senza fine, mentre la sua coscienza vacillava oltre a quelle ombre, determinata a mietere vittime. Il suo potere si manifestò in uno scatto di ira ed in pochi attimi tutte le croci cominciarono spontaneamente a bruciare, sotto gli occhi increduli dei propri uomini. Asha fece un passo indietro discostandosi dalla croce in fiamme sulla quale era crocifisso il corpo di Iwin, liberando la Katana dalla propria custodia. La luce di Horus non riuscì ad illuminare la lama, la quale era avvolta da lingue oscure ed ignote: nella sua mente vi era un unico pensiero volto a coloro che le sbarravano la strada. Le sue vesti si mossero leggiadre alla calda brezza della Tundra rivelando serpi plumbee sotto di essa, il suo grido angosciato si levò oltre la gola di Hulm, librandosi oltre la Tundra, raggiungendo le schiere nemiche poste a poche centinaia di metri. Non vi fu tattica, non vi fu strategia, vi fu solo odio. Il Gran Elisir aveva pensato di piegare gli animi dei propri nemici nel crocifiggere quelle donne e quei bambini, ma purtroppo scatenò solo l'ira di colei che aveva voluto piegare.

Atterrito dal suo intento fallito, spronò i suoi uomini al combattimento:

– Uccidiamo gli infedeli!

La carica della cavalleria avvenne immediatamente, Bella diede ordine di schierarsi alla destra del contingente di fanteria, al suo fianco il fidato Morgan comandava l'ala destra dei cavalieri. I Cavalieri Ferrati si disposero in linea con la lancia in resta, pronti ad affrontare l'impatto, mentre tutti i gendarmi a piedi seguirono la scia dell'ira di Asha, correndo incontro ai propri nemici. Bella diede l'ordine ed i Cavalieri Ferrati eseguirono rapidi la manovra di battaglia disponendosi a cuneo, lasciando in prima linea solo Bella e Morgan. La disposizione non era eseguita a caso anche perché tutti coloro facenti parte della colonna di Bella erano mancini, mentre nello schieramento di Morgan erano destri, ciò permetteva un maggiore allungo nella carica in resta. L'impatto fu violento e rapidissimo, tutta la cavalleria dei predoni della Tundra incontrò la morte quasi istantaneamente. Non appena i Cavalieri Ferrati sfondarono la linea, le due colonne si divisero immediatamente, segno indelebile della bravura e dell'addestramento ricevuto: la colonna di Bella svoltò a sinistra dietro le linee nemiche per dare man forte al centro dello schieramento, prendendo sul retro il fronte nemico, mentre la colonna di Morgan compì una svolta a destra per intercettare i cavalieri superstiti, per poi eseguire una manovra di aggiramento dietro le linee amiche per andare in appoggio al fianco sinistro dei Gendarmi Liberi.

Subito dopo lo sfondamento da parte dei Cavalieri Ferrati, i due schieramenti composti di fanti si scontrarono. La lama di Asha vibrò il primo colpo, mentre lei assaporava con tutti i suoi sensi quel piacere nel togliere la vita, mentre le sue grida venivano percepite da tutti i presenti. Il filo della lama recise l'intero braccio sino al gomito, il quale sotto gli occhi increduli del malcapitato cominciò a pietrificarsi, il dolore fu lancinante, mentre disperato tentava in qualche modo di arrestare quel processo, inutilmente, al suo fianco Horud fendeva l'aria con la sua gigantesca lama, calandola su ogni malcapitato che giungeva nel suo spazio vitale. Ben presto il centro dello schieramento nemico cominciò a cedere sotto gli incessanti colpi dei gendarmi liberi ed in mezzo a loro svettava al figura di Asha, e tra le mani la sua lama non lasciava scampo, ella sembrava divertirsi nel tranciare braccia e gambe, in modo che la pietrificazione fosse più lenta possibile, le sue movenze non erano assolutamente visibili, sembrava che chiunque si avvicinasse a lei venisse scagliato a terra da una forza invisibile. Il terrore cominciò a farsi largo tra i predoni, i quali per scampare a quel destino fuggivano in ogni direzione, non era più una battaglia, era diventata un mattatoio. Asha era fiera di ciò che aveva creato, finalmente poteva gioire del suo potere, aveva rotto il proprio sigillo che la legava alla terra, imponendo il marchio all'interno della propria arma ed ora poteva sentire le urla disperate dei suoi nemici, poteva vedere il loro sangue scorrere e macchiare il terreno che calcava. Finalmente poteva seguire la sua vendetta, era libera. Si aprì la strada seguita dai suoi uomini, consapevole della presenza al suo fianco del Gigante, forse sin troppo misericordioso nel perpetrare la morte. Infine trovò l'oggetto agognato della sua ricerca, in mezzo a tutta quella calca, riconoscendolo immediatamente: Dubah circondato dalla sua guardie del corpo, le quali si scagliarono contro di lei nel disperato tentativo di salvare il proprio comandante. Asha si mosse rapida, troncando sul nascere la loro miserabile vita, ponendoli di fronte al verdetto finale. Il primo venne centrato nel ventre, piegandosi sulle ginocchia, nemmeno si avvide del suo attacco, rantolandosi atterra per l'incessante tormento provocato dall'immobilizzazione e dalla pietrificazione dei propri organi; gli altri caddero al suo fianco, straziati dal dolore uniti nella stessa sofferenza. Asha non risparmiò nessuno, non era sua intenzione, si arrestò solo un attimo osservando colui che aveva provocato la morte di Iwin. Dubah era atterrito, non poteva credere ai suoi occhi, innanzi a lui si stagliava una figura avvolta e risucchiata dalle ombre, a stento riconobbe in lei quella ragazzina che aveva avuto l'impudenza di deriderlo innanzi ai suoi uomini, ma ora quella ragazzina si era trasformata nella mietitrice di anime. Urlò tutta la sua disperazione gettandosi a capofitto contro di lei. Asha si mosse troppo rapida per lui, troppo rapida per chiunque, Dubah non si accorse di nulla, nemmeno del dolore, non fece neanche in tempo a calare la sua arma che la sua mano volò via assieme a ciò che stringeva. Quando il braccio del Gran Elisir finì di compiere il suo arco, egli si avvide della mancanza del suo arto, mentre la carne cominciò il lento processo di trasformazione. Asha colpì nuovamente, imperterrita, impugnò la Katana ed affondò la lama nel piede di Dubah, provocando nuovamente un altro mutamento. Il Gran Elisir cadde in preda a dolori lancinanti, sembrava che la sua carne bruciasse a tal punto da essere esposta a temperature inaudite, alcuni predoni tentarono di giungere in suo aiuto, invano, poiché furono falciati dall'ira crescente di Asha e del suo protettore, il quale non la abbandonava mai. Vedendo il loro comandante a terra, i predoni cominciarono a disperdersi venendo falcidiati dalla cavalleria comandata da Bella. Mentre le membra del Gran Elisir continuarono la loro lenta trasmutazione da carne a pietra, Asha rimase ritta innanzi a lui, godendosi ogni piccolo istante di quell'inferno a cui era sottoposto quell'uomo. Se fosse stato per lei, avrebbe prolungato quella sua sofferenza in eterno.

Il Gigante si riscosse dalla sua foga, osservando quella scena: in cuor suo non poteva assistere ad una tale crudeltà. Si mosse superando la sua protetta, innalzando la propria lama per porre fine a quella pena, ma la voce di Asha lo bloccò sul nascere:

– Se poni fine alle sue sofferenze, ti giuro che inizieranno le tue!

Horud si voltò a osservare colei che aveva giurato di difendere, non riconoscendo innanzi a lui quella figura: Asha era completamente inghiottita dalle ombre, che tessevano la trama del suo mantello con ira e rabbia. I suoi occhi erano saturi del colore dell'odio, dipinti di un nero profondo, mentre un sorriso sovrannaturale sfigurava il suo bellissimo volto.

Il Manto Dell'Ombra

La morte era visibile ovunque all'interno della gola di Hulm. Non vi fu pietà per i predoni, nessuno venne risparmiato. L'ira provocata dall'essenza di Asha aveva contagiato tutti e tutti divennero portatori di morte.

Il nitrito di un cavallo attrasse l'attenzione degli astanti. Argayl, Darius e Morgan dimoravano nella grossa tenda allestita subito dopo il termine della battaglia dagli uomini addetti alla logistica, posizionati nella retroguardia del contingente. Il loro sguardo si pose sulla figura di Bella, mentre entrando oltre la soglia si levò automaticamente il copricapo, rivelando tutta la sua sofferenza, la quale trasparì attraverso tutto il suo corpo. Bella non perse tempo in convenevoli di rito:

– La situazione?

Argayl prese la parola posando i suoi palmi su di un barile, utilizzato come tavolo di appoggio, sul quale era spiegata una pergamena in cui vi era tracciata la mappatura della Tundra:

– Abbiamo subito molte perdite!

Darius abbassò leggermente il capo in segno di rispetto per coloro che avevano combattuto e avevano perso la vita per la causa:

– Siamo tutti qui?

– Purtroppo sì, Damian è spirato nel primo quarto di quest'oggi!

Argayl si massaggiò gli occhi, un chiaro segno del suo scarso riposo:

– Qualcuno di voi ha visto Asha?

Darius si riscosse leggermente, i suoi pensieri erano concentrati sulla perdita di un caro amico, respirò a fondo dandosi un tono:

– Mi è parsa di averla vista al di sopra dell'argine, accompagnata dal Gigante!

Bella gettò l'elmo a terra, incurante:

– Quanti uomini abbiamo perso?

Argayl sospirò profondamente:

– Duemila!

Era un numero esorbitante, molto più di quanto Bella potesse immaginare, in pratica le loro forze si erano decimate in un solo scontro:

– I feriti?

– Probabilmente altrettanti, ma di questo non sono sicuro: è un continuo andirivieni nelle retrovie!

Bella s'immerse nei propri pensieri, aveva cavalcato dal fronte sino a giungere nelle retrovie ed effettivamente aveva potuto osservare la situazione.

– Non pensavo che fossimo ridotti così male!

Non era una costatazione né una domanda, probabilmente espresse solo un suo giudizio personale:

– Invece la situazione è drammatica, le nostre forze ora come ora non riuscirebbero a marciare sino a giungere alla capitale!

Argayl fu sin troppo funesto nell'esporre il suo parere.

– Vi sono altre soluzioni in merito?

Bella voleva delle risposte, doveva esattamente sapere la situazione e voleva sapere come poter rimediare.

– In primis, dobbiamo trasferire i feriti a Darokis.

Bella appoggiò il suo volto scarno ed emaciato sulla punta delle sue dita, riflettendo:

– Ci vorranno molti mezzi, molti uomini e molto tempo, senza contare che al termine del trasferimento dovremmo comunque attendere il ritorno degli uomini e dei mezzi!

Darius ascoltò attentamente, massaggiandosi la mano sinistra, la quale era bendata, ove una piccola macchia di sangue traspariva dalla fasciatura:

– Potremmo liberarci delle scorte di cibo in eccesso e utilizzare quei carri per il trasporto, in tal modo non dovremmo necessariamente aspettare il loro ritorno, potrebbe essere un viaggio di sola andata!

Argayl prese la parola:

– Potrebbe essere una soluzione alternativa.

Bella rese nota la sua perplessità:

– Cosa mi dici di coloro che dovranno accompagnare i feriti a Darokis?

Darius fu determinato:

– Manderemo un solo conducente per carro!

– Sarebbe una scorta minima, forse troppo ristretta, quelle genti potrebbero non sopravvivere!

Argayl aveva indubbiamente ragione, ma il problema rimaneva.

– Allora, tu come intenderesti agire?

Damian sembrò irritato, visto e considerato che la sua idea era stata così frettolosamente scartata.

– Potremmo allestire un campo ricovero, lasciare vettovagliamento sufficiente per la loro sopravvivenza e istituire un convoglio che, man mano, li porti a destinazione!

Bella interruppe quella conversazione:

– Così facendo, comunque, ci priveremmo di un bel po' di forze!

– Non vi sono altre soluzioni praticabili, almeno che io sappia o possa mettere in atto, purtroppo.

Anche in questo caso Argayl aveva ragione, la loro situazione era particolarmente drammatica e di non facile soluzione.

– A ogni modo, non credo che potremmo prendere d'assedio la capitale con queste forze!

Il dubbio di Darius era legittimo, ma Bella a tal proposito aveva chiaramente pianificato tutto:

– Di questo non ti devi preoccupare, io spero che Maximilliam riesca ad infoltire le nostre file nel Regno di Zarha e di Malatris, per attaccare la Rocca di Ponte Ferro, per poi convergere da nord-ovest verso Dareen, – la spiegazione di Bella venne coadiuvata dalle sue dita posate sulla mappa. – Così facendo avremmo delle riserve in aggiunta al nostro contingente!

Argayl si massaggiò la folta barba grigia, i suoi occhi

seguirono le linee invisibili tracciate dall'indice di Bella, ma in lui albergava il dubbio e la paura:

– Non sappiamo se ciò possa essere una soluzione concreta e non sappiamo nemmeno i numeri esatti del contingente che dovrebbe pervenire da quelle terre; a mio avviso non dovremmo fare affidamento su ciò che non sappiamo!

Bella lo osservò attentamente, anche in questo caso non poteva di certo dargli torto, era impossibile, l'unica sua arma era la fede ed ora quella fede era messa nuovamente a dura prova:

– Non ci rimane altro che sperare!

Furono le uniche parole che poteva aggiungere. Argayl e Darius si guardarono vicendevolmente, dovevano trovare una soluzione al problema, altrimenti la loro campagna sarebbe sicuramente crollata ancora prima di iniziare. Mentre gli astanti erano racchiusi nel loro silenzio, il cuoio della tenda fu scostato ed immediatamente la temperatura al suo interno aumentò sino a diventare soffocante.

Gli astanti si voltarono per osservare l'entrata, sulla quale vi erano posizionate le figure del Gigante e di Asha, quest'ultima completamente avvolta dalla sua tunica. Il suo tono di voce fu perentorio anche se in esso si poteva notare una certa trepidazione:

– Come mai non ci muoviamo?

Bella tentò di esercitare la sua autorevolezza:

– Perché il nostro esercito si è dimezzato!

Asha rimase impassibile, ritta, completamente immobile e paralizzata dal suo manto:

– Non mi sembra una giustificazione.

Argayl non credeva alle proprie orecchie e probabilmente il suo stupore era visibile di rimando anche sui volti degli altri:

– Stiamo valutando le nostre possibilità per affrontare il rimanente tragitto che ci separa dalla capitale, nonché le nostre forze, senza tralasciare i feriti o i morenti.

Bella tentò di argomentare la loro situazione, anche se supponeva la vacuità delle proprie parole.

– Chi non è in grado di combattere, potrà morire su questa terra!

Le parole di Asha sentenziarono una condanna. Anche il Gigante tentò di rinsavire i pensieri di Asha:

– Mia Signora...

Ovviamente Horud non riuscì a terminare la propria frase.

– Se hai delle divergenze con il mio pensiero, potrai unirti a coloro che decideranno di non seguirmi!

Horud abbassò il capo, dimesso, mentre Bella intervenne cercando di trattenere la propria ira:

– Asha, potresti aiutare i feriti, magari quelli più leggeri, in modo da rinfoltire le nostre fila?

Fu un vano tentativo.

– Chi non è in grado di combattere, non serve!

Al termine di queste parole, Asha uscì dalla tenda, mentre Horud tentò di seguirla, ma fu immediatamente fermato dalla voce di Bella:

– Horud, fermati. Dobbiamo parlare!

Horud si lasciò trascinare all'esterno, dove il via vai dei feriti continuava imperterrito e alcuni gendarmi si prodigavano a medicare fasciando arti e ferite, mentre altri si dedicavano a elargire il vettovagliamento quotidiano.

Percorsero gran parte del campo, sino a giungere in prossimità della sponda dell'Hulm, a quel punto Bella parlò:

– Sai dirmi cosa sia successo nel Regno dell'Ombra?

Horud non fu sorpreso da quell'interrogativo, rispose con serenità:

– Io non ho varcato quella soglia!

Bella si fermò osservando negli occhi quel Gigante, scorgendo in lui il vero:

– Quindi non sai dirmi cosa sia successo ad Asha?

Sommessamente dovette ammettere tutta la sua ignoranza in merito:

– No, purtroppo!

Bella insistette:

– Ti sei fatto un'idea, almeno?

Horud ripensò a quel momento, quando Asha uscì letteralmente dalle tenebre e al colore dei suoi occhi, mai in vita sua aveva provato quelle sensazioni, esattamente come si erano poi manifestate sotto la croce che affliggeva Iwin.

– So che è cambiata, ma purtroppo ho già assistito agli stessi cambiamenti molti cicli fa!

Bella si incuriosì:

– A cosa ti riferisci?

– Un tempo, nel mio Regno, giunse un Profeta esattamente come Asha, a quel tempo io ero molto giovane e lui molto persuasivo, infuse in me quel sentimento di unione e fratellanza, un sentimento già vivo nel mio cuore, – Bella rimase in silenzio ascoltando la voce profonda di quell'enorme uomo. – Avevo sempre avuto il desiderio di riunire tutti i Clan sotto il vessillo di Vesta e lui, piano piano, infiammò questo mio desiderio; i suoi poteri erano grandiosi e il suo fine nobile come il mio!

Horud cominciò a camminare salendo il pendio scosceso, sino a giungere al suo culmine, per poi perdersi ad osservare l'immensa Tundra, vagando nello spazio e nel tempo:

– Io sapevo che non era giusto strappare la vita altrui, ma non vi era altra soluzione che imporre la propria autorità, per potere raggiungere il fine che ci eravamo prefissati; purtroppo in quel lungo cammino mi sono macchiato di atroci crimini proprio contro i miei stessi fratelli, o coloro che consideravo tali!

Bella non disse nulla, quasi non si mosse per paura di distrarre la concentrazione del Gigante, che continuò:

– A un certo punto cominciai a vedere non solo ciò che con la mia volontà desideravo vedere, così mi accorsi che il Profeta, colui che aveva portato il verbo di Shevra, aveva cambiato la sua forma, divenendo il portatore di morte per assoggettare tutti al suo volere!

A quel punto Bella trovò il nesso:

– Vuoi dirmi che Asha si è trasformata da liberatrice a oppressore?

Horud si voltò piantando il suo sguardo negli occhi di Bella:
– Io non so cosa sia diventata, so solo che tutti i Profeti sono giunti a noi autoproclamandosi portatori di luce e sapienza, ma alla fine hanno rivelato il loro vero volto!

Animi in Fiamme

Ci vollero parecchi cicli di Horus prima che l'esercito delle terre libere ricominciasse il cammino verso la capitale. Infine fu deciso di creare un accampamento nel luogo della battaglia avvenuta contro i predoni della Tundra, a capo di quel presidio fu nominato Darius, il quale avrebbe provveduto a riportare i feriti verso Darokis e ad eliminare i cadaveri. Il contingente, che annoverava poco più di cinquemila uomini, procedette verso nord seguendo la gola dell'Hulm, scoprendo ben presto la tattica che il Sovrano aveva attuato per impedirgli di giungere a destinazione. Giunti al secondo villaggio videro i pozzi completamente ricoperti di sabbia e pietre, mentre lo stesso villaggio era stato dato alle fiamme esattamente come il precedente, solo che adesso si trovavano a più di duecento miglia da Darokis e altrettante ne mancavano per giungere a Dareen. Seguendo i comandi impartiti loro da Argayl, i gendarmi liberi si accamparono presidiando il territorio circostante: la paura di essere attaccati era sempre presente e l'attenzione per i dettagli era una virtù tipica di Argayl.

Nel frattempo Bella cominciò timidamente ad accostarsi ad Asha, nel tentativo di scorgere in lei quei tratti esplicati da Horud, oramai non era più sicura di colei che l'aveva liberata dalla tirannia del Sacerdote di Bastian, il dubbio continuava a covare nel suo cuore, un dubbio divenuto oramai realtà:

– Probabilmente il Sovrano ha fatto distruggere tutto ciò che vi è sul cammino verso la capitale!

Asha rimase ferma, seduta nella sua solita posizione meditativa, con le gambe e le braccia incrociate, completamente avvolta nelle sue vesti. Erano entrambe sedute all'ombra di una stuoia di cuoio, nel tentativo di sottrarsi all'occhio di Horus.

– Il suo destino oramai è segnato, in ogni caso giungeremo al suo cospetto e porremo fine alla sua vita!

Bella aveva appurato che oramai Asha non si rivolgeva più alla fine del Sovrano come alla liberazione del suo popolo, ma semplicemente come fatto essenziale per eliminarlo, ciò la preoccupò:

– Non sono sicura che la truppa riuscirà a giungere a Dareen nelle condizioni migliori per combattere!

Asha si mosse leggermente sotto le vesti:

– Questo non ha alcuna importanza, come ti ho detto lasceremo indietro tutti coloro che non riusciranno ad affrontare la loro prova!

Oramai Asha ragionava esclusivamente per assoluti, si era anche rifiutata di curare coloro che ne avevano bisogno e ciò non placava assolutamente l'animo di Bella, la quale depose il suo sguardo oltre la figura di Asha, cercando l'appoggio del Gigante, il quale poco discosto da loro era intento ad affilare la sua lama, senza curarle di uno sguardo.

– Mia Signora, – Bella tentò con quell'appellativo di fare tornare in sé Asha, la ragazzina che aveva riportato in tutti loro il sorriso e la forza d'animo. – Senza quegli uomini sarà impossibile affrontare l'esercito del Sovrano, tanto meno i suoi fedeli Mutant!

Asha alzò una mano nel tentativo di fare cessare quel diverbio, o semplicemente per zittire la donna:

– Hai già esposto il tuo pensiero e hai già ricevuto la mia risposta. Non approfittare della mia pazienza!

Il volto di Bella mostrò tutta la sua sorpresa, tutta la sua sofferenza nel sentire quelle parole, per cui con uno scatto si alzò allontanandosi da colei che non riusciva più a riconoscere, varcando una soglia particolarmente pericolosa.

Horud smise il suo lavoro, depositò la sua lama a terra accostandosi ad Asha, la quale imperterrita non si mosse:

– Dovresti capire maggiormente le sue motivazioni.

Il capo di Asha si mosse nella sua direzione; sebbene Horud non potesse guardarle il volto, completamente celato dalle vesti, sentì molto bene le sue parole:

– Non mi interessano le sue misere motivazioni. Quello che mi interessa ora è uccidere colui che ha tolto la vita alla piccola Iwin!

Horud stava vivendo il proprio dramma, completamente combattuto su ciò che fosse giusto e cosa non lo fosse, si alzò e per la prima volta si allontanò di sua spontanea volontà da colei che aveva giurato di proteggere fino alla fine. Immerso nuovamente nei propri pensieri, il suo cuore era lacerato ed era giunto il momento di prendere una decisione in merito, rischiava di rivivere il passato ed ora doveva fare tesoro della sua esperienza, per evitare che il futuro riproponesse la stessa identica massacrante situazione. I dubbi lo assalirono, forse non doveva fermare i Profeti i quali avevano già imposto la loro volontà sugli uomini, forse il suo compito era fermare l'avvento di un nuovo Profeta, avrebbe davvero voluto condividere con Asha l'inizio di un nuovo mondo, ma non era la stessa ragazza che aveva salvato nel Mare Salato, non era nemmeno la stessa ragazza che aveva salvato Amidal, né colei che aveva liberato Bastian dalla schiavitù.

No, quella ragazza aveva profondamente mutato il suo essere per divenire ciò che i Profeti erano destinati a divenire: portatori e dispensatori di morte e sofferenza!

La prova era evidente proprio sotto i suoi occhi, quando si scontrarono coi predoni della Tundra, quell'ira che gli aveva invaso l'animo, quella voglia di sangue e di vendetta, non gli appartenevano, erano la causa stessa delle guerre e dell'oppressione del suo popolo. Egli aveva vagato a lungo da nord verso sud, attraversando tutti e quattro i Regni del Serpente, in ogni dove la mano di un Profeta aveva macchiato la terra bruciandola, ogni Profeta aveva varcato la soglia tra bene e male ed ora quella soglia era nuovamente innanzi a lui.

Cosa avrebbe dovuto fare? Era lui in grado di fermare colei che stava trascinando quel popolo alla rovina? Davvero avrebbe potuto sconfiggerla?

In ogni caso avrebbe dovuto pensare attentamente alle sue

azioni, ma ora come ora era troppo combattuto e non riusciva a vedere quale sarebbe stato il suo vero destino, forse chiedendo aiuto a Bella avrebbe potuto trovare le risposte che cercava. Il peggio giunse alle porte della capitale, quando finalmente le reali intenzioni del Sovrano si palesarono innanzi agli occhi dei Gendarmi Liberi. L'intera città era stata data alle fiamme, non vi era più nulla a testimonianza del suo splendore, questa vista spezzò l'animo di tutti, già in difficoltà per la marcia sostenuta e per il razionamento di acqua e viveri. Argayl e Bella avevano deposto la loro strategia sulla conquista della città per potere rifocillare il proprio esercito stremato. Avevano ponderato la possibilità di utilizzare come successo a Darokis gli stessi cittadini, per rivoltarsi contro ai propri oppressori, ma adesso quella possibilità gli era stata negata, senza contare i rinforzi che sarebbero dovuti giungere dai Regni orientali.

Fu predisposto un campo appena fuori le grandi mura, oramai divenute un monito di dolore e angoscia, mentre le menti di Argayl e Bella vagliavano le probabili soluzioni a quel nuovo dilemma, questa volta coadiuvato dalla presenza di Horud e Asha.

— Il Sovrano ci ha teso una trappola da cui difficilmente possiamo sfuggire!

Bella si sedette a lato della tenda su di una stuoia di cuoio, completamente affranta, le sue mani percuotevano il suo viso incessantemente su e giù nel tentativo di rinvigorire il suo animo, mentre la sua voce si diffondeva nella piccola tenda:

— Ci vuole spingere a nord, dove probabilmente egli ci aspetta con tutti i suoi effettivi, mentre noi siamo già allo stremo!

Asha prese la parola, la sua voce parve calma e pacata, priva di ogni inflessione che potesse fare capire il suo stato d'animo, come ultimamente accadeva:

— Questo è un viaggio di sola andata. Eravate tutti a conoscenza di questo fatto!

Argayl batté un pugno su di una cassapanca posta accanto a lui:

– Che tu sia dannata! Sei forse impazzita?

Aveva completamente perso il suo autocontrollo, in quel viaggio avevano dovuto lasciare indietro più di cinquecento uomini, per seguire colei che non voleva arrendersi, e ora, dopo avere visto innanzi a loro la rovina di Dareen, quella donna si permetteva ancora di parlare in quel modo.

– Se non ti piacciono le mie parole, sei libero di uscire da questo luogo!

Argayl si alzò in piedi sovrastando di un braccio la figura di Asha:

– Dovresti essere tu ad andartene da questa tenda!

Il capo avvolto dal cappuccio di Asha si mosse leggermente, poi senza proferire alcuna parola uscì da quel luogo, mentre Argayl continuava a inveire:

– Secondo me è divenuta una minaccia!

Bella sbuffò, osservando il Gigante il quale non si era stranamente mosso, sembrandole particolarmente strano poiché, sino a quel giorno l'aveva sempre visto seguire passo dopo passo Asha. Si liberò da quel pensiero volgendo il capo:

– Ora come ora, la nostra preoccupazione verte sul vettovagliamento, con ciò che abbiamo sarà impossibile giungere alla Rocca di Granito, dove presumibilmente il Sovrano ci attende.

Argayl strinse i pugni, la sua ira non si era arresa e non riusciva a pensare liberamente:

– Non è altro che un suicidio e tu lo sai!

Bella abbassò lo sguardo osservando le sue mani, completamente piene di vesciche e assoggettate al dolore, dovute alla sua lunga permanenza in sella; era sfinita dal viaggio, per un attimo pensò a tutti quegli uomini che marciavano da parecchi cicli di Horus a piedi, percorrendo la gola dell'Hulm, quattrocento miglia da Darokis a Dareen.

– Il Sovrano ha pensato a tutto, sapeva perfettamente come piegare la nostra resistenza e ora siamo esattamente dove lui voleva che fossimo!

Sia Horud che Argayl percepirono lo sconforto attraverso le parole di Bella: lo stesso sconforto che albergava nel loro cuore.

Argayl provò a fare il punto della situazione:

– Purtroppo gli uomini seguiranno Asha ovunque: avete potuto appurare voi stessi come molti di loro sono periti di stenti per giungere sino a qui, la seguiranno fino alla morte!

Anche in questo caso le parole del vecchio Argayl erano veritiere, molti degli uomini al loro seguito provenivano da Bastian e Darokis ed essi avevano visto con i loro occhi ciò di cui era capace colei che chiamavano il Masciach.

Horud abbandonò la tenda senza dire una parola, in fondo il suo stato d'animo era simile a quello di Argayl e Bella, non vi poteva essere nulla da aggiungere. Vagò per l'accampamento, osservando le mura sgretolate della capitale, lui non l'aveva mai vista nel suo splendore e probabilmente nessuno tra quegli uomini aveva visto Dareen. Horud aspettò sino al sopraggiungere del quarto ciclo di Horus, poi si diresse nella tenda dove riposava Asha. Nessuno fece caso al Gigante, nessuno lo fermò, visto che tutti sapevano che lui era il protettore della loro Masciach. Varcò la soglia della tenda, facendo attenzione a non provocare alcun rumore, attese paziente che i suoi occhi si abituassero a quella leggera oscurità, trovando l'oggetto della sua ricerca. Asha riposava apparentemente tranquilla sul suo giaciglio di cuoio avvolta nella propria tunica. Horud si avvicinò inginocchiandosi accanto a lei, osservando quell'esile figura, poi estrasse dalla fibbia il suo coltello da caccia impugnandolo a due mani portando le braccia oltre il suo capo. In quel mentre Asha si mosse avvolta dalle spire di Morfeo, scoprendosi il volto. Il gigante rimase assorto nei propri pensieri, seguendo le linee perfette di quel viso, la piega delle sue labbra, le sue sopracciglia leggermente incurvate, si ricordò del giorno in cui la trovò riversa a terra nel Mare Salato, i suoi capelli arruffati dopo il suo risveglio, il suono della sua risata sul promontorio del Dath assieme alla piccola Iwin, alla sua tenacia nello sfidare i predoni della Tundra, nel tentativo di aiutare Amidal, dei suoi occhi, i quali vibrarono alla frequenze dell'acqua nel guarire il piccolo Natan, nonché del suo buon cuore nel curare le genti di Darokis.

Le sue mani cominciarono a tremare, oppresse da quelle immagini, infine si arrese, deponendo il pugnale all'interno del fodero, riscoprendo nel suo cuore i suoi sentimenti, un sentimento sino a quel giorno nascosto. Egli non era capace di togliere la vita a quella ragazza, perché fondamentalmente egli ne era innamorato. Si alzò con la stessa parsimonia, nel tentativo di non fare rumore, scostò il cuoio ed uscì alla luce di Horus, rinvigorito da un nuovo sentimento. Come ogni altro essere umano presente in quell'accampamento, anche lui avrebbe donato la sua vita a quella ragazza, perché in fondo il suo destino era strettamente legato al suo. Ma, diversamente da tutti, il suo animo era attirato da quello di Asha da un vero e profondo sentimento d'amore.

Il Vero

In quattromila presero la via dell'Hulm oltre Dareen, per dirigersi a nord verso la Rocca Granito. Bella diede ordine ad una squadra di Cavalieri Ferrati di dirigersi alla Rocca del Ponte Ferro per verificare l'avvento di Maximillian, visto che il suo piano prevedeva di ricevere quei rinforzi per assediare la capitale, ma poiché essa era solo un cumulo di macerie, voleva assicurarsi che il loro supporto nel caso fosse giunto si verificasse più a nord, dove l'Hulm si diramava nelle sue tre vie. I Gendarmi Liberi seguirono come previsto il loro Masciach, la quale si profilava innanzi alla colonna, perseguendo senza indugio il suo percorso. Impiegarono diversi cicli di Horus quando finalmente giunsero al bivio, a quel punto un Cavaliere Ferrato mandato in avanscoperta tornò con la notizia dell'avvistamento dell'esercito del Sovrano.

***

Il Sovrano spiccava nella sua armatura di metallo, al centro del suo esercito, circondato dai suoi fedeli Lord Gismond Ferrix, Damin Arrow, Astax, Anon Gavesch, mentre osservava con trepidazione l'avvicinamento dell'esercito che aveva avuto l'insolenza di sfidarlo, mentre un sorriso apparve sul suo volto austero.
– Finalmente avremo modo di annientare colei che ha osato sfidarmi!
La voce di Gismon risuonò nell'elmo rigido:
– Mio Signore, il loro numero è decisamente inferiore, non vi saranno grossi problemi a eliminarli tutti!
Il Sovrano si voltò leggermente, osservando Gismon:

– Occupatevi di quella feccia, ma ricordate colei che viene chiamata il Masciach è mia. Voglio vedere il suo sangue versato su questa terra e voglio essere io a versare quel sangue!

Tutti i lord risposero affermativamente, poi mossero verso le proprie posizioni al comando dei propri uomini.

***

L'esercito dei Gendarmi Liberi si fermò a diverse leghe di distanza, schierandosi per affrontare la battaglia, Bella in groppa al suo destriero si fece largo tra le file della resistenza portandosi in testa, dove sapeva esserci Asha assieme al suo inseparabile Gigante.

Giunta al loro fianco, osservò lo schieramento nemico asserendo:

– La cavalleria tenterà uno sfondamento, colpendo i Mutant schierati alla loro sinistra!

Il suo tono di voce parve sommesso, in cuor suo Bella sapeva che quella era una battaglia che non potevano vincere, le file del Sovrano contavano più del doppio delle loro forze ed erano tutti ben addestrati ad uccidere, mentre tra le loro file vi erano solo uomini volenterosi, un conto era combattere contro dei predoni della Tundra, un conto era combattere contro dei gendarmi e senza l'avvento di qualche rinforzo, del quale non si avevano ancora notizie, l'esito di quella battaglia era praticamente già scritto.

L'unica loro speranza era la possibilità che Asha uccidesse il Sovrano e in cuor suo sperava con tutte le sue forze che ciò fosse davvero possibile.

– Non hanno arcieri, potremmo sfruttare questo a nostro vantaggio.

Bella osservò il Gigante, era la prima volta che le dava un consiglio in uno scontro e a conti fatti doveva ammettere la sua ragione.

– Presto, a me un arciere!

Il comando di Bella fu passato di voce in voce, sin tanto che il suo volere non fu esaudito, di lì a pochi attimi un arciere si presentò al suo cospetto:

– Qual è il tuo nome, soldato?

– Med, mia Signora!

– Molto bene, Med. Voglio che gli Arcieri di Zarit si spostino dietro le nostre linee senza farsi scorgere dal nemico, superino la sponda dell'Hulm nascondendosi nell'alta steppa, portandosi al fianco del loro schieramento.

Med rispose con estremo entusiasmo:

– Si, mia Signora!

– Quando vi darò il segnale, scagliate tutte le vostre frecce su quei dannati!

Med si accomiatò con un leggero inchino, dirigendosi tra le file di Zarit per eseguire il volere del suo comandante.

– Sei sicura di poter sconfiggere il Sovrano?

Asha mosse il capo lentamente, in completo silenzio col volto sempre celato dall'ombra del suo copricapo, tranne la sua voce estremamente roca:

– Non vi sarà alcun dubbio sull'esito di questa battaglia!

Ancora una volta Bella fece ricorso a tutta la sua fede, anche se sapeva benissimo che quel giorno avrebbe incontrato la morte, poteva sentirla, sulla pelle, quel manto ombroso, quell'inquietudine, forse fu la vista dei Mutant e di quello che erano capaci di fare: nessuno poteva resistere alla loro sete di sangue, centottanta Cavalieri ferrati contro duemila Mutant, non vi era alcuna possibilità di attraversare quelle fila sfondandole, avrebbe dovuto utilizzare un'altra tattica.

Bella tirò le redini, salutando Asha e Horud:

– Ci vediamo nella mischia!

Il suo destriero nitrì dirigendosi dove la sua padrona era intenzionata ad andare.

Bella percorse il suo schieramento unendosi ai suoi Cavalieri Ferrati, mettendosi al fianco di Morgan:

– Mia Signora!

Bella si sistemò sulla sella:

– Morgan, ascoltami bene, non possiamo sfondare, non ne usciremmo vivi!

Morgan alzò il mento, osservando il nemico innanzi a loro:

– Sì, lo so, ma oggi andremo incontro comunque alla nostra morte, non è così?

Bella accennò un solo gesto con la mano a scacciare quell'infausto presentimento, come fosse un insetto fastidioso; le sue parole però lasciarono basito Morgan:

– E sia, ma lo faremo combattendo!

Molti uomini liberi volsero il loro sguardo al cielo, inneggiando un canto per le loro vite, alcuni erano già in lacrime provati per il lungo estenuante viaggio. Ora dovevano affrontare la loro maggiore paura, ma avevano capito che il prezzo da pagare per avere un Regno libero era il sacrificio della vita stessa, ma non vi fu tempo per riflettere su ciò che li avrebbe attesi da lì a poco perché l'urlo di Asha diede inizio allo scontro. Appena i Gendarmi Liberi si mossero in carica, gli arcieri cominciarono a scagliare le proprie frecce nel mezzo dello schieramento nemico mietendo le prime vittime. Bella diede ordine alla cavalleria di caricare il fronte, nuovamente i Cavalieri Ferrati eseguirono alla perfezione la loro manovra, la colonna comandata da Morgan passò al margine del lato sinistro dei ranghi dei Mutant, i quali non riuscirono a porre un contrattacco degno di nota, mentre Bella e il suo gruppo deviò la carica scartando verso la coda della colonna di Morgan, facendosi inseguire dai Mutant affinché non impattassero immediatamente i Gendarmi Liberi.

***

Al centro dello schieramento Asha estrasse nuovamente la sua arma, mentre la sua figura cominciò piano piano ad avvolgersi nelle spirali di ombre dalle linee imprecisate, le quali danzavano sui suoi abiti, dentro le sue vesti ed oltre il suo spazio vitale, mietendo vittime al suo passaggio. Le sue movenze non potevano essere visibili a coloro che non erano atti ad utilizzare le arti. Il processo di pietrificazione cominciò a dare i suoi frutti, recando dolore e sgomento nei cuori e negli animi di quei gendarmi che malauguratamente si trovavano ad affrontare la mietitrice di anime. Il suo animo gioiva nel togliere la vita a coloro che si erano macchiati della distruzione di Calen, le sue movenze seguivano il ritmo del suo cuore accelerato dall'adrenalina che le scorreva in corpo, la sua concentrazione giunse al culmine e il tempo rallentò, le arti di cui era divenuta padrona la inebriarono, mentre sotto i suoi colpi continuavano a cadere quegli uomini che avevano arrecato così tanta sofferenza. Asha si nutrì come mai aveva immaginato, al suo fianco Horud cercava disperatamente di difendersi dalla foga di quei gendarmi mulinando la sua enorme spada, sventrando, squarciando, tranciando arti; la sua ira era paragonabile solo al suo amore per quella ragazza, non vi era più nulla innanzi a lui, né dubbi né incertezze, sarebbe morto piuttosto che abbandonare il suo fianco. Purtroppo ben presto lo scontro si fece più cruento ed in un attimo aveva perso il contatto con la sua amata, trovandosi di fronte ad uno dei Lord fedeli al Sovrano.

***

Argayl tenne a stento intatto il lato sinistro del loro schieramento, il numero dei nemici era sproporzionato e ben presto cominciò a retrocedere, mostrando una resistenza stoica.

***

Morgan tentò un nuovo aggiramento oltre le file dei Mutant, ma questa volta non fu altrettanto fortunato, poiché questi ultimi riuscirono a schierarsi a cuneo, obbligando la carica a infilarsi tra le loro file. Di quei Cavalieri Ferrati non sopravvisse nessuno e quando il cavallo di Morgan toccò terra, quest'ultimo venne scaraventato in mezzo a quegli esseri. La sua vita si spense in un attimo, trafitto dai rostri dei Mutant.

***

Bella e i suoi uomini non poterono fare altro che aggirare le file portandosi sul retro dello schieramento nemico, ma qui purtroppo si trovarono nel mezzo della pioggia di frecce scagliate dai loro stessi compagni, i quali imperterriti continuavano a martellare la retroguardia del Sovrano, ove molti cavalli furono colpiti e le file dei Cavalieri Ferrati si ridusse ulteriormente. Lord Gavesch capì immediatamente la situazione, ordinando alle sue legioni di distaccarsi per affrontare gli arcieri posti sopra la sponda dell'Hulm, così facendo si sarebbero liberati da quel tormento che li stava decimando; questi ultimi, vistisi caricati, tentarono un'estrema difesa del declivio.

***

Al centro dello schieramento dei Gendarmi Liberi, Asha ed un manipolo di uomini riuscì a sfondare le linee trovandosi innanzi il Sovrano assieme alla sua scorta personale. L'euforia e l'ira trasmessa dalla loro Masciach li aveva condotti oltre i loro limiti, mentre lei decimava chiunque si parasse innanzi al suo cammino ed all'oggetto della sua ricerca. In breve Asha ed il Sovrano si fronteggiarono l'uno di fronte all'altro, mentre gli uomini posizionati nei rispettivi opposti schieramenti lasciarono l'incombenza di quel duello solo a loro, nessuno era in grado di affrontarli.
Nella cacofonia di quella battaglia, le parole del Sovrano giunsero chiare alle orecchie di Asha:
– Dunque tu sei colei che chiamano il Masciach?
Asha portò la propria spada alla fronte in segno di rispetto,

fronteggiando quell'uomo, che dopo tanto tempo riuscì finalmente a vedere di fronte ai suoi occhi. La sua armatura riluceva di riflessi dorati alla luce di Horus, la superava in altezza di almeno un braccio e la sua corporatura mostrava i segni indelebili di un duro addestramento fisico, i suoi avambracci erano particolarmente torniti, come del resto le sue lunghe gambe, ma ciò che colpì maggiormente Asha fu il suo viso, dai tratti marcati e dalla mascella robusta, il quale era parzialmente coperto dal suo elmo con inciso il simbolo di Horus.

– Sono giunta sino a qui per prendermi la tua vita!

La risata del Sovrano riecheggiò tra le grida di quella calca:

– Oggi sancirò il mio diritto a regnare; sarà il tuo sangue a scorrere e macchiare questa terra!

Il Sovrano estrasse la propria lama, molto simile a quella di Asha; la katana prese fuoco nell'istante stesso che venne a contatto con l'aria.

Un pensiero percorse la mente di Asha, riconoscendo immediatamente la fattura di quell'arma: *"Così anche lui ha appreso l'arte dei Forgianti!"*

Il Sovrano sorrise, ma non vi fu felicità nelle sue parole:

– Pensavi davvero di essere l'unica a possedere la Conoscenza?

Egli aveva riconosciuto il potere della terra racchiuso nella lama di Asha, vedendo pietrificare sotto i suoi occhi gli uomini a lui fedeli, ma ciò non lo spaventò minimamente.

Asha urlò tutta la sua frustrazione attaccando, i suoi movimenti furono rapidi ma non abbastanza, il Sovrano vide arrivare il colpo, troppo lento e troppo prevedibile, con un salto superò Asha atterrando alle sue spalle, fendente ascendente, dal basso verso l'alto, Asha vide appena in tempo l'arco della lama di Baal, tentando di schivare il colpo. Il lembo della sua tunica toccò la lama, carbonizzandosi all'istante.

Era veloce, sin troppo veloce; avrebbe dovuto escogitare qualcosa:

– Non hai alcuna possibilità! Arrenditi e poniamo fine a questa farsa!

L'ira di Asha esplose nuovamente, mentre il suo cuore era pervaso dalla sete di sangue e di vendetta, prontamente attaccò, scartando un affondo dal basso verso l'alto del Sovrano, la punta della sua lama solcò il terreno, poco prima di portare a termine l'attacco, Asha si slanciò compiendo una capriola, scavalcando in tutta la sua altezza Baal, ma anche in questo caso le sue movenze parvero rallentate agli occhi de Sovrano, il quale osservò l'arco compiuto da Asha, appena lei toccò terra alle sue spalle contrattaccò. Asha si avvide appena in tempo del fendente orizzontale, ponendo la sua lama di taglio, inclinandola a quarantacinque gradi, in modo da attutire il colpo.

La lama della katana di Baal s'infranse contro la sua tsuba, di rimando Asha attaccò rapida sorridendo tra sé e sé per quel gesto riuscito; purtroppo l'euforia si scontrò ben presto con la maestria del suo avversario.

Asha di scatto alzò la punta della lama, nel tentativo di superare le difese del suo nemico, il quale la sorprese bloccando il suo colpo dal basso verso l'alto, esattamente come aveva precedentemente fatto lei.

***

Nel frattempo Lord Damin Arrow non riuscì a tenere testa al Gigante, andando incontro alla propria morte con incredibile fierezza, la stessa che lo accompagnò in tutti quei cicli al fianco di colui che aveva riportato la luce nelle terre di Argentea.

***

Bella tentò di spronare i suoi uomini a difesa degli arcieri, i quali avevano subito ingenti perdite sparpagliandosi nell'alta steppa della Tundra; la battaglia stava volgendo a loro sfavore, oramai i Mutant erano entrati in contatto con i Gendarmi Liberi, questi ultimi contro di essi non avevano nessuna possibilità. Mentre il suo destriero scalpitava nel superare le sponde dell'Hulm, il suono di un corno da guerra attrasse la sua attenzione verso il versante opposto: Maximillian aveva prestato fede alla sua promessa ed ora l'esercito da esso condotto dai Regni di Malatris e Zarha stava venendo in loro aiuto.

***

Asha non vide giungere il colpo, che la scaraventò ad alcuni passi di distanza, sentì solo il dolore alla spalla, Baal non perse tempo richiamando il suo potere tramite gli antichi Canti, l'energia evocata si concentrò nel suo palmo, nel quale fu visibile il simbolo marchiato a fuoco di Horus, dal quale divamparono lingue di fuoco. Istintivamente Asha richiamò le antiche parole, nel tentativo di schermarsi, alzando il proprio palmo innanzi a lei, il calore fu indicibile, lacerando il cuoio a protezione della sua mano, mentre le fiamme lambirono il suo spazio vitale.

Lo sguardo del Sovrano cadde sul simbolo marchiato a fuoco sul palmo di Asha, i due serpenti di colore blu e rosso, mentre le sue parole graffiarono la mente di lei:

– Noto con piacere che il nostro Maestro ti ha insegnato i rudimenti delle antiche parole!

Asha scacciò quel ricordo, non vi erano dubbi che Baal fosse un adepto del suo Maestro, ma come era stato possibile che colui che l'aveva allevata, con tanto amore e dedizione, avesse potuto creare un essere simile?

L'odio si impadronì nuovamente del suo cuore lasciando libera l'ombra che si era legata a lei.

Baal si avvide di quel potere riconoscendolo immediatamente, ma lui era il custode della luce, quindi mentre l'ombra si avventava con ferocia contro di lui egli si concentrò levando nuovamente il palmo e richiamando a sé il potere della luce. Quando quest'ultima colpì l'ombra, essa si dissolse emettendo un grido di dolore oltre ogni immaginazione umana.

Il sorriso di Baal riecheggiò:

– Non puoi sconfiggermi, io sono il portatore della luce!

Appena terminate tali parole il Sovrano diresse la sua energia contro Asha, la quale venne investita in pieno, ruzzolando e cadendo riversa sul terreno. La sua tunica si lacerò, mentre volute di fumo si levarono dai suoi abiti, il cappuccio si discostò lasciando scoperto il suo volto, sul quale era raffigurata tutta la sua sorpresa. Baal ne approfittò riducendo in un attimo la distanza che lo separava dalla sua vittima, rivolgendo la punta della sua katana sulla gola scoperta di Asha.

***

Horud vide cadere la sua protetta, la sua disperazione cominciò a crescere assieme alla sua voglia di raggiungerla, aveva giurato di proteggerla, ma ora la distanza che li separava sembrava enorme. I Mutant parevano invincibili: anche se feriti essi riuscivano a rigenerarle quasi istantaneamente. Era grato dell'aiuto giunto a loro dagli uomini dei Regni di Malatris e Zarha, ma contro quegli esseri il loro soprannumero non sembrava così decisivo come avrebbe voluto e dovuto essere.

***

Argayl spossato dagli anni e dalle fatiche di quell'ultimo periodo, cadde tra la ghiaia della gola di Hulm, spirando assieme a molti Gendarmi Liberi, il suo ultimo pensiero si perse nel volto di Bella, alla sua nipotina ritrovata dopo un così lungo tempo, ed alla sua speranza di poter rivedere quelle terre libere dalla tirannia, lo sguardo rivolto al cielo si adombrò del suo stesso sangue, alla sua caduta, il fronte sinistro del loro schieramento fu completamente travolto, mentre le file governate da Lord Astax cominciarono ad assediare il centro dei Gendarmi Liberi, cercando di arginare l'avvento delle riserve, ma purtroppo ora erano loro ad essere in minoranza.

***

Asha fissò negli occhi colui che stava per toglierle la vita, mentre i suoi pensieri cominciarono ad assalirla, capì immediatamente il suo errore: Baal era il portatore della luce, quindi non poteva essere stato lui a macchiarsi della distruzione di Calen, anche perché per concentrare un simile potere avrebbe dovuto rompere tutti i suoi sigilli, mentre in realtà egli sembrava integerrimo. Allora in cosa aveva sbagliato? La sua mano si serrò sull'elsa della katana, un gesto istintivo, ma proprio mentre era intenzionata a reagire la voce del suo Maestro fece breccia nei suoi ricordi:
– Figlia mia!

***

Asha fu catapultata nel ricordo del monastero: il vento primaverile portò alla sue narici i profumi dei ciliegi in fiore e del radicchio selvatico che cresceva nel sottobosco vicino al lago immoto. Come ogni giorno, si stava dirigendo alla voliera per prendersi cura di Chiacchiero, un pappagallo della famiglia degli inseparabili, trovato per terra l'estate scorsa, con cura e parsimonia Asha era riuscita a farlo crescere ed ora era divenuto il suo inseparabile amico. Ella sapeva che Chiacchiero, di sera, preferiva dormire all'interno della voliera, ma era anche libero di andare e venire a suo piacimento. Purtroppo quel giorno Asha trovò solo il piumaggio di Chiacchiero, sparso ovunque sul letto della voliera. Il suo cuore perse un colpo, mentre alcune lacrime cominciarono a solcarle il dolce viso, piano piano la sua ira crebbe raggiungendo la consapevolezza di ciò che era avvenuto. Così corse a perdifiato urlando e imprecando contro il proprio Maestro, superò il grande giardino recandosi all'interno del Monastero, trovando finalmente l'oggetto della sua ricerca, imprecandogli contro tutta la sua disperazione e tutta la sua frustrazione:

– È tutta colpa tua, sei tu che hai portato qui Lince!

Il Maestro non si scompose, assorto nella propria meditazione, aprì solo gli occhi osservando con cipiglio la sua allieva, che aveva palesato tutto l'odio che provava nei suoi confronti. A ogni modo la sua voce uscì pacata e leggiadra, come la brezza primaverile:

– Cosa ti affligge figlia mia?

Egli sapeva perfettamente cosa fosse accaduto, ma voleva sentire le motivazioni che spingevano l'animo della sua prediletta:

– Lince ha ucciso Chiacchiero ed è tutta colpa tua, perché sei stato tu a portarlo qui!

Il Maestro si alzò, ergendosi in tutta la sua altezza:

– Vieni, seguimi!

Un tremolio delle labbra accompagnò Asha in quel tragitto sino a giungere al margine del grande giardino, dove era disposta una cesta di salice intrecciata, al suo interno vi era un pagliericcio di steli di grano e sopra di esso vi era accucciata Lince, intenta ad allattare i suoi tre cuccioli. Il cuore di Asha si ammorbidì, anche se provato dall'immenso dolore della sua perdita, mentre la voce del Maestro le sussurrava alle sue spalle:

– Non dovresti incolpare il prossimo, dovresti invece giungere al vero.

Asha tirò su col naso asciugandosi con l'avambraccio le lacrime che non volevano smettere di rigarle il volto:

– Tu hai canalizzato i tuoi sentimenti nei confronti di Chiacchiero, identificando il tuo amore con esso, – il contatto della mano del Maestro sulle sue spalle la fece rabbrividire. – E ora, alla sua dipartita, ricevi il dolore provocato dal tuo stesso amore!

Asha si mosse appena, non riuscendo a staccare lo sguardo da quei cuccioli, mentre la voce del Maestro la accompagnava là dove il suo cuore non poteva giungere da solo:
– Dovresti capire che tutte le creature di questo mondo debbano essere amate in egual modo!
Il Maestro si prese un po' di tempo per fare capire quel concetto a sua figlia, poi le chiese:
– Ora, guardando quella mamma allattare i propri cuccioli, sei proprio sicura che lei abbia commesso un crimine? Sei ora così sicura che io abbia agito male, nel portarla al Monastero?

***

Al ricordo di quell'insegnamento il cuore di Asha si riempì di quell'amore, liberandosi dalle catene di odio che l'avevano pervasa, mentre la voce delle ombre si udì attraverso i suoi pensieri:
– *Avevi giurato!!!*
Mentalmente Asha si liberò da quel legame, rispondendo a quel richiamo e a quella promessa:
– Mi hai ingannata! Non è stato Baal a commettere quei crimini!

***

Richiamando a sé la visione ricevuta nel Regno dell'Ombra, Asha riuscì a vedere ciò che le era stato celato. Vide il campo di battaglia, vide gli uomini delle terre Libere e i Forgianti schierati innanzi alle file dei Mutant, rivide l'inizio di quello scontro, uomini morire sotto i colpi di quegli esseri creati appositamente per sottometterli e, in mezzo a loro vide il Profeta, avvolto nella propria tunica, levare le braccia al cielo per richiamare il proprio potere. Si concentrò su quella figura osservando i suoi palmi rivolti al cielo e lì vide la verità: impresso a fuoco vi era il simbolo della stella a cinque punte.

Un grido riecheggiò all'interno della propria mente, mentre le ombre abbandonarono il suo cuore, liberandola dall'odio provato, i suoi occhi piano piano ridiventarono del loro colore naturale, mentre il suo palmo lasciò la presa sull'elsa della sua arma.

Il Sovrano si avvide della sconfitta di Asha e per un istante, un solo istante, non fu presente a se stesso, lasciando cadere le proprie difese, assaporando quel momento: aveva vinto!

Era stato più bravo di Zoor, il quale aveva dato inizio a tutto; aveva superato quella prova, si rivide al comando dei suoi uomini, mentre rifondava dalle basi il suo Regno.

Egli era il portatore della luce in un mondo privo di speranza e fede.

***

Horud si divincolò dalla presa di un Mutant, oramai era a poca distanza da Asha, doveva giungere in tempo altrimenti per lei non ci sarebbe stato scampo. Era riversa a terra aspettando il colpo di grazia, che sarebbe giunto da un momento all'altro, così scattò utilizzando tutta la sua forza, contro colui che minacciava la vita del suo amore.

***

Baal ritrasse leggermente la mano per affondare il colpo fatale quando, assaporando quella vittoria, non si avvide dell'attacco del Gigante.

I suoi pensieri si persero esattamente assieme alla sua vita, nel ricordo del suo Maestro e della sua voce:

– Ti mando per il mondo, in modo che grazie alla tua devozione ed al tuo sacrificio tu possa recare la luce in un mondo di tenebra!

Nei cicli a venire i cantori rievocarono nelle loro ballate il successo perpetrato ai danni del tiranno e tra questi Canti venne ricordato come fu rinvenuto il sorriso sul volto del Sovrano.

Quando il capo reciso all'altezza del proprio collo toccò terra, Baal comprese quale segreto si celasse dietro le parole del proprio Maestro. Nell'istante stesso in cui il cuore del Sovrano cessò di battere, anche il potere che legava a lui i suoi servi cessò di esistere: tutti i Mutant caddero al suolo privi della scintilla vitale. In questo visibilio di grida euforiche ed estasiate di coloro che erano riusciti a sopravvivere, la vittoria si levò alta nel cielo di Argentea.

Horud aiutò Asha a levarsi nuovamente in piedi, i loro occhi si fissarono per un tempo indefinito e probabilmente entrambi capirono i sentimenti reciproci che li avevano in qualche modo tenuti uniti. Non ebbero bisogno di dirsi nulla, poiché i loro animi vibrarono con la stessa frequenza ed intensità. Il rumore di zoccoli ed il nitrito di un cavallo distrasse i loro sguardi fissi.

Bella entrò nel loro campo visivo, madida di sudore e ricoperta dal sangue dei propri nemici, inneggiando alla loro vittoria, il suo sorriso parve illuminare il suo volto e, per la prima volta, Bella si lasciò andare a una risata sfrenata.

Asha di rimando le sorrise leggermente, aveva avuto paura di perdersi e ci era andata veramente vicino. Il suo sguardo si posò sulla katana del Sovrano. Si chinò raccogliendola, saggiandone il potere in essa racchiuso, riconoscendo immediatamente il marchio impresso in essa: quello del fuoco; ma non era stato impresso con lo stesso odio col quale lei stessa aveva forgiato la sua, capendo immediatamente come poter imbrigliare quella forza senza correre i rischi incontrati con la sua lama. Capì il proprio errore, poi strappò dal corpo inerte del Sovrano la sua custodia, legandosela in vita...

Epilogo

Erano trascorsi due grandi cicli di Horus dalla disfatta del Sovrano e ora Argentea sotto la guida di Bella aveva ripreso a fiorire. Asha fu testimone degli eventi accaduti in quel lasso di tempo. Dapprima, Bella mandò dei Cavalieri in ogni angolo del Regno, i quali avevano il compito di informare le genti della caduta del Sovrano e del nuovo avvento di un Regno Libero. Bella decise di fare rifiorire la capitale, ricostruendola per riportarla all'antico splendore. Successivamente aveva composto il consiglio, rinominando i Regni circostanti in Contee. Così, oltre al Regno di Argentea, nacquero ad est le Contee di Malatris e di Zarha, mentre a ovest nacque la Contea di Bastian e la Contea del Promontorio occidentale, la quale comprendeva tutti i Clan delle terre libere. In seno al consiglio, oltre a Bella, sedevano i capi di queste Contee, i quali avrebbero deciso le sorti del Regno. La prima decisione del consiglio fu quella di radere al suolo la Rocca Granito, per eliminare ogni traccia del potere tirannico del Sovrano. Successivamente, furono issati come monito trentatré obelischi lungo la gola dell'Hulm che portava da Dareen a Darokis, a memoria di coloro che avevano perso la loro vita, al fine di combattere l'oppressione a favore della propria libertà e contemporaneamente vennero riaperti i pozzi e ricostruiti i villaggi di sosta. In più, il consiglio istituì una corte marziale per punire tutti coloro che avevano spalleggiato il Sovrano e all'interno della pubblica piazza iniziarono le decapitazioni dei dissidenti, tra questi vi erano i due Lord: Astax e Anon Gavesch, mentre un mandato di cattura era stato emanato nel tentativo di trovare l'ultimo dei Lord: Gismond Ferrix. In tutto quel periodo Asha si prese cura di tutti coloro che abbisognassero dei suoi favori e istruì molti adepti nell'arte medica.

La voce di Bella interruppe i pensieri di Asha:

– Il popolo sarebbe orgoglioso se tu ti sedessi sul trono!

Le labbra di Asha s'imbronciarono leggermente, avevano già discusso di quella eventualità e lei non riusciva a capire come mai quella gente avesse bisogno di una guida: avevano trovato la libertà, ma continuavano a volersi rendere schiavi nuovamente. Aveva pensato a lungo sulle motivazioni che spingevano le genti a piegarsi al volere di qualcuno, giungendo alla conclusione che non erano pronti a prendersi le proprie responsabilità, non riuscendo a raggiungere quella elevata consapevolezza. Forse non ci sarebbero mai arrivati, continuando a scaricare le proprie responsabilità su qualcun altro. A ogni modo, non spettava a lei giudicarli.

– Ne abbiamo già parlato!

Bella sorrise amaramente e osservò il Gigante accanto ad Asha:

– Immagino che tu continuerai a seguirla...

Horud rispose con un semplice gesto del capo.

Al fianco di Bella si stagliava la figura di Darius, il quale aveva perso in battaglia l'avambraccio destro, ma la sua fierezza non era minimamente stata intaccata:

– Allora possiamo solo augurarvi ogni bene!

Asha ammise a se stessa che quell'uomo meritasse la sua più profonda stima, l'ultima volta che si erano parlati Darius le aveva detto che a confronto di coloro che erano morti sul campo di battaglia il suo prezzo era decisamente stato poca cosa. Al ricordo di quelle parole Asha sorrise.

Poco prima di salutarsi definitivamente, Asha ripensò al suo Maestro e alla sua abilità nel prevedere il futuro, così ripensò ai suoi gesti, si slacciò la propria katana dalla vita, porgendola a Bella:

– Un giorno giungerà alla capitale un essere dal cuore puro, il quale riuscirà ad estrarre questa lama, – Asha si prese qualche attimo in più, per meglio fare comprendere a Bella il senso delle sue parole. – Quel giorno il Regno di Argentea troverà un Re giusto!

Lo sguardo di Bella si posò sugli occhi di Asha, perdendosi in essi. Mentre allungava le proprie mani per afferrare il fodero, le voci di mille promesse cominciarono ad assediarle la mente, come le era già capitato, con estrema fatica resistette all'impulso di estrarla, stringendo quella spada al petto:

– E sia!

Furono le uniche parole che riuscì a pronunciare.

Nei cicli a venire, Bella fece erigere due statue raffiguranti Asha e Horud: la prima venne raffigurata in ginocchio nell'atto di porgere l'elsa della katana, la quale era stretta nei suoi palmi, mentre il Gigante venne raffigurato alle sue spalle, in segno di protezione. Ogni fine ciclo di Horus, nella capitale venne indetta la Festa dell'Estrazione, per permettere a tutti di poter provare a estrarre la katana dal fodero, alla ricerca dell'essere di buon cuore. Quella spada rimase nel proprio fodero sino al venticinquesimo ciclo grande di Horus, quando a Dareen sopraggiunse un giovane pastore proveniente da Bastian, dai capelli rosso fuoco e dagli occhi blu come il cielo.

Egli portava il nome di Ariah, figlio di Natan.

INDICE

www.ingramcontent.com/pod-product-compliance
Lightning Source LLC
Chambersburg PA
CBHW080329040726
47501CB00020B/2319

* 9 7 8 8 8 6 8 1 7 0 3 1 8 *